今昔物语集

纪妖 著

长江出版社
CHANGJIANGPRESS

图书在版编目（ＣＩＰ）数据

今昔物语集 / 纪妖著 . — 武汉 ：长江出版社，
2023.4
ISBN 978-7-5492-8719-2

Ⅰ．①今… Ⅱ．①纪… Ⅲ．①故事－作品集－中国－
当代 Ⅳ．① I247.81

中国国家版本馆 CIP 数据核字（2023）第 032815 号

今昔物语集 / 纪妖 著

出　　版	长江出版社	
	（武汉市解放大道 1863 号　邮政编码：430010）	
选题策划	天河世纪	
市场发行	长江出版社发行部	
网　　址	http://www.cjpress.com.cn	
责任编辑	钟一丹	
印　　刷	三河市腾飞印务有限公司	
版　　次	2023 年 4 月第 1 版	
印　　次	2023 年 4 月第 1 次印刷	
开　　本	710 mm×1000mm　1/16	
印　　张	20.5	
字　　数	350 千字	
书　　号	ISBN 978-7-5492-8719-2	
定　　价	58.00 元	

目　录

第三辑

糖与砒霜

第四辑

红灯记

第一辑

一生休

知生和秋雨

民间有忌讳，不得向各路山神、地灵、佛祖和菩萨轻易许愿，尤其是山间野庙的神灵。若是得助而不还愿则必遭天谴。

古有庾亮曾因苏峻作乱，到白石祠中祈福，许诺以牛酬神。事罢未果，后来被形同方相①的精怪所诅咒，不久后便身亡。

蜀中有一村，叫水茂村。每年梅雨时节天降大雨，山洪暴发时定会淹没这个村子，因而得名。

每年大雨时房屋必经水泡，雨后又会被暴晒，屋中支柱已日渐脆裂，今日突降的大水便彻底冲毁了这个处在低洼地方的小山村。

知生与秋雨是水茂村令人羡慕的情侣，也是少数逃出来的人，他们俩早就想出来闯一闯。但是没想到会这么早，且是以这种方式。

北上中原是二人的唯一选择。

"知生，咱们还要走多久啊？"饥寒交迫，秋雨有些累了。

知生没有说话，也没回头看秋雨，秋雨的样子实在让他心疼，知生暗自发誓有朝一日平步青云，一定会让秋雨过上最好的生活，但现在他需要把秋雨带出这个树林找到最近的镇子。

途中风餐露宿加上瓢泼的大雨，两人命大，靠着野果和林子里荒废人家的房子竟也活了下来。

天终于放晴，二人松了一口气。再多一天这样的天气，他们定会崩溃。

知生和秋雨来到河边，大雨刚过，河水还是有点混浊，不知深浅。顾不得羞耻，秋雨脱下全是泥的衣服去河边冲了冲身子，这时她身上细小的伤口隐隐作痛，如同蚱蜢在撕咬身体。

知生去捡树枝搭成衣架晾晒衣裳。

"你去树那里躲躲。"知生不敢直视秋雨的身子，只记得最后眼中划过的一抹惊艳。

太阳很大，衣服不一会儿就干了。知生摸了两条鱼，在河边烤了起来。

---

① 方相是旧时民间普遍信仰的神祇，为驱疫避邪的神。

"知生，我们还需要走多久？"秋雨轻声地问。

"快了快了。"知生嘴上说着，但是心里却发慌，知生从未走过远道。

"对不起，让你受苦了。"知生低声说。看着秋雨可怜的模样，知生哽咽了。

"也不是你的错。"秋雨向知生的肩膀靠了过去，虽然现在很苦，但是和知生在一起，秋雨也很满足。

天放晴，终于能辨别东南西北，中原在东北方向，知生带着秋雨走了两天，奈何林子太大看不到边。

"知生，好像又要下雨了。"秋雨用手挡着眼睛抬头看了看太阳。

乌云又在向太阳聚拢。

知生感觉天又开始凉了，二人衣着单薄，如果再来一场大雨，就真的走不出去了。知生咬咬牙，握紧牵着秋雨的手。

临近太阳下山，知生看到了一座庙，同时天开始下雨。

小庙出现得突兀，雨也下得出人意料。

顾不得多想，知生带着秋雨进庙躲雨。

庙的出现如同雪中送炭般，虽然四处漏风，蛛网密布，也并没有想象中的那么可怕。

庙中陈设简单，正中一个石像像是山神。石像前是一个案桌，案桌上放着两个烛台，都剩着半截蜡烛。烛台中间是两个石碟，碟子里黑黑的一条像是许久以前的贡品。

"知生，我有点儿怕。"秋雨往知生的怀里靠了靠。天越来越黑，庙外雷声轰隆，像是炸在了门外般。

"我去看看。"知生站起来，顺势带起秋雨。

庙的角落有一堆干柴，不多，但是也算是可以解燃眉之急。

知生费了很大力气生起了火，秋雨和知生坐在火边相拥取暖。

"知生，我们能走出去吗？"秋雨声音虚弱，走了几天还在林子里打转。若是再接连几天大雨，不要说远走中原，怕是会饿死在野庙里。

"我们一定会出去的，老天怜悯咱们俩，送咱们一篝火、一座庙、一个……山神吧。"知生借着火光看着不远处的石像。

石像模糊，看不清模样，隐约像是个老头。

就在这时，知生突然站起来，对着石像板正正跪了下去。秋雨吓了一跳，知道知生要做什么赶紧拉住他。

"你要做什么，爷爷说过，不能拜的！"秋雨用力拉着知生，想把知生拉起来。

"咱们现在俩这个样子，还怕什么？"知生一向最听秋雨的话。

秋雨的手也松了下来。

现在的每一个时辰都要珍惜，因为都可能是彼此的最后一个时辰。

"我不知道您是哪路神仙，我夫妻俩落难至此，若是仙人保佑我二人脱困，他日有所成就，定来给您修大庙，若是未能成就事业，也来为您献上贡品打扫灰尘焚烧供您。"知生向石像重重磕了几个头。

秋雨因为知生说是夫妻羞红了脸。她和知生年纪还小，既没有夫妻之名也没有夫妻之实。

火渐渐弱了，知生轻吻上秋雨的嘴唇，二人此时顾不得地上冰凉眼中只剩彼此。

这年，秋雨十五，知生十七。

不知是山神显灵还是到了苦尽甘来的时候，知生与秋雨之后没有再遇磨难，很快到了最近的镇子。二人做些零活，两个月后，总算是可以满足温饱。

后来他们随着商队北上中原，知生与一个商队的副领队关系较好，路途中与领队交谈许多，领队正好缺一个像样的帮手，知生倒是个好人选。

在中原的日子顺风顺水，知生与秋雨在城郊安置了一个小屋，两人也算是温馨。

但是日子一久，与寻常人家一样，两人争吵不断。此时的知生在城内小有名气，而秋雨因是美娘子，追求者无数。

终是在一个夜晚二人吵了起来，但是都在气头上僵持不下。

知生深夜离开，去到了另外的地方继续做着些小生意，不久便被当地的县官看中，招他做了女婿，后又生下两个可爱的孩子。

秋雨则由女孩出落成美得不可方物的少女，最后与一个富贵人家的浪子相爱。

知生和秋雨各自过着自己的日子，虽偶尔会怀念儿时光景，但却再也想不起困境中曾向山神许过的愿以及曾经的约定。

过了两年，天降大雨，同当年冲毁村子的雨一样大。

知生的两个年幼孩子被花狸一样的动物咬死，而秋雨则感染了严重的风寒，没过多久便病逝了。

县官迷信，心疑冲撞了哪路神仙遭此大难，重金请了当地的半仙，尊他为座上客。

这半仙之所以叫半仙，是因为上半身残废了一半，传闻当年用左手给人起了一卦，准了。那人虽然飞黄腾达但也身负人命，他则因泄露天机，成了半仙。

县官还曾因为半仙装神弄鬼，关过他两个月。

半仙询问知生："在老家是否供过什么，或是见过什么，或是祖上得罪过什么？"

知生虚弱得说不出话。

半仙破例用右手起了一卦，实乃大凶。

这哪是寻常山神，这是地精，是精灵。你许愿了，它施法了，显灵了就得还愿，人家精灵帮了你，你不信守承诺接受惩罚是一定的。

知生恍然大悟，但是此时也是悔之晚矣，一心想着秋雨是否无恙。

县官差人回知生老家，在当地置备牛羊以求精灵原谅，奈何路途遥远久无回音。

同年，知生意外身亡。

"哟哟，可不能胡乱许愿，许了就得还愿。要不然呀，不诚信就要……就要……就要受罚的。"半仙又在集市上瞎侃，县官又抓了半仙，这次乱棍打死了也。

文 / 夢北

厕 鬼

古代传说中躲在厕所的妖怪，外貌有点儿像方相，面目狰狞，两只眼睛是红色的，身上闪闪发光，会出现在许过愿却未还愿的人家中，带来不祥之事。

厕鬼在古代志怪小说中多有出现，是一种令人讨厌的鬼类，喜欢偷偷摸摸躲在厕所看人方便，各种形象都有，或是高一丈多，全身黝黑，眼睛很大，着单衣；或是如人，衣冠楚楚如厕久不出；再有就是这种红色眼睛、面目可怖的厕鬼。文中的妖怪原型来源于《搜神记》与《甄异传》里均有记载的庾亮在厕所见鬼一事，庾亮事后找来术士询问，原来是因为以前苏峻作乱时，庾亮曾在一祠庙里祈神赐福，许愿用牛作为祭品回报，后来却一直没有还愿，此鬼前来惩罚。

❦ 永 生 ❧

传闻南海有鲛，人首鱼尾，貌美善歌，织水为绡，坠泪成珠。

鲛人喜群居善于纺织，成年后鱼尾可幻化成双腿。成年的鲛人常常会携带织好的鲛绡上岸出售换取珠宝，水族都喜欢亮晶晶的东西。

漓川是鲛人族皇室里的老幺①，虽然还没成年但人小嘴甜，仗着自己可爱，常

---

① 长辈对排行最小孩子的一种昵称。

常化作一尾小鱼央求着哥哥姐姐们带上它一起上岸游玩。

时逢一个集市。漓川化作一条漂亮的小鲤鱼游进特意为它定制的水晶球里，它还太小不能离开水。水晶球如香囊一般被姐姐挂在腰间，一行人便出发了。

时逢一个市集，漓川在水晶球里兴奋地打转儿，漂亮的尾鳍划出优美的弧度。集市上人群熙熙攘攘，琳琅满目的摊位直看得漓川眼花缭乱。

"抢钱袋了！"叫喊声间有人横冲直撞挤开人群，姐姐被人推了一把，腰间的水晶球直直地飞了出去。眼看着就要落地碎裂，哪知在绸布摊上撞了一下，转而正好砸进边上花摊小姑娘的怀里。小姑娘眨巴着漂亮的眼睛，愣愣地盯着手里的球。

漓川惊魂未定，转头就撞入了小姑娘惊艳的眼神里。

"好漂亮的小鱼啊！"

"好漂亮的小姑娘！"

一人一鱼同时发出惊叹。

姐姐急匆匆地赶过来，看着完好无损的水晶球连连向小姑娘道谢。小姑娘怯怯地看着眼前漂亮的大姐姐，心里感慨果然美人姐姐养的鱼很好看。

作为报答，姐姐买下了花摊的所有花。她问小姑娘叫什么名字，小姑娘说她叫琉璃，嗯，名字和她的眼睛一样亮晶晶。水族都喜欢亮晶晶。

之后漓川还是常常和姐姐上岸，他已经可以短暂幻化成人形，每次都会去琉璃的花摊买一束花然后和琉璃说说话。小姑娘已经知道漓川是鲛人这个秘密，但是她好好藏在心里。其实对于有鲛人这件事，岸上的大家都心照不宣，毕竟鲛人守护着海域的平稳，也给他们带来了财富，所以祖祖辈辈都保持着默契的平衡。只是琉璃没想到有一天她会和鲛人成为朋友。

日复一日，一眨眼，漓川已经成年，是族里年纪轻轻的少族长，到了选择性别的时候①。漓川想着，古人曾说救命之恩当以身相许，那他便化作男鲛，长大后娶了小姑娘，给她幸福安乐的一生。

漓川用了三个月时间顺利转化性别化出双腿，他兴冲冲地跑去找琉璃，小姑娘却告诉他，她要被阿爹送去宫里了。

始皇帝迷恋长生不老之术，听闻海上有仙岛，岛上居住着仙人，找到仙人就可以求得"长生不老药"。欲派人携三千童男童女以表诚意寻求仙药。举国大选，比当年选妃还要热闹，毕竟这是个积攒功德的活儿。百姓觉得始皇帝若真找到长生不老之术，他

---

① 鲛人生下来之初没有性别，成年后性意识觉醒，身体产生变异分裂为男女，也有一辈子中性化的。至于性别的取向，取决于他们自身的意志。

身边的童男童女多少也能够沾上点儿仙气，那可是光宗耀祖的事。

　　始皇帝派了徐福等人带领三千童男童女，乘坐楼船入海寻找仙药，花费了很多时间和钱财却一无所获。徐福害怕遭受始皇帝的责罚，只好告诉始皇帝："海中确实有仙岛，但常常隐于大雾中难以探得方向。每次我们想要靠近时，都被大鱼阻挠，并且会莫名迷失方向，所以希望皇上可以再派善射之人一起前往，遇到大鱼就用连发的弓弩将其射杀。"

　　而恰巧始皇帝梦到与海神交战，海神的形状与人形相似却有鱼尾。占梦的博士a说："水神本来是不被世人看到的，他通常会用大鱼蛟龙做侦探。现在皇上的祭祀周到而恭敬，却出现这种阻碍您的恶神，只有把它除掉才能找到真正的善神。"始皇帝听了深信不疑，命令入海的人携带捕大鱼的工具，并亲自带着弓弩一起入海找寻仙岛。

　　所谓的仙岛，其实就是漓川家族世代守护的那座岛屿。漓川不知道岛上是否真的有仙人，那是禁地，只有历任族长可以出入那边，没有人知道岛上到底有什么。

　　当族长发觉有人在探查岛屿，便派遣了族人前去阻挠。鲛人善歌，可迷惑人心，即使经验再丰富的舵手，也会找不到回家的方向。

　　船行不久，果真在海中央突然迷失方向，可始皇帝乃真龙天子不被歌声迷惑，他环视四周，瞄准一个方向挽满弓箭，箭矢笔直飞出。变故发生得猝不及防，被一箭射穿胸口的鲛人只来得及发出一声短促的急啸示警。

　　鲛人已死，众人清醒。看见鲛人的徐福更加兴奋了，鲛人存于传说，如今出现在这里还守护着一座岛，那岛上必然是有宝藏的。始皇帝吩咐众人塞住耳朵，集中精神冲向仙岛。

　　闻讯赶来的男鲛列阵阻拦，身上的鳞片化作盔甲，弓箭失去了作用。始皇帝想到那个被他一箭射穿胸口的鲛人，吩咐众人瞄准胸口射击。果然，鲛人的胸口处毫无防护，一旦射中便会死亡。

　　倒下的鲛人越来越多，海面一片哀号，感人的歌声失去作用。柔弱的女鲛慌乱无助，珠泪落入海水，在阳光的折射下熠熠生辉。那一颗颗珍珠更是让众人斗志昂扬，即使分不到长生不老药，这些珍珠也是很大的收获了。

　　眼见族长战死，鲛人防线被瓦解。始皇帝攻破防线后终于登上了仙岛，可是岛上没有仙人，更没有长生不老之药。翻遍整座岛屿，只有乱石嶙峋，而岛上寸草不

---

　　① 秦汉时掌管书籍文典、通晓史事的官职，后成为学术上专通一经或精通一艺、从事教授生徒的官职。

生毫无生机。始皇帝大怒要屠尽鲛人全族。刚经历了一场大战的鲛人族毫无反抗能力，漓川作为少族长不能眼睁睁地看着大家被毫无意义地牺牲，只能找到始皇帝求情。两人密谈了两个时辰，最后始皇帝放了所有鲛人，但独留漓川，无人知晓密谈内容。

待族人安全离开后，漓川带着始皇帝上了岛。岛上的乱石只是障眼法，他们走到一扇石门前漓川以血为钥，石门缓缓开启……

回到船上后，漓川被锁入房间。

琉璃悄悄跑来，她隔着上锁的房门小声叫漓川别害怕。真是善良的小姑娘。她说她在船上待了这么多天知道换防的时间，等大家熟睡的时候她去把钥匙偷出来，然后在换防间隙开房门，只要漓川出来了，跃入海中就没人可以再抓到他了。

漓川笑着摇摇头，只是轻声叮嘱她别去做危险的事情，他是自愿留下来的，始皇帝不会伤害他的。小姑娘不太放心，但是漓川执意不肯，只好作罢。

后来回宫，童男童女被留下来继续为始皇帝祈福。琉璃打听到漓川被单独安置在一座宫殿，除了被限制行动之外，一切都挺好的。始皇帝果然没有亏待他。

日子一天天过去，始皇帝开始大建陵寝。这日，始皇帝召见漓川，只说了一句"墓室完工了"。漓川拜别始皇帝，转道来到宗庙寻琉璃。

琉璃看见他很开心，围着他叽叽喳喳说着在宗庙的见闻，像只快活的小鸟。漓川嘴角噙着笑，耐心听她说着。然后他告诉琉璃他要离开了，琉璃怔住，转而替他开心："早该走了，大海才是你的故乡啊！"

漓川从怀里掏出一条帕子，那是鲛绡织成的，塞到小姑娘手中，说："这是给你的离别礼物。"小姑娘笑得眉眼弯弯，一双眸子亮晶晶的，一如初见时。漓川认真地看着，把琉璃的模样认真刻画在心里。

"说什么离别礼物，等我出宫回家了，你记得来找我玩！"

"好。"

始皇帝陵寝完工那天，有宫人给琉璃送来一个盒子，说是故人相赠。琉璃随手放在一边打算先去用饭再回来看。屋外小伙伴催促琉璃快些，她匆匆出门，路上聊起新建的陵寝。

"你听说了吗？皇上的陵寝造得相当豪奢，听说他自己的主室有盏长明灯，可燃万年呢！"琉璃笑说："你哪道听途听说来的，哪有长明灯可以燃万……"她突然想起什么，扭头狂奔。

小伙伴看她突然回头，连连在后面喊："哎，饭厅在这边啊！"琉璃充耳不闻，她要去验证一件事。她脚步凌乱地跑回房间，那个盒子静静地放在桌上。或许是有些怀疑、紧张，琉璃有些踌躇。她稳了稳颤抖的手，轻轻打开盒子。

里面安安静静躺着一颗珠子，是一颗鲛人珠。鲛人身死，剖心成珠。

那日在石室门打开后，里面没有宝物，只有一张薄薄的纸。上面记载：以鲛油为引做长明灯，可指引魂魄飞升登上极乐。漓川的交易就是献出自己，助始皇帝登上极乐。始皇帝虽未得到长生不老之药，但死后能登极乐，也算是变相实现了长生不老，所以他答应放过其他鲛人。

漓川入墓室前，请求一位道人将一份礼物转交给琉璃。那道人平日带着琉璃他们祈福，他也很喜欢琉璃这个天真烂漫的小姑娘，于是答应帮他带出去。为避免被始皇帝发现，委托一个宫人送过去。

那份礼物是漓川的鲛人珠，当时石室里的那张纸，后面还有隐藏内容。长生不老是可以实现的，鲛人世代守护的就是这个秘密。而这最关键一样物品就是族长的鲛人珠，漓川将使用方法用两人小时候玩闹发明的密语写在了盒子里，琉璃打开就会知道的。

文／夏小洁

鲛　人

古代传说中生活在大海的妖怪，也叫泉客、泉先，以及俗称的美人鱼。像人，眉毛、眼睛、口、鼻子、手和头都像美丽的女子却没有脚。她们会织出一种龙纱的布料，价值上百金，做成衣服穿在身上，入水不湿。鲛人哭泣时，流出的眼泪是珍珠。

竹　媒

竹中人百无聊赖地等着客人。这里是浮云巷，这条巷子后有一大片筋竹①林，巷子前都是些算命的神棍。竹中人现在是这群神棍里的一员，他自称竹公子。竹公子在这片筋竹林里日子过得不错，天气好的时候就出来摆摊玩儿。

今天天气并不好，眼看着快下雪了，两边的摊主几乎都没来。他之所以出来"营业"，是因为他有一种奇妙的预感，预感今日他可能会收个小徒弟。

正当他等得不耐烦的时候，一个女子坐到了竹公子的卦摊前："问卦。"

---

① 一种中实而强劲的竹，竹梢尖锐，可作矛用。

面前的女子一身游侠打扮背着长剑，手边还牵着一个总角小儿。竹公子觉得他们似曾相识，却又一时想不起来在哪里见过。竹公子问她："想问些什么？"

"问运道，问姻缘，问这么多年想得夜不能寐的事。"她说。

女子摸出几枚钱来放在桌上，长长地叹了一口气，说："许久不见啊，当年你突然离去后，我家中运道一夕衰落。我开始埋怨过，觉得这可能是我的错，又觉得高谢两家因此差距更大，更无法面对景琨。此后，我便再没见过他。"

竹公子此时已算完了卦，也想起了面前是何许人也。当年他生活在这女子家的竹林中，亲眼见证了她与意中人竹林月下，从相知相惜到相离的种种。这已经是多年前的事了。

竹公子记得，那天晚上月明如水，偌大地上的月光却被云遮去一些。正因如此，月下的竹林尽显朦胧之美。

竹公子当时住在高家竹林中年龄最长的一株竹里，他正赏着竹林忽然听到有人声传来。他转过头去，只见一个小男孩坐在墙头上，不远处竹林中的一个小女孩看着坐在墙头的小男孩，问他："你为什么坐在我家墙头上？"

那小男孩摇头说："话可不能这么说哦，这一墙之隔，既是你家的墙头，也是我家的墙头。"

竹公子认识小女孩，可不就是这家主人的女儿——高豫停吗？这小男孩身份也不难猜到。竹公子觉得挺有趣，便继续看了下去。

高豫停许是觉得对方真是无赖——便换了种问法："你为什么坐在墙头上看着我们家？"

"你家的竹子好，在今夜月色下更显秀丽。"

高豫停看着男孩背后的竹林，说："谢家竹林丰茂更甚。"

"那不一样。"男孩摇头，"你要不然来墙头上瞧瞧？不知是否因为今晚的月光和平时不同，更映得你家竹林别有风致。"

高豫停警惕地看着他。男孩耸耸肩顿觉无趣，转身下了墙头。

有眼光，竹公子在心里夸赞他。

"我叫谢景琨，下次还会再来的。"

果然是谢家，竹公子心道，他记得当年高谢两家有些趣事，还被时人传为美谈。

高谢两家是邻居，相隔着那一道墙，墙的两旁都种着竹子。正所谓"竹林日日对竹林，不闻林外邻家人"。今天晚上月色明亮，却被云雾遮住，竹公子看着小女孩高豫停追着一只猫儿跑到了自家竹林的尽头，却遇见了正在此赏月观竹的邻家儿郎。

竹公子看着高豫停慢慢地向竹林外走去，觉得今夜之事真是巧妙，他袖中掠出一道风飞向竹林，竹林发出"沙沙"的响声，经久不绝。

时间匆匆而过，昔日的童稚小儿都已长成少年少女。

端午佳节。高豫停和谢景琨坐在墙头上看月亮、看竹林，竹公子就在自己的竹子里看这双早已互相暗生情愫的小儿女。

"豫停，把手伸出来。"

高豫停依言伸出手去。"今年的长命缕。"谢景琨把五色丝缕拿出来，给高豫停系到手腕上。高豫停举起手，对着月亮照了照，说："真漂亮，你怎么编的，编得比我的还好看？"高豫停把自己编的长命缕也给谢景琨系上。每年端午互系长命缕，已经成了两个小儿女的秘密。

"这有什么难的，我来日教你……"

天色已晚，豫停看着谢景琨从梯子上爬下去，朝他挥了挥手，跃下墙头。墙那边，谢景琨向豫停抱怨："你每次这样潇洒，让我觉得我不够潇洒。"墙这边的高豫停失笑道："你也可以学嘛，你现在不过十五岁，正是志学之年啊。"

说得好啊，竹公子想。袖子里如常掠出一道风去，吹得竹林潇潇，像是在应和高豫停的话。

月光与竹林相伴的日子一天天过去。转眼间谢景琨已是弱冠之年。

"豫停，我要去游学了。"

"去哪里？"高豫停把玩着捡来的竹枝，看似漫不经心地问他。

"去江淮，去会稽，去岭南。哪里有趣无人寻访，我便去哪里。"高豫停望向他，谢景琨望着月亮，神采飞扬。

高豫停轻轻笑了，转过头来和他一起看着月亮，说："嗯，祝福你。"

月光静悄悄地落下来，高豫停一个人走在小径上。谢家已日益显贵，而高家逐渐式微。纵然……纵然彼此有情，在这种局势下，她也忍不住退缩。士家大族门第之分，她心里清楚得很不是吗？她和景琨，日后将何去何从？这一次景琨回来，是否要与他……划清界限。

竹公子对着无解的棋盘，竟无意间听到了此般心声，也许是因为有着一般的心境？竹公子自嘲似的想到。他这次并没有用袖子摆出去一道风，然而还是有风掠过竹林，带起竹间叶声，仿佛是轻风吹起悲歌，不知将凉意吹到了谁的心中。

"然而我没能等景琨回来。"

"我现在都清楚地记得那一日。家中在竹林中宴客，你突然从竹林中走出，你当时显出了本相吧？那么高，面目如同方相，把大家都吓着了。你给我父亲说，你在我家里已经许多年，但我们并不知道你。你就要离开了，所以前来告别，要让我们知道你。"

那时候，竹中人虽是向父亲说的，可豫停总觉得，那番话是同自己说的。

她想起那些夜晚竹林的月光，竹叶的沙沙声。还有那一晚，她决意与谢景琨不再来往时，夜风抚过竹林好像是暗哑悲沉的箫声，又像是一声浓浓的叹息。

现在想想，那时年少欢喜，还有竹林为之欢愉；原来这场错过，也有竹林为之惋惜。

"你离开一月后，我家失火，大火并没有殃及他家，家中的奴仆婢女却都在火中丧生。所幸我父母家人都无恙。"自那日后，高家人便离开了乌衣巷。从此再也没有回去。

时间如白驹过隙，弹指又是十年光阴。

"书中说，筋竹长人会因竹林主人不知道自己的存在而出走，那家人也会就此衰落。可我总觉得，一定会有别的理由。你真是像书中写的那样所以才离开的？"

竹公子沉默片刻。正是在那女儿家要与心悦之人划分界线的月夜，他一边下棋一边听到了她悲凉而懦弱的心声，此时他住的那株竹子向他道别，要开花离去。月夜竹林，三种别离。他顿觉孤独无味，于是后来从竹林中走出来，向竹林主人家辞别而去。

"算是吧，一个人在竹林中太无趣了，又无人知晓，自然便想着离开了。"说着他转移了话题，"你家现在尚可，平民之家，苟安于乱世。还有姻缘想问？"

"不，不是我。"我想问问他。高豫停并未说出口，竹中人却瞬间明白了她的意思，竟也没有再算，开口便道："他过得很好，夫妻和睦，将来也能寿终正寝，子孙绵延。"

高豫停起身揖礼，道："多谢。我已无憾。"她又指着旁边的孩子，"这些年我一边云游一边找你，这个孩子是我半路遇到的，说能帮我找到你。他没有去处，还望先生收下他。"说罢高豫停便转身离开了，她眼角似乎莹然有泪，却又走得潇洒轻松。

竹公子起身看着那摊前的小孩，刚才并没有太注意，现在才看出点儿门道来。他伸出手去，那孩子也伸出白嫩嫩的小手交到他掌心，瞬而化为一株翠竹。

原来是灵竹化了形啊。竹公子了然，抬头便见天空落雪。

大雪纷扬。竹公子广袖一挥，收了算命摊子。他步履悠然穿墙而过，回到了浮云巷后的筋竹林中。

文 / 柳林白虎

筋竹长人

古代传说中生活在人家宅院内筋竹林里的妖怪，身高一丈多，面如方相能给主人家带来财运，但是离开后主人家会遭灾难，最终家财散尽。

文中的竹公子原型来源于《搜神记》，筋竹长人住在一个富有人家中，主人一直都不知道，为了让主人知道它，它现身告诉主人它即将离去。筋竹长人离开后，这人家中发生火灾，奴才婢女都烧死了，一年内便一贫如洗。

魅　妻

张生的马是夜里独自回来的，把张家的下人吓了一跳，连忙牵了去找夫人，说主人不见唯有马回来了。

妻指挥了众人拿着火把沿路寻找，终于在郊外的路旁草丛中找到了昏迷不醒的张生。

众人把他抬回家，七嘴八舌地议论个没完，妻一言不发远远地站着。

老大夫颤颤巍巍地给张生诊了脉，又看了看他的瞳孔和舌头，才道："无事，惊吓过度晕过去了，明早就会醒来。"

妻吩咐众人下去睡了，只留下她自己与张生两人，屋中的灯火摇摇曳曳，她揉着手上的一块青肿来到榻旁，盯着榻上的人脸心里泛起一阵恐惧。

灯花跳动了一下，将妻惊醒过来，她站起身走向桌子，那一盏灯下还放着半碗吃剩下的莲子羹早已凉透了，她瞧了瞧莲子羹转身逃出门去。

第二天一早，张生果然醒来，妻戒备地看着他，他则又是比又是画地把昨晚遇上的事全说了一遍："昨日途中遇到一只怪物，那怪物就像一只兔子，但两只眼睛亮得像两块镜子，它……它还会千变万化，会变成人。"

他说着惊恐地后退，看着妻的脸，说："说不定……说不定你就是它变的。"

妻反问："若我会变，又何必用这副样子见你？"

他的妻子长得不美，脸上一块红斑胎记生在右眼的眼角处，与张生是两家指腹为婚，她未出生就定下了这门婚事，哪知她生出来后却长这个样子，张家无奈又怕人家说他们嫌丑爱美，只得勉强道："娶妻娶贤，不在乎容貌。"

张生百般不愿，但因妻的嫁妆丰厚还是娶了她，而后便很少再回家来了。张家父母过世后，就由妻打理了家中的产业，张生终日只知在外花天酒地，回了家一有不顺就拿妻来出气，拳打脚踢没有一刻安生。

此刻张生稍稍安静了一些，他瞧着妻脸上的红斑，说："好似一只蝴蝶。"

妻哑然无话，疑惑他是神志失常了，此后他越来越疯癫，忘掉了许多事情不说，行为举止也十分怪异。他闭门不出，但家中下人总是找不到他在哪儿，偶尔妻会发现他睡在衣橱里，偶尔会看见他坐在后院的大树上，又或者他会拿了鱼竿在家中的荷花池畔钓鱼。

妻说："荷花池中都是金鱼，你要吃鱼叫厨娘去市集上买去。"

"可是金鱼好看。"

他固执地坐在荷花池边，钓不上来鱼，便伸手去捞，一不留神滑落进荷花池中，在水中挣扎不停，妻站在岸边看着一动不动。

荷花乱摇，水影晃动，张生如一尾鱼，沉溺其间。

最终妻还是不忍，跳下荷花池将他捞了上来，柔软纤长的手指抚过他的脸颊，将他脸上沾染的一片花瓣拂开，道："回云吧，下次不要再到池边来。"

张生愣愣地瞧着她，倒似不懂事的孩童，依然固执道："我要钓鱼。"

妻带着他回去换了衣裳，陪着他在池边钓鱼，终于钓上来一尾，他欢天喜地捧去厨房，要厨房做了来吃。午饭的时候，那尾金鱼被摆在青花瓷盘中，倒是十分好看，可好看归好看，却并不好吃。

他夹了一块红通通的鱼肉给妻，说："你吃。"

妻愣了愣，还是把鱼肉混着米饭咽了下去，张生目光灼灼，满目期待地看着她，她只得说："好吃。"

他终于满足，说："它好看，像你的脸。"

张生的疯癫传得街知巷闻，邻居们叹息："从前虽然打他的妻子，但到底还是个正常人，如今吓傻了，他的妻子可不成了守活寡，太可怜了。"

"她那脸上的红斑就是不祥，命苦。"

妻请了几个大夫来看，大夫们都说不出个所以然来，只说他受惊过度，要好好将养。妻也不嫌弃他，任由他在家中胡闹，索性他除了行为举止怪异些，并无什么出格举动。

张家开着一家酒肆，每日妻都要算账，一日她看着账本叹息，正在研究一盏花灯的张生问："你为何叹气？"

"酒肆里的账房贪了钱，还偷了我们的酒拿出去卖，他以为做些手脚我便不知道。"

"那就不要他。"

"一时之间找不出合适又信任的人去顶替。"

张生道："我去。"

妻惊讶道："你去？你什么都不会。"

张生从前是从不管家的，父母在时他便闲散，娶了妻后他耽于享乐，酒肆中的工作他都未做过。

"我可以学。"

妻当真让他去了柜台收账，账房的老掌柜看不起他，轻蔑道："夫人，主人怕不适合来收账，他若是算错了账，少收了钱，可怎么算？"

"我担着，你只管教他。"

老掌柜摇摇头，暗自对旁人说："这酒肆早晚要垮。"

但却出乎意料，张生算账很快从未出错过，老掌柜被妻客气地"请"走了："从此以后，我夫君在店里负责收钱。"

张生在店里守了几日，问妻："他们为何喝酒？"

"为了开心。"

"那你为何不喝酒？"

妻反问："我为何要喝酒？"

"因为你不开心。"

妻无言以对，便不再说下去，她默默地坐在灯下对账本，张生又讲起他遇到怪物的事情，张牙舞爪地在她面前跳来跳去，想把那怪物的样子扮出来。

妻却被他逗笑了，他龇牙咧嘴地说："你不要笑，那妖怪很可怕，会吃人。"

"我倒觉得那妖怪不可怕，它不过是贪玩，喜欢吓唬人，你看它并没有把你怎么样。"

张生沉默下来，冥思苦想，问妻："那你说，要怎么才可怕？"

"最可怕的事情，我已经经历过了，对我而言，没什么可怕的了。"

这时张生一脸惊恐地指着她的身后，用骇人的语气说道："你转过头去看看。"

妻心念微动，觉得身后似有人在用怨毒的眼神盯着她，她扭过头去，看见晃动的烛火把她的身影投在身后的白墙上，在她的影子旁边，还有一道不甚清晰的影子，虚浮晃荡，似是张生，但张生明明在屋子的另一头，他的影子不该在此处。

那是一道鬼影。

张生尖厉喊道："那是鬼。"

妻回过头来一下吹灭了灯火，屋中顿时暗淡下来，所有的影子都消失无踪，又像是它们都融进了黑暗里，无处不在，无处不是。

张生问："你不怕吗？"

"鬼有什么可怕，既做了鬼，就不如人。"

妻拉过他的手，道："夜深了，睡吧，明日一早，你还要去酒肆。"

张生犹不放弃，说："那个鬼看着像我，若那是我？那我又是谁？你不害怕？"

妻答："你是我丈夫，我知道若真有鬼来，你会保护我，我不害怕。"

张生终于默然不语，随着她一起上了床榻安眠。

夜里，妻做了一个梦。她梦见那些无形的黑暗凝结成张生的鬼影，他飘荡在屋里，忽然被一只不知从何处蹿出来的大兔子一口咬住，一鬼一妖的影子在屋里不断缠斗，震得门窗嗡嗡响动，最后，那鬼影终于不敌，被兔子撕得粉碎。

妻在清晨醒来，看见灿烂的阳光从窗外照射进来，一扫昨夜的阴霾。张生还未醒，妻推了推他，他揉着眼睛醒过来，妻说："昨夜刮了好大的风，把窗户吹得直响，你听见没有？"

张生答："好像是吧。"

自此，张生仿佛换了个人，他不再像从前一样疯疯癫癫，也不再出去花天酒地，反而勤勤恳恳地在酒肆看店，只是话不多，偶尔显得有些痴愣。

妻脸上也多了笑容，脸色红润起来，脸上的红斑都没那么难看了。

一日，张生帮忙把酿酒用的粮食搬进仓库里，妻便替他看店，忽然听见柜台上被人"咚咚"地敲响，妻抬头看见外面站着一个道士，便道："客人要买酒吗？"

道士摇摇头，压低声音道："你家里有妖怪。"

"客人说笑了，大白天的哪来的妖怪。"

"那妖怪会变化，它变作了人，寻常人看不出破绽来，可我却一眼就看明白了，我打听过了，你丈夫前不久外出遇到过妖怪，对不对？"

"对。"

"那天回来的不是你丈夫，你丈夫早让那妖怪杀了，回来的就是那妖怪，他要害你。"

妻忽然笑起来，说："客人怎么还没喝酒就醉了，胡言乱语的。"

道士急切地说："我说的都是真的，本道云游至此，不忍见你受骗，索性发发善心救你一命。"

他说着从怀里拿出一个纸包，说："这是驱妖的药粉，你把它洒在饭菜里，端给那妖物吃了，他就是不死也再不敢靠近你家，切记，千万别让他知道。"

妻没有伸手去接那药包，身后有人喊了一声："老板娘，结账。"

她应声转头，再回首时，柜台外的道士已不见了，只留下一包药粉在柜台上，妻迟疑地伸出手，将那药粉收了起来。

夜里，她把那药粉交给厨娘，道："之前家中闹了鼠患，我特意寻来一包鼠药，倒是厉害，撒上后老鼠果然死光了，你把剩下的药粉毁去，可别让人误吃了。"

而后她才细细洗了手去前厅吃饭，张生早已等着她，说："娘子，你快些来，我要饿死了。"

妻笑了，说："你饿就先吃吧，何必等我。"

他认真道："夫妻不是要一同吃饭一同睡觉的吗，死了还要埋到一起，这叫什么来着？"

"生同衾，死同穴。"

张生抱怨道："娶妻好生麻烦。"

"吃饭吧。"

灯火黄昏，一张小桌上，几道可口小菜，张生坐在对面，妻已觉得心满意足。她正喝汤，厨娘端来一锅莲子羹，道："最近的莲子新剥，十分清甜，我记得主人爱喝，特意煲来。"

张生看了看，未说什么，妻忽然开口："端下去，我最不喜欢喝莲子羹。"

厨娘不解道："可是……"

"你们拿下去分了吧，以后不用再给我们做莲子羹了。"

张生无甚所谓，说："那就端下去吧。"

厨娘这才将莲子羹收了下去。

吃过饭，两人洗漱更衣休息，张生躺在榻上问："我听见白天来了一个道士，他有没有跟你胡说什么？这些道士最可恨，总是编些谎话吓唬人骗钱，你可不要被他骗了。"

"那倒是没有，他不过是死赖着要跟我骗酒喝，我不给，他气冲冲就走了。"

"我还以为他会跟你说，家里有妖怪什么的。"

"说了我就会信吗？"

"他要是打听过，知道我从前遇到过妖怪，肯定会说，回来的就是那妖怪，真正的张生早已被妖怪害死了。"他说到此处激动起来，"可那妖怪不害人的，他只是吓唬人而已。"

妻安慰他："我知道，你睡吧，此处没有妖怪，也没有道士。"

他喃喃着睡去："它没杀人，没杀。"

很快，妻的枕畔就传来了均匀的呼吸声。妻侧身朝着屋外看去，窗外一轮明月皎洁，清辉遍地，照耀得世间清明无垢。

可活在尘世的人，又有哪一个人能做到真正的清白无垢。谁心中没有一两件不可告人的秘密，妖装成人又是什么大罪过，再大能大过杀人吗？

妻想起那碗莲子羹。她犹记得，她把鼠药撒进去时，手指不断地颤抖，也不知是疼的还是吓的，只是从此再也见不得莲子羹。

道士说回来的不是她丈夫，她早就知道，吃下那半碗莲子羹，他就回不来了，从此，她可得解脱，不必再日日受他的折辱和殴打。

那天夜里回来的是妖，起先她不敢说，后来她不愿说。

有些人还不如妖物，那些几乎快被她丈夫打死的夜里，又有谁来替她管一管？人们只是劝她忍了，哪家丈夫不是这样，再者说你脸上又有这样一块胎记。

是妖又如何，有时，妖倒比人更像一个人。

妻翻了个身，面对着张生而眠，看着他的脸，默默算着明天要开始酿新酒了，酒曲不知够不够用，就这样想着想着，她便睡了过去。

梦里，是一片清明的月光涤荡人间。

文/李若

顿丘魅物

文中的丈夫就是妖怪，他的本体是一个像兔子一样的东西，眼睛像镜子，瞪大眼睛还闪着光，十分可怖。能变成人与人搭话，实则是想吓唬人取乐。

这妖怪原型来源于《搜神记》，魅物先是在路上现出原形吓路人，然后变成人，又与那路人搭讪，谈笑间魅物会再次显露原型吓路人，之后才会离开。魅物没什么太大危害，就是吓人罢了，人被吓晕过去没多久便会醒来。

蘑菇入世见闻

"哎！"

长安宣平坊的一处宅院内，蹲在墙角的蘑菇发出了今晨的第三十七次叹息。

蘑菇无奈，蘑菇彷徨，蘑菇想哭。

"哎！"一旁的蛤蟆也跟着叹气。

蛤蟆无语，蛤蟆急躁，蛤蟆心烦。

今天的蘑菇从清晨阿春姑娘离去后便一直叹气，闹得他抓心挠肝的。

"今天又要去城北的集市上采买了，你说，我还会遇见他吗？"

少女轻柔的声音犹在耳边，让蘑菇想起了三月。每年那时，院内总会飘飞着柳絮，兜兜转转遮盖住他硕大的脑袋，他懒洋洋地想犯困。

"可是他应该都不记得我了吧。"

阿春眉头时而舒展，时而轻蹙，少女怀春的心思，不言而喻。

蘑菇只看到阿春今天打扮得很漂亮，对着旁边的那棵槐树一会儿忧愁，一会儿高兴——他甚至连阿春倾诉的对象都算不上。

"哎！"

今早的第三十八次叹气。

蘑菇不懂，可蛤蟆懂。

蛤蟆被闹得心烦极了，对蘑菇说："阿春这恐怕是遇到喜欢的人了，你要不放心就跟着出去看看吧。"

"出去？"蘑菇缩缩脑袋，"不，不行的，我从来就没离开过这里。"

蘑菇的第一反应是拒绝的，这是身体无法运动生物的本能。

可是出去看看吧，他也想去看看阿春平日活动的地方……去看看，去看看阿春喜欢的人的模样……

作为修炼几十年的妖精，想要找到一个凡人还是很容易的。何况阿春又这么特殊，她总是像她的名字那样，让人想到温暖和煦的春天。

第一次出门的蘑菇对长安街上新奇的玩意儿很好奇，但他生性腼腆、内向加上心里记挂着阿春今日的反常，埋头直直奔向感应到阿春的地方。

阿春已经采买完成，此时正提着菜篮往一坊间展望，酒肆、食铺外有吆喝声，书写着一曲独属于长安的繁华。刹那间，韶光满堂如云漏月，眼前的公子似乎与这满城喧嚣毫无关系，好似秋梦冷烟绘制的仙人，不应住在繁城俗世之中，而应来自蟾宫之上。

阿春顿时有些痴了，好像又回到了被他从马下救出的那日。阿春握紧手中的竹篮，似乎上面还残留着他指尖的温度。

赶来的蘑菇看到了阿春，那种神态是他不曾见过的。顺着阿春的视线望过去，他看到了气质疏离、冰肌玉骨的玉兰精出现在阿春的面前。

蘑菇感觉头都被气得大了不少，这株玉兰都开花开到阿春面前了。

蘑菇气冲冲地跑过去拉走阳光下花枝招展的玉兰精，阿春看到心上人被一个皮肤白皙、头大如斗的怪人拉住，一晃就没影儿了。

阿春心里担忧，本想抬脚去追却连个方向都找不到，又想到自己对他一无所知，连问询都找不到人，最终只得落寞地回府了。

而这边，玉兰饶有趣味地盯着眼前的蘑菇。刚刚他火气冲冲地把他拉走，玉兰不愿在凡人面前暴露真身，便没有反抗跟他离去。做好打斗的准备后，却不想这小蘑菇只把他带到墙角，也不说话就眼泪汪汪地把他盯着，活像他做了什么伤天害理的事。

玉兰一阵头疼，他确信以前没得罪过这小蘑菇。可这小蘑菇又一直拽着他袖子，不让他回去。

玉兰灵光一闪，试探开口："是因为刚刚那个姑娘？"

"你不要骗她。"蘑菇闷闷地开口，"她今天一直不开心……是因为你。"

"你喜欢那个姑娘？"

玉兰"啧啧"两声，这倒是出乎他意料，这蘑菇看着一副涉世未深的样子，没想到也是个痴情之妖。

蘑菇支支吾吾，没有答话，只是把他袖子拽得更紧了。

玉兰笑道："行吧，我以后不再见她，本来也就只是萍水相逢罢了。"他还想游历这大好河山，可不干自掘坟墓的事。

玉兰想着脸带笑意对蘑菇说："我看你对这外面好奇得很，莫不是化形后也没有到处游玩？"

不待蘑菇回答，玉兰便自顾自地接道："左右我此时无事，今日便带你好好看看长安花罢！"

"长安城有一百零八坊，南北十四街，东西十一街。除通往皇宫的大街御路外，坊与坊之间交织着许多宽广平直的街道。这里面住的平民极少，多一半都是公卿大夫之流，再有便是那些繁盛的商店和富家住宅了。"

蘑菇睃①（suō）着周围的一切津津有味地听着，玉兰步伐缓慢，等蘑菇跟上来。这时玉兰故意顿了顿，又道："可我今日不想带你去看画栋朱栏、粉墙雪映，我带你去看街坊巷堂、芸芸众生如何。"

玉兰带他去了湖边，湖岸的绿植不知何时被裁出浓密细碎的绿、清清淡淡的鹅黄足够撩人情怀。湖畔的花木极是繁盛，日光洒在其间，枝叶都似莹莹发亮。

蘑菇看见一株茉莉开得正好，暗香盈盈，那小小的白色花朵像一枚枚银纽扣，精致小巧点缀在枝叶间。不知为何，蘑菇想到了身边这株招摇的大玉兰，可惜此时不是他的花期，否则一定开得比这茉莉更好、更灿烂。

此时天色已快全黑。静街的时刻到来之前，夜幕中的长安城，渐渐陷入另外一种热闹。拥挤的街道上人来人往，各色小吃都开了张，香气顺着夜风往行人的鼻子里边灌。玉兰带他回到了市集里的茶肆，给他点了壶凉茶、一碗阳春面、一碟花生米，并付了铜板。

蘑菇"呲溜呲溜"地嗦着面条，又灌下一口浓汤，这是他第一次吃人类的食物，感觉暖乎乎的。

玉兰看着蘑菇吃得香，自己也有点儿馋，可想到自己还得去为即将远行的朋友送别，只得先向蘑菇告辞，离去时还在心里记下这家茶肆的位置，想着下一次空了自己也要尝尝。

蘑菇嗦完了面，心满意足地眯了眯眼，都说玉兰是含蓄清雅的，可他遇到的这株玉兰却顶着清贵的皮，内里却是张扬而热烈的。

小二笑眯眯地来收拾盘子，端盘子时却正好撞到站起来的蘑菇的肩。

"砰，咔嚓！"这是瓷盘碎裂的声音。

"砰，咚锵！"这是客人脑袋落地的声音。

……

小二颤颤巍巍望着眼前头身分离的"客人"，一句完整的话都说不出来。

蘑菇发现自己脖子凉飕飕的，视线也矮了很多，他立马反应过来是自己的蘑菇盖掉了，匆匆忙忙地抱着自己的脑袋逃离现场，徒留下惊魂未定的小二。

距离那日已经过去好几天，玉兰没再出现过。

看着兀自对着柳树发愁的阿春，蘑菇也想知道那株玉兰去了哪儿。

---

① 斜着眼睛看。

想着那天的出游，蘑菇不禁想起了吃的那碗面。

蘑菇也曾去过那间茶肆的，为了不再被惊吓的小二认出来，他还专门搞了顶帽子罩在自己硕大的脑袋上。可是到了那里却发现自己没有玉兰付的那种铜板，只得和蛤蟆空着肚子回来。

闻着面香，蛤蟆空荡荡的肚子更难受了。但它很快便想出了个办法来。

第二天傍晚，宣平坊里便多了个怪异的卖油人，他的头较常人硕大很多，皮肤苍白，言语也不多。但他卖的油，不仅味道鲜美而且价格便宜，因此引来很多人的青睐。

这天阿春也来买他的油了，蘑菇不是很会算账，只知道一个劲儿地把油壶装满，一个劲儿地抹零头，半卖半送地送走了阿春。

看着阿春走时欢欣的笑脸，蘑菇一整天都很开心，变成驴的蛤蟆在一旁看着，神情颇有些复杂。

袅袅炊烟升起在黄昏时的长安里，阿春也在厨房做饭，她和其他厨娘有说有笑，炒菜炒得满院子飘着肉香菜香。烩鱼时掀开锅盖，鱼香夹着油味，蒸腾起来的热气从厨房里飘出来，从窗户和门框朝着房顶上雪腾腾地蒸着。白白的烟熏染着灰色的屋檐，又在房顶上氤氲覆盖着。

烟囱里又徐徐冒着炊烟向着天空，蘑菇在墙角望着，突然感觉到一种居家过日子的快乐与温馨。

阿春今天也吃到了鱼，昨天买的油很好，连主人家也赏了她几块鱼肉吃。

这天蘑菇和蛤蟆吃完面，像往常一般在坊间兜兜转转卖油。

可正逢一个官员招摇路过坊间，周围的百姓都纷纷避开，生怕惹祸上身。

可涉世未深的小妖怪们哪知道其中的弯弯绕绕，官员只见一个皮肤异常白皙的卖油人戴着一顶大草帽，牵着一只驮着两个大油桶的驴径直朝自己走来，竟丝毫没有避让之意。

官员身旁的侍从见状，便上前推搡了一下蘑菇，蘑菇没想到这么宽的街道还会被撞到，一时不察，脑袋又"骨碌骨碌"地滚到了地上，蘑菇捧着脑袋牵着驴慌忙逃窜。

而这下可不及上次好运。

这官员胆子虽小，但他威风啊，立马差侍从追上去。亲眼看见那蘑菇钻进了座大宅门里，消失在一棵大槐树下。官员找来了这宅门的主人，告诉了他们刚才发生的怪事，这家人决定挖开槐树一探究竟。

他们在槐树下挖掘，挖了约有一尺深，见土中有一只蛤蟆，见到人后吓得瑟瑟发抖，蛤蟆身上驮着两个笔鐍（tà）①，笔鐍中盛满了槐树的津液，蛤蟆的旁边还有一株白蘑菇，蘑菇盖已经掉落了。官员顿时明白了，那白蘑菇便是卖油翁，蛤蟆是驴子，蛤蟆身上的笔鐍是油桶，而油便是槐树的津液。

那官员历来虽惯爱耍威风，却也是见过世面的，立马就差一名侍从去请来最近风头大盛的白天师。

蘑菇知道自己在劫难逃，只觉得自己连累了蛤蟆，他望向宅子里的人群。

他知道阿春在的，却不想对上了阿春憎恶惊惧的目光，阿春曾经带给他冰雪消融的春日，此时却让他仿佛置身寒窖。

平日里呆蠢的蘑菇此时出奇的敏锐，她眼里翻滚着恐慌，苍白着脸，像是俯身欲呕却又强自镇定，幸而她身边其他的人也都惊惧不已，旁人并不知道她的不同。

不多时，所谓的白天师便跟着侍从风尘仆仆地赶来。

看见了白天师的第一眼，蘑菇知道，他不用死了。

白天师，竟然就是玉兰精，当着官员他们的面念叨着什么，他听不清，也没心思去听。

蘑菇只是仔仔细细地望着阿春，似是要在她惊恐的脸上盯出什么来——他感觉自己心死了。

一阵白光闪过，蘑菇和蛤蟆被玉兰收进了袋子里。一句"无量天尊"，玉兰便当着所有人的面"救"走了两个小妖怪。

隔天，蛤蟆摸着自己还在跳动的心脏，对玉兰感激万分，也不知道蘑菇在哪儿认识的这么厉害的朋友。

"现在去哪儿？"玉兰扭头向蘑菇问道。

蘑菇还是一如既往的沉默。

玉兰撑着下巴，一点儿也不顾及形象，懒懒散散地向蘑菇说着昨日的后续。

"官员将此事上报了朝廷，得了大赏，现今颇得圣上青睐。"

"得知吃了你卖的油的人都纷纷得了病，上吐下泻。"

"阿春姑娘也得了病。"

见蘑菇终于抬头，玉兰眯了眯眼，笑道："此事说来有趣，但那宅子里其他吃了油的可都没事。"

蘑菇望着眼前人充满恶意的笑，心里再次疑惑，这家伙真的是玉兰成精吗？

---

① 金属套。

回去吗？还是不回去了吧！

我们妖都是头脑简单的，还是不回去的好。

文 / 惊鹊

卖泊人

古代传说中的蘑菇妖怪，本体是一个白蘑菇，平时化成人形赶着驴上街卖油。驴是蛤蟆所变，卖的油则是槐树的津液。

这俩妖怪来源于唐代笔记小说集《酉阳杂俎》，京城中的一名卖油人，赶着驴驮着油桶。有官人路过，卖油人因避道不及时，被打了一下，脑袋就掉了下来，但卖油人不为所动，仍赶着驴进了一座大宅，消失在一棵大槐树下。官人就命人挖地数尺，在早已枯死的槐树根下找到一只像碟子一样大的蛤蟆，背着两个笔套，还有一枚很大的蘑菇，菌盖已经掉落了。卖油人消失后，早前凡是买过吃过他的油的人，都上吐下泻。

❧ 出 洋 ❧

天光微亮。

冯蝶儿睁着眼睛盯向天花板已经有好一些时候了。

枯草堆的味道混着旁边人身上的酸味，以及自己身上的汗味——她不敢深呼吸，也睡不着，就这样一动不动地躺着。

又过了一些时辰，她估摸着时间差不多了，便悄悄地起身，绕过还在酣睡的人们，走出这个全是大通铺的房间。

冯蝶儿认了认路走下楼，一路往旁边一个小楼去。到了小楼，她又走了几步楼梯，推开了楼上一间房门。

不出所料，房里坐着的正是她想见的人。

"黄叔，"她上前很恭敬地对着一个正抽鸦片的人讲话，"我之前求您的事儿……"

房里的床上坐着一位壮汉，眉目有些凶狠。他在云雾缭绕间抬起头来，见到来人一笑，道："是冯妹子啊。"

他看着她愣了许久，仿佛才想起来是什么事儿般说："哦，那个！我搞定了。"

此时他将烟嘴放下，压低了声音："三天以后，凌晨四点，有一艘船要下南洋。我已经给人说好了，到时候我在岸边等你，你来了，就和货物一起上船……"他给冯蝶儿细细地说了计划。

冯蝶儿听着他的话，一颗悬了许久的心终于放了下去。于是又千恩万谢地说了许多好话，并约定到时候见，才告辞了。

路过天井的时候，有小孩儿在往井里头扔炮仗。冯蝶儿见着一愣，下意识地出声阻止。

"哎，不可以往井里扔东西。不然井泉……"她顿了一顿，改口说，"不然污了这井水，可叫别人怎么用呢！"

小孩儿见有人来，一下跑得没影了。

冯蝶儿的脚步停了一停，看着那井，涌上一股莫名的惆怅。

冯蝶儿第一次见到井泉童子，是在五六岁的时候。

当时一群孩童在井边玩耍，嬉笑中不知被谁伸手用力推搡了一把，冯蝶儿脚一绊，就跌下了井。

她不会水，只看得水波荡漾、晦暗不明。泡泡从她的周围往上升，太阳照在井壁上。

就在她迷迷糊糊之际，就看见眼前出现一个童子模样的少年。说是童子，是因为穿着童子的衣裳，也梳着童子的发髻。但脸却不完全是娃娃的脸，又并未长成少年，因此稚嫩仍在，却已经透着一股子清秀。

少年走近她，问道："是一个小娃娃！怎么到这里来了？"

冯蝶儿并没有回答他。她一睁眼，已经是在自家那四壁漏风的房子里了。

不久后，她就被娘送到镇上大户人家里头干活。一直到十三岁，那户人家里不务正业的油腻少爷威逼利诱要她就范之前，她偶尔想起这件事来，都只当是自己昏头昏脑地做了个梦。

冯蝶儿又气又怕，旁人也不敢轻易招惹这样一位人物，因此无人来帮她。

那少爷逼得她无路可走的时候，她心一横，自己跳了井。

井水冰冷，井底幽暗无光。她慢慢地闭上了眼睛。

冯蝶儿醒来的时候再一次看见了那个少年。

他看着她笑，说："又是你，小娃娃已经长得这样大了。"

冯蝶儿问："你是谁？我记得我跳了井……"

少年温和耐心地答她："你是跳了井。本来你是要死去的，但恰有一人路过那井救了你的命，所以你在凡间的身子仍剩着一口气，而魂魄却在这里。我是井泉童子，掌管着井里的水源。你跳井污染了这水本是要受罚的，如今因为他人救了你，才免去了惩罚。你醒了，我且问你，你还想回那凡间吗？若想，我便送你回去；若不想，那便去轮回。"

冯蝶儿既不愿去地府，也不愿回到人间。于是少年仍旧是温和地叹一口气，说："那你便暂时跟着我吧。"

冯蝶儿跟着井泉童子，看他如何治理这片水域。

原来哪怕是当一个小小的神仙，要管理的事情也很多。

深秋九月，是霜降时节。夜里常有霜冻在水里，压在庄稼上。于是井泉童子便要化解冻水，催高温度，才不至于使人次日无井水可洗涤；再有人污染井水，如尚未懂事的孩童喜爱扔杂草石块，又有各式各样的人投水自尽；还有对这掌管水源的小童子心无敬畏，觉得井水取之不尽用之不竭，口出狂言者……根据情节轻重，这些行为都需施以惩罚。

冯蝶儿跟在井泉童子身后，时常看得目瞪口呆。

一日，童子正在手写宗卷，记的是他近日来的工作，以便年末时向天庭述职。此时东头又有一少妇投了井。

冯蝶儿是认得那少妇的，她是东头醉汉刘家的媳妇，丈夫时常喝酒，喝醉了就打人，因此她经常见人时面上青紫，更别提衣物遮蔽之处了。此番她自尽应是忍无可忍，竟也舍得留那嗷嗷待哺的孩子在凡世受苦，自己先行了断。童子见了这个女人，照例是与她说了投井的过失，便让她去往地府轮回。

冯蝶儿看到人世艰辛，想起自己的种种，不觉又落下泪来。

童子见状摇一摇头，几不可察地一叹。

"你与她不同，"他看着冯蝶儿，犹豫片刻，才将话说满，"你……你可以离开这里。离开这里，不必囿于处境，自有你的天地。"

冯蝶儿哭着抬头看他，愣愣地没有答话。

不知过了多长的时间，童子已经三番地问过冯蝶儿的去留。

冯蝶儿银牙一咬，说她想要回到人间。

她拜别了井泉童子，魂回醒来时周遭已是另一副光景。她在床上躺了三个月，却又好端端地醒来。周围的人避之不及，只觉得她是妖怪缠身，连那少爷都不再纠缠于她。

冯蝶儿学着井泉童子的模样叹气一口，收拾行囊离开这个仍未被机器污染的地方，到上海去谋生。

此时上海已经是一个摩登的城市，冯蝶儿看见烟囱，看见高楼，那是一个与自己所处地方完全不一样的世界。但是在这个充斥着巨大的隆隆的机器声的城市里，并没有她的一席之地。

机缘巧合的情况下，她认识了黄叔。黄叔说出洋才有出路，到南洋去"有金子"。冯蝶儿觉得依稀间又回到了当初别无选择的时候，于是她将仅有的值钱的东西都孝敬了黄叔，换了一张去南洋的船票。

出发的前一天，冯蝶儿蒙头大睡，想要养好精神。

在汗酸味混合着的稻草间，井泉童子又出现在了她的梦里。

"你要出洋了。"井泉童子说，他仍然是那副尚未长成少年的模样。

冯蝶儿看着他，说："是。"

她沉默一阵，又想起什么似的，问他："我有阻止别人污染井水，你都看到了吗，我做得好不好？"

井泉童子一笑，说："你做得很好。"

实则城市里的用水早已被工厂和机器污染，已经不再属于他的管辖范畴了。井泉童子看着冯蝶儿，未有要说出来的打算。

他说："我已经与东海的龙王报告过，明日你出海风平浪静，可顺利抵达彼岸。"

冯蝶儿点一点头，开口却是一句不相干的问话："此次我离开，怕是不会再回来了。我新到的那个地方，那里的井水是不是就不是你的地盘了？"

童子没有说话，算是默认了。

于是冯蝶儿再点一点头，再三拜过。童子便隐去了。

冯蝶儿在夜里上了船。船顺风，因此行得很快。

她回头望向港口，港口在黑夜里仅有几点零星的光在闪烁。

借着那几点光，在满天的星空下，她热泪盈眶。

文／吹取蓬舟

井泉童子

古代传说中的家宅六神之一。据传是由掉入井中的孩子所化，管理着井水的深度和水质。居于井中的井泉童子，会到城隍庙状告破坏污染井水的人，使他们受到惩罚。

文中的童子原型来源于《子不语》，因一小儿性情顽劣，把尿撒在了井水里，便向城隍告状。小儿虽被打了二十大板，但井泉童子认为城隍讲究同乡情分罪大罚小，便向司路神告状：污染人们饮水的井，罪与放蛊下毒相同，应判死刑。随后小儿当晚就死了。不得不说，井泉童子虽然嫉恶如仇秉公依法，却或许是有点儿过了。

不生别离

比干手里捉着一只长了角的兔子和一只浑身是毛的乌龟，匆匆地往帝辛的宫殿走去。

他一路从郊外的田野进城，又经过人数寥寥的长街，满目见到的无论是面黄肌瘦的农民，还是风霜满面的百姓，脸上都写满了苦难。无神的眼睛陷在这样一张脸里，像是石子堆里黑色的石头嵌在荒凉的黄土地上。

高大厚重的殿门在比干身后关上。比干低着身子对座上的人说道："大王！城外发现了长着毛的乌龟和有角的兔子，这是前所未有的事情呀！人们都说这是发兵甲的征兆，都指妲己……"

他甚至还未来得及呈上那两只活物，帝辛就十分不耐烦地打断了他："叔父，为何我每次见到你，都要听这些不好的话？"他像是猜到比干后面的说辞，不由得发怒："叔父不必拿妲己来说我！叔父辅佐我治理这个国家，大家都称赞你是圣人。我听说圣人的心有七窍，不知道是不是真的？"

比干一愣，正要开口说些什么，头顶上就传来娇娇的女声："大王又为了什么而生气了呀？人生苦短，浪费在这上面做什么。"

比干听见座上之人转怒为喜的声音："是妲己来了。"帝辛似乎不再打算纠缠刚才的对话，挥了挥手叫比干退下。等到比干瘦弱的身影消失在了殿门后面，他把妲己拉到自己身边，笑着问道："不在我那里待着，来这里做什么？"

妲己顺从地坐在他身旁，借着殿里的烛火又将帝辛细细地打量了个遍。帝辛已经不再年轻，不再是她曾经在暗处偷偷看他的时候那般英姿勃发了，黑发里绕了白发，脸上生了很多皱纹，牙齿也不如年轻的时候坚固了。但是每一次再见他，都像是第一次一般，永远也看不够。

妲己捉着他的手，仰着脸笑着回他："我和大王心有灵犀，察觉又有人惹大王不愉快了，特赶来解救大王。"

帝辛开怀大笑，将妲己搂入怀中，说："妲己爱我。"

比干走在一条小路上，这是回家的捷径。

他一抬头，发现前方不远处站着一位女子，似是正在等他。比干走近一看，不由得横眉倒竖，冷声道："娘娘在这里是要打算做什么？"

妲己并不是之前那副娇娇柔柔的女儿样，她看着比干，说："大王今日动了杀机，纵使他今日不杀你，来日还是要杀的。"

比干眉头一皱。

妲己继续说："如今天下即将大乱，兵甲之争避无可避。如若大人还有生路一条，不知可愿意继续辅佐新王重拾盛世。不为大王，为……天下百姓。"

比干冷笑道："天下大乱，不正是如娘娘所愿吗？大王做的荒唐事情，你非但不加阻止，反而变本加厉，火上浇油地胡作非为。如今'社稷百姓'一词，也是娘娘能够说出来的吗？"

妲己面容平静，似是不为他的怒气所动，道："大王年轻时征战四方，降服部落，难免意气风发，刚愎自用。如果一开始的时候臣子们可以警醒他免于骄傲，是不是就没有后面的事情发生了呢？大兴土木，征敛财宝，是他满足于自己功业的一种极端体现。我遇见大王时大王已年过六十，这样生活已经很多年了，又是天子，有着'全天下都是我的'的想法，哪里能很快地改变呢？我爱大王，所以愿意与大王一起承担这样的罪名，但是却不能彻底地改变他。大王爱我，所以通过让乐师制作新的乐曲，让戏子在酒地肉林里嬉戏来讨我的喜欢。这是一种大王通过自己的权力来彰显他的爱意的方式。如此看来，这个结果是多年前就早已注定的，岂是一朝一夕所能改变的？"

妲己似是并没有要比干回答，她向比干伸出手，掌心里是一颗药丸，说："大人确是圣人，不知道现在可还有拯救天下苍生之心？即便是大王赐死，你服下这颗药丸，也能逃过这劫。"

她朝比干很庄重地行了一礼，将药丸搁在他的手上，转身离去。

比干神色复杂，若有所思。他接过药丸，沉沉出声："你到底是谁？"

妲己一笑，脚步停了一停，没有回头。

就在民间关于龟毛兔角的传闻愈演愈烈的时候，姬发起兵了。

帝辛在牧野迎战，双方短兵相接，厮杀至天昏地暗，日复一日，无休无止。每当帝辛回来的时候，都是眉目紧锁，心事重重。

"大王，我们或许可以不打这场战。"妲己一边给帝辛端上茶水，一边语气轻柔地说。

"不，我要打。"帝辛就着妲己的手喝了水，将头靠在妲己的肩膀上，很疲惫

第一辑 一生休 | 029

但是语气坚定，"区区几万军，哪里敌得过我十几万大军。等我打赢了这场仗，再搜罗一些珠宝来给你挑。"

妲己心里大恸，几欲落下泪来。她将头靠在帝辛的身旁，声音低低的："好，那就打。臣妾在这里等你回来。"

暮色四合，妲己登上城楼眺望。她的心不知为何跳得很快，预感有大事将要发生。

在天和地交接的地方，烽烟四起，直冲苍穹。她似乎隐隐能听见人呐喊的声音，响彻天地，又似乎感觉到地动山摇的震感，那是战士冲锋的脚步声。然后是马蹄声、兵器声，各种各样的声音糅成巨大的一团，像是天地挣扎着要裂开来了。

就在妲己觉得这些声音要冲破她的耳朵的时候，一切突然寂静下来。不再有车马声、打斗声，只有清风吹拂发梢，灰暗的天压下大地。她不曾注意到在灰暗的天里一缕气渐渐地飘散，那是王朝的气数尽了。

四周安静得听不见一丝声音。妲己心里恐慌，提裙跑下鹿台。她跑得快极了，也害怕极了，甚至不敢大口呼吸。

在楼底妲己撞上了同样奔跑着的帝辛。"大王！"她心下一松，就要扑到他的怀里。

帝辛接住她，却没有她那样的喜色。他神色慌忙，气喘吁吁道："爱妃快逃！他们就要攻入朝歌了！"

妲己这才注意到帝辛已经换下盔甲，穿了一身极奢华的绸缎。他跑得笨重，因为口袋里都塞满了钱币和珠宝。

妲己这时反是镇定下来，微微一笑道："大王要我去哪里呢。大王去哪里，为什么不带上我？"她牵过帝辛的手，要同他一起往楼上走。

帝辛一怔，哈哈大笑道："好！有妲己陪着，我子受不枉此生！"

他将妲己的手拉得很紧，一步一步地登楼，话说得很慢："父王母亲对我严厉，哥哥们不喜欢我。其他的妃子们有的劝我仁德，有的顺从我，但是她们都不爱我。只有妲己你爱我。妲己你爱我，不是想要拿爱换我的金银珠宝、山珍海味，也不是服从地爱我、被迫地爱我。我们本来还可以一起看这天下——世人骂我，我不在乎，我只要妲己你高兴。我在鹿台的钱库堆了很多钱，钜桥的粮仓里面装了很多粮食，这些足够我们用一辈子。假如我能早点儿见到你该多好啊，这样我们就可以一起多看几年天下。"

他们来到顶楼，楼底下的火苗已经把地砖烧得滚烫。妲己给帝辛和自己各倒了一杯酒，巧笑倩兮地说道："……其实在没有遇见大王之前，臣妾就已经喜欢大王了。臣妾没想到今生可以陪伴在大王身边，这一切对臣妾来说，都像是一场梦。"她将酒杯举起来同帝辛碰杯，杯子碰撞的声音清脆悦耳。

等姬发等人赶到时，帝辛和妲己已经依偎着死去了。比干从姬发身后走出来，别过头去不忍相看，道："还请武王看在大王之前仍有功业的分上，不要糟蹋他们的尸体了。"

姬发仁义，他点一点头道："那便只斩首示众吧。"

妲己跪在地上，朝座上之人磕了一个头，说："我想要去。"

女娲长眉一扬，道："你当真？"

她走下台阶，来到妲己身旁，说："他已不记得你，也不记得你们上一世的夫妻缘分。这个朝代是必定要在他手上衰亡的，他是必定要遭到天下人痛骂的。你陪伴在他身侧，也不能阻止这一切发生。"

妲己仰起脸看向女娲，说："我虽然不能阻止这一切发生，却可以分担他的骂名，成为他恶名的缘由。虽然不能扭转局势，却可以凭借我微薄的力量做一些力所能及的改变。这本就是由女子来完成的使命，如今就交给我吧。"

女娲沉思良久，半晌才说："你去吧。"她别过头去，不忍再看她。

妲己又给女娲磕了一个头，悄无声息地起身离去了。

文/吹取蓬舟

龟毛兔角

古代传说中战争的前兆，乌龟身上长毛，兔子头上长角，预示着战争的发生。记载于《搜神记》，商纣时期，就出现了这种情况，没多久便爆发了战争。现在这也是一个成语，用于比喻不可能存在或有名无实的东西。

相思隐

彼时白姥姥疼惜我前阵子顶了宫里头女总管陆橘的差事，照应宫里一应杂事，待陆橘回来以后特意放了我几天假，准许我去无论哪一处仙山名水游玩，又或者可以留在天庭串门。我在房内休息了两日，第三日正准备学着摆弄摆弄琵琶，下回好在众人面前露上两手，双鹤便上门来寻我说话。

她语气犹豫："我预备去人间一趟，你可是要我去瞧瞧他如今如何了？"

她并不指名道姓，我却知道她指的是那位姓马名南箴的凡间男子。

几年前姥姥和公主下凡坐船，与他结缘，后来二人礼成结婚，在天上过了一段神仙日子。只是那男子因思乡返家几次后再无音信，徒留公主暗自垂泪。

后来公主生下孩儿，因孩儿长得极像他父亲，更是不欲见人，只自己在宫殿里每日消磨时间。那孩子没有母亲照料，日子过得十分辛苦。我见他可怜，便对他多加照拂，却又哪里能比得上他母亲。几年间孩儿已不是牙牙学语的模样，到了偶尔也会问一问"父亲在哪里"的年纪。我几次看着他欲言又止，着实不知道说什么好。

其实也不是没有去找过那名凡间的男子。只是他的父母实在苛刻，不仅口出狂言，而且更加冠以"妖怪"等污名指责，凡间以孝为尊，他争辩几次后便也不了了之，自又娶了凡间的媳妇过日子。

那时我也去了，到底年轻，叫那些言辞气得浑身发抖，遑论口齿清晰地与他争辩。同去的姐姐们也都面色难看，最后拂袖而去。是以整宫上下对凡间的人和事冷眼相对，谈起人间来更是只有嫌恶，没有天庭别处那样对凡间的称赞。

双鹂是明白这一缘由的，因此她问得颇为小心翼翼。我知晓她问的原因，因是几日前我同她抱怨说孩儿终归要清楚他的来处，如今又长大了些，问得也频繁了起来，一直瞒着到底不是个办法。

我想了一想，说："这样也好。无论是好是坏，他终归有权利知道。"

双鹂默了一默，自去了。

其实天上的神仙与凡间有纠葛的不止姥姥这一处仙宫。

凡人最熟悉的是天帝的女儿七仙女和董永的故事，但除此之外，还有其他大大小小的仙，也都和尘世有了羁绊。只不过最终结局大都以悲剧收场，是以天庭不推崇从人世间找伴侣相恋。

"我才不会那么傻，嫁给一个凡夫俗子，给自己徒留悲伤。"我曾摇头晃脑地对别的仙娥说。那时公主也在，她笑了一笑对我说："小珠玑，你还小，你不懂。"

我不觉得我有什么不懂的，天上的男神仙这么多，风度翩翩者有之，风流倜傥者有之，诙谐幽默，教养极好，做什么要去人间寻一个"真爱"。我至今未陷入恋爱，不过是没遇着一个我喜欢的人罢了。但是时光那么长，又有什么关系呢。

而且，先不说天上的男神仙人数众多，任君采撷，单说这人间，我从别处听来的与自己见识的，便远没有话本子里说的那样美好。

有一次，白姥姥携几个仙娥与我去别处办事，路过凡间，适逢人间中元节，我们便在市集上多逗留了一些时候。不过是短短几个时辰，我们变化的银子便叫人偷了两回，又有男子趁着醉意语出猥亵，若不是姥姥拦着，说是大庭广众之下不好使仙法，我定要揍得他满地找牙不可。这不过是一个很小的缩影。姥姥说是统治得再好的人世都有这等事情发生，不过偏偏叫我们碰上罢了，并不能以此作为评判人间的标准。姥姥总是心慈，我却不会这么想。

再说有一次，我们路过一个太平盛世国度，河清海晏，百姓富足。我们在京城脚下停留了数月，因得当地人相助，便用法术加以报答，赠送了不少东西给他们。谁料他们贪得无厌，及至后来，胃口大开，要珍宝，要美女，其贪心程度令人咋舌。

经历这样的事情多了，便很难再对人间有好感。于我看来，人间是一个染得看不出颜色的大染缸。

双鹂是在我要去当差的前一天回来的。

她风尘仆仆，步子行得很匆忙，随身还带着一个小包袱。她面色凝重道："我有一些见闻，可能与你之前的想法出入很大。"

我"嗯"了一声，不置可否。她将包袱摊开来，里面是一些画，画的都是公主。有公主坐船，公主看花，公主读书。我眼带疑问地看了她一眼。

"我去到那处人间见到他时，他已经躺在床上久病多时，没有几天活头了。他看见我，叫我务必把这些带回来，带给公主。"双鹂冲那些画努一努嘴，"我遇见他的孙儿，他告诉我：爷爷这一辈子画了很多很多的画，全是和公主有关的。后来他不撑船了，就每天到河边坐着，眼睛一直看着人来的方向。再后来他走不动了，就在家里看他自己画的公主的像。"

我震惊地看着她。

双鹂叹一口气，道："我打听来，当年他虽另娶了媳妇，二人感情却并不好。虽有一个儿子，但也无心管教，长大后也随他撑船。唯有他孙儿略有出息，如今正在读书，准备考取一个功名。可怜马氏的媳妇，是一个顶贤惠顶爱他的好人儿，一辈子操持家业，也不过是勉强维持罢了，至死都心里有怨恨，觉得老天对她不公。"

我不知如何作答。

双鹂又说："假若我们现在去告诉公主，她仍有见一见他的可能。"

然而始终迟了一步，等我和公主一起去到马氏家门外时，听到的已经是此起彼伏的哭声。

公主脚步一滞，沉默半天，说要再去丁水桥坐一回船。

这是另一个夏天了，河边的树叶绿得发亮，鸭子浮在水面上，把头埋进水里，一会儿又划着水慢慢地游走了。风贴着水面吹过，将空气里的闷热吹散了一些。

但是没有船夫撑船。

等了好大一会儿，才从树丛后面悠悠地撑来一只小船。

船上的客人不想挪出空位来，纷纷叫船夫不要靠岸。船夫笑说："又碍着什么事呢。"于是把船靠在河边拉我们上船。

他的目光扫过公主，停在我身上，问一句："不知姑娘要去何处？"停一停，再有一句

"……是哪里的人？"

我低下头去，偷偷一笑，已不知该如何作答……

文／吹取蓬舟

白虹精

白姥姥原型来自《子不语》中的白虹精，是古代传说中的仙人婆婆。外形是老婆婆的样子，居住在西天门的宫殿中，有个女儿。白虹精受到了人类的帮助，会给予丰厚的报酬，用麻布包裹的黄豆，甚至是把女儿许配给有缘人。

在原故事中，黄豆实为黄金，却被人撒在田野里不见了，而那包裹用的麻布实为能上天的道具，却也被人暗地里烧了。这人有缘得福，却无缘享福。

❧ 大雪夜谈 ❧

一阵冷风吹进洞里，趴在石台上的绿衣少女被激得一战，她坐直身来。揉一揉乱糟糟的头发，她嘀咕一句："又下雪了？"小竹子精溯游哆哆嗦嗦地从外面进来，她冻得嘴唇发紫，面色苍白，还未开口，少女眼尖，一眼瞥见了她头上一圈儿还没化成水的雪粒子，说："果真下雪了。"她自问自答，起身给洞里所有的炉子都添上了火，又裹上一层厚被子，这回是倒在了床上，闭眼将要继续睡过去。

"今天不邀请凡人们来煮酒论诗，探讨人生真谛了吗？"小竹子精溯游坐在炉边好容易把自己烤干了，面色红润地推了推绿衣少女。芍药花祈虚不在洞中，绿衣少女要是再睡过去，洞内就没有人讲话了，空荡荡的，她年纪小，觉得害怕。

绿衣少女睁开眼，就看见溯游两团烤得红彤彤的脸蛋，她歪坐起身来，伸手一捏，随口说道："行啊，上次我们见的是黄公子，这回就请他隔壁的张公子吧。"

……

近日张公子家里开始闹鬼。之前张家请了好几个道士，都因为道行太浅，因此一直没有根除。这回听说有法力高强的道士云游此处，忙花了大价钱请他到府上。这位法力高强的陶道士在府上一侦察，发现这鬼不是恶鬼，而是爱恋张公子的女鬼。女鬼生前因张公子救了她一命而爱恋他，给他写了不少书信，但是一封回音也未曾收到过。纵然死后变成鬼了，也不曾斩断情根，因此魂魄不入轮回，不断前来张家，只希望多看张公子几眼。而张公子哪里知道还有这一档子事，成习吓得睡不着觉，瘦成了另一个人，还向城外寺庙多捐了许多香油钱。

于是陶道士先是苦口婆心地劝说女鬼，但女鬼执念太重，不肯放下，最后只得祭出法器，才送女鬼去往冥府投胎往生。这夜正是陶道士战女鬼之夜，因女鬼常出现在张公子房中，是以陶道士便借了这间房来同女鬼对峙。只见最后他收了法器，沉沉地叹了一口气，坐在床上沉思。也不知他沉思了些什么，思到后来，便靠着床沿慢慢地睡着了。溯游不曾见过张公子，只以为在张公子房间睡觉的必定是张公子本人，便兴高采烈地卷了他回去。

陶道士觉得似乎自己并没有睡着多久，就叫一阵"叽叽喳喳"的说话声并器具敲打声给吵醒了。他慢慢地睁眼，就看见一个穿着绿衣、裹着大氅的少女目不转睛地望着他。见他醒了，她脸上露出一个笑来，伸手取了一杯酒放到他面前，说："张公子醒啦，叫人家好等。"

陶道士打量四周，见到的是一处雅致的大厅，桌上所列物件无不小巧精致，空气间有暗香涌动。他再一看，却是一处洞穴变成的幻景。陶道士心下了然，眼前的少女自然也并非真正的少女了，应是哪处的妖怪绑错了人，不绑张公子，却绑来了他。

于是他定下心神，假意模仿起张公子平日的作态来，犹豫着，又有些畏缩地问道："你是何人，这是哪处？"

绿衣少女背着已经说过好多遍的台词："我是住在公子家不远的小狐狸，我叫阿紫。因为爱慕公子，思前想后，还是想要见公子一面。"说着，她脸一红，低下了头，"这样贸然地叫公子前来，是阿紫的不是，在这里先给公子赔罪了。"她行了个礼。

陶道士读过几本风月小说，却从来不相信有这样的好事。但因他想弄明白这背后的玄虚，便不好此时露出真相来，只接着她的话继续道："原是阿紫妹妹。我竟对此事浑然不知，真是罪过！幸而你今日叫我来了。"

于是再废话二三，两人说笑着入了席。溯游坐在绿衣少女身旁，很勤劳地给二人布菜。

酒过三巡，趁着微醺，绿衣少女适时地叹一口气，步入正题。她收了笑容，略略有些哀戚地望着陶道士说："不瞒张公子讲，阿紫倾慕张公子已经好些时候了。原想写信给公子表达思慕，却又怕落得和姚姑娘一个下场，是以才用了这样的法子请你来……"

陶道士夹菜的动作一停。他记起了刚刚收服的女鬼，可不就是一个姚姓的姑娘。

似乎他的反应在意料之中，绿衣少女继续说："张公子怕是早就忘记了姚姑娘吧。你救她一命时住在她家中几天，说好了回家以后继续联络，却没了下文。姚姑娘派人送来了好几封书信，连续送了两年，却未得半点回音。她死的时候身边的小孩子已经两岁了，却还没有见过爹。啊对了，你房中闹鬼的鬼就是姚姑娘，她死了也放不下你，所以总想来看看你……"

她仔细观察着陶道士脸上的表情，口里继续说："张公子应该很奇怪，因为你从未收到过姚姑娘的信。你一开始也派小厮去打听几回，小厮却说姚姑娘已经搬离了原来的住处，并未留下只言片语，你以为是姚姑娘不愿再与你联系，故此你渐渐地淡忘了此事。

"那么姚姑娘的信去了哪儿呢，小厮为什么又那么说？张公子你从小失去父亲，在母亲的照看下长大，事事都依从母亲，不敢有任何违背。母亲替你选学堂、选择同胞，自然也照顾你的婚姻大事。前些日子替你相看的妻子刘氏你可记得，也是一个娇娇柔柔、不敢自己拿主意的女儿家？而姚姑娘，却是一个性情刚毅、柔肠百转的人。"

陶道士听得昏头昏脑，好半天才理顺，道："你，你是说，姚姑娘写信给我但是我没收到，是因为我娘从中作梗？我的小厮，也是听命于我娘，所以编了那样的谎话？我房间里的女鬼是姚姑娘，因为她的心结仍未放下？你，你……"

他想起张公子平日的样子，便假扮出一个略微驼背、弱不禁风，却根据此时的语境，满面愤怒的容貌来，说："你怎可如此诬蔑我的母亲！你，你！"他指着绿衣少女，气得满面通红。

溯游像很见不惯这样的场面似的，此时在旁边插了一句："你若不信，回去看看你母亲的衣柜便是了。最后一排的左数第三个抽屉，里面全是书信。你看了，再来生气。"

陶道士住在张府一阵时日，也听到、看到不少张府的事。张公子白面书生，是个没有主意的人儿。府上管事的人，是他的母亲。不得不说，张母管得一手好家，从张父去世后逐渐落败的景象到今日在当地大家都卖给张家一个面子，张母功不可没。张母既然管得一手好家，除了雷霆的手段，还有极强的控制欲。她觉得，只有把一切都牢牢掌控在手心，才能按着自己的计划走，才能使张家最大可能地风光下去。张府的奴婢是她的棋子，张公子是她的棋子，就连她自己，也是一枚棋盘上的棋子。控制了棋子的走向，才能控制棋局。

自然，控制棋局的只能有一个人，这个人，当然非她莫属。因此，铿锵铁骨的姚姑娘不是合适的儿媳人选，但刘家的小姑娘是；拥有自己思想的孩子不是一个好儿子，而唯唯诺诺、没有主见的张公子是。一切都只是为了家族的传承。

陶道士开始思考绿衣少女的话，但话里仍有气愤："我娘为张府勤勤恳恳，她这样做毫无道理！"

绿衣少女嗤笑一声，道："怎会毫无道理，是有着为了满足她自己欲望的道理。你自幼丧父，她身边只有你一个血脉，自然希望你时时刻刻留在她身边，讨她的欢心。你去的学堂是她母家的学堂，你的同胞们是母家的亲戚，你的妻子自然也是她千挑万选的、绝不会违背她的娇娇女儿。所有的一切，都在她的掌控之中。若是你脱离了这一切，她没有了可以控制的倚靠，她的生活就失去了意义。你看似是风光的张府公子，其实毫无选择，你的一生都被圈定在张府，因为你母亲会告诉你这是为了张家的延续，因为你是她最心爱的孩子。"

一阵沉默。陶道士语塞，正当他酝酿着要说什么时，芍药花祈虚婀娜多姿地飘入洞中。她瞟了一眼面前的形容，笑道："这位是张公子吧！我看这位健硕得不像是张公子，倒像是来他府上捉鬼的道士。"

祈虚原本说的是玩笑话，只是话音刚落，她自己连同溯游都愣怔在原地。绿衣少女腾地站起来，摆出一个要过招的阵势，冷着声问："你是谁？"

陶道士见状也不再伪装，他将双手亮出，示意自己并没有想打架的意思，笑了一笑，好整以暇地说道："小狐狸邀请别人，连自己的名字也不让人知晓，拿祖宗的名号打幌子。是怕说了回青丘不好交代吗？"

珠玑冷笑一声，想到自己做了这么久的戏、准备了这么久的台词居然没用在张公子本人身上，气得又冷笑一声，道："你若不是张公子，在一开始说了便是，要想难为我们，也直说便是，何必占着这样的便宜！"

陶道士做了一个万分抱歉的表情，说出的话却并不怎么抱歉："我将你说的转告给张公子便是了，若你还不满意，可以再请他本人来一趟。我绝不插手。"

珠玑气得全身发抖，直到看到陶道士掏出好几锭银子方罢了。陶道士问："你叫凡人来便是要同他们说这些？你这样会改了他们的气运。以及你可曾想过，譬如张公子，若是他得知真相，你叫他如何面对姚姑娘的事情，又如何面对他接下来的人生？他本算是个快快活活的命格。"

珠玑道："我请他们来，于他们来说不过是梦一场。谁又会把梦里的事情当真呢？只有那些真正窥见一丝疑惑的人才会思索。我不过是放了一粒种子，至于要把种子如何，不是我能掌控的事情，我又何必担忧呢。"

她还欲说些什么，窗外传来了公鸡报晓的声音。

"天亮了。"她说，便不再打算说下去，并做出了送客的手势。

陶道士一愣，他睁开眼，发现自己躺在张公子的床上。

文 / 吹取蓬舟

阿 紫

文中的阿紫原型是《搜神记》里的山魅阿紫，本体是一只狐狸，化成美丽的女子勾引了一名都尉手下王灵孝，被勾引的王灵孝逐渐变成狐狸，不听人言，只是哭喊"阿紫"，阿紫便是那狐狸的名字。

换个角度来看，《搜神记》中的故事，也许是王灵孝看上了哪家小姑娘，被妻子发现后，编造的故事来欺骗妻子。很早就有古人认为狐狸是上古妇人变成的，名叫阿紫，狐狸精大多自称阿紫，所以这个故事倒也合情合理。

妖 婴

某年月日，十方寺苦无禅师下山弘法，缘遇一孤童，收为徒，赐法名圆了。

日暮时分，严绥镇的金汤渠旁，小和尚圆了正坐在岸边，看着不远处的一群小子泅水玩耍，一脸羡慕。

他的身后，老和尚苦无盯着河中流过的法船和花灯，烦恼地抓着头上乱蓬蓬的头发——今日是五月初五，凡间祭祀的日子，也是河中魑魅魍魉最活跃的时间，他得用心留意，以免它们出来闹事。

突然，从上游漂下来一个红色物体，隐隐约约，随着水波浮沉。

"师傅，那是什么？"小和尚最先看到，有些好奇地问道。

老和尚闻言望去，只见那物好似红布包裹，隐约有些不祥气息，便赶紧站了起来。

很快，那物体随水流下，不一会儿就到了近处。确实是红布包裹，而此时，苦无禅师也清晰感受到那包裹内积蓄着的厚重妖气。

"阿弥陀佛……"苦无禅师默念佛号，准备即刻出手降妖。

然而，就在这时突生变故，河里戏水的小子们也发现了这个包裹，他们察觉不到妖气，又离得近，最先的那个小子只扑腾几下就抓到包裹，顺势往怀里揽去。

"苦哉！"苦无禅师只怪自己出手晚了，这一耽搁可能就是一个孩子的性命，只是自责的情绪还没酝酿完毕，那边几个小子就快因为争抢包裹打闹起来。

"这……没事儿？"苦无不敢相信，他明明感觉到包裹里积蓄的妖气，可它却毫无动静。

然而不管什么原因，妖物没有暴起伤人总是好事，他连忙对小子说道："小施主，可否把那包裹带上岸来，让贫僧看看，红布之中是何物件？"

抱着包裹的小子看着这个一直在岸边歇息的老和尚，迟疑地蹬了蹬水，又问了问刚才一起争抢的伙伴。终于，在大家的撺掇下，把包裹递上岸来。

苦无接过包裹，轻轻放在地上，一层层拆开外面的红布，只见里面是一个密封好的瓦瓶，瓶身上绘制了一些虫形符文。

此时，戏水的小子们也都上了岸，好奇地围在瓦瓶周围，吵嚷着要打开来看看。

苦无也想看看里面是什么，于是打开瓦瓶，只是没有想到，瓦瓶里面竟然装着一个婴儿，只见婴儿头发是红色的，额头上长着第三只眼睛。

"哇……妖怪！"小子们被这一幕吓坏了，四散而逃，只有一两个胆子大的，远远地躲在石头后面偷偷地看着这里。

圆了这些天一直跟着苦无，倒是见过一些妖怪，此时并不惊吓。他看着瓦瓶里面的婴儿问道："师傅，这是小妖怪吗？"

苦无禅师打量了一会儿，突然脸上浮现出疑惑不解的表情，说："不对呀，这好像是一个死去的婴儿。"

"啊……"圆了惊讶地看向他。

"奇了怪哉，按理说，人死魂灯灭，尸生复为僵，这个婴儿尸体就算是复活了也该是僵尸，又怎么会妖化……不对，不仅如此，这……观其气息，竟有死而复生的迹象……"

……

严绥镇里有一个疯乞丐，据说未疯前曾考上过秀才，还得到过县长赏识，受赐牌匾。只可惜突遭横祸，被一场天火烧干了家业，父母妻儿都葬身火海，人也疯了。如今，总是抱着一个瓦瓶，在镇上几个学堂附近晃悠，惹人可怜，乞些吃食。

平日里，疯乞丐若不在学堂里乞食，就会在废宅里睡觉，那是疯乞丐曾经的家，如今只剩几堵挡风的墙，两块门板，遮了一个睡觉的地方，不值甚钱，又听说闹鬼，连其他乞丐都嫌弃这里。

这一日，五月初五，天色未明，疯乞丐正卧睡在墙角，怀中紧紧抱着瓦瓶。

"方生，想要你的女儿复生，只有这一个办法！

"三年，你有三年的时间去尝试。

"在这三年里，你必须时刻用精气神维持她的肉身不腐，而你会因为缺乏精气神，变得痴傻。

"三年内，若成功启灵，她的肉身会产生妖气，成为妖婴，此时需找一至阳之日，借着阳气，诵启生祷文，一直诵七七四十九遍，消弭妖婴身上的死气；紧接着再找一至阴之日，唤回三魂七魄。至阳至阴间隔时间越短越好，因为一旦没有死气压制，妖婴就会诞生自我意识，时间长了，便会排斥本有的魂魄。

"此法有违天道人伦，所以当一切做完后，切记得将妖婴放入河中，让其经历过人劫、天灾……"

……

随着晨曦的第一声鸡鸣，疯乞丐醒了过来。他目光在混沌了一刻钟后，逐渐清醒，先是看了一眼怀里的瓦瓶，然后从旁边的一个草堆上，掏出一个红布包裹，小心打开。

红布包裹里面是一根珠钗和一块青石玉佩，严绥镇有句俗语，"珠钗还许青石玉，不负今生有缘人"，寓意女子收到心上人的珠钗后，当用君山的青石雕刻成玉佩，作为还赠之物，以示两情相悦。

方生凝望着珠钗和玉佩，神色逐渐温柔，陷入回忆之中。这是他和妻子的定情信物，也是那场天火中唯一留下的东西。

但他没有沉湎太久，今天是五月初五，一年中至阳至阴汇聚之日，也是他女儿重生之日，不容耽搁。

他打开瓦瓶，仔细确认了女儿的状况后，把青石玉佩放进瓶中，小心封好。

这一天，严绥镇许多人都看到了，疯乞丐跪在金汤渠边，对着瓦瓶，一遍遍地诵读启生祷文。

……

金汤渠边，师徒两人看着"妖婴"。

"师傅，我们该把它怎么办？"

"你有建议吗？"

圆了抬头想了一会儿，回答道："师傅曾经说过，佛祖因为知晓世间苦难，才普度世人，而我还不知道这个妖婴的苦难，所以也就不用多做，把它放回河里就是了。"

苦无笑着点了点头，称赞道："善！"然后让圆了把瓦瓶封好，重新包裹起来。

就在这时候，先前捞起瓦瓶的小子跑了过来。

"这是我从河里捞起来的，你们打算把它拿到哪里去？"

"我准备把它放回河里。"

"为什么要放回河里？而且这是我捡到的，凭什么要给你放！"

"可这是妖婴，你要了也没用！"

"我不管……"小子不依不饶，也不管瓦瓶里是不是妖怪，就是要讨要回去。

"那……那我拿这个和你换，行了吧！"圆了拗不过，从自己的布袋中掏出一块琉璃石。

那小子狐疑地接过，只见琉璃石晶莹剔透，光彩可人，看起来比瓦瓶更像个宝贝，于是勉为其难地指着瓦瓶说道："好吧，现在它是你的了！"说完便喜滋滋地跑掉了。

看着对方远去的身影，圆了突然舍不得起来，这琉璃石是他捡到的，平日里视为宝贝，轻易不给人碰。

"后悔了吗？用琉璃石换了这个瓦瓶。"苦无禅师看着他魂不守舍的样子问。

哪知道圆了摇了摇头，说："没有，我不后悔。不过，师傅，我们要不要把这个瓦瓶送远一点儿，要不然它又会被人捞起来了。"

"哦？"

这一回苦无真的为自己的小徒弟惊讶了，不过他没有说出来，只是带圆了找到了一个船夫。以诵经祈福为报酬，让船夫把他们送到金汤渠下游、一片靠近幽江的水域，将瓦瓶抛在那里。

只见瓦瓶在水面上漂浮了一阵，然后渐渐沉入水底，消失不见。

回去的路上，圆了问苦无禅师："师傅，那个妖婴不会被水淹死吧？"

"阿弥陀佛！圆了，这事儿你与其问师傅，还不如去问佛祖……"

"佛祖又不理我！"

"心诚则灵，你要相信，总有一天佛祖会理你的……"

文／毛绒尾巴

瓦瓶小儿

妖婴的原型是《酉阳杂俎》里的瓦瓶小儿，一个藏匿在瓦瓶中的妖怪，在严绥镇的太原城里发现的。

一群小孩儿在河边看见一个瓦瓶，用几层布覆盖着。里面是一个一尺多长的婴儿，头发红色，眼睛长在头顶上，能够脚下生风，凌空升到几尺高，这就是瓦瓶小儿。可惜碰巧一位船夫靠岸看见了这诡异的瓦瓶，举起篙杆一下子把它打死了。

百年身

月黑风高，只见一截枝丫探出墙外，栖在上面的乌鸦被底下突起的动静一惊，扑腾着翅膀飞走了。

陈星浑身蜷缩着躲避如雨点般密集的拳脚，嘴上还不忘讨饶哭号。

那人下手极狠，专挑痛处打，想必与他过结不小。

这样想着，那人却停了手，半晌没了动静。

陈星心惊胆战地试探着叫了一声："爷？"

那人抬脚狠狠地踹了他一脚，这一下踹得结结实实，正中肋骨，仿佛听到骨头断裂清脆的声响，陈星倒吸一口冷气，疼得脸都白了。

"你再去赌一回，我便废你一只手。"

陈星正疼得眼冒金星，也余不出力气来分辩，只是觉得这声音莫名的熟悉。

他咬着牙，从牙缝里咝咝地吸着冷气，缓了半天，才爬起来把兜头儿罩的黑布取下，从怀里掏出一只火折子，点燃后环顾一周，却什么也没有发现。

动作一大又扯到了伤口，他低骂一声，一瘸一拐地往家的方向走。

妻子准在门口候他归来，一见他去赌博，便又要劝诫，他实在不胜其烦，便想着从后院进家，避开妻子，到时候死不承认自己去赌了就好。

从后墙翻进院子的时候，不小心碰倒了一个花盆，一个灯笼晃了过来，先他一步将花盆扶了起来。

灯笼昏暗的光笼罩了眼前穿着碧色衣裙的姑娘，她眸中仿佛含着盈盈水，一点灯光点缀其上，就像星子落在她的眼中。

"你……你怎么来了？"

陈星有些不自在地撤开了目光，又回到了姑娘身上，脱下自己的外衣裳，披在妻子的身上。

"风大，你身子骨不好，以后别出来了。"

只见妻子低着头，再抬起头的时候眼里分明带了泪光，问："脸上的伤疼吗？

怎么弄的？"

陈星觉察到妻子微凉的手触上自己脸上的青紫，忙将妻子的手握在手心温着，说："被一个坏蛋打的，不碍事。"

妻子低低叹了一口气，说："回家以后，我给你上药……相公，你别赌了。"

陈星模糊地答应着，心中却不由自主地想到了打他的人临走前撂下的那一句话。

莫非是他妻子想戒了他的赌欲找人来打的他？陈星随即就打消了这个念头，他的阿凉性情温良，怎会干出此等事情。

自然，戒赌是没可能的。

陈少爷虽然嗜赌成性，无甚建树，但奈何人就是金贵，爹是京城有名的富商，及冠成了亲，又是娶了素以美貌温良闻名的陆文凉为妻。

三生修来的福报，一般人可赶不上。

他爹留给他的家产一辈子都挥霍不完，更何况，他不喜美人古玩，人活着总要有乐趣。

不然多无趣。

神秘人以为一番恐吓就能吓住他了？

天真！

陈星花重金，托人脉为自己雇了几位高手充当保镖，照旧在赌坊里一掷千金，横着进，横着出，好不快活。

他精神紧绷了一月有余，始终未见过神秘人，也就放松了些许。

妻子陆文凉送他出门的时候，眉尖微蹙，欲言又止，陈星知道她又是劝他戒赌，哪怕是怜爱他的妻子，也不免觉得无趣，匆匆应付了几句，就带着他的护卫出了门。

到了赌坊刚开了几把大，腹部突然传来一阵绞痛，他捂着肚子来了茅厕，裤子还未脱，就被人从身后按在了墙上。

赌坊人员混杂，三教九流通通有之，茅厕自然是脏污不堪，墙上不知名的黄褐色痕迹散发着恶臭，直冲陈星鼻子。

"我说话算数，陈少爷。"

又是这个声音。

陈星还未来得及做什么，只觉一阵铺天盖地的剧痛袭来，他大口喘着气，额角的青筋暴起，他连惨叫都发不出来。

你是谁？

陈星挣扎着要回头，接着，便是眼前一黑。

他似乎做了一个很长很长的梦。

在梦中，他没有遇到什么扬言要打断他手臂的神秘人，他依然是放浪之人，整日流连在赌坊。

只不过到了后面，他反而输得越来越厉害，十赌九输。

最终被有心人设计，连他爹给他的家产都赔了进去，这还不止，他依然欠着一大笔赌债。

妻子和他流落在外，陈文凉为了帮他还赌债，去青楼当了妓女，一身傲骨被碾作灰烬，她最终死于心绪郁结。临死的时候，那一双眼睛里的星子已然没有了，她枯瘦的手指抓着他的衣袖，干裂的嘴唇颤了颤。

陈星知道，她说的是"相公，你戒赌罢"！

他一把挣开了陆文凉的手，疯疯癫癫地说："阿凉，阿凉，你还有银子吗？我去赌，我去赢钱给你治病。"

说罢，就连滚带爬地出了门。

这一年的大年夜大雪飘飞，陈星裹着薄衣仰头望着天穹，雪花落在他眼睛里。

远方皆是家家灯火，烟花散开爆竹响，陈星低头在雪地上咳了一摊血迹。

忽然就忆起了自己这一生得失。

阿凉，阿凉。

陈星忽地忆起了那年初见阿凉身着碧色衣裙在一池白莲中乘舟而来，她一笑，眸子里潋滟生光，像是碎星子撒入其中。

阿凉啊！

他想起来阿凉临死前挣开的那只手，心痛如刀绞。

他怀着满腔的悔恨和不甘咽了气。

……

再一睁眼，重回少年时，他发现他能碰到陈星，但也只能碰到陈星，他看着少年的自己不知人间愁，就决心看看能不能让自己避过这种命运。

据说像他这种天生有赌欲的人皆是有一种叫作迷龙的鬼神把字符塞进脑袋里，死后也只能化为他的奴仆。

只有在剧痛之下神魂分离，才能将那张字符从脑袋里取出来。

某一日，年少的陈星从赌坊归来，趁着他一个人走夜路的时候，年老的陈星便拿了一块兜头的黑布迎头罩了上去。

不能让两个"陈星"见面，否则年老的陈星会消失的。

......

陈星睁开眼后发现自己再次躺在家中的床上，他一眼便看见了守在床榻边，眼睛肿得就像核桃一样的陆文凉。

"相公，你的手……"陆文凉眉目染了凄楚，她望着陈星，泪水又止不住地流下来。

可陈星却毫不在意废了的手，苍白的脸上满是笑意，他用那一只完好的手拭去阿凉脸上的泪痕。

"阿凉，我不赌了，往后咱们好好过吧。"

缩在墙脚的乞丐喃喃自语，一片雪花落到他的肩膀上，又被风吹散，东方的初阳冉冉升起，日光洒在雪地上，金灿灿的，晃得眼疼。

墙角的乞丐被大雪覆盖，静静地悄无声息。

爆竹的红色碎末被风追逐着，渐渐飘远了。

文 / 小酥

迷 龙

文中提及的鬼神便是来自《子不语》里的赌钱神迷龙，古代传说中阴间好赌的妖怪，外貌不详。迷龙在阴间通过赌博抽成成了有钱的妖怪，赌输了的鬼便会被迫祸害阳间，传播疾病，骗吃骗喝。

迷龙还喜欢在阴间选中一些快要投胎的鬼魂，作法使其变成一个赌徒，一个无法被改变、感化的赌徒。文中还是略作了改编，陈星终是被改变了，不负妻子阿凉。愿每个好赌之人都能迷途知返，及时收手。

奈 何

彼岸花，花开一千年，花落一千年，花叶世世不相见。情不为因果，缘注定生死。

黄泉，唯有彼岸花开得盛，从河畔蔓延数百里，站在忘川河边，极目远眺，也望不见彼岸花的尽头。

鬼魂们踏上黄泉路，在彼岸花的指引下，过奈何桥，望乡台，再饮孟婆汤。

巫音是忘川河畔的摆渡人，每天撑着条破船在忘川河上打捞那些想不开的鬼。

总有鬼不愿意忘记前世，割舍不下情缘，一心"瞎折腾"，不愿饮孟婆汤。那奈何桥又岂是随便就能过的，过了奈何桥就没有回头路。

不过想不开的鬼还是少数，总的来说，巫音的工作还是很清闲的，每日撑船优哉游哉地在忘川河上，闲时就躺在小船上随波逐流。

孟婆汤需要忘川河水熬制，所以每日孟婆都会遣侍女去忘川河边取水。

孟婆有三个侍女，孟姜、孟庸和孟戈。孟姜取水，孟庸熬汤，孟戈劝饮。久而久之，巫音和取水的孟姜就成了好朋友。

巫音已经记不起自己是何时来地府当摆渡人，忘了缘何而来，也忘了自己的前世，陪在她身边的唯有一副龟壳。孟婆说，那龟壳是人间用来占卜的，她前世大约是个巫女。

这日，鬼差又从黄泉路上引了一队鬼魂过来。

阳间正在打仗，国家动乱，民生潦倒，一波又一波的鬼魂被引来，把奈何桥堵得水泄不通，本该在孟婆驿的孟姜却放下了手中的活，来寻巫音。

三生石静卧在忘川河畔数千年，孟姜在三生石前徘徊不定，却始终未向前一步。

巫音撑船来到岸边，问："来寻我可有事？"

孟姜再三犹豫道："你可知秦始皇筑长城？"

巫音点头，始皇暴虐，横征暴敛，劳民伤财，修筑长城，死伤无数。一时间地府鬼满为患，掉进忘川河里的鬼比平时多出数倍，孟姜就是在此时来的地府。

因她有大功德，民间又有庙宇祭祀，不便再次转世，所以被安排到孟婆驿。

孟姜再次开口，声音有些伤感："阿音，你知我是秦时来黄泉，我生前与丈夫琴瑟和鸣，恩恩爱爱，就因为秦始皇的野心。我丈夫被抓去修长城，自此天人两隔，原以为来到地府能再次相见，谁知他已转世。"

巫音是知道孟姜生前事的，她刚来孟婆驿，很是恐惧，经常跑到忘川河畔啼哭，想她那前世的丈夫。

三生石能照见人的前世，但是孟姜早已脱离了轮回，自然寻不到她的三生。孟姜伤心了许久，许是终于明白了她再也无缘见到她的心上人，才不再哭泣。

巫音知道孟姜的伤心事，从来不在她面前提起长城，没想到孟姜居然自己开了口。

黄泉的风吹起孟姜的衣袂，说："我自知入了地府，再也见不到丈夫，他已转世，再见面也不是曾经的人了，所以心思也慢慢淡了。"

"那你可是见到了什么人？"巫音想到，这些日子阳间正在打仗，孟姜或许是触景生情，添了伤感。

孟姜摇头道："我并未见到什么人，只是在黄泉客栈听到鬼差闲谈，说湖广郧阳房县有房山，山高险峻，里面有山洞，住有秦时修长城逃出来的人，这些人早已变成精怪，刀枪不入，唯独害怕听到'筑长城'三个字。秦法苛刻，受苦的都是手无寸铁的百姓，念及此徒生伤感罢了。"

巫音自是知道秦始皇在位时生灵涂炭，但是她没有亲自经历过，所以无法感同身受，只能多多安慰孟姜。

孟姜笑道："阿音不必安慰我，已过千年，我心中早已波澜不惊，今日只是兴起，想找你说说话。阿音，你的龟壳可在？能否替我算上一卦？算算我那前世的丈夫如今过得可还好？"

孟姜笑得温婉可亲，像是对此毫不在意，真的只是兴起而已。

巫音拿出占卜用的龟壳，在孟姜期待的目光中起卦。

她看着四裂的龟壳，说："你丈夫已经转世多次，我只能算出他现在儿女双全，夫妻和睦，将来必会善终，再多的就算不出来了。"

"那就好，那就好。"孟姜说着站起来了，眼睛却看着红得妖艳，摄人心魂的彼岸花，"知道他过得好，我心里便再无牵挂了。"

黄泉又起了大风，吹得彼岸花东倒西歪，巫音望着孟姜远去的背影，拾起她的龟壳。

她的巫术在入黄泉之后就已经消失殆尽，所以在地府里，她从不起卦。

孟姜未尝不知道这件事，她求的只是心安，算了这一卦，孟姜才算是真的放下了前世。

巫音捡起她撑船的竿，心里叹气，这仗什么时候是个头啊。

文 / 怀酒

秦毛人

文中孟姜提到的修长城的人变成了精怪，原型是《子不语》里的秦毛人。秦毛人一丈多高，浑身长满长毛，居住在高险的石洞里，平日里靠抢夺山民养的家禽为生，算是野人传说的原型。

据说秦毛人是早期秦时的人，为了逃避苦役躲到山洞中，年久不死，成了秦毛人。所以驱赶它们也容易，只需要拍着手掌喊"筑长城，筑长城"，它们便会惊慌逃跑。

佳 节

"我一直在等一个人，从少年到白头……"

"阿婆，你在看什么呀？"小阿梅两三岁，正是牙牙学语的年纪，拎着竹编小篮子蹦蹦跳跳捡拾树下的落果。

清晨的江面上笼罩着一层青色的雾气，阿婆的眼就像那雾气一样让人捉摸不透。

阿婆沉默不语，小阿梅也没有耐心等下去，又蹦蹦跳跳去了别处。只有清晨的雾水打湿了阿婆黑白斑驳的鬓发。

"阿婆，你还在看啊，这江面雾茫茫的，什么也没有。"

十岁的小阿梅已经是个俏生生的小姑娘了，拎着快有她半身高的背篓捡着江边的落果。阿娘说她已经是个大姑娘了，要帮家里的忙。再过几年，阿梅也要说亲了。想到这儿，她的小脸羞红，她没有告诉阿娘，她喜欢同村的小渔郎。小渔郎长得高高的，一笑有两个深深的酒窝。看到他，阿梅的心里就像喝了蜜一样甜滋滋的。

阿婆住在江边的一座老房子里，高墙深院，朱红大门，一看就是富裕人家。阿婆很少和村里的人来往，每日饭后就喜欢到江边坐坐，望着浩渺的江面，一待就是一整天。

阿婆很喜欢阿梅，虽然很少和阿梅说话，但是每次阿梅来都给她吃糖。甜滋滋的糖，吃一口能乐到心里面。阿婆说，还有种东西叫"蜜"，比糖还好吃。阿梅心里羞羞地想，小渔郎就是蜜，见到他比吃糖还让人欢喜。

"阿婆，今日的渔船已经回来了，你也该回家了。"

……

阿梅已经十六了，亭亭玉立，花朵一样的年纪。阿娘急着给阿梅说亲，她看上了村里富户家的小儿子，阿梅若出嫁，以后分家能得一百亩上好的良田，吃穿不愁。可阿梅不喜欢富户的小儿子，她只喜欢那个小渔郎。

阿梅在长大，阿婆在变老，原本还有些黑丝的头发已经全部花白。

"他再也不会回来了。"阿婆颤巍巍站起来，低声呢喃。记忆中的少年郎还是那么意气风发，笑声爽朗像天边的白云，而今一甲子过去了，当初顾盼生姿的少女已成了老妪。

......

赵余最讨厌在雨天出公差，就算有补贴也十分厌恶，更别提是和鬼话一大堆、只会花言巧语的孟俊一起了。可是地府改革，为了促进十殿阎罗更精准高效合作，外派出差必须至少两殿人马，好巧不巧，赵余和孟俊一组。酒肉朋友在一起办差，可想而知有多么不靠谱了。

鄱阳湖水深湖广，有水鬼是再正常不过的事了。这些水鬼平日里蛰伏，顾忌地府的威势，轻易不出来害人。

据湖中线鬼来报，这些日子湖中有一条黑色缆绳频频出来作怪，不止扰乱湖中各鬼的平静生活，还会惊扰过往渔船。正因如此，鬼差赵余和孟俊接到命令，前来一探究竟。

鄱阳湖烟雨蒙蒙，细密的雨穿过赵余的鬼体，即使感受不到，依旧觉得身上湿漉漉的。

赵余和孟俊合力施法，施展勾魂索，将这条缆绳从湖中捞起。只见缆绳上黑雾缭绕，怨气森森，却无半分血腥气。

一青年男子的身影从缆绳上现身，朝赵余和孟俊作揖。

赵余和孟俊不解，抓鬼多年，还没见过这么配合地府工作的鬼。孟俊粗声大斥道："尔在此祸乱，吾等奉阎罗令，前来将尔捉拿入地府，还不快束手就擒。"

男子再次作揖："望小人容禀，小人为鬼在鄱阳湖已有一甲子，不曾兴风作浪，亦不曾有半分害人之心，实在是有难言之隐，才出此下策，引来二位差爷。"

赵余和孟俊对视一眼，孟俊是个爱凑热闹听故事的，当即说道："你有何难言之隐，说出来本差自会为你做主。"

"小人姓江名远，生前乃是鄱阳湖附近一村庄的渔夫，六十年前遇风浪船毁人亡，因此变成了鬼附身在这缆绳上。小人生前有一未婚妻，与小人感情甚笃，这六十年来，小人没有一刻忘记她。近日小人感到自己鬼气日渐稀薄，将往地府投胎，可惜小人放不下我这未婚妻，因此绞尽脑汁想去看她一眼，万般无奈惊扰差爷。"

孟俊生于流风遗韵的魏晋，最爱才子佳人的故事，也最爱看有情人终成眷属，因此想也不想便说道："这有何难，吾等引你去看一眼，而后必须随我们去地府交差。"

江远大喜，再次长揖道："差爷大恩，小人做牛做马无以为报。"

赵余和孟俊引江远的鬼魂到村庄时，只听唢呐声和哭声震天，门前挂白幡，人人披白布。

赵余掐指一算，道："糟了，来晚一步，你这未婚妻已被黑白无常送去地府了，说不得要喝孟婆汤了。"要是平常，这个时间定还没上奈何桥，可最近地府办事效率大涨，赵余心里也不确定了。

"赵兄先别算了，我们快送江远去地府，说不定还能再见上一面。"说着孟俊拉着江远和赵余急匆匆赶往地府。

江远的未婚妻正是那等了他一甲子的阿婆，谢婉。

谢婉恍恍惚惚过了黄泉路，醒过神来时已被审判了功过。因她一生积德行善，地府判她下一世投身富贵人家，一生无虞。

可端起孟婆汤，却迟迟不肯饮下。她心存侥幸，问了鬼差，知道江远还未投胎，便想着拖一拖，万一能遇见呢。

正想着，远方急匆匆来了一队人马，最前面那个人从红艳艳的彼岸花丛中冲过来，谢婉看清他的脸，浅浅地笑了。

……

阿婆去世了，独留了一座空空的老宅，庭院深深，种了几棵红豆。

阿婆无后人，只有小阿梅和她亲近似祖孙，因此便把所有钱财留给了小阿梅，除了一座老宅，还有些许金银。

阿梅有了钱财傍身，阿娘便答应了她和渔郎的婚事。阿梅和渔郎结婚后，住进了阿婆的宅院。

渔郎有雄心壮志，不甘在一个小村庄悠闲度日，和商队去了远方。后来挣了钱，把阿梅接到了府城，两人在府城安了家。

正逢佳节，桂华皎洁，阿梅生了个小女娃，隔壁邻居生了个小男娃，两家人看对了眼，定了个娃娃亲，结为秦晋之好，实乃美满之事。

文 / 怀酒

缆将军

文中的缆绳其实原型叫宗三爷爷、宗三秀才，是明清民间的水神。

文中取自《子不语》中的缆将军，宗三爷爷的一种。本体就是一条黑色的缆绳，缆将军藏匿在风暴中，碰见客船会像龙一样前去缠绕，将其损坏。因为缆将军需要水，所以干旱天很容易抓住它，人们抓住它后砍断焚烧，从此缆将军便不再作祟。

梨花落后

十里桥是个风景优美的小镇，小镇绿荫环绕，遍地梨花，家家户户都以养蜂采梨花蜜为生。

张二郎收拾好行李轻轻掩上柴门——他自幼父母双亡，孤苦伶仃，即使远行，也没有亲人前来相送。

走时梨花已开，十里桥到处都是梨花清甜的香气，雪白的梨花乌泱泱地堆在枝头，如梦一般，想来今年镇上的人都能有个好收成。

张二郎也以养蜂为生，不过除了寻常的蜜蜂，张二郎还养了一只蜜虎。蜜虎是种爱偷蜂蜜的小东西，这只蜜虎是张二郎从野外捡回来的，被张二郎捡到时满身伤痕，看起来十分可怜。张二郎想到自己的身世，动了恻隐之心，便把它养在身边，作朋友一般相处。

蜜虎很乖巧，平时一步不离地跟在张二郎身边，吃蜜也只吃张二郎的蜜。但是蜜虎也有些小调皮，偶尔张二郎找不到它时，必是偷偷躲到哪棵梨树上躲起来了。

这日，蜜虎吃饱后迷迷糊糊地飞进了一户人家——文家。

镇上的人都以养蜂为生，文家却是个例外。文家以诗书传家，祖辈皆入朝为官，虽然祖籍仍留在十里桥，和十里桥的人来往却并不密切。

文家小女蕙娘最爱在梨花树下读诗书，伴着梨花的香味，因父亲病重的焦虑都减轻了许多。

正读到《古诗十九首》时，一只胖乎乎的蜜虎砸在了书上。

蕙娘被惊了一跳，原来是一只胖乎乎的小蜜虎，纤纤玉指拎起小蜜虎，笑道："原来是你这个小家伙。"

想起这个小家伙喜欢吃蜜，蕙娘便让丫鬟去取了一点儿梨花蜜喂给它吃。蜜虎本来已经吃得圆滚滚了，丫鬟拿来的吃食它也不嫌弃，欢天喜地地吃起来，抱着蕙娘莹白如玉的手指不肯放。

等到张二郎找来时，只见到一个少女站在梨树下，她美目盼兮，巧笑倩兮。

张二郎的脸唰地一下子红了，讷讷说道："姑娘，这只蜜虎是我养的，平时有些调皮，惊扰姑娘了。"

蕙娘拿团扇轻遮半边脸，只剩一双含情目默默看着张二郎，温言细语低声道："既是你养的小家伙，便把它带回去吧。"

蕙娘伸出白玉般的手指，蜜虎抱着蕙娘的手指不肯松手。

蕙娘嗔怪道："这可不是我不愿还你。"

张二郎红着脸，上前把蜜虎轻轻拽下来。

蕙娘也不敢看张二郎，只假装正在读书。

张二郎瞥见书本上的字，说道："原来姑娘在看《古诗十九首》。"

蕙娘起了好奇心，原以为是个普通的农家子，不过长得有些俊俏，没想到居然还识字。

张二郎说道："幼时随父亲读书，识得一些字，父亲最爱《古诗十九首》，故而记得些许。'行行重行行，与君生别离'，这句诗有些悲凉，没想到姑娘居然喜欢这首诗。"

蕙娘红着脸，嗔怪道："关你何事。"

柔情似水，佳期如梦。张二郎只记得那一日的梨花开得真好。

……

初遇相恋时多么美好，分别时才会让人痛彻心扉。

张二郎走过十里桥，梨花簌簌落下，今天蕙娘就要出嫁了。十里红妆，好不热闹。正如文家伯父所说，官家女怎能和农家子在一起。

燕子来时新社，梨花落后清明。蕙娘远嫁，平素不会回到十里桥镇，只有清明时节，才会千里迢迢回来给已逝的爹娘上个香。

到了蕙娘这一辈，母亲早逝，父亲身子骨弱，早早便从朝堂退了下来，回到十里桥休养身心。可惜天命难违，病歪歪的身子撑到蕙娘成亲，到底没挺过去。

父亲逝去后，蕙娘随夫君去赴任，自此文家便空了下来。

蕙娘撑着油纸伞，走在空寂的庭院，看到待字闺中时亲手植下的一棵梨树已亭亭如盖，伤感不已。

她推开房门，书桌上放着一本打开的书，上面布满尘灰，轻轻拂去，只见上面写道：行行重行行，与君生别离。

泪水潸然落下。

文 / 怀酒

蜜 虎

古代传说中的蜂类妖怪，别称"古路哥子"。蜜虎头部有斑点，鼻上有两根短须，嘴上有黑丝，能蜷缩起来，身上五彩斑斓，有像蚕蛾的容貌，尾部能像鹅尾一样展开。蜜虎捕食蜜蜂。雄虫身小，能做药；雌虫肥大，虫卵排出体外就能变成虫子。

角之隙

丁酉是宣城富户张家的马奴。

马房里一个同丁酉一起饲马的中年男人愤愤道："像咱这种下等的奴，吃喝拉撒连张老爷的爱马都不如。"话落，气儿没撒够，又粗暴地踹了两下脚边的草饲。

丁酉摇摇头，赶忙接过了男人的活。

比起当初流落街头受人白眼，他觉得现在的日子简直想都不敢想。他也不会忘记这一切都是因为张府的夫人心善，从街头收留了他。

其实被张夫人收留在张府的人不止他一个，都是些没爹没娘在街头和恶狗争食的孩子。

他进府时不满十三岁，如今五个年头就这么过去了，这些年里他却鲜少能见到夫人。

心下感叹：时间确实很快，夫人都快三十了……

"不好了，不好了！老爷刚带回府的姨娘在夫人院里摔了一跤，把肚里的孩子摔没了！"

张府上下炸开了锅。

要说老家主西去，张祁正式掌家不过也才三四年，仔细算算，张祁也才出孝不久，可后院儿转眼就塞满了莺莺燕燕。

张夫人出身书香门第，拉不下脸来和夫君争执，便索性死了心，自个儿守着张宅。

晚秋天凉，张家正院不时传来一阵咳嗽声。

丁酉在院外干活，却听得揪心。

三个月前新姨娘小产，老爷和夫人的关系更加恶劣了，别的不说，光瞧张老爷整日宿在别苑，连主家老宅都不回就瞧得出张祁气到何种程度。

丁酉用洒扫当借口在院门口待了一上午。

丁酉不懂夫妻间的事，只觉得两人从当年全宣城人人称羡的一对到现在这个地步着实可惜，便想着如何帮夫人讨得老爷欢心。

他只会养马，也明白张祁爱马，心下想着不如借夫人之名送张祁一匹宝马，好消了两人之间的误会。

宝马他买不起，但黑市里的门路他略懂一些。

里头的商家不要金银，能用来交易的东西常是商家自己寻不到的。

那好说，张家库房里多的是张祁从各地寻来的好宝贝，他"略施手段"用张祁的宝贝换一匹缓和夫人和张祁关系的骏马，怎么想来都不亏。

反正顺手牵羊这等事儿是他八岁就掌握的生存手段，就算夫人不喜欢，他偶尔用这么一次不算坏吧。

丁酉两手空空去黑市交易的时候没想到对方的条件如此苛刻。

卖家是个西域人，不要宝贝，却要一只妖物。

"传闻你们中原有一位皇帝因为一匹生了角的马差点出兵灭了一个藩王。"西域人一口蹩脚的中原话。

"我做马匹生意那么多年，从没有见过这样的马，你若能寻来，这匹世间难求的宝驹就是你的了。"

丁酉苦着脸回了张府的马棚，捋着一匹马驹的毛。

这等奇事他可是第一次听说，况且天下之大，他如何去找一匹不存在的妖马？

丁酉没少出府打听，只在茶馆的说书先生那里打听到了零星半点儿的消息。

听闻和西汉的七国之乱有关。

丁酉不通文墨，说书老头讲话又文绉绉地绕来绕去，听得丁酉云里雾里。

末了，说书老头反问他："小子，你说那皇帝是相信这匹妖马的存在还是不相信？"

丁酉回答不上来，却心生一计。他当晚便去了黑市，将说书老头的故事添油加醋地讲给那个西域商人听。

二人一个讲得不清不楚，一个听得磕磕巴巴。

待那商人猫着腰、揪着胡子冥思苦想的时候，丁酉砸了锣惊了马，在混乱之中牵走了一匹马驹。

马儿少壮，看得出是一匹难寻的好马。

丁酉一夜未回府，牵着马儿去河边洗净了毛，又等在张府别苑不远处，待到别苑洒扫的人出来，他便以夫人的名义将马儿送给张祁。

丁酉回府时心跳得极快，这是他为张夫人做的第一件事。

季节变换，张祁此前一直住在别苑，始终未踏入张宅，年前时却让别苑的下人给张夫人带了东西。

那日之后夫人三日未出房，张府上下气压极低，爆竹新符也衬不出半点儿年味儿。张夫人还是张罗着给府里的下人做了新衣，为张府布置了新饰。

丁酉和马棚的伙计们一同换上了衣服，呆站着就是想不明白为什么张夫人那么好的人要嫁入这个冰冷的府邸。

不过不等他想明白，便听闻张祁带人回府，和张夫人签下了和离书。

很多年后，宣城人依稀记得张家夫人离府的那日，有个少年绕了大半个城追上了张夫人的马车，跪在地上号啕大哭，喊着"对不起"。

哭声极大，以至于家家有婆娘探头八卦。

"当时张祁同她和离的理由是，夫人送了他一匹长角的妖马。"说话的人正是丁酉，如今他已快到知命之年，眯着眼悠悠地抽了一口水烟。

"我自责极了，她却把我扶了起来，然后讲了马生角的故事。"丁酉同老友说道。

"传闻西汉时期，吴地有一匹马在耳前生了角，两只角都有二寸大。帝王的心腹认为这马头上生角，吴地藩王怕是起了叛乱之心，这是吴王要造反的前兆。"

友人不解："这和那位夫人和离有什么关系？"

"没什么关系，只是夫人扶起我，然后问了一个我在茶馆也没答上来的问题。"

"什么问题？"

丁酉道："她问我有没有见过那匹生角的马。"

友人恍然，生角的妖马有没有已经不重要了，人心变了就是变了，皇帝和吴王也好，当年的张夫人和张祁也罢。它的存在只是一段破裂关系上的遮羞布，一个分道扬镳的好借口。

送走了友人，丁酉披上衣服去了后院的马棚。

离开宣城后他一直追随夫人，夫人却在离开宣城的第三年病逝。

此后他便来了这里，正是多年前的吴地，传闻中出现长角马的地方。

他的小院靠山，偏僻也安静。点了马棚的灯，只见里头一匹生了角的马。

妖马见他来，温柔地俯了俯脑袋。

丁酉在深山中寻到它也算是种机缘，他想着当年那个问题似乎有了一个不重要的正确答案。

"只是苦了你们这些妖怪，躲躲藏藏千万年，还要背负人心生出的罪责。"

文/采韦

马生角

古代传说中的征兆，马头上长出两只角，左角三寸、右角两寸，当两只角各两寸大时，是臣子蔑视君上，政令不通，贤士太少的征兆，也是天子亲征的征兆。

烟阳异事

烟阳镇的清晨，街巷中散发着王家包子铺的气息，镇子里的人大多是闻着包子味起身的，第一笼包子还没出来，不少人已经排着队等着了。

"王婶啊，今日好像迟了一刻钟啊。"站在店门口的第一位，就是城里的宋捕头，他每日起得最早，先去衙门点卯①，然后买三个大肉包便去巡街。旁人也许会迟来，但宋捕头一向准时。

王婶面露惭色道："宋捕头，真是对不住，昨儿小幺病了，晚上闹腾，浑身滚烫，我急得半夜送到济世堂，让吴大夫看了，这才好些。"一边说，王婶一边将包子用油纸包好，递给了宋捕头。

宋捕头接过包子，给后面的人让了路，却也没立马就走，他听了王婶的话，脸上露出几分关切，问道："那要紧吗？吴大夫说是什么病？"

王婶脸色看起来有几分惨白，她神态有些疲惫，道："您知道的，小幺生来就体弱，如今长到五岁，身子也不很康健，两个大孩子如今也能帮忙做点儿小事了，所以我们还应付得来。"

宋捕头点点头，也不再问什么，回头走了。

近日来，烟阳镇上的小孩接二连三地生病，孩童天性爱闹，生病并不稀奇，这病症也各不相同，而且都是来势汹汹，烟阳的大夫都束手无策，一些孩童大病一场，从此体弱，精神也萎了。

直到济世堂雇了那位吴大夫，镇上的孩童才算是有了救星。

起初，他并没有在意，只是怪事越来越多，渐渐地，镇上已经开始有一些传言。

———————————

① 旧时官厅在卯时（上午五点到七点）查点到班人员，叫点卯。

他们说，有妖怪作祟，盯上烟阳的孩童了。

宋捕头拿着包子，一边啃着一边走。

正是秋日，天朗气清，烟阳镇上有一湖，湖水清澈，秋叶映照时，颜色煞是好看。宋捕头正巧走到湖边，就依着湖边一个亭子坐下了，亭子里已经坐了一位白发老道。

老道带着鱼竿和鱼篓，静静地看着湖面。

宋捕头可是这一片的"百事通"，镇子上每家的情况他都一清二楚，而这个老道，显然不是本地人。

"道长，您从哪里来啊。"宋捕头开始吃第二个包子，边吃边问。

老道眉头深深蹙着，似乎没有听见宋捕头的问话。

宋捕头觉得奇怪，站起身来，顺着他的目光往湖面上看。微波粼粼，红叶黄叶映在水面上，偶尔有几条鱼在游动。

哦，大概是想要钓鱼吧。宋捕头点点头，他准备吃最后一个包子，没想到这时，老道说话了。

"湖里的鱼少了许多，镇子上最近是不是有什么怪事？"老道问。

宋捕头眉毛一抬，看着老道。

"有我宋捕头在，烟阳镇一直安宁得很。"宋捕头不愿意将近来的怪事传播到外乡人耳朵里，毕竟坏事传千里，传着传着，烟阳就变成了是非之地，这是他不愿意看到的。

老道叹了口气，背上自己的空鱼篓，去了别处。

宋捕头也没跟着，毕竟他心里还存着济世堂的事情。

吃完最后一个包子，宋捕头打了个饱嗝，拍拍肚皮，正想抬腿往东街去，没想到突然有一人，一路飞奔，大喊着："救命啊……宋捕头……"

谁？宋捕头脸色一变，冲上去一看才知，这是东街济世堂的小伙计，名叫小松，小松一见是宋捕头，如蒙大赦，揪着宋捕头的衣服，居然号啕大哭起来。

"小松，别忙着哭，快说，发生什么事了？"宋捕头一把抓起小松。

小松抽噎着，道："妖怪……济世堂里，有妖怪……"

"说清楚！什么妖怪？"宋捕头浓眉一横，一边拉着小松往济世堂走，一边问，"它伤了人命？"

小松摇了摇头，想要挣脱宋捕头的手，看得出来，他并不想回济世堂。

宋捕头低咒一声，又问了他细节，小松断断续续说明白了，吴大夫房里放着一张专门给小孩用的床，小幺昨夜就在吴大夫房里安置，说是病情已经好了许多，可是他今早去看，吴大夫不在屋里，而那张小床上哪里还看得见小幺的影子，上面只有一只硕大的虫样怪物，小松顿时吓得三魂没了七魄。

"那吴大夫呢？"宋捕头问。

"我……我不知道……早上按惯例让他起来坐诊，没想到……没想到他房里……"小松一脸惊慌。

"莫急，莫急。"宋捕头道，"没准是你看错了，你且先不要声张，不能打草惊蛇，现下最要紧的是找到小幺和吴大夫。"

这话让小松安定了几分，他的脸色稍缓和了一些，道："万一他们被妖怪吃了呢？"

宋捕头想了想，与小松细语了一番，小松听完立马朝着一个方向跑去。

宋捕头脸色凝重，朝着济世堂走去。

济世堂的掌柜姓苏，是烟阳土生土长的老人，原先做的是别的生意，后来年纪大了，便说开个医馆，他自己并不会医，如今这济世堂已经开了好几年，坐堂大夫原本就有两个，医术也是不错的。

几个月前，吴大夫来时，宋捕头就细细打听过他的来历。吴大夫全名吴青禾，年纪看着有四十五六，说是幽城来的，最擅长小儿科。

苏掌柜说，他与吴大夫是十年前相识的，当时见过他的医术十分了得，又听闻他丧母后不愿成家，因此极力相邀他来烟阳，说烟阳好山好水，是个宜居之处，没想到十年过去，这吴青禾居然真的来了。

原本宋捕头对吴大夫的来历并无怀疑，但现在细想，从繁华的幽城来的大夫，怎么就因为苏掌柜的一句话，就来了这偏僻的烟阳？

宋捕头表情凝重，站在了济世堂的门口，正巧，这苏掌柜正在吩咐伙计开门。

苏掌柜见到宋捕头，笑着同他招呼："宋捕头，怎么今天这么早先来了东街？平日里不是下午才来的吗？"

宋捕头还没来得及答话，伙计和苏掌柜说，小松一大早地不见人影了。

苏掌柜摸了摸胡子道："小松也不是那种不打招呼就溜走的主啊，今天是怎么了？吴大夫起了吗？"

伙计道："昨儿半夜王婶的孩子送来了，不知道忙到多晚了，刚刚早饭也没见着。"

宋捕头听了，忙道："我也是听说小幺来了你们这儿，想着王婶现在忙，我就过来看看。"

苏掌柜笑道："宋捕头果然是个热心的，估摸着吴大夫也醒了，过去看看也不碍事。"

说着，就领着宋捕头往里间走。

苏掌柜推开了吴大夫的门，只见吴大夫正坐着喝茶，小幺还睡在小床上。

宋捕头不动声色，观察着吴大夫，若他真的是妖精，到底有什么图谋？

苏掌柜领着宋捕头到了小幺床边，笑道："还是吴大夫医术高明，小幺气色看起来不错。"宋捕头却闻到了房子里一股香火味，抬眼一看，临窗的地方居然放着一块无字牌位。

宋捕头问："难道吴大夫还有酬神的习惯？"

吴大夫淡淡笑道："这并不是酬神，是家母的牌位。"

听了这话，宋捕头朝着牌位行了一礼，又朝着吴大夫道："想必令堂是位慈母，吴大夫善心济世，对烟阳小童尽心尽力。"

吴大夫道："母亲对我无微不至，我倾尽一生也无法报答。"

宋捕头看不出什么异样，就在这时，外面起了一阵骚动。

"快！快让开！里屋有妖怪！"听这声音，是小松回来了，他喊道："道长，快去看看。"

道长？宋捕头面带疑问，他明明让小松去找松林寺的方丈，怎么他却叫来了道长？

再一看，这道长，就是之前他在亭子里看见的那位老人家。

宋捕头悄悄挡在了苏掌柜的前面。

老道长一见吴青禾，便道："你母亲已经死去多时，你为何还要行这妖邪之事？"

吴青禾的样子倒是从容不迫，笑着问老道："道长，你已追了我十年，我吴青禾行医治病，哪里害过人？小儿的性命难道不是我救的？"

老道怒斥："青蚨小妖，违背天道，你敢说，你没有利用凡人母子之情，从这些小童母亲身上取生气，用来维持你母亲的形容和躯壳？"

宋捕头听了这话，突然想到今日王婶的样子，确实比前几日憔悴了许多。

吴青禾一哂，道："母亲心系小儿，自然憔悴，我取的不过九牛一毛，于性命根本无碍，我只是思念亡母，为何你要处处相逼？"

"你救人本是好事，但你执念太深，终成祸端。青蚨小妖，你难道不知，是因为你带着你母亲来了此处，这些孩童才病倒的吗？你母亲魂魄无法归入地府，现已经有了入邪的症状，若你还不放手，她亦不能放心重入轮回。"

吴青禾的眼里带着怒，道："老道，别以为你用这样的话就能诓骗我，我……"

他还没来得及说下去，突然，王婶跑了进来，原来，她听说济世堂出了妖精，一下子急坏了，外面的人也没有拦住她，王婶也不管他们在说什么，冲进来就抱住了小幺。

小幺睡得正香，突然被人抱起，哇哇大哭，喊着娘。

王婶流着泪道："小幺，我的好小幺，娘亲在这里，不怕，不怕。"接着，她突然扑通一下跪倒在吴大夫跟前。

"吴大夫，若是我还有什么可以给的，你一并拿去，我不怕，只要能让小幺平安，我都不怕。"王婶眼神真挚，句句恳切。

吴青禾颇为动容，这目光，他如此熟悉。少时，他不懂事，闯了许多祸，有些祸实在大，母亲便这样求着那些神仙，求他们放过年幼的他，一切罪责由她来担。

他双目含泪，突然一手一挥，小床上出现了一条巨虫。

"阿娘，我知道了。"他别开头，老道便明白了他的意思，立马念动咒语，顷刻间，那巨虫身躯灰飞烟灭。

吴青禾双眼紧闭，他的身躯也化成一条白烟，不知所终。

后来，有人说，那股烟盖在了湖面上。

老道说，青蚨这种妖精，生平最重母子之情，吴青禾是修行多年的妖精，本可以位列仙班，但却执意流连人间，误入歧途。

烟阳镇的人们听了这典故，便在湖边建了一座青蚨神庙，庙中供奉着一对母子神像，每当有小童生病之时，做母亲的就去庙里许愿，没几日小孩就能健壮如初。

文／攸宁

青　蚨

古代传说中的小妖怪，像蝉一样，但比蝉要大，可以吃，略辛辣。青蚨一般成母子一对出现，不管小青蚨飞多远，母青蚨都能飞去找到。将青蚨的血涂在钱币上，留下涂了子血的钱币，花掉涂了母血的钱币，过一会儿，钱币会自动飞回来。

忘忧酒

是秋，函谷关外风烟寂寥，黄沙上立着几棵枯树，偶尔有大雁从碧空掠过，除此之外鲜有人烟。

白慕是临江上人的关门弟子，想当初临江上人凭借其神鬼剑道，大杀四方，睥睨江湖各派，风头一时无两，可他不知为何，在正风光时失了音信，传言说他去了钟南山修道。

再有关于他的传言，便是来自这位自称临江后人的少年郎白慕了。

白慕在江湖上四处比剑扬名，颇有当初上人的风度，他剑术精湛震惊天下，连当朝天子都有所听闻，还想将他收入军中。

不过白慕一辞再辞，说自己身负师尊重托，之后不告而别，在江湖上匿了踪迹。

白慕望着这遍地黄沙，已无人论什么侠客英雄。此次出行，白慕望自称是师尊重托，其实师尊只让他在行走江湖后往边塞一行，取得一壶边塞酿得最好的酒便算他此番历练功成，便将这临江门的衣钵都传给他。

看起来简单，但师尊也许另有深意，白慕不敢懈怠。

边陲之地的酒多是往来商队带来的，白慕尝了几种当地自酿的酒皆不满意，那老汉见他挑剔，摇摇头道：“难不成你要深入黄沙，去寻那忘忧酒？”

听这酒名，白慕顿时来了兴趣，但老汉欲言又止。少年郎一身是胆，问了大致方位，便整装而去。

自古边塞少人行，平日往来的商队这时也没见个踪影。白慕脸上稍显疲色，加上许久未曾饮水，身上已经有些倦怠，视线都开始模糊了。

忽而天色骤暗，狂风大作，风沙中白慕几步疾行，隐约得见一个精致酒馆。

他心中一喜，想必这就是那传说中的酒馆。可这黄沙之地，这般酒馆如何建成？他心中疑窦丛生。虽如此，风沙迫人，白慕也未能多想，几步便迈了进去。

一进酒馆，风沙俱寂，酒馆门窗洞开，桌上却半分沙尘也无。

白慕一进店，小二立马迎了上来，登时倒了一碗茶，笑着问：“客官吃些什么？”

白慕环顾四周，放下包袱坐在了靠窗的位置上，问道：“不知你们这里什么酒最好？”

小二摇头道：“客官要这么问，小的答不出来，往来诸君各有所好。有的觉得西域葡萄液天下第一，有的非江南女儿红不可，那日两位客人差点在店中为这事吵将起来，小的可是怕了。”

白慕听了这言，心下思忖，这边塞小小酒馆，竟能有各处美酒，看来着实不简单。

“可有你们自家酿的酒？”他问道。

此言一出，小二的脸色霎时变了一变，望向无人的酒馆柜台。

原来这柜台后并非无人。

白慕话音落下，那边便传来一道清冽女声，只见不远处一姑娘先笑了几声，才开口说话：“边塞酒烈，怕客人受不住。”

小二悄声告诉白慕，说话的是他们的东家凌姑娘。

白慕挑眉，道：“我曾听闻边塞有酒名忘忧，乃是人间至品，可我流连此间多日，未曾寻得，不知凌姑娘的酒可比这忘忧厉害？"

听了这话，凌姑娘从柜台后走了出来，身着红衣，脸上戴着面纱，但从眉眼间便能看出是个美人。

水是眼波横，山是眉峰聚。白慕不由得愣了一愣。

"少侠尊姓大名？从何处来？"

"临江门下白慕，本居长安，只是父母皆早早身故，已无来处。"

那凌姑娘神色震动，转头吩咐小二上酒，还让多添几个小菜。

"不知少侠是否听过这忘忧酒的传说？"她给白慕斟了满满一杯。

"愿闻其详。"白慕举杯尽饮，果然酒香浓厚，回味悠长。

酒菜上齐，凌姑娘也未拖延，讲起这忘忧酒的故事。

函谷关附近本有一所秦代炼狱，罪徒无数，皆是良民无端入狱，死后化为冤魂，终日飘散在附近，风起时哀鸿遍野，黑云压地。

为安定边塞，当初管辖此地的官员受了秦皇的旨意，寻来一通天符咒，将这些冤魂困锁，生生世世，不得出这黄沙之地。

这样一来四周算是太平了些，但数万冤魂徘徊百年，灵异之事时有发生。

那日，众冤魂听闻汉朝天子东游，聚成一青眼巨物，四足入土，拦在路当中。

当时百官惊惧不已，唯有东方朔上前，说此物名"患"，请天子赐好酒数十斛，他以全礼祝酒，礼毕将酒灌入这巨物口鼻之内，巨物顷刻消散，化为烟尘，众人叹为观止。

东方朔向天子陈情，说这巨物乃冤魂所化，心有郁结，酒入愁肠后，冤情暂忘，因而消散。

天子过后，此地突然出了一股清泉，酿酒甘甜，忘忧酒正是取此泉之水酿成。

从那以后，常往来边塞的商户和居民，出行时洒酒而祭，果然能一路平顺。

故事说罢，凌姑娘神色悲伤道："少侠是寻酒而来，酒却是从冤魂处来的。"

白慕不解，道："姑娘此言，我却不甚明白，这清泉难道不是天赐？"

凌姑娘摇摇头，转身似在恸哭，恰逢白慕酒气上头，忽觉眼前一黑，再睁眼时，他便被吓了一跳。

什么酒馆，什么姑娘，白慕闭眼睁眼，竟又是黑天的黄沙荒野。

耳边风声骤起，四处全是沙烟，扰得他无法细看。

他强撑睁眼，才看见眼前那只巨物，白慕顷刻酒醒，紧握剑柄，然不敢妄动，这变故着实太快，他还来不及反应，可行走江湖，他也不曾惊惧什么。

这想必就是那传说中的青眼巨物吧。

他定定心神，从容站在巨物跟前。

既然是冤魂，必然能懂人言，他高声道："晚辈白慕，只为寻酒路过宝地，惊扰诸君，还望见谅。"

那怪物缓缓睁开双眼，它眸中并未有恼怒的意思，嘴巴张了张，真的口吐人言，口中发出的竟是凌姑娘的声音，又隐约夹杂着千千万万的声音。

"少侠不必惊慌，是我法力不精，一时伤情，便难以维持酒馆的形貌。这忘忧酒是我所酿，那清泉乃是众鬼魂饮了祭酒后，落的泪聚成一股泉水，我用此水来酿酒，浓烈异常。"

"凌姑娘，世间可有你们的解脱之法？我去替你们寻来，解了这百年的魔咒。"

怪物发出呜呜之声，道："上天曾有神仙允诺，若我们能阻汉武帝东游，他们便向玉帝陈情，为我们寻解脱之法。我们心知那是难得的转机，本不该好酒贪杯，但生前受苦，死后被困，苦楚无人知，那东方先生言语恳切，美酒相邀，待我们有礼，我们生前何曾受过这种礼遇？因此忘了阻拦，误了大事。然被困已久，此番不求少侠寻解脱之法，请少侠至中原寻一寻东方先生的足迹。"

白慕以为他们恨极了东方朔，忙道："今已过百年，怕是他已不在人世。"

怪物道："我们也打听了许多次，但终究没有半分消息。百年间我存了千万好酒，知他也是爱酒之人，不知他如今是转生，还是成了天神，我们也许永生困于函谷关，但求他再与我们同饮一场，这苦楚反正受了这么多年，只是知己难得，还想再见一面。"

白慕听了此言，颇受触动，侠气上头，道："难为你们执念至此，在下定为你们寻得东方先生的下落。"

白慕提着忘忧酒回到师门，在临江上人跟前开了坛，果然酒香扑鼻，上人连声道："妙极，妙极。"

白慕磕了三个响头，上人正要传他衣钵，却见他转身便走。

空谷清幽，回荡着白慕的声音。

"白慕愚钝，恐不能受师尊重托，请师父另择掌门，今弟子有要事去办，事毕之后再回山门侍奉。"

临江上人抬头望天，摇头道："东方老儿啊，我这近二十年的工夫，终究还是为你做了嫁衣。罢罢罢，到时定要取你三十坛好酒，才能出我这口气啊。"

时隔百年，并不算短，白慕四处在民间走访，听闻东方朔身故时众鸟哀鸣，天降骤雨，云层中有浮光映照，有人说，这是登仙之兆。

他们说，东方朔成了地仙，常在人间走动，一些年纪大的老人，还能认出他来。

一位修道者告诉白慕，东方朔确然位列仙班，常在人间仙游行善，踪迹难寻，只听闻他好饮酒，每遇酒馆，皆不错过。

可人海茫茫，如何寻仙？白慕不得其法，也不知东方朔还能否记得这桩往事。

他冥思苦想，终得妙计，将此事写作传奇，请人来讲演一番，又在各处建起忘忧酒馆，从函谷关取酒，以传奇扬名，借此伺机寻找东方朔的下落。

花落月升，又是数十年过去，白慕常常往来边塞，也经营有道，各地的忘忧酒馆风生水起。

只在一日，白慕坐在酒馆中听传奇话本，小二来说有位客人想见他，据小二说，这是位仙风道骨的老先生。

他走近一看，先生便说：“原来是临江上人的高徒。”

白慕本以为，这是师尊故交，却没想到他下一句便是：“我就是东方朔。”

此时白慕已年近四十，他曾想，若不是函谷关一行遇到这青眼巨物，也许此生不会如此度过，几十年间，他踏足山水千万，听了无数白发仙人施善行善的故事，却无法寻得其踪迹，没想到这日，便这样轻易得见了，再看一下，竟有些眼熟。

东方朔道：“你可记得八岁那年，你是如何进的临江门？”

白慕忽而瞪大双眼，八岁那年他全家出门游览风光，却遇上盗贼，刺死了他的父母，他躲在角落，幸得一老者神降，救他出生天，将他送到临江门下学习武艺。

“竟是您老人家！”白慕俯身便拜。

东方朔微微一笑，道：“临江上人知我流连人间的缘故，以这忘忧酒来做你的试炼，你果有慈心。走吧，我已功成，与你同去函谷关。”

数十日之后，函谷关风骤起，呜呜似鬼哭之声，不多时，黄沙蔽日，忘忧酒馆从天而降，酒馆门前，站着数十冤魂，神色有喜有哀。

凌姑娘笑盈盈站在酒馆门前道：“先生曾说，与我们再饮，没想到竟让我们苦等多年。”

东方朔笑道：“先有人间职务在身，愧对诸君，后而身死以达天界，众仙家言，能累十万功德，必能求一心愿。如今功德终成，我与天帝陈情，可送诸位往生。”

瞬间，酒馆外鸦雀无声，又一会儿，开始有抽泣之声，难得落雨的函谷关，突然下起雨来，雨滴重重坠地，如战鼓之声，震慑心魂。

东方朔与众鬼一一行礼，进了这忘忧酒馆。

白慕还没来得及眨眼，顷刻间，风息云散，烈日当空，环顾四周，此地竟成了沙漠中的一处绿洲，流淌着一汪清泉。

碧空中传来仙人之语："白家儿郎一诺千金，今赠你二十光阴，一生康健，愿你此生行善，护佑众生。"

白慕俯身而拜，仰头看时，只剩碧空一片，青鸟盘桓。

忘忧酒的故事流传世间，白慕却将千金散尽，四处行侠，惩恶扬善，终得美名。百年之后，人们在白慕久居之地修了一座忘忧亭纪念他，在亭子建成当日，一块巨石从天而降，落在亭旁，上书"一诺千金"，百姓纷纷俯首而拜，以为神迹。从此后，百姓每逢结义、结缘诸事，便来此地拜石，歃血成诺。

文 / 攸宁

患

古代传说中由忧郁之气所成的妖怪。《搜神记》中讲述东方朔在函谷关遇到患，患的外形像牛，青色的眼睛，眼珠闪着光，四只脚陷在地里，能动但不能走。东方朔猜测此处是秦朝的监狱或是罪人集中劳役的地方，因为患是由忧郁之气所成，一般只有监狱或是罪犯徒役劳作的地方才会充满忧郁之气，喂酒给它就能让它消失，想来狱中的犯人，也只有饮酒方能解气。

待尤郎

"……我跟你足足三年，女人的一生中又有几个三年？哪里是在图你的钱！尤琛，你对我就没有一点……"

此刻正是沪上华灯四起的时候，舞厅外人声嘈杂喧闹。只见十几个浓妆艳抹的舞女顺着楼梯走下，她们搔首弄姿，绰绰约约地走入寻欢作乐的人群里。

琛少爷一颗心早已飞了出去，奈何衣袖被眼前的女人死死抓住。他低头，见她精致的妆容都花成一片，脸色蜡黄，往日肌肤间散发出的魅惑韵味也没有了。想来是真的伤心欲绝了，却激不起男人丝毫的怜悯。

"好一个红牌舞女，当时架子端得比天高，现在牛皮癣似的甩都甩不掉！本少爷对你没兴趣了，再也不想看到你。若是嫌钱少，大可以直接开口，少在这里玩情情爱爱这一套！"

女人的手被甩开，整个人虚软地扶住侧墙，清瘦的身体再撑不起那些繁华绮艳，一瞬似老了十岁。

琛少爷见她终于放弃了纠缠，重重喘了口气，轻哼一声，转身走进了盥洗室。

风月场中人无情——他还觉得好笑，怎有人会在舞池中情深义重？

待他解手毕，理好被扯皱的衬衫，外头那抽抽搭搭的哭声也已平息。琛少爷推门，神清气爽地走向洗手台，借着暖黄色的灯光打量自己的脸。

他身旁站着另一个女人，女人手里一支金管口红，细腻地勾勒着唇形。

琛少爷微微侧头，可以瞥见女人侧脸的轮廓——颧骨微高，鼻梁高挺，眉毛勾勒得锋利，眼尾似乎是一抹胭脂的红。

察觉到一旁窥探的目光，女人转过脸，目光如穿烟雾。她有一头乌黑的长发，松散地搭在肩头上，散发着一股奇异的幽香。

琛少爷关了水龙头，很潇洒地开口："这颜色很衬你。"

女人笑了笑，似有若无道："我也觉得。"

那一点端丽的红，雀跃在唇瓣上，撩人心扉。转身离开时，他已遐想出几分甜味。

第二次见面比想象中来得更快。

是父亲举办的一次酒宴，沪城商界有头有脸的人物尽数出席，可谓盛况空前。琛少爷最厌恶这般场合，撒泼耍赖，在公馆里装病不起。最后还是被老管家架了出来，裹在一身黑西装里，神态怏怏不乐。

有巴望他尤家财富地位的人，举着杯香槟真情假意地来奉承："琛少爷一表人才，器宇不凡，今后定是前途无量！"

琛少爷盯着那圈白色泡沫，心不在焉地应和。父亲看在眼里，不轻不重地拍了下他后背，嘴上呵斥："没半点儿精神，像什么样子！整个一纨绔子弟！"

觥筹交错地应酬完一大圈，父亲总算懒得再看儿子那张臭脸，挥挥手叫他哪儿凉快哪儿待着去。琛少爷如释重负，扯了扯过紧的领子钻进盥洗室。

淡金色的光下，一个熟悉的背影独立于镜前，指间是一支细长的香烟。蓝灰色的烟雾中，佳人懒散回眸，正撞上琛少爷含笑的眼。

"这么巧？"他将她视作在场某位权贵的女伴。

女人不语，从手袋中摸出一支烟递给他，点燃。

琛少爷咬着烟问她："你叫什么？"

"紫。"

好突兀的一个字，却比那些红玫瑰、白茉莉之流冷艳不少。

一根烟燃到了尽头，紫手指一弯掐灭，又转过头对着镜子端详自己的面容。月白色的洗手台上摆着那支已经被旋出的口红，涂抹在唇上，庄重又放肆。

琛少爷吐了口烟，挑眉道："还是那个颜色？"

"对啊，"她扣上手袋，有些戏谑，"在我眼中，从来是'旧人胜新人'。"

这一句话意有所指，但琛少爷浑然不觉。他只是望着紫那双似乎能勾魂夺魄的眼睛，在暗淡且充满烟味的室内，如一泓水井，越望越深。

"有没有兴趣一起吃饭？"他随口胡诌个理由，"这里做的是粤菜，不太合我口味，人又那么多。我们出去找个安静地方，慢慢吃慢慢聊。"

紫嗤笑道："你知我是陪谁来的？"

"怎么，难不成是大总统？"

他故意摆出副无赖相，痞气地睨她。紫深深望着他，沉吟片刻，道："你胆子真是大。那么干脆去你家，如何？"

烟雾之中，琛少爷掐灭火星，笑意加深，道："求之不得。"

"琛少，你的咖啡。"

焦苦的香气袭上，琛少爷合上文件，将杯子送到嘴边，被烫得吐舌头。

窗外春光正好，温润的风顺着窗缝溜进屋内。员工们忙碌得有条不紊，颇有副万象更新的好光景。

琛少爷最近接手了父亲的一部分事业。出乎意料，一切异常顺利，连合作的洋人都刮目相看。父亲注视他的目光渐露欣慰，似是终于为自己艰难险阻的半生寻到了着落。

刚忙活了半天，现下有些疲乏。琛少爷托着杯子，放空精神，目光扫向笔筒上挂着的小玩意儿——是只淡紫色的丝袋，没有香味，泛着浅浅的光泽。

那是紫送给他的，在他们第一次翻云覆雨之后。

女人身体白皙而匀称，不着寸缕地趴在深色床单上，更显得玲珑有致。他看得眼热，便挑起一缕头发，放在唇前贪恋地吻。

"今后，与我在一起，如何？"

紫轻轻一笑，道："一毛不拔，就想把我骗走？"

"那你要什么？"

"不稀罕你的东西。倒是我，有件'定情信物'可以送你。"

昏暗的室内，她懒散地伸手探寻，在手袋中摸索出个香囊似的小丝袋，放到琛少爷手心。

琛少爷揪着上面的穗十分夸张地闻着，惹得她笑出声，道："这可不是香囊，它叫紫丝囊。在我家乡那边，是一种吉祥物。"

紫仰头，唇也离得更近，那吐息直接撩拨在他心上。

"你可记得，要妥善收好。"

琛少爷捏住她小巧的下巴，调笑道："不是香囊……我怎么觉得这东西跟你一样香？"

一声小小的惊叫，少爷扑身而上，又是一晌贪欢。

春风沉醉的晚上，琛少爷意气风发地拉下车窗，看到头上难得明亮的星空，更觉得简直身处云端。而紫坐在副驾上，手里夹着一根烟，火星在暗夜中迷离闪烁。

"你可真是我的福星。自打遇见你以后，我这运气旺得挡都挡不住……"

他得意忘形，一把伸手揽过佳人肩膀。紫顺势依偎，问道："那么福星有没有资格做尤太太呢？"

琛少爷一愣，搭在她肩上的手僵住。

紫漫不经心地吐了口烟，笑道："紧张什么，逗你的。"

他额角渗出一点点冷汗，视野也模糊几分。若只是寻常的露水姻缘，他此刻自然是调笑自如。可与紫相处的几个月下来，在那些欲望餍足的时刻，他软玉温香在手，倒真动了几分天长地久的心思。

不，不可能。琛少爷摇了摇头，努力定下心神，却听得旁边淡淡的一句："最近家中变故，需我回家帮忙，我们怕是有个把月见不上面了。"

"怎么了？"

紫似笑非笑道："一些私事罢了。这几个月来，琛少这样风流，怕是早有些腻了吧。"

琛少爷心里有几分不舒服，语气便也冷了下来，道："这几个月，我何曾多看一眼别人？难道你就没有片刻想过，或许我真的会娶你？"

气氛一时尴尬。静谧的春夜，能听到不远处行人走动时的声响。还有停在路边的车，车灯短短摇晃几次，又归于沉寂。

紫将烟扔到窗外，侧过身搂住他的脖子，问："生气啦？"

"没有。"

"我也是情非得已……"她的头埋在少爷的颈间，声音闷闷地传来，"那等我回来，我嫁你，你娶我，如何？"

"怎么着？你当我是王宝钏，要为你苦守寒窑十八年？"

"哪有那么久。"紫咬住他的下唇，舌尖似若无意地滑过他的嘴角，"到时候，你来娶我，我等着……"

无心之言，往往一语成谶。

紫悄无声息地离开后，尤家的产业，尤其是琛少爷接手的几家公司每况愈下。这本不算什么，毕竟年轻人难免会出差错。可国际形势也越发紧张，有些地方已经开了火，闹得满城风雨，家家都不好过。父亲愁得烟瘾又加重，额上增加了成片的白发。

年底时，父亲和另一个沪城商业界的大老板敲定了兼并的事宜。为示诚意，看着两家儿女年龄相仿，男未婚女未嫁，索性搞了个亲上加亲。琛少爷陪着那个相貌平平的千金小姐逛了几次百货商场，便换上礼服出席了自己的婚礼。

那位小姐久居深闺，思想却很前卫，对这未来的丈夫没有任何幻想，明明白白地提出二人婚后互不干涉。

琛少爷答应下来，为做足面子上的功夫，婚后还半真半假地黏糊了一段。新婚妻子体形娇小，如未发育完全的孩童，自然勾不起他什么欲望。瞒过两边父母后，很快便过回了眠花宿柳的风流日子。

他曾问过歌舞厅的领班，可有过一个叫"紫"的舞女。对方摇摇头，从来没听过这号人物，不过能将琛少爷迷得如此念念不忘，还真有些手段。

琛少爷自嘲："我可是答应她，要娶她做尤夫人呢。"

"那琛少岂不做了负心汉？"

"负心汉又如何？"他深吸口气，将杯中酒一饮而尽，"若无负心汉，你这舞池里的生意，哪来的这般兴盛？"

那是新年前的最后一天，沪城银行和几家巨贾连同教会搞了场慈善晚宴。披着行善的外衣，实际只是又一场人脉流通的酒会。琛少爷要与新婚妻子结伴出席。临行前他匆匆收好办公桌上文件，妻子在旁等候，忽然好奇地出声。

"咦，这是什么东西？"

他应声抬眼，妻子的手中捏着一个破旧不堪的丝袋，上面积着层灰，连颜色都辨不出。

琛少爷沉默片刻，道："忘了哪来的小玩意儿，扔了吧。"

晚宴上自然又是好一番应酬，无数声或真或假的恭喜道贺。琛少爷应付得疲劳，好容易得会儿清闲。妻子去了盥洗室补妆，留他一人可以慢慢地饮完一杯香槟。

恍惚之间，忽然，一声凄厉异常的尖叫声在盥洗室那边传来。

是妻子的声音，引得场面瞬间骚乱起来。琛少爷面色一凛，随手将酒杯一放，随着人流几步冲进盥洗室。

一身纯白礼服的妻子趴在洗手台前，双目血红，瞪着台前的镜子，目眦尽裂。

他被妻子的模样吓到，抬头看向镜子——只见光洁的镜面蒙上一层污垢，密密麻麻全是用鲜红的口红写成的字。

"待尤郎"

"待尤郎""待尤郎""待尤郎""待尤郎"……

在那些血红的字眼间，一个女人的身形影影绰绰。

是那双勾魂夺魄的眼睛，泛着寒光，从镜中直直望向琛少爷。

"紫丝囊尚在否？"

最衬她的口红颜色，现在却红得像是要滴血。

琛少爷大叫了一声，当即拨开人群逃向外面。别人的喊声、议论声、妻子的哭号声统统被甩到脑后。他的心中只剩下逃！逃离那双眼睛！

紫看着琛少爷落荒而逃的身影，在手袋中摸索出一根烟点燃。

"紫丝囊尚在否？"她自言自语，甚至笑了出来。

黑暗中一点仓皇的影子，被灼红的香烟点亮，随后燃烧殆尽。

次日，晨。

"号外号外！名门血案！尤家大少爷横尸街头……"

咖啡厅里的人皱皱眉，真没劲，大早上听见这样晦气的消息。人们漫不经心地翻开报纸一瞥，版面上模模糊糊的照片中，那烧焦的尸体早已辨别不出半点儿人形。再读几行文字，都是些花花公子的风流韵事，艳史上的碎屑，娱乐罢了。

邻桌的女人在报纸上摁灭了烟头，正好烧穿一个洞。

这边的人对这些报道已是毫无兴趣，眼睛始终在美人身上打转，思索着搭讪的话头。

"小姐，你手包上挂着的香袋是从哪里买的？我也想送给我妹妹一个。"

好假的开场，他哪有什么妹妹！

女人闻言转头，露出一个微笑，目光如穿烟雾。

文 / 轻舟

紫姑神

文中的紫原型来自《子不语》中的紫姑神，也是古代传说中掌管男女情事的神仙。她有一个法宝"紫丝囊"，佩戴它的人能提高才学。

紫姑神本是天上仙女，犯了事被贬人间，在人间遇到有缘人尤琛，嫁为人妻，贤良淑德，助丈夫步步高升。后来期限已满，但因与人私奔，无脸回天界，又因本是上界仙人，地府不收，只好寻泰山神君投胎转世。尤琛深情等待十五年后，再次与紫姑神相遇，只是紫姑神不再记得前世之事。

✤ 寒山不拾玉 ✤

是春，南城外百花盛开，游人如织。

苏老儿在城外支了一个茶摊，专供来往游客歇脚。

明年他家的小儿明礼就要上京赶考了，他正替儿子准备盘缠。摊子前挂着一个招子，那字就是明礼写的，先生说了，明礼笔力遒劲，字有筋骨。

苏老儿抬头一笑，脸上露出欣慰之色。

"老伯，来一碗茶。"

听见客人叫唤，苏老儿马上回过神来，应了一声，端着茶迎了过去。

来人虽然身着朴素，但衣襟上的刺绣可非同一般，苏老儿的婆娘擅长刺绣，因此他打眼一看，就知道这人不是普通人，急忙替他牵马，又引他入座。

"劳烦老伯，我的马也须喂点吃食。"这声音沉稳厚重，咬字清晰，倒是让旁边忙着的明秀愣了一愣。

苏老儿连连应声，倒了茶去喂马，让女儿明秀招待客人。

明秀回头一看，这来客是位公子，看年纪不过二十有余，举止不似寻常人家的公子，甚至颇有些仙风道骨。

明秀自小和苏老儿做生意，性格爽利大方，不像那些闺秀碧玉，她笑道："公子从何处来？我们也有些点心，若是不嫌弃，也可填填肚子。"

那人点了点头，朝她一笑，道："那便有劳。"

明秀正要走，没想到，这公子又问："路途中听闻南城的邀月楼正在选花魁，不知姑娘可听过其中明细？"

明秀先是惊讶，而后又坦然一笑，道："听闻那些女子都是逃难而来，不知公子是否有相识？"

来人不置可否，明秀却也不在意，这南来北往，她见过的客人不计其数，既然客人想听，选花魁的事，她倒是略知一二。

邀月楼乃是南城第一的酒楼，菜肴风味双绝。只是两年前，酒楼东家不知何故暴毙而亡，新东家接手改头换面了一番。

菜肴还是那些菜肴，只是新东家说，既是酒楼，少不了歌舞助兴，与那些风月场所不同，邀月楼引了几位寒山镇的女子，教她们歌舞，也不知究竟练得如何，只是白日，邀月楼的院子，总能听见那些女子清脆的笑声。

这便很引人注意了。

三月前，邀月楼放出风声去，说是要选花魁，先是出了十位女子画像挂在楼内。这些画像风姿各有不同，更勾起了南城的富商和达官贵人的兴致。

"说来也奇，城外不远有一山，名为寒山，之所以叫作寒山，是因为此山常年冰雪，即使炎炎夏日，也从未有草木。"

"今年却破了天荒，寒山春来雪融，有了各色花木，还有许多珍禽异兽。公子您看，这些游人所向之处，就是寒山了。这邀月楼的待选花魁，都来自寒山脚下的寒山镇，她们选了寒山上十种花木为名，并以其为饰。"

这公子眉间一挑，问道："寒山镇有什么特别？"

明秀听了这问，又四处看看，茶摊此刻人多眼杂，摇摇头道："小女子从未去过，只听闻那里有个活仙。"

那人还想再问，突然一个官差骑马飞驰而过，朝着人群大喊："寒山镇出现时疫，今夜闭锁城门，百姓不许出城！"

原本满是喜色的踏青游客顿时慌张了起来，一些富家奴仆正赶着车接主子，那些穿着华丽的名门闺秀也惊得花容失色，场面十分混乱。

明秀听了也忙着和苏老儿收摊，一转眼，那位公子和他的马已经不见了。

南城内。云隐客栈。

"店家，一间上房。"

店家道："公子从哪里来？近来官府查得严，敢问公子贵姓？"

"小生希河，从京城来，访亲路过贵地，想歇息一两日。"

店家点点头做了记录，转头便喊来了小二，带他上楼。

希河一路眉头紧锁，小二见了便问："公子是有什么难处？"

他道："本是在城外听说南城有花魁大选，故而进来看看，不过怎么突然来了时疫？若是长时间不能进出，恐怕误事。"

小二摇头笑道："公子不知，这未必就是真的时疫。"

说着，意味深长地看着希河，希河立马会意，掏出一些碎银来。

"不知小二哥有何高见？"

小二压低了声音道："高见谈不上，只是这寒山镇嗜美如疾，这方圆十里世人皆知，不过，无人敢谈论罢了。"

"何谓……'嗜美如疾'？"

小二更谨慎了，又打开门看了看确实无人，将房间的窗户紧闭了，才道："不瞒公子，几年前这寒山镇还是个正常的小镇，不知何处来了一位貌比潘安的郎君，无论男女皆被他的'美色'所迷，不仅供他吃穿，还给他修了寺庙，那寒山镇也不大，竟有三十余座庙是他的。"

是了，三十余座。希河正是为此而来，小二哥说完原委，又说这花魁大赛是早已筹谋好的事情，明日定会如期举办。

所谓时疫，大概又是那位郎君的信众起的内讧，他们常为郎君的装束争吵不休，甚至大打出手。

小二哥说完，便离开了客房，希河开了房间的窗户，这间房正好临街，看着路上人们的装束鲜艳，嘴角浮现一丝笑意，但霎时消散，眉间堆起了愁绪。

翌日傍晚，邀月楼灯火通明，街巷中锣鼓喧天，鞭炮齐鸣。

希河手持纸扇，随着人群缓步而行，这街巷中的热闹他已阔别多年，少不得有几分亲切，不过，希河这般的悠闲心态，很快就被人群打破。

"拾玉公子来了！你们快看，拾玉公子来了！"路上不知谁大喊了一声，人们瞬间挤的挤，推的推，男女老少都挤在一团。

希河眼疾手快，扶了几个孩子，一转头，就见到那八人抬的轿子，抬着那位名叫拾玉的公子来了。

路边的人们都没闲着，手上都拿着各色的鲜花，往轿子上扔，不多时，一只手掀了轿帘，这位以美色闻名四野的公子，如今就站在众人眼前了。

"名不虚传！名不虚传！"希河身旁的老叟叹道。

拾玉公子环视四周，本是嘴角带笑，在人群中看见希河之后，笑意收敛了几分，不过神色依旧泰然，他道："今日多谢各位捧场，邀月楼今日设花魁大赛，与诸君共赏人间春色。"

说罢便作了个揖，往楼里走去。

众宾客紧随其后。

希河神色凝重，却察觉不出任何异样，这些人并不像是被什么妖法驱使的，他随着人流进了邀月楼，随意寻了位置正要坐下，旁边有一小厮迎了上来，道："公子，拾玉公子请您楼上一叙。"

小厮领着希河，不一会儿就到了楼上雅座，拾玉带笑作揖道："上仙贵脚踏贱地，是拾玉有失远迎。"

希河道："你可记得，下凡时，是让你三百年不出寒山？"

拾玉轻笑道："拾玉当年承蒙上仙抬爱，寒夜相救，又带我上天界，做了几年仙童，即便如何小心，还是免不了犯错，如今在人间，逍遥快活，比神仙强许多。"

原来，这拾玉是希河修仙时的灵宠，隆冬腊月时分在山野中救了他，后教他修习一些法术，无奈天界寂寞，拾玉的生性活泼，倒是打发了不少时光。

希河道："纵是如此，那三十多处仙人庙你又如何解释？"

那些仙人庙中，供奉的不只有拾玉，主供的乃是白鹿仙人，而希河的真身，正是白鹿，这也是他察觉不对的原因。

拾玉道："上仙那年于寒夜救我，为我取名拾玉，我自感激不尽，只能供奉些香火。"

希河摇头，正想再说，却觉知到一阵阵浓烈的妖气，他望向拾玉，却观之不透。

一时间，歌舞声起。

古书上如何形容美人？雪肤花貌，倾国倾城。

如今这邀月楼台子上的十位美人，几乎囊括了南城百姓对美人的想象，满座皆惊叹不已。

但希河面有怒色，却隐忍不发，他知道，这都是花草精魂幻变的美人，花草寿命本身极短，若是没有邪术，根本支撑不住。

"拾玉，迷途知返，我为你求情。"在人间，希河若是一用仙法，天界便知道他的踪迹，他此行并未上报，只是觉察到寒山有异，来探看一二的。

拾玉懒懒笑道："上仙，美人美酒，赏心悦目，拾玉乐不思蜀。"

"天官不日下巡，你若不悔悟，回到寒山，我保不住你。"希河道。

拾玉起身，走出几步，回头对希河说："上仙不必记挂拾玉，天官下巡，所有罪责，都在拾玉身上。"

天官乃是凤凰修炼而成的仙人，说是修炼，凤凰一族本就自有仙胎，不过这天官骨子里虽有傲气，平日却不算难相处，只要恭敬相对，也不会出什么幺蛾子。

每三年，天官都会下巡一次，探看那些被贬凡间的仙人仙童，表现好的，或许减免几年，表现不好的，再加几年。

然而，天官来得比想象早，希河觉知一股仙气坠入邀月楼中，神色一震。

拾玉的灾殃，必然是躲不过了。

希河站在走廊上，不敢妄动，只见那天官化作一客，隐在人群中，此时，十位美人已亭亭立在台上，拾玉一步一步拾级而上，也不见沉重。

"今日众美在侧，我何其有幸，与诸位同席而坐，都说人间不如仙界，依我看，仙界不如邀月楼快活，今日起，这十位美人中，将选一位花魁，坐镇邀月楼。"

"那么剩下的美人呢？"

拾玉笑道："其他美人，自有去处。得胜者，将得彩头凤凰翎一枚，这邀月楼，也归她所有。"

"凤凰翎？是何宝物？"

"到时诸位便知了。"

台下天官一笑，他与拾玉是旧识，拾玉下凡前，惹的祸事与他有关。

那时，他们皆是小仙童模样，好好地比起身上皮毛来，拾玉皮毛华丽，凤凰年纪幼小，羽毛尚未张开，自然不够艳丽，拾玉顽皮，揪了一把凤凰翎，在天界大肆炫耀，边跑边说什么"凤凰不如我"。

天后本为凤凰一族，听此言勃然大怒，将拾玉贬下凡间，罚他思过三百年。

寒山孤寂，拾玉无聊得紧，春日常喊"凤凰不如我"，可到冬日，一身皮毛退成灰色，他自己苦嘲"得过且过"。

这对于一个小仙童而言，罚得实在有些重了。这么多年，天官心怀歉疚，也替他遮掩了许多。

天官知道，拾玉这样的心思，必然是不愿苦修的，他如今出了寒山，闹出这么大阵仗，谁也保不了他了。若是只是他脱离管束，倒还罢了，可这邀月楼中的妖气满溢，就知拾玉入了邪道。

天官去过寒山镇。那个镇上的人，看起来与旁人无异，心念上却与常人不同了，他们为了衣衫的颜色和发簪的样式与人大打出手，争到你死我活头破血流。

事情已经够妖异了，寻常官府早该将拾玉以妖孽之名捉拿，拾玉的邪术约莫就用在了这个地方。

众人捧他，如星如月，见过他的，都不敢说他的不是。

花魁大赛，入邀月楼者，皆可为心仪的花魁投签，时过三刻，唱签结束，得花魁的乃是以玉兰为饰的凝露姑娘。

只见一仆人端着锦缎覆盖的木盘上来，拾玉笑道："没想到竟是你得了这花魁，这邀月楼从此为你所有，还有……"

拾玉掀开锦缎，凤凰翎闪闪发光，但并不是真的凤凰翎，而是以玉为骨，以拾玉的最好皮毛打造的凤凰翎样子的簪子。

天官还未明白拾玉的目的，却见拾玉竟将自己的力量全数注入簪内。

"凤凰翎下，众美从之。"拾玉温柔对凝露一笑，转身下了台，众人再看时，哪里还有拾玉的影子。

天官追了出去，却见希河上仙怀中抱着一毛茸茸小物。

"请天官饶恕。"夜色很深，天官看不清希河的表情，"是我从寒山将他带来，也让我将它送回寒山去，他既不想苦修回到天界，那便让他痛快活在人间就好。"

天官点了点头，希河便乘云而去了。

拾玉一走，寒山镇嗜美如疾的病顷刻好了，只是衣裳艳丽却成了寒山镇的风俗，被流传了下去。

百年过去，寒山附近兴起养灵宠的风气来，说有一灵宠，模样似鼠，仿若有翅却不能飞，皮毛华丽，双眼有神，善啼，可与黄鹂、百灵一比。

它生来可爱却惰懒，很难过冬，常在寒夜发出凄厉的叫声。不知何时，一个农人在冬夜救过此物，那年他便发家致富，逢人便说，这是有仙人相助。

于是，这"灵宠"的子子孙孙，便都有了归宿。

文 / 攸宁

寒号虫

古代被误认的妖怪，寒号虫在古代又名鼫节鸟，其实就是鼯鼠，古人描述它为体形像雀，四只脚，尾巴像老鼠，有肉翅，却不能飞。

第二辑

秋园惊梦

水果糖

　　戴眼镜的男人干瘦干瘦的，他微微佝偻着背，看上去有些憔悴。

　　他深深叹了口气想要镇定心神，同时条件反射般地从手边的糖罐里拿了一颗水果糖塞到嘴里，并顺势抽了张纸巾擦擦手，这才用压抑着的语气开口道："我知道，是警察找你来的，对吧，医生？"

　　他对面那个被叫作"医生"的老头，却穿了一身明黄色道袍，头戴八卦帽，长着一下巴的胡须。

　　这位奇怪装束的老头回应道："你看我这打扮像医生吗？"

　　戴眼镜的男人又抽了张纸巾揩嘴，说："医生，您不用同我演这种戏。我是科学派，从来没有什么迷信思想。直说吧，我自己很清楚我得了什么病。"

　　老头按捺了一下，还是顺着他问道："那你说你得了什么病？"

　　"人格分裂。"

　　老头不屑地笑了笑，说："现在的人真是什么大词儿都往自己身上扯，知道'人格分裂'是什么吗，你就'人格分裂'了？"

　　男人凄苦一笑，说："我要是没有病，为什么现在在精神病院？"

　　"醒醒神，看明白点儿，你根本不在精神病院。"

　　男人环视四周，像是被刺激了一下——深蓝色的窗帘紧紧闭合，整个房间光线昏暗，只有书桌上的一盏台灯亮着，空气有点儿潮闷，而他手边放着自己最熟悉的糖罐，里面盛着大半罐水果糖。原来这里就是他自己的租屋。

　　"哦……你还专程来我家了呀。"他有些踌躇地站起身，仿佛确认似的打量着身旁的一切，然后突然转向老头，"你看，我最近经常这样……怎么说呢，就是会突然恍惚，不知道自己身在哪里。"

　　"恍惚？"

　　"是的……甚至有的时候，在恍惚中我会感觉自己好像变了一个人。像在做梦一样，经历着另外一个人的生活。"男人低下了头。

　　"你不妨说说看，那是怎样发生的呢？"

　　男人坐回椅子上，开始回忆。

　　"比如说有一次，我路过一个商场，里面有很多服装精品店的那种。我自己没女朋友，也不爱买衣服，一般都是不会进去闲逛的。

"但那天，我突然看见有一对姐妹——姐姐看身形应该是已经怀孕几个月了，妹妹很年轻漂亮，挽着姐姐的手，两个人有说有笑地进了商场大门。不得不说，我当时就被妹妹吸引住了。像魔怔了一样，跟着她们俩一起进了商场。

"进去以后我有点儿尴尬，因为一楼全是卖女装的，还有很多导购虎视眈眈地盯着客人。但我还是硬着头皮跟着那两姐妹走，直到看见妹妹进了一间试衣间，我也不知道怎么想的，就直接钻进了她旁边那间试衣间。"

老头听到这里，轻蔑道："你这不就是单纯的跟踪狂吗？"

"我知道，我知道……我知道我这个行为问题很大。"男人双眉紧蹙，"其实我刚进了那间试衣间，我就后悔了，完全不知道自己在干什么……但也差不多就在那个时候，我开始恍惚了。

"我一眨眼，好像自己已经变成了妹妹。总之从穿衣镜里看，我跟妹妹的样子没有任何区别。那个时候我就产生了一个模糊的感觉：好像'我'本来就是她吧。"

"你是她？她是谁？叫什么名字？"老头忍不住插话。

男人愣了一下，说："……不是那种很真实的感觉，我也说不上来她叫什么名字，只是觉得——我就是试衣间外那位孕妇的妹妹。

"然后……我就出了试衣间，很自然地挽住了我姐姐的手。我姐姐当时还问我：'这么快就试完了？'我笑着回答：'不太适合我。'接着，我就跟着姐姐回了我们爸妈家。"

"你还去了别人家里？"

"我已经'变成'妹妹了，所以那就是我自己爸妈家啊。那天回爸妈家，是因为说好了全家人要一起吃晚饭，到家的时候，爸妈正好要出门买菜。姐姐还想走一走，就跟着他们一起去了。但我觉得有点儿累，说想睡会儿，爸妈又气又笑地说我太懒嫁不出去，但还是给我准备了睡衣。我就进房睡去了。

"没睡多久，就听到有人敲门。开门一看是我姐夫，他提前下班过来了。"

"你……认得出你姐夫？"老头怀疑地眯眼。

"其实……刚睡醒时有点儿蒙，看到门口的男人时，我并没有立刻反应过来。但他一见我，就故意用很亲昵的口吻叫我'小姨子'。那时我就突然想起来，哦，这是我姐夫。

"被他吵醒，我一下也没有困意了，就和他一起坐在沙发上看电视。让我不太舒服的是，姐夫老跟我没话找话，问我找男朋友了没有这些私人问题……"

"你答不上来吧。"

"不是答不答得上来，我就是不想回答！我有点儿没好气地跟他说'你嘴这么闲，吃点儿水果得了'，他却半真半假地板起脸，教训我没大没小，还让我亲自给他削苹果。因为他是姐夫嘛……我也不想把气氛闹得太僵，就忍着气给他削。哪知道削的时候，他有只手就搭过来了，一边安慰我说刚刚是逗我玩的，一边就……就在我身上不合适的地方捏了一把。"

男人说到这里，语气开始激动："我当时真的觉得很恶心，我大声质问姐夫为什么要这样对我，这样对姐姐！但姐夫一只手狠狠按住我拿刀的手，另一只手扳住我的身体，说都怪我勾引他——他自顾自在那说什么我的睡衣是多么暴露，睡衣里面没穿内衣是多么下流。他的力气很大，整个身体朝我压过来，当时作为一个年轻女孩的我实在难以挣脱……于是，于是我……"

男人突然坐立难安，他紧张地搓着双手，然后眼神像抓住救命稻草一样紧紧盯住了糖罐，赶忙伸手又拿了一颗水果糖放进嘴里。接着在他照例用纸巾擦拭的动作中，他终于又冷静了下来。

"于是我就把他杀了。"

"杀了？你是怎么杀他的？你不是被他压着动不了吗？"

"是……但毕竟刀还在手上，那时候恐惧与愤怒让我力气突然变大了吧。我大概就朝他一捅……然后好像还按着他的眼睛……后面的记忆有点儿混乱，总之我知道他死了，我满手是血。但这也无可厚非吧？是他先开始侵犯我的，作为那个'女孩'的我，自卫也是正常的……不过，杀了他以后，我也不知道发生了什么，我再度恍惚，清醒时意识就又回归现在的'我'了，而且人就在自己家。用学术词汇来讲，就是回到了主人格，对吧？"

"类似的情况还发生过吗？"

男人点头道："发生过好几次了。每次变化的人格都不同，多数是女人，发生的事也都……大同小异……"

老头抚摸着胡须道："每次都是以杀人结尾？"

男人挠了挠脖颈，有些惭愧地说道："好像的确是这样。"

老头说："你自己难道没发现？你讲的故事都有很大的问题。"

"什么问题？"

"要是真有人格分裂这毛病，就是给自己幻想出了新的人格而已。但就算如此，在别人眼中，你还是你。那么，请问你怎么可能以你现在这副中年男人的身躯，进入别人家中，还被别人姐夫图谋不轨呢？"

男人颤抖着抱着头，说："不知道……我也很混乱。可能这些事情根本就没发生吧，也许我不是人格分裂，而是妄想症？总之，我知道我的脑子出问题了……"

老头咳了咳，说："但最近真的发生了好几宗杀人案，报纸上也报道过。每一例都出人意料地发生在受害人自己家中，每一例里都有一位明明缺席却被人做证在场的亲人。"

男人沉默了。

老头叹了口气，说："我不是什么医生，是个道士。我来这里是为了收妖，可不是给谁看病。我来收的妖怪，就是你。"

男人嘴角抽搐着，说："别逗了……哪有这种事，什么妖怪不妖怪的。你，你……肯定也只是我幻想出来的人吧……嘻嘻……"

为了让自己重新获得平静，他的手再次伸向糖罐。

老头突然问："这罐子是怎么回事？"

男人动作顿了顿，说："糖罐？我好像每次变化人格杀人后，都会去便利店买水果糖，最近我总觉得吃糖会让我平静一点儿。不知不觉，就积攒了这么多糖……唉，我干吗要和你说这些呢，你又不存在……"

男人自嘲着，往嘴里丢了一颗水果糖，像之前一样，他抽出纸巾——

但老头按住了他的手，盯着他一字一句道："为什么你每吃一颗水果糖，非得专门擦手擦嘴呢？"

男人一时迷茫了，嘴里喃喃地回答着："因为手上和嘴上……会沾到血……"

刹那间，他的脑子"嗡"的一下，像是从昏沉中被人打醒。他低头看见自己手指上有猩红的血，下意识地用手背擦了一把嘴，手背上也被抹上了一溜血迹。

再抬头看向糖罐，眼前的画面好像噩梦袭来——

那是大半罐眼球，人的眼球。

男人的胃里翻江倒海，他一挥手打翻了桌上的糖罐，眼球滚落在地上。他跪在地上绝望地呕吐起来，而这时他撑着地的双手却变成了锋利的爪子，臂膀生长出灰黑的羽毛。

老头冷眼看着他身上发生的变化，缓缓道："罗刹鸟，会变幻人形，常以女子之姿骗取他人信任。过了这么多年，你还是喜欢吃人目，口味倒没变过。你百年前被我封印于人胎，作为人类活了几世，所以不知道自己本来就是妖怪。没想到你体内的妖力还能自行挣破封印复苏，一直把自己当作人类的你肯定接受不了发生的事吧？所以大脑把一切本能行为自动修正了？唉，是我来晚了一步……"

老头站起身，右手两指间已出现一张灵符，他走向那只罗刹鸟，脚上的十方鞋无情地踩碎了地上的眼球。有一瞬间，他的双瞳缩了一下，仿佛发散出不似人类的光彩。他几不可见地诡秘一笑。

"不过，来晚点儿也无所谓。那句话是怎么说的来着？报应也许会迟到，但绝不会缺席——没说错吧？"

文 / 虎胡

罗刹鸟

古代传说中的恶鬼，出自《子不语》。罗刹鸟外形如大灰雀，目如磷火，灰黑毛色，雪白色尖利的钩喙和巨大的爪子。据说罗刹鸟诞生在废墟、坟墓等阴气极盛之地，待尸气聚集到足够的程度，罗刹鸟便会从中形成。

罗刹鸟在《子不语》中，变化成新娘，伺机攻击了新郎和真新娘，挖走了他们的眼睛。好在没有伤及性命，两人都救活过来。罗刹鸟攻击性强，专吃人类眼睛。

东洋网吧之夜

"完了！完了！我残血了，船要沉了，"蓝子在东洋网吧东南角的卡座上焦躁地点击着鼠标，"我往后撤了，邵哥，你自己扛一下。"

"你别吧，"邻座的邵哥不满地拖长声调，"这还好多杂兵，全围过来了，你别坑我啊。"

"谁坑谁啊，去你的，"蓝子本能地想翻个白眼，但屏幕上的情况不允许他的眼睛走神半秒，"不是说好你T我DPS吗？你就他娘的躲，氪金买的装备干啥使的？"

自从他们玩的这款网游正式开了海上地图以后，蓝子就急不可耐地招呼大学室友和他一起探海。上海的玩家一人一艘船，如果在海上被怪打死，即使人物还能复活，带去巡海的装备物品将全部"沉没"，不能返还。这种风险无疑增加了海上巡游的刺激感，更刺激的是，官方还并没有公开介绍海上地图所有的新怪物、NPC和特殊道具，故意为第一批上海的玩家留出"探索未知"的乐趣。近日来，游戏论坛里总有人发帖炫耀自己发掘出的海上新内容，蓝子急切地想成为其中一员。

"啊！！！"蓝子的右腿在座下朝前一踢，把对面卡座的椅子都踢开了。

邵哥被蓝子的动静吓得鼠标猛抖，把手边的啤酒撞下了桌面，半罐啤酒洒了一地。网吧老板抬头朝他们看了一眼。

"怎么了？后面来怪了？来大怪了？！"

"不是不是……"蓝子有点儿激动，"我，我又见到这个了！是个新玩意儿！"

"会不会攻击？会不会攻击？"

"好像不会。"

"操。不是怪，你闹腾啥？害我啤酒白买了。"邵哥终于清掉了屏幕上最后的杂兵，俯身从地上捡起那个啤酒罐，仰头往嘴里抖着残留的液体。

"恶不恶心啊……至于吗？"蓝子嫌弃地瞪了他一眼，把手指戳到显示器上，"快来看看这玩意儿，究竟是啥啊？"

邵哥凑过身来仔细辨认，终于看出来，在起伏的海浪贴图中有个隐约的人头，像是个眯眯眼微笑着的和尚的头。

"你见过这玩意儿？"

"上次我一个人探海的时候就看见过这个。可惜我上次没来得及截图啊，因为我刚看到他的时候，就突然刷出一个大怪，直接给我整没了。"蓝子语气不无遗憾，"我那身装备啊……所以我决定不再一个人探海了。"

"这家伙不是怪，是NPC吗？"邵哥也好奇起来，"蓝……蓝子，你靠近点儿看看能不能互动啊？"

蓝子的人物船只绕着那颗脑袋打转，然而脑袋上并没有出现互动标志。蓝子尝试按下行动键，却只触发了海上的基本行动——"打捞"。收起打捞网，里面也只有一些平常的海鱼，海面上的那颗头仍岿然不动。

"动也不动，捞也捞不上来，该不会就是个雕像吧？"邵哥说道。

"干吗要在大海中央放个人头雕像啊？也太诡异了吧。"

"没意思，走了走了。"邵哥回头去看自己的屏幕，突然抓狂地干号一声——就离开了半分钟不到，竟不知从哪里又冒出来一群新的杂兵，已经把他的人物船只攻沉了。

蓝子顾不上邵哥的大呼小叫，他赶忙截图切出游戏，在游戏论坛里发了一个新帖子："老哥们来看看，海面上一颗大光头有人见过没？"

第二天，蓝子满怀期待地打开自己的帖子，但下面的回复却浇了他一头冷水。

"这图有点儿不清晰啊……"

"楼主PS技术没我好，鉴定完毕。"

"想要骗赞，就是你发假图的理由吗？"

蓝子不服气地跟帖回应："这是我在海上亲自探到的，老被波浪挡着，没有特别好的截图角度。"

有个比较理性的网友问他："这颗头是'漂浮'在海面上的吗？"

蓝子想了想，回复道："它是露出了海面，但没有随着浪花一起动。"

"那可能只是官方的贴图bug吧。"

这个说法让蓝子觉得很颓丧，他快快不乐地往椅背上一靠，仔细观察着自己的那张截屏图片——截下来的图片的确有点儿模糊，可是他亲眼看见时明明很清晰。

晚上，他又带着邵哥来到了东洋网吧。

"我们再找一次，我这次开录屏软件，视频一定能证明那东西真的存在！"蓝子说道。

邵哥不情不愿道："还上海啊，我昨天都丢了一身装备……"

"你要能陪我把这个和尚头成功录下来，你丢了的装备我给你买！我还给你升级！"

"这可是你说的啊！"邵哥立刻打开电脑，"不过……你那帖子我也看了，下面有人说……"

蓝子直接打断他，坚定地说："那绝对不是贴图bug，因为我的船不能穿过它。"

蓝子和邵哥回到之前他们探索的海域，和尚头却似乎不在原处了。蓝子移动鼠标，扩大视野，在屏幕的边缘终于再次出现了那颗"和尚头"。

"怎么移动了位置？而且看上去好像跟昨天不太一样啊？"

那颗和尚头比昨天更高出海面了一些，露出了脑袋下面的部分，但看不太分明。

"他这是穿着红色的袈裟吗？"邵哥皱着眉辨认着，"怎么脖子这么短啊？都看不到。肩膀的形状也很奇怪。"

"既然有变化，很可能是个什么特殊彩蛋啊！居然叫我们第一个找到了，我这视频发了一定能震惊论……"

蓝子话还没完全说完，就被邵哥打断。

"妈呀！大……大大章鱼！"

蓝子发现，自己的屏幕里出现了巨大的触须，他还来不及作反应，整条船就被五六只触须给缠住。

"赚了！"蓝子喊道，"不仅录到了和尚头，还录到了这个新怪物！"

"赚了？你都要完蛋了！"

"那你别光看着不帮忙啊！"蓝子现在才紧张起来，过分用力地敲击着键盘，想快点儿脱身。

邵哥远距离朝章鱼发射船炮，爆炸的特效和蓝子发动的技能效果在屏幕上缭乱地闪动，主机里风扇的声音越来越大，最后"砰"的一声，蓝子的显示器黑屏了。

这时邵哥叫起来："你船是不是沉了啊？那章鱼朝我这里来了！我得逃了！"

蓝子气急败坏地去前台找网吧老板："我那个座的电脑突然死机了！"

老板叼着烟，懒洋洋地抬起眼皮看了他一眼，问："你干了什么啊？上黄网了吗？"

"我不过就是想给游戏录个屏。"

老板检查了主机，说道："应该就是过热，一时半会儿没法重新开机。"

"唉，"蓝子捶胸顿足，"我那视频都没保存上，这不白录了……"

"你录什么？这么重要？"老板好奇道。

知道老板也在和他们玩同款游戏，蓝子和邵哥你一言我一语地把他们遭遇的"海上和尚头"的事迹描述了一番。

听完他们说的话，老板冷不丁来了一句话："这个东西，我知道是什么。"

蓝子有些奇怪，道："你……也见过？"

老板摇摇头，道："我没见过，但我听说过。我外公家在福建，以前还当过渔民。他们那带自古就有传说，出海最忌见到'海和尚'。"

"什么是'海和尚'？"

此时已是深夜，网吧里人很少，气氛有些阴森。老板缓缓开口道："是一种妖怪，它长着一个看上去像人类和尚的头，所以被叫作'海和尚'。这种妖怪总在海浪中凭空出现，人叫它，它也不理，打它又打不到，而它只会隔着海浪笑眯眯地看着你。就和你们形容的那个一模一样。"

邵哥打了个寒战。

蓝子只觉得莫名其妙，不屑道："老板，你别扯了，我们是在游戏里遇到的，跟你外公有什么关系啊？"

"你们只看到了头，没看到它的身体吗？"老板继续道。

"之前只有头露出了海面，今天看到了一点儿身体，怎么了？"

"据我外公说，'海和尚'虽然长着人类的脑袋，身体却像巨型的鳖，通体赤红色。"

二人脑海中浮现出今天看到的图像：原来那个和尚并不是缩着脖子穿着红色的

"袈裟"，而那奇怪的肩膀形状竟是鳖壳的边缘。

邵哥先一步开口："这样说，我们好像遇到的真是'海和尚'！"

蓝子心想：莫非是游戏官方专门根据民间传说加入的彩蛋？

老板很当真地接着说："那你们可千万别再去那片海域了，出海要是见到'海和尚'，会发生非常不好的事……"

"会发生什么？"邵哥紧张起来。

"破财失物是小，很多见到'海和尚'的人都一去不回，消失无踪。"

这句话配合老板故作神秘的语气，让人听得毛骨悚然。

邵哥一拍腿，道："天哪！这是真的！就昨天，那'海和尚'一出现，我的人物莫名其妙地就死了，装备全都没了！"

蓝子不耐烦地说："那是你自己不专心看屏幕。"

"那你说你今天，还有上上次，不都死了吗？"

"有……有什么大不了，反正人物还能在城里复活！就是装备没了有点儿可惜而已。"蓝子嘴上虚张声势。

像是捕捉到了蓝子内心一丝害怕的情绪，老板诡异地一笑。

"只怕你下次再遇到'海和尚'，没的可就不只是装备了。"

奇怪的事果然发生了。第二天蓝子想再登录游戏时，发现他之前的人物档案没了，只能创建新人物。

"真是撞了邪了。"邵哥啧啧感叹，"你的人物也消失了，这不就跟老板说的一样吗？"

蓝子联系游戏客服，客服道歉称好像是出了技术bug，帮他恢复了人物档案，还额外多送了些高级装备。

蓝子顺口问了一句："海面地图上，是不是设置了一个叫'海和尚'的……NPC？还是怪物？"

客服说对此不太清楚，但海上地图的全部新内容资料会在一个星期后公开发布。

蓝子坐立不安地等了一周，资料一公开，就废寝忘食地查阅——期末复习都没有这样刻苦过。可是，他终究没有在资料库中找到任何关于"海和尚"的资料。

"我们那两天发生的事是真的吧？你也亲眼见到了那个'海和尚'，对不对？"蓝子拉着邵哥反复确定自己不是在做梦。

"对是对，但网吧老板不是说了吗，那玩意儿可邪乎。你该不会……又想……"

"我就想证明那东西存在！不然我都觉得我要疯了。"蓝子说，"再试最后一次，我这次一定要把它录下来，直接拿着视频去问官方怎么回事。我叫上了老周，还有小谷，我们几个一起录，总不可能几台电脑都死机吧！"

邵哥犹豫道："……可网吧老板不是说了吗，会发生不好的事。"

"不就是刷出来几个怪吗？咱们多两个人，说不定能打得过。"蓝子拍拍邵哥，"说到底就是个游戏而已，就算打不过最多也就是丢些装备，还能怎样？"

虽然东洋网吧的老板有些神经质，但毕竟去惯了，也没必要换地方。蓝子和邵哥还是坐在相邻的卡座，老周和小谷则坐在他们对面的卡座。

他们打开游戏，直奔之前的那片海域，蓝子的喉头微微发紧，除了耳机里的游戏音效，还能听到自己的心跳声。

但他们今天的运气出奇地差，一直探寻到两点半，都没有再看见"海和尚"。

老周问："你们说的那bug是不是没了啊？被官方修复了？"

"我说了那不是bug！它会移动，我们扩大搜寻范围。"蓝子不愿意放弃。

三点半，大家都有点昏昏欲睡，邵哥忍不住打着哈欠说："蓝子，我觉得你有点儿走火入魔了，实在找不到就算了吧。"

"啊！"蓝子突然惊呼一声，右脚应激性地一伸，踹到了对面小谷的腿。

正迷瞪着的小谷被踹清醒了半分，揉着腿嘟囔："唉，蓝子，你踹我干吗啊……"

"刚、刚才它从我这里闪过去了！你们跟上我！"

蓝子的船只迅速朝"海和尚"离开的方向移动，其他三人紧随其后。很快，每个人的屏幕上都出现了那个传说中的怪物——它站在海浪之中，身形乍看佝偻，再仔细一看，真是一个赤红色的大鳖长着一个和尚的脑袋，怪异至极。即使在游戏中它仅是像素组成的图像，还是让人很不舒服。

"这不分明就是'海和尚'吗？为什么官方资料里没有呢？"蓝子砸了一下鼠标。

邵哥心里毛毛的，提议道："既然已经录到了，咱们快退出吧。我总有不祥的预感。"

邵哥说话间，那"海和尚"直直往海里沉了下去，大家的耳边传来了微弱的"咯咯"笑声，竟和普通游戏音效的质感不同，听起来甚至像是有人就在他们背后轻笑。

他们几个人都本能地往背后一看，什么都没有看到。再回过头来时，每个人的屏幕上都有很多章鱼的触须围了过来。

"怎么又刷出这个怪了！而且……这么多只？"

"完了，强制进入战斗模式了，没法正常退出游戏！"

"我们杀出一条血路！到了安全地带立刻退游戏！"蓝子指挥道。

"是真的……老板说的是真的……"邵哥满身冷汗。

蓝子疯狂地斩击意图缠过来的触须，抗拒着自己内心涌上来的恐惧感。邵哥和老周在一旁狂呼乱叫，让蓝子更加心烦意乱。

"啪！"

耳机里电流的声音炸了一下，整个东洋网吧突然陷入一片漆黑。

蓝子又一次依本能伸出右腿，猛地往前蹬了一脚。

"怎么回事？"邵哥扯下游戏耳机。

网吧老板打开手机的电筒，从前台后面站了起来，道："好像停电了，我去看看电闸。"

蓝子心绪未宁，视觉上还没调整过来，一时什么都看不见。

他听到老周的声音在对面说："本来挺困的，这一下都给我吓醒了。"

蓝子突然觉得不对劲儿，自己刚才又伸脚了，但对面空空的。他这次没蹬到小谷的腿。

"小谷？小谷呢？"

大家的眼睛渐渐适应了环境，事物的轮廓在黑暗中慢慢显现出来。

他们看见，在蓝子对面的卡座上，只剩下了一件外套。

文 / 虎胡

海和尚

古代传说中居住在海里的妖怪，外貌像猕猴，个头很小，浑身长满毛，会说人听不懂的话。海和尚见人会行礼，能在海面上行走。古代有渔民一网网住好几个海和尚，据说把海和尚处理风干后，吃一只可以一年不吃饭。或许它就是一种奇特的海产品罢了。

瓷娃娃

"金娃娃，银娃娃，钮氏有个瓷娃娃。"一群孩子蹦蹦跳跳，路过的行人还以为这些孩子在欢快地玩耍呢。

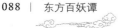

沿街各户人家的院子里已经飘起了烟，孩子们还是不回家。

"快别说了。"墙角有个壮实的孩子蹲着，低头自言自语。

他原本是孩子王，玩耍的孩子们中就数他最积极了。

"快别说钮氏的孩子了，钮氏听到又要生气了。"那孩子还在不停地低语着。

"金娃娃，银娃娃，钮氏有个瓷娃娃。说不得，碰不得……"

这是一个大的镇子，原本十里内有两个镇子，后来另一个镇子的人越来越分散，最后就分开了，邻近的村人就都聚在这个镇子里。

镇上有个学堂，教书先生是个连续落榜十几年的穷酸书生，开个学堂算是谋个生路。这个教书先生把学生分成两类，一是家里有钱的，二是没钱但想学习的。

学生里有一个穷的、钮氏的孩子。钮氏是后搬到镇子里的，带着孩子，与寻常妇人不同，像是不合群一般，从来见不到钮氏和妇人们扯家常。

但不知怎么的，传出来风言风语，说钮氏不是人，正常人哪有带着娃娃四处搬家的，家里也没个顶梁柱。

说来也怪，可能是随了母亲，钮氏的孩子也格格不入，不怎么合群，学堂里的其他孩子多是同村的，或是家里有生意往来的，只有钮氏的孩子是一个穷人家的孩子。

钮氏的孩子从黑娃娃、穷娃娃、丑娃娃、瘦娃娃一直变成了现在的瓷娃娃。

镇子其实不大，哪有娃娃真的见过几件瓷器，多是听说瓷做的东西吧，大都不结实。

"儿啊，今天先生教了什么，学得怎么样？"钮氏做好饭，擦了擦手，可到饭桌。

"还好，教挺多，识了几个字。"

"有没有交到几个要好的朋友啊？"钮氏关切地问。

"没有，我，我，我和他们也不熟，也不顺路。"钮氏的孩子低着头吃饭。话不多，怕说了自己被排挤的事，母亲又要生气。

钮氏也是有些担心，人家的孩子家境都好，好在钮氏手巧，帮着缝缝补补，绣几朵花，算是衣食不愁。

教书先生以孔圣人为尊，崇尚忠孝，学堂也学不到什么内容，都是教书先生自己在讲，几个孩子在听，其中就有钮氏的孩子，认真听讲，好学是好事，先生会多关照一些。

但是先生也有些私心，几次科举落榜，自认怀才不遇，想着余生万一教出个学生，混点儿名声也不浪费毕生所学，对自己也是个交代。

放课后，孩子们又在一起玩，只有钮氏的孩子坐在一旁，看着他们。

不知是谁提议要一起玩，他们叫钮氏的孩子一起来，钮氏的孩子今年十二岁，在这些孩子们里年纪不大不小，但是却很瘦弱。

"你们玩吧，谢谢了，我就不过去了。"可是钮氏的孩子怎么会不想一起玩呢。

"瓷娃娃，你是害怕把自己碰碎吧。"有个孩子大喊一声，随即都哄笑起来。

玩就玩，钮氏的孩子心想。

众人玩的捉迷藏，第一轮钮氏的孩子找。

教书先生的屋子里躲着一个，柴草垛里缩着一个，还有一个比较灵巧的孩子上树了……

"还差一个没找到呢！"众人冲着钮氏的孩子大叫道。

找到了十三个孩子了，还差一个。不对啊，明明都找到了，钮氏的孩子最后掰着手指头一个一个按顺序对，明明都找到了。

"找不到就不带你玩了，你不准走。"其中最大的一个女孩子见钮氏的孩子实在找不到了，就威胁道。

"好吧。"钮氏的孩子不想失去玩伴，所有人便一起去找最后一个藏起来的人。

"回来了，怎么这么晚回来，我都要去找你了。"钮氏见到儿子回来，急忙迎上去。

"先生压堂了，回来晚一些。"钮氏的孩子有点儿心虚，低声说道。自己最后足足找了一个时辰，算了一遍又一遍人数，直到最后仔细回忆了一下，人数对，都找到了。

"你这是怎么了，衣服怎么那么脏？"钮氏见到儿子裤子沾了一大片泥。

"回来天黑了，没看到，摔在了一个泥坑里。"

"明天正好去镇子上，正好去感谢一下教书先生。"钮氏给儿子准备了一套干净衣服。

"啊？娘？你要去镇上？"钮氏的孩子有点儿意外。

"先吃饭吧。"

第二日，钮氏的孩子来到了学堂，心里有点儿慌。

"哈哈哈哈，笨蛋，瓷娃娃，都不会算数了。"学堂里的学生哄堂大笑，钮氏的孩子有点儿不自在。

"安静。"教书先生制止了孩子们的嬉笑。

还好母亲还有很久才来，钮氏的孩子吁了一口气。

午后，很多的家长都来接孩子了，有几个大户人家的妇人在外面嚼舌根。妇人身上衣服是钮氏秀的花，真别说，钮氏的手真巧，几朵花跟刚摘的一样。

"这钮氏对她的孩子啊，就像老母鸡护小鸡崽一样。你看，没有孩子乐意跟钮氏的孩子玩喽。"说完嗤笑起来。

"我平时就教育我家娃啊，别跟那穷人家的孩子玩，龙生龙，凤生凤，这钮氏也就会弄几朵花了，他家的孩子啊，能出息到哪里。"另一个妇人应声附和。

"这怎么就不认识了。"学堂传出教书先生的喊声，对面钮氏的孩子低着头不敢说话。

钮氏的孩子也算是好学，教书先生对钮氏的孩子算是照顾，钮氏的孩子有不会的便会严厉一点儿，想督促他多学一点儿。

"你看吧，那钮氏的孩子，又黑又丑，又穷，以后农活都干不动的，这学习也不会的。"外面的妇人提高了音量。

学堂里的孩子又笑了起来。

"你们敢欺负我的孩子？"钮氏愤怒地说道。

刚刚没人注意钮氏已经来了，所以说话肆无忌惮。

钮氏瞪着眼睛看着院子里的人，人们被钮氏的气势吓到了，强收住笑脸的表情确实很难看。

钮氏看到儿子眼含泪光，便愤怒地抬起手。

众人一时没反应过来，学堂让夹杂着沙子的大风吹散了，教书先生也被卷起来了，随后就是欺负钮氏的孩子的其他人。

众人飞得天旋地转，飞沙走石之间，也没有看清钮氏用了何方神通。

学堂关了，那几个妇人足足花了两个月的时间才把摔伤的腰养好。

再后来，钮氏带着孩子搬家了。

孩子们还小，哪记得这些事了。

"你看，钮氏的孩子没出息，钮氏也不是好东西。"某个妇人当着孩子的面和邻居说话，这妇人听人说两月前，钮氏在学堂撒了泼，和教书先生吵了一架，教书先生不要钮氏的孩子了。

"怪娃娃，怪钮氏，吓得先生丢戒尺……"街上还是飘荡着孩子们嬉闹的声音。

文 / 梦北

钮　氏

古代传说中的人形妖怪，一直是一个妇人形象，有个儿子，极度偏袒自己的儿子。在《酉阳杂俎》中，钮氏因为主人妻子将一枚林檎给了他们儿子，而没给钮氏的儿子，钮氏就把主人家的孩子反复颠转，作祟使其长得跟自己儿子一样，主人家只好道歉。

钮氏能活很久，即便一副妇人模样，却依旧身体硬朗，甚至不畏刀枪棍棒。

〜 生而为恶，我选择善 〜

"哎，我说你别跟着我了，行不行！"少年甩了甩袖子，"我可是要下山去干大事的人，一路上少不得打打杀杀，你要是跟着我，我可不一定能护得了你周全。"

眼瞅着拽住他袖子的小孩儿脸上泪水越来越多，大有一副你敢赶我就哭死给你看的架势，少年只觉头一阵疼。

少年叫常飞，常在的常，飞扬的飞，年十五，九岁入观，是须弥道观这一辈最具有潜力的弟子之一，现在奉师命下山，去犁源村祛除邪祟。谁知山上居然钻出个小不点儿，还是个小哑巴，问他名字、年龄、家人等，啥都不知道，张牙舞爪的也不知道在比画个啥，现在师命在身，村中妖邪作祟，实在不敢多耽搁，只能先带着下山找一户人家寄放着。可这小伢儿机灵得紧，一听说常飞要离开，就像块牛皮糖一样死死地粘住他，甩都甩不开。

"行了，行了，你要跟就跟着吧。真要出了事我可不管。"常飞虽然嘴里嘟囔着，但还是掏出了一个锦囊，将锦囊挂在了小孩儿的脖子上。

"这锦囊里有一道符，是我上次从师叔那儿坑来的。嘿，这可真是个好东西，我把它拿走的时候，那老家伙居然像没了老伴一样哭得稀里哗啦的……"对着小孩懵懂的眼神，常飞又止住了碎碎念，认真道，"总之你记得，真要遇到什么邪物，你直接把这符拿出来。"

望着天边夕阳，常飞一边抱住小孩，一边挎着行囊，继续向犁源村赶路。

"大师，您总算是来了，我们犁源村可有救了。"老村长的声音散在风中，带着些许急切。

村长带了七八个青壮年来迎接常飞，尽管他们很想热情款待远道而来的少年，但眉宇间深深的疲惫都显露出他们过得并不好。

"我们犁源村本来太平安好，可前段时间发了疫，生病的人都腹泻不止，反复高烧。这已经是村落里剩下的最后劳动力了。"老村长说到伤心处，掩面而泣。

"本以为是我们触犯了神明，该当遭此横祸。可前几天，张三去探望他那个患有重疾的哥哥，看见有个面色洁白、全身着深青色的小孩儿站在张某的床前，手舞足蹈，非常得意，他哥哥那时也病情加重。张三将那小孩儿呵斥离去后发现兄长的病情有所减轻，回来将这件事告诉了我，我们才怀疑是村里招了邪物，赶忙向大师们求救。"

常飞锁眉，越听越觉得此邪物很像典籍上描述的疟鬼。

安慰了村民几句，常飞便向村长寻了疾患突然加重的一户人家，着手布置陷阱引那恶鬼上钩。

然一门心思扑在驱邪上的常飞并没有发现，一直跟在自己身边的孩子从进了村落后便似乎有些过分安静了。

布置好陷阱后已是夜色弥漫，常飞拗不过这户人家的热情，只得答应他们留下来吃个便饭。

说实话菜品并不丰盛，但常飞知道这已经是这户人家现在最能拿出手的招待了。

吃完饭后，屋子的女主人端出飘着几滴油水的菜汤递给常飞和小孩，转身将自己还在襁褓中的孩子抱出来，用勺子喂给他汤水。

"咱娘俩命苦啊。"女人掩面叹息。

常飞嘴唇嚅嗫了几下，到底是没说出安慰的话来。可不是命苦吗？这村里现在就属这家里的男主人病情最重，就算是能将这疟鬼驱赶，他被摧残多日的身体怕是也撑不了几日了。亲者逝，生者痛。更何况这孩子还嗷嗷待哺，长不长得大还是个问题，怕是又要再添一缕亡魂了。

原本意气风发的常飞在此时突然认识到，这世间还有道法无法解决的事，他第一次对自己的本领产生了怀疑。

小孩也懵懵懂懂地望着抱在女人怀里的婴孩。正吞咽食物的婴孩甫一对上小孩的视线，突然哇哇大哭，连声哀叫。

女人急忙放下汤碗去哄怀里的孩子，孩子却啼哭不止，更是挣扎抓挠，汤水又呛到喉咙，像是要把心肝都咳出来。

女人又是心疼又是尴尬，一边轻拍孩子背部，一边向尊贵的客人道歉，请常飞谅解。

常飞挥手表示不在意，女人歉意地笑笑，说孩子可能是怕生了，先带他回内室安抚，让常飞自便。

夜里，常飞拖抱着小孩儿在小院里散步。

"好烦呐，师傅为什么派我来。"少年烦躁地将头发挠乱。一直在人前端着大师姿态的小道士在深夜无人时才又恢复了山上那个毛毛躁躁的少年样。

今日所见确实给了常飞很多感触。他只在典籍上见过疟鬼的危害，只在术法里学过捉鬼降妖的本领，却从未深刻体会到这些邪物给普通老百姓带来的伤害痛苦。

"小伢儿，你说，这次我能成功消灭这恶鬼吗？"看着昔日繁荣村落如今饱受恶鬼折磨，常飞此时对妖邪的厌恶上升到极点。

常飞握住小孩柔嫩的手掌，心中暗暗下了个决心，他一定要消灭这害人的恶鬼。他不怕恶鬼报复，他怕的是没彻底消灭这只恶鬼，以后它再卷土重来，这整个村落的人怕难逃厄运。

令常飞没想到的是，这天夜里，疟鬼来了，不过却没出现在他布置陷阱的病人房间里，而是大大方方地站在自己身前。

望着已经被束缚住的常飞，青衣童子嚣张地嗤笑。

令常飞没想到的，疟鬼的第一句话竟是："干得真不错，我的好弟弟。"

"怎么了，看见哥哥来了，反而还藏起来了？"

在常飞惊讶的目光中，小孩儿从房间里一步一步走了过来。

小孩离得越近外貌变化越大，走到常飞身前时已经从白天那个粉雕玉琢的糯米团子变成了四肢苍白肿胀、五官扭曲的小鬼。

再联想疟鬼的话，常飞都明白了，原来自己这一路上悉心照料的小孩儿，竟是这恶鬼的兄弟，小儿鬼。难怪会出现在荒无人烟的山里，难怪会将小孩子吓哭，原是它简陋粗糙的皮囊根本逃不过小儿那清澈的双眼。

"你别挣扎了，这个法器越挣扎越紧，你们道家自个儿的好东西，难道你还不了解？"疟鬼斜眼扫过奋力挣扎的常飞，朝小儿鬼道，"来，哥哥给你一个机会，现在杀了他，哥哥就原谅你当初干的傻事，去找梼杌把你的声音还给你。"

再看到小儿鬼时，常飞已经换上一副仇恨的目光，出师未捷身先死，他现在已经没有什么好怕的了。

小儿鬼步步逼近，常飞十分愤恨，却见小孩攻向了一旁的青衣疟鬼。

常飞讶异地看向小孩。

"哼，早就知道你有问题，如今还帮着凡人，活该你落得现在的下场！"疟鬼急速后退。

"你还是不知悔改！我们生而为恶，你以为，你还能逃得了吗？"

"以为埋葬自己就能埋下自己所犯的罪恶？三弟，你未免太天真了。"

"如今你舍不得杀他，便让我来杀了他，再带你去找魍魉，让它把你困在若水，省得出来丢人现眼！"语闭，青衣童子五指化爪，抓向常飞。

鬼爪逼近，彻骨寒意也逼近常飞。常飞深感此时小命必将交待在这里，小孩却扑向疟鬼，燃烧的符箓划破了夜色。小孩与疟鬼一同化作青烟消失在房间中，只余常飞一人惊魂未定。

我叫小儿鬼。

从我记事起大家便这么叫我。

他们说我是圣帝颛顼的儿子，我望着香火鼎盛的颛顼帝像，这个父亲似乎很受欢迎，可我却回想不起关于他的记忆。哦，怎么能记得呢？毕竟我幼时早夭，再醒来时已变成小儿鬼。

说起回忆，我上面有两个鬼哥哥。

一个叫魍魉，常居若水，只拖误入的路人，一心成为威震八方的凶物。

一个叫疟鬼，没什么大志向，只喜欢传播疾病，看人们痛苦死去。人们染病越重，他越欢欣鼓舞。可他对我实打实的好，时常与我分享快乐，共享人们的苦痛。大抵是因为孤独，我格外喜欢和我外形相似的小孩，可他们似乎能看见我真身，每次见到我便啼哭不止，这时哥哥疟鬼便会告诉我，这个叫开心，他们很喜欢和我玩，一见到我就会开心。

我也一直相信着，直到见到有幼孩见到我就啼哭，随后高烧不止，最终离世。这时我见到孩子的父母伤心落泪，不禁困惑——这是开心吗？他们见到自己的孩子死去后怎么会这么开心？我猛然间回忆起自己弥留之际，父亲颛顼落在我脸上的一滴泪。

相信哥哥的我第一次对他的话产生了质疑。

……

"你确定要用你的声音换你封印于此？"梼杌道。

"是的。"

像我们这样的原鬼永生不灭，只能被封印或镇压。所谓消灭，也不过是换个地方醒来。这是我们的能力，也是神给予的诅咒。

"我怎么会有你这样的兄弟。"

"随你。"

这是我陷入沉睡前听到的最后一句话。

……

我再看了一眼常飞，打开了常飞给的锦囊，抓住符箓，扑向了常飞身旁的疟鬼。

两鬼化作两缕青烟，消失在常飞眼前。

下一次，又会在哪里醒来呢？我陷入黑暗。

文 / 惊鹊

三疫鬼

古代传说中颛顼的三个儿子，死后变成了疫鬼，一个是居长江，传播疟疾的疟鬼；一个是居若水的魍魉鬼；一个是藏在房子里，善于吓唬小孩的小儿鬼。

青乌山奇遇记

"喂，这位壮士，你想不想赚笔大的？"

王三低头看了眼自己刚救回来的人，那人鸭青色的外衫上满是泥泞和蓬草，还沾着水稻叶子，样子狼狈不堪。

"呵。"他鼻腔里发出一声闷响，不屑一顾地大步往前迈去。

"哎哎，壮士，你别走啊，我说真的，你想不想大赚一笔？"那人连忙扯住他的衣角，急急地凑上前去，"我晓得壮士你在想什么，你在想我这人一副破败样子，能有什么生财机会是不是？"

王三转过身满腹狐疑地看着他。

"你可不用怀疑，我手上真的有个赚笔大钱的机会，足足这个数，"他伸出手掌，晃了晃脏兮兮的五根手指头，"五百两呢，这足够你免除这颠沛流离的苦日子了。"

那人指了指王三手上拿着的用于沿街乞讨的破瓷碗。

五百两什么概念？王三几乎是心跳加速了，他已经两天没吃饭了，从家中出来讨生活，半分钱没赚到，还给人坑了个精光，他都没脸回去见父母，五百两实在让他心动。

这人自称青乌先生，一身的泥点子，他不知从哪儿掏出一截绢白的手帕，把自己泥汪汪的脸擦干净，露出张俊美的脸，嘴一咧，给了王三一个猥琐的笑容。

"从这向东南走上五里地，有一座山，山脚有一株四五人合抱都围不起来的枯树，树里藏着一条大蛇，专门吃人，"青乌先生抖了抖衣服说，"那棵枯树的位置，又正好是人群往来、上山伐木的必经之地，闹出了这样的蛇患，使得民不聊生、哀怨载道啊。所以附近的村民募集重金，只为招募侠士为他们除害。"

王三打小就是个粗汉子，听不懂他说的什么聊生栽稻的，只知道有大蛇吃人，有些轻蔑地说："不过是大蛇而已，有什么难的，我七岁就能逮蛇了。"

青乌先生击掌称赞，又说："好，就是要你有这份胆识，只是你有所不知，这蛇可不一般啊！"

"能有什么不一般的蛇？"

他从休息的石板上跳下来比画着，说："这蛇长着人的脑袋、驴的耳朵，有一只脚，长得像是龙爪子一样，蛇芯子还特别长，行动极快。遇到人之后，它就会喷出毒气，把人迷晕过去，等人失去知觉的时候，它就用舌头伸进人的鼻子里，把人血吸个精光。"

"你说的，这……这……是蛇吗？"

他摆摆手，说："当然是蛇啦，我还诓你不成？现在赏金都涨到五百两啦，只要杀了那怪物，五百两就是你的了。"

五百两啊，王三把这个数字放进心里琢磨着，可转念一想。

"不行不行，这简直是个妖怪，我哪能杀掉！"天底下果然没有掉馅饼的好事。

青乌见他拒绝也不恼。

"你不行还有我啊，我既然找上你，就是有十拿九稳杀掉蛇妖的办法喽，"他胸有成竹地说，"我有祖传秘术，专门为斩妖而来。"

"有这么好的赚钱机会，你为什么不自己去？"王三从没想过会有这么好的事砸在自己头上。

"哎呀，还不是因为我一个人办不成嘛，正好你在泥塘里救我的时候，我一摸你的手，哎哟，就感觉你骨骼清奇，肌肉发达，真是能担此任的人才啊，"他猥琐地摸上王三的胳膊，似乎真是在试一试骨骼肌肉，随即粲然一笑，"而且你把我从泥潭里面捞出来，真是救了我一命，这就算我的报恩了。"

"真的假的？"王三尚存疑惑。

"哎哎，罢了罢了，我告诉你实话吧，"他无奈，"你瞧我为什么这副狼狈样，就是因为我想去动这蛇妖，被我的上司给揍了，蛇妖和我那上司有渊源，我动不得啊。要想除害，只能再寻一位义士帮助我。"

他说得情真意切，身上的脏袍子又非凡品，王三都有些相信他可不是普通人。

"成功了就是五百两，你跟不跟我走一遭？"

"走！"与其穷死，不如搏一把。

王三鬼使神差地听信了青乌，这一定是因为五百两的诱惑太大，他如此安慰自己。

走了五里路，果然看见一座村庄，村口的大槐树上有一告示，龙飞凤舞写着大字：重金悬赏，有偿除妖。

"你们这是不是拿钱找人除一条大蛇啊？"王三拦住了一个刚下田回来的农夫。

"你们是来除妖的？"

"正是，正是。"青乌先生连声答道。

农夫大喜，锄头一撅就冲着村里喊："有人来帮咱们除妖啦！"

原本安安静静的村庄，"呼啦啦"地冒出许多人来，一下子围拢过来。

为首的老村长欢喜道："二位壮士是来除妖的？那可真是太好了！"

"当然了，五百两，一个铜板也不能少。"青乌伸出五个手指头晃了晃。

"好说好说。"

"还要先来碗饭。"王三忙不迭地补充。

他们二人用了午饭，青乌先生要了几根长竹竿，削得尖利，又寻到一片离山脚最近的水稻田，他说万事俱备只欠东风，于是二人站在水田前面等"东风"。

"为什么是水田？"

"既然是蛇妖，就怕被困在稻田这黏糊糊的泥潭里，"青乌又看向王三，一抬手，"你先把衣服脱了。"

"啥？"

"脱了，快脱了，别磨蹭。"

王三感觉别扭极了，不情不愿地脱下了自己身上只剩几根布条的衣裳，便见青乌取出一枚光洁的瓷瓶拔了盖子倒进嘴里，对着他猛地喷了一口水。

"你这是啥玩意儿？"他伸手去摸脸。

"这就是我给你弄的保命玩意儿，你全身涂满这个——这个仙药，就能身轻体快，百毒不侵，蛇妖再快也追不上你。"

"可为什么是喷我一身？"

青乌的眼珠子"骨碌"一转，说："因为这是外用的嘛，小瓶不够涂，我就给你喷洒一下，又均匀又迅速。"

说完他又喷了几口水，王三是又嫌弃又恶心，只能掩鼻接受。

他满意地看着自己的杰作，说："行了，你到时候就躺在路边，等它一出来你就往稻田里钻，蛇穷追不舍就会被困在田边泥地里，到时候就用长杆刺它。"

王三看了看手中的长杆，偷偷叹口气，就自己这样，真的行吗？

但是成则有五百两，不行也得行了。

他侧身躺下，握紧了长杆，屏气凝神地盯着不远处的枯树。大太阳晒着路面，他被烤得全身火辣辣的痛，简直是要脱层皮，只得轻微挪动身体，往流水清凉的稻田里靠了靠，如此才觉得舒服些。

人舒服起来偏偏又昏昏欲睡，他知道现在的危险性，只能强打精神。过了半天还是风吹稻田一片静好，王三心里泛起嘀咕，难道蛇妖今天是不来了？

忽地他嗅到一股腥气，像是野狗撕咬过的腐肉的味道，血腥气混杂着大路上炙热的尘土味，只见一条人首驴耳蛇身的怪物出现在道路尽头，"咝咝"吐着蛇芯，速度极快地冲过来，几乎瞬间就离他不到一丈远的距离。王三猛地清醒，拼命向稻田跑去。

他本以为这事简单，但事到临头，却手脚发颤，竟"吧唧"一声滚进稻田的水沟里。

"快点儿！快点儿！"青乌的声音不知从哪里传来，清楚传进他的耳膜里。

王三忙得手脚并用爬上田埂，又腥又臭的毒气几乎贴在他的后背上，却被什么东西一下子弹开。

慌乱中王三听到背后有嘶哑的声音愤愤响起，说："该死的青乌，竟然和我作对，我要回去禀报父亲。"

他双膝一软，倒进了约定好的稻田里，而蛇妖却陷在泥沟里拼命甩尾，但它越是用力就陷得越深，渐渐地连脑袋也埋了进去，动弹不得。

"就是现在。"青乌的声音又在他耳边响起。

王三握紧长杆，奋力捅进蛇身，潜伏在稻田里的村民见着他得手，纷纷提着长刀、竹竿钻出来，一时间乱刀飞舞，斩下了满是泥泞的蛇妖首级。

万里无云的天空忽然一阵雷响。

"轰隆……"

村民们停下手中的刀，呆愣愣地抬起头。

天色骤阴，乌云密布，瓢泼大雨顷刻而下。

"这，这是怎么了？"

"它死了。"青乌的声音幽幽传来，"天帝有不才子，好食人血，遂放逐青乌山，百姓怨愤，群起诛之。"

人们欢呼着"蛇妖死啦！"，又在流着污血的尸体上捅了几下，待怨愤泄尽后就各自回家了。

王三领了银票，又得了件新衣服，他把银票看了又看，如获至宝地揣进衣服的内夹层，与青鸟一前一后，行于荒野小径。

半路忽遇暴雨，铺天盖地。

"那边好像有座庙，我们去里面避避雨吧。"他大声喊，却没有得到回应。

也许是雨声太大了，王三转身，身后却是倾盆大雨，杳无人迹。

而前面就是一座小小的庙宇。

他三步并两步急急跑去，只见庙头泛黄的牌匾上赫然写着：青鸟山山神庙。

文 / 三野

一足蛇

古代传说中有一只脚的蛇妖，更奇特的是，这蛇妖长着人头驴耳，蛇鳞像松树皮，那一只脚像龙爪，跳跃前进，且速度很快。一足蛇会藏在枯树中，然后偷袭人，口中喷出毒气，迷晕人，用舌头伸进人的鼻子去吸血。

在《子不语》中，是两个乞丐引诱一足蛇，使计让一足蛇深陷泥潭，然后用刀砍断了蛇头，解决了这灾物。

秋园惊梦

秋夏交替之际，园中景色褪去了热闹，加上清晨的一阵雨，一切略微显得冷清了些。柒花坐在亭中昏昏欲睡，先生无聊的授课给她添了几分睡意。

对一个九岁的女孩而言，古代夫子的课着实无聊，平日里的柒花一刻也坐不住，在石凳上扭来扭去，常常趁先生转身时，用弹弓去弹草丛里的蟋蟀。

先生对今日老实坐在凳子上的柒花十分满意，他一肚子学识终于有地方倾倒了。先生越讲越兴奋，完全沉浸在自己的世界中，丝毫没注意到今日的柒花眼皮都快合上了。

柒花之所以打瞌睡，是因为昨夜几乎一宿没睡。

昨晚在柒花房中发生了一件奇事：那时柒花躺在床上，迷迷糊糊听见有人吹喇叭。喇叭声又尖又细，把快要睡着的柒花吵醒了。柒花气得不行，她翻身下床，发现声音像是从房间的角落传来的。

月光下，只见地上有一排小人敲锣打鼓朝房外走去。好奇心一时占了上风，柒花点燃油灯，朝那群小人照去。

那群小人身着红衣，只有柒花一根手指大小。为首的小人骑在蟋蟀上，他身着喜服，看起来威风凛凛，他身后是四个小人抬着一顶小小的花轿。

难道是小人们在娶新娘子吗？

那群小人走到门口，在原地转了几圈。由于找不到出去的路，很快便乱了起来。新郎官也骑着蟋蟀跳来跳去，看上去很是着急。

柒花见状推开了门。只见那群小人跨过门槛，向园中进发。柒花拿着油灯跟去，没走几步便碰见了婢女阿春。

阿春是个十七八岁的少女，她满脸雀斑说话很是温柔。柒花自幼便与她亲近。一阵秋风刮来，柒花打了个喷嚏。阿春道："小姐，夜里凉，快回去睡吧。"

柒花给阿春说了那些娶亲的小人，阿春拿灯笼一照，地上没有什么小人。

柒花道："他们刚才还在这里的。"

阿春道："小人娶亲后也要睡觉了，小姐，你寻不到他们了。快回去吧，府里最近闹鼠妇，小姐你要是遇到了，一定得被吓哭。"

柒花不肯，阿春吓唬道："你再不回去睡觉，我以后就不理你了。"

柒花虽然想去找小人，但她也不愿失去阿春这个朋友。在阿春半哄半骗下，柒花回到了床上。她心中惦念这件事，在天快亮时才睡着。

由于柒花睡眠严重不足，导致她的头越来越沉，随着先生满口的"之乎者也"，柒花倒在石桌上睡了过去。

柒花是被呼救声吵醒的。柒花睁开眼，吓了一跳：她刚才明明在凉亭中，一觉醒来怎么到森林了？

柒花看见自己躺在一根粗大的柱子下，柱子支起了一个巨大的穹顶，穹顶下传来一阵低沉的响声。身旁有几窝比十个柒花加起来还高的青草，其中一根被露珠压弯了腰。露珠顺着青草滑落，柒花连忙让开，但还是被水珠溅了一身。

柒花这时才反应过来，不是她去了森林，而是自己变小了，她依旧在凉亭附近。

"救命。"

身旁再次响起了呼救声。柒花循着声音找去，发现一个和自己差不多大的男孩被枯草压住了。

柒花费了很大的劲儿又是拖又是拽的，才把那根枯草搬开。

男孩道："谢谢你，恩人。你又救了我一次，但我得走了，快来不及了。"

语毕，男孩急忙走开。柒花想起了昨晚看见的那群小人，她追了上去，问道："你昨晚在迎亲队伍中吗？"

男孩一听，却大哭起来。

柒花问："娶新娘子不是好事吗？你为什么要哭？"

男孩道："原来是好事的，但现在变成坏事了。昨晚我家少爷刚娶了夫人，但他今早出门时，被这户人家的一个婢女不小心给踩死了。"

男孩说完又哭起来，柒花不知道该如何安慰他，一直跟着他走。两人"翻山越岭"，穿过庭院又过了东门，最后来到了后厨。

当他们赶到时，新郎官已被抬入棺中，几百个小人身着丧服，围着棺材哭泣。其中，一个貌美的妇人哭得最厉害。柒花猜测，她就是昨夜花轿中的新娘。

那群人见了柒花，都来感谢她，说着说着又开始哭。新娘道："我和夫君打小便认识，成为他的妻子是我毕生之愿，谁知才过了一日，他便这样弃我而去。"

柒花听着鼻子酸酸的。喜事变丧事，任谁都无法接受。那群小人哭了一阵，抬着棺材，浩浩荡荡地朝东门而去。柒花跟着他们，一路走到了园中。到了覆船外时，男孩把柒花拦了下来。

男孩道："里面是少爷的家族墓地，恩人能送到这里，我们已十分感激，你就和我一起留在这里吧。"

覆船里黑洞洞的，散发出一股腐臭味。柒花同男孩一起留了下来，看见新娘子和其他小人一起进了覆船。

柒花道："对不起，是我家的婢女害了你们少爷，我以后一定叫他们小心。"

男孩千恩万谢，柒花有些不好意思了。就在这时，地面剧烈震动起来，一阵大风吹来，把柒花吹得东倒西歪。柒花回头，一张巨大的面孔出现在眼前，面孔上的雀斑看起来像凸起的山丘。

那张面孔柒花很熟悉，但因五官隔得太开，柒花一时想不起是谁。人群中有人喊道："凶手来了，是杀害少爷的凶手！"

小人哭得更响了，他们大声喊冤，为自家少爷鸣不平。那个踩死新郎官的婢女似乎感受到小人的愤怒与悲伤，羞愧地逃走了。

男孩道："我们虽然是鼠妇，但我们也是有家人，有感情的。"

男孩是鼠妇？那新郎新娘，还有他们的家人都是鼠妇吗？

柒花有些吃惊。不等她开口，地面又开始震动起来。那名婢女去而复返，手上还提着一壶水。婢女手一倾，滚水瞬间把人群淹没。

小人被烫得直叫唤，人群一下子乱了起来。他们四处乱窜，他们逃到哪里，婢女就用热水浇到哪里。柒花大喊住手，却被男孩一把推开。

男孩道："快走，这里危险！"

男孩推得厉害，柒花在地上滚了几圈，随即看见男孩被滚水所淹没。

"停手！"

柒花大叫一声，坐起身来，发现自己依旧在亭子里，亭子外的草丛并不比自己的膝盖高。

一旁的先生也停止了吟咏，他搁下书，皱眉道："柒花，你刚才睡着了？"

柒花不理会先生，抬脚便朝覆船处跑去，柒花赶到时，婢女还未离开，只见她手一甩，把壶中最后一滴水倒了出来。地上数百只鼠妇堆叠在一起，看得人头皮发麻。

秋风拂来，卷走最后一丝夏意。

婢女回过头来，让柒花没想到的是，杀害那群小人的人竟是阿春。阿春见是柒花，立马挡住那些横死在地上的鼠妇，道："小姐别看，小心晚上做噩梦。"

阿春满脸的雀斑显得可憎起来。柒花尖叫道："你是坏人，你杀了新郎官和他的家人！"

赶来的先生及时拦下了情绪激动的柒花，柒花没闹多久就昏了过去。柒花随即开始发烧，嘴里念着胡话。谢员外心疼女儿，他不知为何柒花与亲近的阿春就此闹翻，但为了不让女儿伤心，谢员外还是赶走了阿春。

阿春临走时哭哭啼啼，她不明白，自己只是杀了一些鼠妇，为何小姐就讨厌她了呢？

文 / 倏忽

鼠 妇

现在也有叫鼠妇的动物，但作为妖怪则是记录在《搜神记》里，是一种小妖怪，会幻化成长几寸的小人。当其中有死掉的鼠妇，它们就会集体出动为死去的鼠妇举行葬礼，服道化仪式全部齐备。

虽说是妖怪，却也非常弱，没什么能力，用开水浇灌就能灭掉小小鼠妇。

半　仙

昨夜一场及时雨，今儿山里一片生机勃勃，才过卯时大山里就有不少人趁着雨过天晴，来这深山里寻宝挖药材。

"师父，师父，您慢点儿，等等我呀！师父！"顺着这声音望过去，只见一位邋里邋遢细看却又有些仙风道骨的老者，蓄着又白又长的胡子，手拿拂尘一扫，拂尘随之拂过了一位圆脸小童子。两人与山里挖宝的人不一样，步履匆匆似乎是在赶路，只听这位怪异又和善的老者边走边对旁边的小童子说："小娃儿，跟着为师走，你可别走错了。在这大山里走哇，可有大玄机呀，小心你这小脚一抬一踏，走错了位置，一个不小心，踩到什么不该踩的，嘿嘿，那可就神仙都难救喽。"言罢，老者伸手摸了摸自己又白又长的胡子。

听到这话，小童子不由得垮下了脸，然后喃喃道："师父，我们一年大半的时间都在这大山里走，回回你都这样吓我，以前就罢了，可您现在是那金龙殿至尊亲口承认的'活半仙'哪。原先不知道师父您这么有本事，徒儿多有得罪啦！哈哈，师父，您说我们这回去的即墨县的县令又是被什么缠上了呀？不过师父你这么厉害必定拿着这拂尘一会儿就搞定了。"

说罢，小童子露出一副扬扬得意的样子，手里仿佛拿着拂尘一般不停地挥舞着，口中还念念有词："嘿！哈！妖怪哪里跑！"他却丝毫没有注意到被称为"半仙"的老者在听到"徒儿多有得罪啦"这句话时曾深深地看了他一眼，这眼神不像是在望这小童子，反而像是透过他回忆什么一样。

挥得累了，这小童子就又继续碎碎念道："师父，你说道生一，那我是哪里来的呀，师父你可是认识我爹娘？哎，师父你和我说说吧！算了，不提这茬也罢，那师父你的师父是什么样啊？师父，上次宫里的小公主给你做徒弟你怎么不允呀？师父，您说这小公主……"

"半仙"在这一连串絮叨停止后终于回过神来，径直加快了脚步，身后却又传来了这熟悉的叫喊声——"师父！哎呀，师父，您慢点儿，等等我呀……师父……"

月挂梢头，这师徒二人终于抵达了莱州即墨县。才到县口，就见有两位作小厮打扮的人，一人手提灯笼，另一人拿着字条站在离即墨县牌匾不远处的亭子里，对着这师徒二人上上下下来回打量："嗯，穿得破破烂烂。"

"对上啦。"

"手拿一个几乎掉光了毛的拂尘。"

"对上啦！"

"又长又白的胡子。"

"对上啦！"

"旁边跟着一个圆脸小童子。"

"对上啦！"

在这一连串的一问一答之后，二人相望一眼，点头示意，立马一人一边走到"半仙"两侧，口里还不停念叨着："'半仙'您终于到了，我们等您一天了，县令大人这事可拖不得了，您快和我们走吧。"说完两人架上"半仙"就要走。

谁料这两个人竟架不走这位"半仙"。

"慢着！慢着！这走东西，跑南北，一踩一踏，可有大学问，不能随意走动，不能随意走动。"老者说完，这二人还来不及反应，再看时，老者竟已从二人手里出来，站到了他们面前，"呵呵"一笑随即大步向前迈去了。

两位小厮面面相觑，只道："果真是'活半仙'呀，'半仙'您等等我们！"

走着走着，四人路过了一户人家，只见一小姑娘和其奴仆坐在门前。小姑娘一手拿着灯笼，另一手杵着腮帮子，头上扎着两个小丸子，眼睛扑闪扑闪的，看见这四人立马就问："请问你们是从县门口过来的吗？有见到三位这样宽、这样高的人吗？"说完还拿手比画起来，重复道："是这样宽，这样长的。"

两位小厮见"半仙"看着这小姑娘，又仿佛没有在看这位小姑娘，而那跟着"半仙"的小童子也神色古怪，一会儿看着"半仙"，一会儿又望向这位小姑娘。小童子觉得这位小姑娘长得十分眼熟，但是又不记得在哪里见到过，转头一看师父的样子，更是肯定了不少，可是细细想来，他们师徒二人好像未曾到过即墨县，怎会觉得这小姑娘似曾相识呢。

"半仙"瞧见这小姑娘的第一眼，看着那似曾相识的面容，恍惚间好像回到曾经的桃坞，桃花纷飞，一个小女孩偷了他埋在桃树下的酒，在他气急败坏拿着浮尘要抢回酒之前，小女孩只留下一句"徒儿多有得罪啦，下回酿了赔您，哈哈"，就迅速地逃走了。直到某次他独自出去游历发现他给徒儿的玉佩出现了裂纹，随着玉佩的异常情况，他急忙赶回来，然而在桃花树下等着他的却只有浑身是血的徒儿和襁褓里的婴儿以及一封信。

见这二位的样子，两位小厮生怕耽搁了时辰正欲答话，却见有三个身量和小姑娘描述得差不多的男子走来，其中两位手提大麻袋，麻袋里似有活物在不停地蠕动。这三人神色紧张，未拿麻袋的一人拉上这位小姑娘就要进门，却看这本似呆住的"半仙"突然往前迈了两大步，对着小姑娘说："小姑娘，今日相见你我也算是有缘。"随后递了一枚玉佩过去，这枚玉佩凭肉眼一看，只觉得翠绿非常，水头饱满，怎么看也不像是这位穿得邋里邋遢的"半仙"拿得出来的。

只见这老者又对拉着小姑娘的男子说："我是圣上金口亲封的'半仙'，今日来即墨也是你们县令相邀，身旁县里的小厮可以做证，你要是信我，就让你这奴仆半夜扮鬼将这小姑娘劫走藏起来，听声不出，待到明日鸡鸣时方可脱身。"

这兄弟三人一听，面色瞬间一白，却又强撑道："便是圣上亲封的道士又如何，事情信则有，不信则无，大哥别听他的，我们走！"说罢伸手去赶人，被称为大哥的这人却道了声谢后，才拉着小姑娘进了门。

看到这一幕的小童子有些摸不着头脑，师父从来不会管闲事，除非应他人之邀，而且师父还总说因果什么的，怎么今日却会伸手管一管呢……再说这玉佩也是从不离身，有次自己想要把玩一番，师父却说这玉佩只是代人保管，今日怎么……莫非这小姑娘真和我们有旧缘吗？

小童子心中有感，却知晓师父不会告诉他，只好从旁打听，就问旁边的小厮："这三人怎这般行事，不会是山里偷盗之人吧。"两小厮大笑，其中一个忙说："我们县可是出了名的安居乐业，在这一位县令的治理下更是家家夜不闭户。这家啊，有兄弟三人，大哥叫王丰，也是县里出了名的人物，胆子大，素来不信鬼神之事；二弟……"似突然又想起了什么，这小厮随后正色道："'半仙'我们还是快走吧，莫再要耽搁了。"

师徒二人来到内衙，却见这县令只是偶感风寒，虽这风寒来得急，但见他为人清廉自有神明庇佑，便充当了回江湖郎中只开了服药，就又赶路离去了。县令事虽了，但修道之人从不相信什么机缘巧合，小童子对于自己和小姑娘突如其来的熟悉之感仍然不解，一路上也没什么话。

"半仙"耳边没了叨叨声，却是突然不习惯，正巧遇一河塘，于是提议二人在这河塘旁边休整休整，小童子道了声"是"，然后慢悠悠地往河塘方向走，想打水洗把脸，却见水里自己的样子和适才见过的小姑娘足有八分相像，心下震惊，立马跑向了在树下假寐的师父，拐弯抹角地问道："师父！徒儿现在仔细想来，我们偶然遇见的那户人家，莫不是在太岁头上动了土了？！那麻袋里的东西莫不是……您说他们还能活下来吗？这不就是师父您所说的神仙难救嘛，唉……可是您还提点了那小姑娘呢。"

小童子说完又偷偷瞥了一眼"半仙"，见他神色如常一片了然似乎正等着自己往下问，于是接着说："您说她能活下来吗？"随后又一副忧心忡忡的样子瞥了一眼"半仙"。

"半仙"却是不紧不慢地摸了摸自己又白又长的胡子，含笑看了小童子一眼，又摸了摸小童子圆圆的脑袋，这才说道："后世不可解，一线生机；似是故人来，覆辙可移。走吧，萍水相逢，为师也不能干预太多了，天机不可泄露，不可泄露啊。"

提到萍水相逢，"半仙"想起来那信件的内容便是："徒儿多有得罪，知晓您最怕麻烦却不得不托您照顾这小子，师父也不必为徒儿难过，山水定桓逢。"当时只道是宽慰他老人家，毕竟这小滑头偷了他那么多年酒也未曾还过一坛，没想到这次却是说话算数了一回，想到这里"半仙"又摸了摸他又长又白的胡子，低头看了看眼前的小童子坏心眼地道："小娃儿，你还不速速跟上为师，小心你这小脚一抬一踏……"说罢，仰天一笑便又大步向前去了。

文/一个小月浪

太 岁

古代传说中比较出名的妖怪，像一块斗大的肉块，不停蠕动。挖到它，会遭遇灾祸，是不祥的东西。古人建房挖地基的时候如果挖到太岁，会立刻将其放回原处，重新埋起来，另择他地重新建房，晚了，就会遭到灭顶之灾。也就是俗话说的，不要在太岁头上动土，后果很严重。

惑

应县的街市，如往常一样热闹。

老范一大早就嘀咕："昨天晚上我看见一团黑影从床帐飘过，吓得我不敢出声，我是一夜未合眼啊！天亮后我起身搜寻一番，你们猜怎么了？"

卖炊饼的小贩上前凑热闹："快……快快……说怎……怎么回事？"

"去去去！凑什么热闹，看你那不入流的样子，卖你的饼去！"面馆王老板用胳膊肘戳了戳刚刚说话的人，转过头笑眯眯道："你看见什么了？"

"嘻！我看见放在桌上糊窗的糨糊被偷得一干二净，你说说这大盗可真够怪，我昨天还暗暗恼我们家那位，愁她没把老母祖传的玉扳指藏好。今日一看，皆大欢喜，东西安安稳稳地躺在柜子里。"说着也是舒了一口长气。

"怕是人家大盗看不上你们家那低档品哟！"王老板不屑地撇了撇嘴，似乎为自己没听到有价值的新闻而不甘，"我可告诉你们啊，那大盗可不是人！"

本来听了消息的老范还有些不爽，恨得牙痒痒，在心里估计给王老板偷偷骂了了数万次。一听到这话，凑热闹上去道："怎么个说法？"

王老板红润的肥脸泛着油光，在空中不停地甩动，说："听陈道士说，那货为妖怪，羊状，爱食用面粉做的糨糊。"

"它……它会吃、吃、吃人吗？"旁边小贩突然就开始紧张，凑上前来询问。

"我……我……我怎么知道，它专门吃、吃、吃你这种傻子！滚开！"

众人看这场景尴尬，不愿惹了闲事，各自散开。

谁也没有看见远处那一双狡黠的眼睛闪过诡异的光……

李媒婆踩着小脚，神神道道念道："这张府往常这个点儿看门人就开门了，今天可好，都等了两个时辰了。"

她边说边踮起小脚，眯着眼透过门缝往里瞧，接着是"吱呀"一声响，还没站稳眼前就一片黑，李媒婆一个跟跄栽倒在一黑色硬块上："哎哟！哪个不长眼的？"

李媒婆定睛一看，连忙后退。

"原来是张管家呀！是我这个糟老婆子眼瞎，您可别怪罪我。如今这时间也不早了，夫人还要找我谈论小姐的婚事，我就先进去了。"

李管家面色铁青道："回吧！今日张府不接客！"说罢就命看门人赶走了李媒婆。

看门人瞧李媒婆赖着不走，张管家又脸色差劲儿，无奈之下只得用蛮力拖走这李媒婆，李媒婆一下没站稳跌倒在地，好一会才站起来，拍拍身上的土。"我呸！死人了吧！"李媒婆恶狠狠说完话，不甘心地离开了。

李媒婆走后，张府看似恢复平静。可谁知，府里早就乱作一锅粥。

两个丫鬟躲在墙角窃窃私语："听说昨天府里进了个采花贼，顺走了老爷的一箱珠宝，更过分的是还轻薄了小姐！""这小姐也是真可怜！听说老爷和县令老爷已经私下给两家孩子指了婚，那县令的公子可是一表人才，多少人家攀着呢！本来是一桩良缘，如今却……可惜了！"

说罢，只听见远处隐隐传来脚步声，两人互相对视了一眼，默默走开了。

经了这样的事儿，张府的老爷又不好报官。

毕竟这事有关张家的声望，这要是传了出去，那女儿的名声也要坏了。所以张老爷下令府里的人不许外传此事，加派人手夜晚防守，别让那贼人再来为祸。

可谁知那贼人如同鬼魅，纵使看守颇多，却还是夜里偷偷溜进张家小姐的房间。可那张家小姐也是个打碎了牙往肚子里咽的人儿，受了那贼人的威胁，只敢把此事偷偷告诉母亲。这张夫人也是糊涂，以为保守秘密就是对女儿最好的保护。张小姐更是精神憔悴，心力交瘁，每日把自己关在房里，郁郁寡欢。

一日，张夫人差丫鬟给小姐送补汤，丫鬟一进去发现自家小姐奄奄一息，昏倒在地，赶忙去请了夫人老爷。这张老爷看女儿经了那事，也是暗暗生气心疼女儿。可作为父亲，这种事也不好开口安慰，所以他就尽量避着女儿。可谁知才不过半月，女儿就如将死之人，面如枯槁，便赶快请了大夫。

这大夫把了脉，说张小姐是被妖鬼缠身，自己也没有办法，还是尽早请道士来才好。

张老爷哪里还顾得上别的，即刻命令管家去请陈道士。管家出去才不到一刻，就又急匆匆地赶回来，原来是这陈道士自己登门拜访了。

陈道士说近日他总看张府上头笼罩着一团黑气，今日更是猖獗，所以特来一看。

张老爷应允，陈道士便在张小姐的房间里施了一卦，突然地板上出现了羊蹄印。

众人一看，颇为吃惊。陈道士说张小姐可能是受到了羊骨怪的迫害，这种妖怪经常夜晚活动。便上前问张小姐话，虽然二人素未谋面，但张小姐一看见陈道士便心生畏惧。

陈道士问是否亲眼看见过这"贼"，张小姐答每次夜晚那贼人来时她总是头晕脑涨，好似被施了咒，迷迷糊糊。

陈道士继续追问，那"贼"是不是每次来都会拿走裱画用的糨糊。张小姐点了点头，说自己的珠钗未曾丢过，每次盘子里的糨糊却总是减少。

陈道士沉默一会儿，便道每日来烦扰小姐的为羊骨怪，他这就施法让那妖怪再也无法近张小姐的身。众人大喜。

七日过后，这妖怪再也没有找过张小姐，这张小姐的身体也是日日渐好。张老爷很是高兴，赏了陈道士黄金百两。

本以为事情会向好发展，回到原本的轨迹。可谁知这事却被传了出去，整个县城都知道张小姐失身之事。本来一段佳话，却被沦为笑柄，纵使张老爷家财万贯，也抵挡不了悠悠众口。

张小姐知道此事后，明白自己名声尽毁再也不能嫁给心上人，半夜偷偷跳了井。

张小姐用一死堵住了谣言，大家都为这位小姐的命运感到惋惜。

县令的公子知道此事后快马加鞭从京城赶了回来，看见自己的青梅竹马已去，心里悲痛万分，便请求张老爷让张小姐以自己的亡妻身份下葬，张老爷和夫人听后尤为感动。

待到后事处理完毕后，县令公子便问管家张小姐的死因，管家便把事情的来龙去脉一一告之。县令公子听后大惊，觉得此事有些蹊跷，便暗下调查。

一日在张小姐坟前，他看见一老妪鬼鬼祟祟，便捉拿问之，得知这老妪为李媒婆，是她把张小姐之事传了出去才造成张小姐的死，亏心不已便决定烧些纸钱以求心理安慰。县令公子大怒，一掌便准备劈过去。

那李媒婆突然下跪，说她也是受人指使。县令公子瞧她胆小怕事，便知她没那个害人的胆。李媒婆见县令公子平息了怒气，便说出是陈道士指使她去做。她本就因为被赶出来心生恨意，所以就趁机报复，可没想到却要了张小姐的命。

县令公子继续追问李媒婆可知那道士这么做的缘由，李媒婆说自己什么也不知道只是收了钱。县令公子看见此状，心中已有定夺。县令公子告诉李媒婆只要她肯做证，便可饶其性命。

次日，县令公子便把陈道士告到公堂。陈道士公堂上仍不认罪，冠冕堂皇地说道："就算我买通李媒婆，那也不能证明是我去害了张小姐！你们该治罪的是李媒婆，她才是害死张小姐的直接凶手！"媒婆听此话，吓得屁滚尿流。

县令公子心中暗忖，这陈道士真是不见棺材不落泪！便道："我已遣人找到羊骨怪生存之地，谁是凶手等见到羊骨怪再论！"说完便与众人一起前往森林深处。

路上陈道士明显心虚。县令公子一直盯着他，生怕这道士再起什么坏心眼为自己开脱，那他的张小姐就死得太不明不白了！

一行人跟着县令公子来到了森林，公子命人用铲子挖开一棵树，挖出一条坏掉的羊骨。众人疑惑，这不就是个羊骨头嘛！县令公子让大家不必着急，随即派人拿出用面粉做的糨糊，说食此物便可使之现身。

众人一听，皆往后躲藏。大家都瞪目等待羊骨怪变身，陈道士趁此机会，投出火石将其焚烧。正当县令公子准备去救羊骨怪时，却看见火焰熊熊燃烧，如同中邪一般纠缠上陈道士。

众人惊讶，不到一刻，陈道士便没了声音。大家走近一看，大吃一惊，道士已化作一堆白骨，地面上留下小羊形状的图案，旁边还残留着用面粉做的糨糊。

县令公子恍然大悟道："好你个道士，羊骨怪只是你用来迷惑众人的说辞，你沉迷张小姐的美色做了无耻之事，现在事情败露你就毁掉羊骨怪。"大家看到此景听到此话，也都了然，唏嘘不已，四处散去。

县令公子长呼："害人者，终害己！"便扬长而去。

文 / 薛薛

羊骨怪

古代传说中一腐朽的羊骨头，《子不语》记载羊骨怪会化成一只高两寸左右、通体毛色雪白的小羊。它不会攻击人类，甚至是有点儿可爱，还爱偷吃糨糊。

古文记载中的羊骨怪接连两天去偷吃李元珪调好的糨糊，第三天在一棵大树下，挖出一条腐坏的羊骨，焚烧后，羊骨怪就再没出现过了。

老屋新梦

我从来不喜欢这条狗，它太奇怪了，没有尾巴，还长了一张人样的脸。无论是从狗的审美，还是人的审美来评判，都太丑了。令人讨厌的丑狗。

我也不喜欢这栋房子，它很大、很气派，布局、装潢都能看出曾经辉煌的影子，如今却从每个角落溢出陈旧腐坏的气息。可能因为整栋房子都是木制的，年久失修，被潮湿的空气一天天侵蚀至此。可陆伯都说他不曾闻到过腐坏的味道，说我不过是厌倦了这里无趣、孤独的生活，要找百般的理由离开；又或者，只是读了太多的书用坏了脑子。

陆伯是整栋房子里，除了我和那条丑狗之外，唯一的活物。他是个有趣的老头，也是坚定的唯物主义者，相信人只要有一口气在，就能逆天改命，所以没有什么比活着更重要。每每他粗着嗓子这样说，我都觉得那紧皱的眉头里，藏了许多故事。只是，我可能永远也没有机会知道究竟是怎样的故事。

我不常做梦，可近些日子却常常梦到些奇怪的东西，醒来后也记不清楚，我并不当一回事。

第一夜，我没有睡着，彻夜看了一本破旧的古书，但最终只记得一个短小的故事。说是很久以前，建安太守陆敬叔派人去砍伐大树，却见红血从树干往外涌，像是受了重伤的动物。当树被砍断的时候，一条奇怪的狗跌跌撞撞地冲了出来，被陆敬叔一把捉住，众人才看清原来是个怪物。人面狗身，没有尾巴，说是树木成的精，名为"彭侯"。最终被太守当街炖煮成肉汤，分与众人……真是个奇怪的故事，怕是自己看书时闪神想起了家里恶心的丑狗……算了，只当是自己瞎想好了。

可第四夜，我看见那条人面狗在一口大锅里游泳。

第十一夜，我看见锅里漂着浮沫。梦没有味道，但我能感觉到肉香，真令人恶心。

第十三夜，我看见树在燃烧，枝芽枯萎，根茎被腐蚀，青草成死灰，远方传来哭声。梦并没有声音，但我仍然看见无人的荒原，凄惨地控诉神明的不仁。

第二十夜，我看见一个地方官模样的人，就站在这片荒原的一棵枯树下，从锅里捞出肉块来喂百姓。那地方官面黄肌瘦，看上去已经是营养不良，百姓更是饿得连头也抬不起来。目之所及，饿殍遍地，只有零星的当值人员还在维持人类社会仅剩的"公序良俗"，拿着他们那早已失去光泽但仍旧代表公权力的武器，呵斥部分尚有力气的灾民，避免他们去抢夺更弱者生存的机会。枯树下，地方官托着那百姓的头，眼里有一种和憔悴面容不符的精光，他身边围着许多分不清年龄的人，都快瘦成人干，只有肚子鼓鼓的，而这个人虽然衣衫褴褛，却仿佛是世间唯一的光。行将就木的百姓，喝了一口肉汤，胃明显受到过度的刺激，想要吐出来，却又舍不得地咽了回去。

第二十四夜，再没有荒原，再没有百姓，也没有眼底闪光的地方官，只有那一口锅，下方文火炖着，我控制不住自己的好奇心，走到锅边，扶着锅边朝里看去。锅里的水看不出温度，一片漆黑，像是镜子。渐渐地，有什么东西翻了上来，那是一张狗的脸。

不，那是张人脸。

……不对，那是，我的脸？

我一身冷汗地惊醒了。

古宅为了防火，夜里素来没有火光，但是月亮从半敞的窗帘外凝视着我，不确定是守望，还是监察。我口渴得喉咙要冒烟，急忙捧起床边的水杯，像喝圣水那样珍惜又急促。这时候月光仿佛在呼唤我站起来，去看看窗外。这种诡异的错觉，让我背上的冷汗蒸发得更加快了。

我翻下床，被屋子里腐坏的味道唤醒了嗅觉。不知道何年何月才能逃离这栋被诅咒的老房子，我叹了口气，顺着月光的指引，走向窗边。窗外原本是这老房子的后院，长着许多参天大树，不过它们在我出生之前，就已经枯死了。我这短暂的有生年月里，从来只见过沧桑的褶皱而不是盎然的绿叶。

之所以说"原本"，是因为现在眼前的"风景"和平日里不太一样。我曾怀疑是自己太久没有关注过这片后院，错过了时间对其修剪改造的过程。佪回头想想，怎样的时光变迁也不至于让枯死的树木拔起腿来走路，这根本不可想象。可事实是，现在我眼前这片林子，枯木们围坐成一圈，像是书上描述的圆桌会议的场景。

更诡异的是，我仿佛听见这些树说起话来，他们你一言我一语地控诉某种恶行，某种对植物的缓慢屠杀，控诉在植物们失去活力和希望之后，还要剥掉树皮熬汤，被人啃食的残忍行为。

我被这些奇怪的控诉吸引着，没注意到自己竟然已经走进了林子，围坐的死木中间空出一片地，寸草不生，地上跪着一名佝偻的老人——居然是陆伯！

这时枯木已经噤声，又或者它们从来也没有开过口。我小跑过去扶住了陆伯，才发现这位老人家已经在颤抖，而他的身影和面孔正与我梦中的地方官重叠。我想问他为什么半夜出现在这里，可回应我的却只有哭声。

"我只是想活下去。"

"我只是想让大家都活下去。"

"为什么我还活着……"

"为什么只有我活着？"

陆伯前言不搭后语，我看他像是突然之间老了许多。他的皮肤像树皮那样皱了起来，形成千万条沟壑。又或者他一直这样苍老，只是我之前并没有意识到。毕竟，在这片腐坏的古老园林之中，只有那条人面丑狗、我和陆伯，还有他许多的秘密，这当中也包括他真实的年龄。

林子更深处，传来歌声，我对音乐的认知仅限于书房里古早的记录，所以这段歌声我也说不上究竟哪里不对劲儿，只能说它听起来并不像音乐，而像是一种用音符串联的难懂的告白。

"判你永生，是对从前罪恶的刑罚。"

"在无尽的岁月中承受时间的刀刃。"

"如今你是否已经悔过？"

"是否愿意接受万物之灵的原谅？"

陆伯哭得更凶了，我从来不知道人可以哭得这样难看，五官拧起来，简直像是受伤后苟延残喘的树皮。他拼命地点着头，好像这声音不是送他去死，而是要赋予他新生。

我看着他在我怀里倒下，蜷缩成小小一团，疲惫地合上双眼。然后，月光伸出手，将他眉间的褶皱一条条抚平。

夜里没有风，月光清冷得看不出丝毫情绪，也没有别的声音，这个世界上仿佛只剩我一个活物。孤独感渐渐涌上来，我连指尖都开始发凉，微颤。在这样的场景中，你难免对自己产生怀疑，或许，我也并不是活物。如果是真的，那我也就不用如此孤独。

当我从这段漫长的噩梦中醒来，已经是晌午。太阳把我的皮肤烘烤得温热，令人有些飘飘然，心情愉快，甚至想把狗抱在怀里一起取暖。

可是我满屋子也找不见那条丑狗，倒是在后院发现了陆伯的尸体，他的眉头终于舒展开来，就像我梦中最后的画面。

我跪坐在他的身边，帮他把白发和旧衣理顺，这才注意到，原来他身上的味道，就是我一直以来所厌恶的，整个旧屋中陈旧腐朽的味道。而这些味道也随着陆伯的逝世，逐渐淡化直至消失……

院子里枯死的乔木还围坐着，但风已经来了，树叶之间互相拍打嬉闹的声音仿佛也跟着来了，催促我赶赴下一段旅程。

一切都结束了，我也终于可以离开这栋古怪的、腐坏的、沉默的老房子。

文 / 道臣岚

彭　侯

古代传说中的树精，居于树中，会变成一只长着人脸，却没有尾巴的黑狗。可以抓了煮着吃，味道很像狗肉。

　等　待

六七月正是中州落雨最欢的时节，尤其去年旱得狠，今年能欢畅地落一阵子雨可把庄稼人高兴坏了。

淮村是中州下辖县潜县的一个小村子，靠山地肥，百姓日子过得也算不错。

此时天已经黑了，小镇仿佛在甜雨中安睡。淮村的房屋本就错落有致，此时在朦胧雨线中好像被糊成了一块儿。

陈家婶子刚灭了灯就听到一阵敲门声，和自家汉子对视一眼，两人披了衣服起身询问。

"谁呀？"

"听闻此地可以借宿，不知可否行个方便。"是个女子的声音。

陈婶眼里惊奇，这女人家的怎么大晚上跑来借宿呢。心里虽这样想，也还是上前给人家开了门。

门外的女子穿得还算得体，但左眼下方有一块青黑的胎记延伸到鬓角。她虽然打着伞但不知道走了多远的雨路，衣角、肩头都湿了，绣鞋上满是泥泞。

"多谢婶子，"那女子合了伞放在门口，又道，"婶子叫我浣娘吧。"

陈婶点头应道："成。姑娘啊，我们淮村位置特殊，凡是要进潜县入中州郡城的都要路过咱村，所以村里常有留宿的路人，只不过得讲好价。"

浣娘也算知事儿，二话不说从包袱里拿出一锭碎银递给陈婶，可把这老夫妻二人吓着了。

"哎哟，我说姑娘，要不了这么多，再说你一人在外怎么可以轻易露财呢。"

夫妻二人也是好的，见浣娘孤身一人，身上也只有那么一锭银子，便没有收浣娘一分钱，留下了她。

"我说姑娘，你大老远来中州作甚？"陈婶一边收拾着床铺一边打听。也不怪她好奇，那么多年来留宿淮村的路人数不胜数，大半夜一个姑娘家独身敲门还是第一次见。

浣娘低头小声道："我找人。"

"找人？"陈婶子打趣道，"莫不是情郎跑了找情郎吧！"

哪承想一句玩笑话却让浣娘一本正经地点了头，惊得陈婶子直道自己多舌。

"没事的，婶儿。我和他成亲了，他姓李，是个书生，三年前化说回乡探亲，结果再无音信。"浣娘说着从包袱里翻找出一个木盒子，"里面是他寄给我的书信，最后一封说是雨大路难走，借宿在了淮村。算起来也就是当年的六七月在淮村落的脚。"

陈婶一听又道："三年前的这个时候可是发了大水，那时还出现了山和尚，这妖怪踏水而来，不仅长得丑，听山人讲会吃人脑呢，我家那口子可是亲眼见过的！"

夜已深，浣娘压下一肚子疑惑没有追问。等陈婶回了屋，浣娘才从木盒里拿出一封信，又细细读起来。打李郎失踪后，自己都不知道读了多少遍这封信了。

浣娘从小就是个没人要的孤女，被浣衣的婆子从河边捡到，自此十里八村的人都叫她浣娘。

浣娘胆子大，性格也爽快，就算如此，从小一个人讨生活也不容易，直到遇见了李郎。他虽是个书生，但似乎看得见她眼睛里的光芒。浣娘和他成亲后他教她读书写字，他教书她开面馆。二人日子不富裕也还算能过。

李郎失踪后邻里都说他跑了找漂亮媳妇儿去了，可自家夫君是什么样的人浣娘难道不清楚吗。她一直坚信以李郎的品性不可能做出如此荒唐的事情，所以自个儿把店盘出去后义无反顾地来到了淮村。

　　浣娘在陈婶家宿了一晚，第二天醒来时雨已经停了。

　　陈婶进屋对浣娘交代道："你叔腿脚毛病又犯了，今儿我替他去山上守田，你……"

　　"婶子，我以前帮人家守过地，我陪你吧。"

　　"这……我还说你如果今晚不走的话我再给你寻一家有妇人的人家借宿。"

　　浣娘闻言摇头道："婶子，你知道的，我来淮村是来找人的。当年他借宿淮村，要么被水冲走了，要么被那山里的黑矮胖和尚吃了，不然我不信他会不辞而别。"

　　"呸呸呸，"陈婶拉了浣娘的手道，"不吉利的话不要说，婶子带你去山上问守山人打听打听，凡是被这山和尚害过的都是守山人处理的后事。"

　　浣娘闻言心里又是一咯噔。

　　淮村建在群山脚下，基本上家家户户在山腰上的肥土地上都有些田地。

　　浣娘裹了衣服点着灯在陈家田地旁的茅屋里靠着床板眯了会儿。天色黑尽，外头风声大，浣娘心里想着李郎睡得也不踏实。

　　她总是胡思乱想，生怕李郎真的被水冲走了，甚至被那山和尚给……

　　"邦邦……"

　　外头突然传来棒子梆头的敲击声，还有几个汉子的喊叫声，惊得浣娘一个打挺坐了起来。

　　"浣娘！"陈婶也惊醒，抓住浣娘。安抚了陈婶，浣娘扒着门缝观察外面的情形。

　　只见一个缁衣露顶、青面獠牙的妖怪从不远处一户人家的茅屋里窜逃出来，后面围上来几个大汉，敲着梆头，扯着嗓子吓唬那怪物。

　　那怪物远看可不就像一个秃顶的矮胖和尚嘛。它逃窜得极快，转眼就没了影儿。大汉里有一个上了年纪却依然精壮的人扔了梆头气道："又让山和尚给跑了！"

　　那些个上了年岁的老头就是这代守山人，常带着各家精壮的汉子巡山，防止落单的农户被山和尚吃下了肚。

　　老汉光着上身，带人挨家询问今夜守田的人，轮到浣娘和陈婶这儿众人都惊陈家守田的竟是两个女人。

　　浣娘不觉得奇怪，她长这副模样，从小到大讨生活时，粗活累活她也少法做。待陈婶给各位倒了水，她便忙向守山人打听李郎的下落。

守山人灌了杯水开口道："你也知道的，我们淮村愿意收留过往的客人，况且你说的这李姓客人那多了去，老头子我怎么记得清？"

"他那时候二十二三岁，长得白净，书生打扮，第一次水退后他给我捎过信的，说他同村里人上山避水亲眼瞧见了一个黑矮胖和尚！"

"哟……"守山老汉拍着脑袋，"你这么一说我还有点儿印象。"

突然，老头猛一拍脑门儿，快语道："老头我想起来了！是有那么一个书生，那小子不知天高地厚，众人见山和尚游水将至，纷纷呼喊想要吓退他，这小子可好，竟然劝大家伙的说什么……'万物有灵'！哦对，他说这怪物也是想避水！"

说到这儿，老汉身后的几个汉子哄笑起来。

守山老汉又接着道："小子仁善之心用错了地方。也不怪他，他不晓得这怪物，最喜欢食生人脑了！"

浣娘听得揪紧了心，追问道："那后来呢？他……没被怪物伤着吧？"

老头快人快语，不等浣娘问完就接话道："山和尚跑了，不过那小子在退水后同众人下山时滚下了山坡，人是被捞上来了，不过伤着脑袋，被一同留宿在村里的一对郎中爷孙给救了。"

"那、那人呢？救下后人呢？"浣娘急了。

"人？似乎同那爷孙俩走了？哎，你们别说，那郎中的小孙女儿虽是个哑女，但好歹对那小子有救命之恩，那小子又心善，说不定是一段良缘呢！"老汉说到一半突然扭头和身后的汉子们打趣。

浣娘失魂落魄地重重跌坐在地，笑声戛然而止。老汉见势头不对试探地问："那小子……是你什么人？"

陈婶见浣娘双眼无神忙接话："那是浣娘的夫君！"

守山老汉闻言嘴巴张了又闭，他想说那小子伤得重，就算捡回命来脑袋也使不成了。

不过他自个儿也不清楚当年那书生被救下的后话，便也闭了嘴。

天亮后，浣娘和陈婶就下了山，守山老汉依然守在山上。从他的父辈开始他们一家就守在山上，发誓定要将山和尚赶出这块地界，让这怪物从哪儿来回哪儿去。

人说守山老汉这孩子又倔又傻，为了赶走一个盘踞地界百余年的怪物何必如此拼命，见着敲着梆头躲着走不就好了！老汉回道："谁家子孙被害过谁家知痛！"

浣娘一路魂不守舍，到了陈婶家里痛哭了一场，然后收拾着包袱回了遇见李郎的地方。

陈婶留过她，她却不肯留下："李郎不知道我来了淮村，我还是回去等吧。"

"哎哟，你这丫头怎么和守山老汉一样倔呢！"

浣娘摇头说："婶儿，我们知痛，因为知爱，所以我要回去，回去守着家，还要等他回来呢。"

话落，摸着自己左脸上的胎记，浣娘又喃喃："你说他们也叫我怪物，我为什么不能像山上那黑矮胖和尚一样死守山头活个百余年，说不定能一生接着一生地等呢。"

陈婶只当她作玩笑话说说，她不知晓，许多年后北边靠近京畿一带的小镇里，有一个开面馆的丑娘子，天天等着她的白净书生。

众人笑，笑过了一个又一个四季，她只顾着等，等一次又一次正月里的爆竹落成一地红，好让她又可以回想一次成亲那日落满家门口的红色爆竹，和那个在爆竹声里站在自己身旁的人。

文 / 豕韦

山和尚

古代传说中住在山里的妖怪，外形是一个又黑又矮的胖和尚，能在水中游泳。以人脑为食，是个欺软怕硬的妖怪，专门欺负落单弱小的人，但人多就能吓跑他。

《子不语》中，记载了一个路人在山间遇上发大水，只好躲进一间草屋，夜里看见一个又黑又矮的胖和尚在水里游，逐渐逼近路人，路人大喝逼退胖和尚，然后不断用棒子敲击发出声响引来山民施救。山民说那便是山和尚。

Pomegranate

6:37 p.m.

点火，熄火，点火。

点火，发动机的响声和窗外的雨声混在一起，像是老人喉咙里卡着的一口浓痰，不上不下。

雨刷在剧烈地摇摆，做着徒劳无用的工作。她这才注意到上面不知被谁塞了传单。传单被雨刷压着在玻璃上糊成一团，劣质的颜料混着雨水肆意横流，留下一大摊混乱的彩色污浊。

"真是惹人讨厌！"她咒骂道。

然后冒着暴雨跑下车，扔了那张见鬼的传单。

"88号旅馆"——她依稀看到上面用红色夸张字体写着的标语，后面是一颗暧昧的红心。

7:17 p.m.

西部的天气变幻莫测，她曾希望这场暴雨只会持续短暂一刻，但半小时过去了，桑塔纳行驶在笔直的灰色公路上，头顶灰沉的浓云却丝毫没有要散开的迹象。

刮雨器摆动的频率到达极限，也只能换来视野短暂的一瞬清晰。雷声轰鸣从四面八方传来，灰云和荒漠连在一起，整个世界都在颤抖、咆哮。

桑塔纳以二十码的车速徒劳地爬行，发动机粗喘的声音越来越重——

"真是惹人讨厌！"

她第二次这样咒骂道。

然后打死方向盘，掉头开回服务区。

7:51 p.m.

88号旅馆。

她站在那栋一共两层楼的破旧建筑物前。

她回望四周。

达涅布拉斯服务区，几十米高的巨大橙色路牌上写着服务区的名字。

这是西部公路上、数以千万计的服务区中再普通不过的一个，加油站、超市、药店、公共厕所，以及几家汽车旅店，供来往旅人休憩的基础设施一应俱全。

这里也有娱乐设施——白金宫。白金宫的霓虹灯招牌在暴雨里闪烁，在这里工作生活的人们经过一天辛苦劳动之后喜欢来这里打弹珠，一坐就是一整晚，这是都市时尚的人们早就抛弃的项目，却是这里不多的消遣。

在暴雨中的服务站看着那么渺小，仿佛随时都要被淹没，但它同时却又以惊人的持久力和生命力存在着，静默地矗立在这片荒芜之地上。

她重新看向面前的建筑。

一楼是舞厅。嘈杂的音乐声从逼仄的、贴着报纸的窗口漏出，在暴雨声中仍然振聋发聩。二楼是服务站里能找到的最便宜的汽车旅馆，楼顶的招牌亮着，上面写着——"88"。

她没有什么余钱，这是她唯一的选择。

地上有很多传单，雨水让传单紧贴在地上。各式各样的传单，同样夸张的字体，用刺目的颜色标注着。

她的目光落在一张传单上，终于看清了上面的内容——

"我在88号旅馆等你。"

传单上：一个青年正转过头来，朴素的白背心衬出他结实的肩颈线条和毫无赘肉的腰线，深蓝色牛仔裤包着他饱满挺翘的臀部。他似乎不太擅长笑，神色显得生涩而紧张。

她的目光在那张传单上多停留了一瞬，又不带感情地移开，然后推门走了进去——

舞厅震耳的响声在顷刻间包围了她。

10:01 p.m.

她在走廊上，见到了传单上的青年。

老式的吊灯落下昏暗的光，红丝绒地毯上蒙了一层灰，走廊里散发着潮湿的霉味。

青年站在走廊那头，正拎着一个男人的衣领。

被他揪着领口的男人鼻涕眼泪横流，乞求他原谅，身上白色的衬衫裹着他臃肿、走形的身材。

这样的纠纷在这服务站几乎每一天都会上演。她站在走廊那头，没动，旁观这一场荒诞剧。

青年穿着传单上那件白背心。灯光落在他的手臂上，上面还残余着未消的红痕，在这昏黄的灯光下更显得暧昧。

他垂着头，乱蓬蓬的头发压着他冷峻的眉眼。

他陡然凑近男人，压低声道："混账。"

他嗓音带着沙哑，这么说完，却放开了男人的领子，低着头，朝她的方向径直走来。

从她身旁侧身而过时，她注意到他脖子上文着殷红的石榴花儿。那花儿从肩窝生长出来，生出了叶，结出了果，一直蔓延了半侧的脖子。

丰硕的石榴，艳红的花儿，墨绿的叶子，棕色的根茎——

"pomegranate。"她喃喃道。

沉寂的走廊上，听到她的自言自语，青年抬眸朝她看了一眼。

她看到那双眼带着在这里不该有的明亮，在对视时落在她眸间，又移到她脖子上。她看到青年的目光在她脖子上微微停留了一下，仿佛微讶，又带着怜悯，在下一秒，又沉默着转开了视线。

怜悯？

她这样想着，又觉得这实在是引人发笑。

自身难保的人，有什么资格对别人施以怜悯？

怜悯？

走廊一片潮湿阴暗，她反复咀嚼着这两个字，感受着莫名的烦躁和怒火，看着他的背影消失在尽头。

1:21 a.m.

她知道这家旅店房价便宜的原因了。舞厅的响声震得整栋房子像散架了一般在颤抖，没有哪个想好好休息一晚的旅行者，会愿意住到这种鬼地方来。

她不想去白金宫，却也毫无睡意。走出旅馆时，雨仍在下。达涅布拉斯巨大的黄色灯牌屹立在一片黑暗里。她穿过药店，又遇到那个像猪一样的男人。

他这会儿已经收拾好了自己，穿着一身衬衫西裤，皮带托着油光水滑的肚子。正坐在柜台前，一手拿着一瓶啤酒，另一只手袖子撩到臂弯，由医师拿酒精棉花给他消毒。

"哼——以为自己是个什么东西？连身份都没有的低等人……给他生意做是看得起他！"

医师沉默着将大剂量青霉素推入静脉，他一瞬疼得龇牙咧嘴，连咒骂声都停了。

她经过他时，看到他摊开的手掌上的点点红斑。

注意到她的目光，男人飞快地合上了手。他没认出她来，但扫过她脸的目光仍带着嫌恶。那目光接着落到她脖子上，就像每一个和她对视上的人都会做的那样。

药店白炽灯光冰冷明亮，她看到他鄙夷目光中反射的罗非鱼皮。

他飞快地挪开身，像是看到了不能忍受的脏东西。

"真恶心。"

男人打好了青霉素针，扔了酒瓶，摇摇晃晃地往公共厕所的方向走。

她跟着他，找到了洗手间。

1:36 a.m.

暴雨掩盖了流水声，她洗了手。

抬起头，镜子里呈现的是一张中年、脱相的脸：无神的眼，枯燥的乱发，下垂的嘴角，走形的身材……还有鱼皮。

对，鱼皮。

从袖口、脖子上露出来的，挡不住、遮不掉的、该死的鱼皮。

她深深吸了一口气，把沾了水的手捂在脸上。

公共厕所外，沉沉的闷雷声轰鸣。

1:43 a.m.

走出来时，雷声仍在轰鸣，雨却已经变小了。

西部的风依旧在咆哮，吹起荒漠的沙砾，吹断摇摆的电线杆。棕色泥雨落下，而石榴在雨水下却变得越加艳丽，仿佛随时都能成真一般。

她停下脚步。

他正坐在药店外的铁栏上。背后是冰冷的白炽灯光，手里拿着一板抗生素，身上穿的仍旧是那件破旧的白背心。他仰起头，雨水从他的脖子上绯红的花儿间滚落。他头顶是阴沉夜空。

他回过头来看她。

雨水冲刷着沙砾，欲望明目张胆。

她想：管他呢，一切都是概率问题——关于你的丈夫是不是个暴戾的酒鬼，关于抗生素能不能成功阻挡梅毒的病菌，关于被困在这个鬼地方，没有身份、没有希望……关于她这趟逃亡将以什么样的方式结束？是逮捕，抑或是她生命的终结？

但这些在当下都不重要。

重要的是，这一刻，她想要什么？她在企盼些什么？

他目光透过卷翘纤长的睫毛，落到她脸上。

她又看到了那个目光，带着荒地上不该有的明净，又带着无声的包容，像是西部的天空一样。

包容什么呢？

包容烈日狂风、浓云骤雨，包容白头鹰也包容鸟雀，包容人和蚂蚁一样渺小，男人女人一般卑劣。

他点了点头。

2:05 a.m.

像是卡西莫多笨拙、执拗地追逐着艾丝美拉达——红色的艾丝美拉达，炽热的艾丝美拉达，石榴花儿一般的艾丝美拉达。

这是一场荒谬的梦。

室内的灯光黏稠而晦暗，他脖子上的石榴花儿妖娆盛开。

Pomegranate，pomegranate——

窗外雨声由疏转疾，疾风骤雨盖过了那些泄出的、压抑的呻吟。

余韵还没有完全过去，手握拳放在嘴边，喘息还有些急促。

他紧闭着眼，睫毛在轻轻颤抖。他仰着脖子，身上还带着沐浴后皂角的香气，下巴上有刚冒出来的青色胡茬，带着不堪一击的、孩子般的脆弱感。

Pomegranate，pomegranate——

飘摇在暴风雨中的红色花朵。

孩子。她忽然想，如果自己的孩子出生的话，该是什么样的年龄？

但孩子消失了。因为他生物学上的父亲，那一晚醉醺醺的一脚。

鱼皮——然后她又想起了鱼皮。消失的孩子的父亲掀在地上的热汤、断了的桌角、碎了的木屑，在她身上肆意流淌的烫水。

然后被侵蚀的皮肤渐渐变成了鱼皮，黑白相间的罗非鱼皮，蔓延在她脖子上的罗非鱼皮……

鱼皮是什么？

是高昂人造皮的低廉替代，是他力量的勋章、支配权的延伸……

他目光鄙夷地扫过她的脖子，然后咒骂道："真恶心。"

鱼皮是什么？

这是上帝对她怜悯的馈赠，男人从此再也不会来碰她。

鱼皮是什么？

是她绝望的来源。那些黑洞洞的目光中反射着罗非鱼皮，黑白分明的眼瞳、黑白相间的鱼皮纠缠在一起，黑洞般地蚕食她、吞噬她——

而现在，一切都结束了。

钝器砸在头颅上，发出雷鸣一般的响声，永远地、长久地结束了，随着他庞大沉重的身躯的倒下……

戛然而止。

4:15 a.m.

浓云不知何时散去了。

青年已经沉沉睡去，脖子上挂着的银项链在月光下闪着纯净的光。

他一直把项链反着戴，这会儿他睡着了，挂饰在他不知不觉间翻了过来——

那是一个小相框，相框里卡着一张照片，上面挤着两张灿烂的笑脸：笑容明艳的女孩穿着时尚的都市红裙，裙摆如石榴花儿一样绽开。另一侧是他，一身服务区的工装打扮，袖口上还沾着污渍，却双眸弯弯笑意柔和。

她的目光在那张照片上多停留了一阵。她想，至少在那长久流逝的往日时光里，那双眼是含过笑的。

这双眼和笑意是多么相衬，如同艾丝美拉达和她的红裙，但艾丝美拉达的笑只为弗比斯绽放……

艾丝美拉达穿着火红的长裙，裙摆如石榴花儿瓣绽开，朝弗比斯盈盈地笑。那是她炙热的信仰，她的生命为他燃烧，她的笑为他绽放，她飞蛾扑火一般地靠近他，拥抱他，流浪的灵魂因他而找到归属。

艾丝美拉达，你所追逐的弗比斯是泡影还是希冀？

你的弗比斯有没有辜负你？又是否值得你的真心？他会不会愿意为你跨越那道不可逾越的鸿沟？

见过如此迷人而耀眼的弗比斯的你，爱过他的你，是幸运的，还是不幸的？

5:37 a.m.

她在天微亮时就离开了。

她出了旅店，走向停车场。

二十四小时超市还在营业，白金宫里，玩弹珠的青年趴在弹珠台上睡着了。

她路过药店，那个肥胖的中年人不在那儿——

是的，他当然不在那里。

暴雨掩盖了哀号，雨水冲刷着血迹，啤酒瓶滚落在公共厕所的地砖上，他留在了服务站洗手间，那扇虚掩的门口。

她走回老桑塔纳边——

而这将是一切结束之前，她的安身之所。

灰色的公路笔直地延伸到肉眼看不见的尽头。

仙人掌矗立在沙漠上，这是一片沙砾构成的荒芜世界。

文 / 谓我

阿 措

文中的她原型出自《酉阳杂俎》中的石榴仙妖怪。她们本体是各种鲜花，生长在一户人家的院里，幻化成人形，去乞求风神封十八姨的庇护。其中石榴仙阿措惹恼了风神，难得庇佑，只好向主人家求助。主人为她们绘制了一面红色旗幡，画上日月五星的图案，在院的东边竖起，便可让她们免遭灾难。

第三辑

糖与砒霜

升仙记

"气死我了！气死我了！有眼无珠的凡人！"渡十九气呼呼地站在渡十八面前，捶胸顿足，"还有那可怜的渡二十！"她瞧着气还没撒完，就"扑通"一下子倒在地上，化成原形睡过去了。

渡生如——也就是渡十八，叹了口气，挥挥手招来几条小鱼仔，让它们把渡十九抬回自己的鱼洞里休息去了。

渡生如扭身变回银渡鱼的原形，一边往自己的鱼洞里游，一边想渡十九这次可真倒霉。本来这种事只要顺顺利利就能成功升仙，以往确实也都挺顺利的。

银渡鱼一族生活在天河中。仙官们戏称之为银蠹鱼，盖因这种鱼长大到一定程度后，就会游出天河，三次吃下"神仙"二字。银渡鱼三食"神仙"字后便化作发卷，又被称为脉望。

脉望会降落人间，等待某个凡人通过自己化身成的发卷望向星河中央。这时，天宫就会有星使来接那凡人上天成仙，乃是天赐仙缘。

而凡人升仙后，原先的脉望也完成了第一次修行。虽仍作为银渡鱼在天河中生活，但也因此获得升仙的机会。

每个通过脉望成功升仙的凡人皆受星使渡化，而这些天上派下的星使，都是银渡鱼内部即将正式升仙的。

这算是银渡鱼内部的考试，成功升仙的银渡鱼有正式仙位，由天宫指派，可以在天河里管理一部分地区。

渡十九这次下界带的是渡二十——带完渡二十她就能升仙。渡十九可不关心凡人上不上天，成不成仙，她比较关心自己能不能成仙。

她把渡二十化成的发卷放进一纸书卷中带下人间，看着人群中有一个书生正好买下了这本书。她心想书生应当见多识广，定能认出这发卷便是传说中的脉望，都准备好迎接那书生了。结果，那书生竟把发卷烧了，烧了！！！

渡十九简直气到要吐血。渡十九这次下界是从天河游下来的，又气得她吭哧吭哧地游回去。银渡鱼升仙后也不过是个不值一提的小仙，法力微弱，更别说升仙前了。这么两趟折腾下来，她又亲眼见到渡二十惨死于凡人之手，精疲力竭，悲愤交加，气都没撒完就睡着了。

渡十九在梦里打了那书生一顿，发挥鱼的七秒钟记忆把这件事抛到脑后。一觉就睡了几百年。

这几百年渡十九有时睡得很香，有时却半梦半醒，隐约能听到外面的变化。是以她醒来后，便直接去找了现任管理银渡鱼升仙部门的小仙官，渡二十一。

渡二十一在银渡鱼一族里排行二十一，名叫渡明明。银渡鱼一般正式升仙后才会起名，升仙前都以排行互称。故而渡十九一想到自己这么多年连个大名儿都没，不禁悲从中来，这使她更坚定了升仙的志向。

见到渡十九，渡二十一就非常直接地向这位睡了几百年的前辈派了任务。并且明确告诉她，这次事儿办完就可以成功升仙。

脉望发出的微光早已照亮星河中央——这次拿到脉望的还是个识货的。渡十九顺着星光的指引，来到某个凡人的院中。凡人院里此刻并没有人，只有一只猫抓着一个发卷站在房檐上往天上望，它望得正起劲儿，便见一个陌生女子突然出现在面前。

"喵！"猫一个手抖，把发卷扔了出去。然后警惕地后退一步，喉咙里发出"咕噜咕噜"的声音。

渡十九蹙眉，将发卷接住收进袖中："别装了，妖怪。"竟是一只猫妖，管他呢，是人是妖，渡他上天，她就能升仙！

猫妖见自己被识破了，懒洋洋地趴了下去，舔了舔毛："你谁啊？"

"我是天上的星使，你幸运地得到了神物脉望，可以成仙。我此番来接你上天。"

"上天？成仙？"猫妖又舔了舔毛，"我不去。"

不去？

"为什么？"渡十九问道。

猫妖一言不发，跳下房檐，渡十九便跟着他。

只见那猫妖从门隙中进入一间厢房，厢房里有一美人正对着妆镜卸去发间珠翠，猫妖就蹦到那美人怀里好一顿撒娇，美人无奈，只好停下手中动作安抚着怀中的猫儿。

凡人自然看不到渡十九的身影，也听不到渡十九与猫妖的对话，只能看到听到怀中猫儿"喵喵"叫着。

猫妖一边舒服地享受着人的抚摸，一边向渡十九说道："看见了吧？我现在过的就是神仙日子，美人儿在怀，衣来伸手，饭来张口。成仙？本喵不需要。"

渡十九觉得自己此刻真的很想把这只猫妖拎起来丢到黄河去，却又听到猫妖说："我看你这个小仙女，这次事儿没办成回去免不了受罚。不如在人间玩两天散散心再回天上，人间可好玩了。"

渡十九心说真是抬举我了，我既不是仙女儿回去也不会受罚，这就是考试，考不过下次再考罢了。虽然如此，渡十九听着猫妖的话还是动心了。她如今算是个半仙，睡的那几百年其实相当于闭关，边睡边修炼。未来的日子还那么长，光待在天河里多无趣啊。

"人间，真有那么好玩？"

猫妖舔舔爪子，道："那当然。花红柳绿，瀚海苍凉。还有人间上元的灯海，本喵敢断言不会比天上差。"

那就在人间玩几天吧，渡十九挥挥衣袖，离开了。

待她回到天河时，渡二十一已经恭候她许久了。渡二十一知道这次渡十九又没成功，还在下界玩了十几年。一边暗暗感叹这位前辈是真不走运，一边宣布她在下界逗留的惩罚。

放星星。

也不知道是谁想出来的破主意，渡十九心想，不划区域，不分数量，这让她怎么放啊？

这要搁以前，她绝对是会破口大骂的，不过现在，放星星就放星星吧。

她算是看出来了，银渡鱼内部升仙的这个法子，一点儿都不靠谱，说不定将来什么时候就被取消了，还不如她自己边放星星边修炼呢。反正这就是个虚职，这些星星根本都有神仙管，一个个都乖着呢，就算有那调皮捣蛋的，也怪不到她头上来——这可是无边无际的星河啊！

"我把脉望随便塞进一个角落了，若有天看到脉望的微光映照星河，记得遣使下界渡凡成仙。"渡十九临走前对渡二十一交代道。

说罢，渡十九便从手上变出一根竹子来，这竹子还是她第一次下凡时路过一片竹林砍的，一直收着，想不到今日有了用处。在人间的十几年里她还回去过一趟旧地，只是那里的竹林早没有了。

稍微打听了一下，听说是当年竹子集体开花，一夕之间去了八九。

天上人间，渡十九心中默默感慨着，把搓好的星光鞭接在竹子前端，坐在一颗小小的星星上正要离开。渡二十一却匆匆赶来，她停下，渡二十一向她作了个揖，说："生如前辈有话让我转告十九前辈——天河广而无际，可要记得归路。"

渡十九撇撇嘴，没有回应，挥着星光鞭走了。

文 / 谓我

脉　望

古代传说中的一种神器，脉望前身是蠹鱼，吃掉了书上的"神仙"二字，然后变成了脉望，一个周长四寸、没有接头的环状物。据说读书人用脉望熬药，喝了后会高中。

骨灵精怪

这几日山里小妖们都在讨论，说山中要路过一个和尚，和尚不是普通和尚，是吃了他的肉可以长生不老的和尚。消息一出，整个白虎岭甚至周围几个山头都沸腾了。妖怪们都想分一杯羹，大家伙儿齐聚商讨如何抓到和尚。

前去打探消息的小妖来回报，说和尚没啥问题，普普通通没有杀伤力。可是他身边有三个保镖，一个大络腮胡子的，是个虽四肢发达但头脑简单的，战斗力尚可；一个长了个猪脑袋，不过看着好吃懒做，插科打诨，虽然看过去有仙力护体，但应该也是可以智取的。最后有一个毛脸雷公嘴的猴子，最是厉害，他在的时候，打探消息的小妖根本不敢靠近他们，否则一定会被他发现。不过，听说和尚不太喜欢那猴子。

这么一说，大部分妖怪就泄了气，完全打不过嘛。最后我姐姐——白骨夫人出来拍板，由她去离间和尚和猴子，其他妖怪伺机再把那和尚掳来。毕竟她是我们这群妖里唯一会化人形的，骗骗那和尚应该没问题，何况出家人慈悲为怀，人和人之间应该还是比较好说话的。

制定好了方案，白骨夫人便让大家散了，不然这乌泱泱的一群妖聚着，妖气弥漫整座山头，谁还敢靠近。

没过几日，和尚一群人果然来了。按计划白骨夫人化为一妙龄少女打算去诱骗那和尚，我也想去凑凑热闹。我是谁？我是白骨夫人的妹妹白哭哭啊，只是我道行尚浅，只能化个花花草草什么的，连个小狗都还不会变。

计算着他们行进的路线，我提早化成一棵树等在路边，猴子被支开了，眼看着姐姐步步引诱，那和尚快上钩了，不料那猴子突然出现横插一脚。我在一边屏住呼吸大气不敢出，生怕被发现，那猴子二话不说一棒子打死了姐姐的肉身。我看着姐姐脱离肉身逃跑，悄悄松了口气，哪知道猴子竟看了过来，我立马继续装死。

我僵在路边不敢动，看着和尚和猴子大吵了一架，和尚才不管猴子什么障眼法不障眼法的解释。论嘴皮子猴子完全不是和尚的对手，只能生闷气。和尚一看猴子还不服，嘴里念念有词，然后猴子就抱着脑袋开始满地打滚。

终归猴子求了饶，一行人继续前行。

看着他们走远了，我才敢变回原形，急匆匆跑回洞府，姐姐元气大伤。但是并不气馁，接下去姐姐又化成老妪和老头，皆被那猴子识破。最后一次，那猴子不知使了什么法术，姐姐被困在肉身中无法逃脱，化出了原形。

猴子指着地上的姐姐问和尚，这次信了吧，哪知和尚竟说是猴子使了妖术变化的，反正他本来就是个妖怪。猴子气得跳脚，我趁着他们争吵的时候壮着胆子偷偷溜过去，拖了姐姐拔腿就跑。骨架子一路哗哗作响。

回了洞府，姐姐已经奄奄一息，她拉着我说："哭哭不哭，姐姐一直都会陪着你的……"说着姐姐就没了声息，就剩一具骷髅在那儿一动不动。

听说和尚和猴子大吵一架，猴子负气出走了，和尚被别的妖怪掳走了。猴子生气不想管和尚，在山里折腾各种小妖怪撒气。白虎岭一片乌烟瘴气，小妖们四处逃散。

我去围观了一下和尚，他被绑在柱子上等着上蒸笼，我没太明白，我们妖怪还需要煮熟了吃？和尚发现了我，和我搭话："喂，我和你商量个事呗。"我没吭声，就盯着他。

"你看这里那么多妖怪，你那么瘦小估计是抢不到一口肉，顶多分个汤。不如你悄悄放了我，我让你咬一口，你好我也好。"

说实话我有点儿心动，可我从没伤过人，也不想和同伴们为敌，只能艰难地摇摇头。

"可惜了，居然是个哑巴。"

我没看见那个大胡子和猪头，想了想问和尚："你的保镖会来救你吗？"

和尚愣了一下，说："保镖？你会说话啊。"

他想起了什么，说："对，我的保镖会来救我的！"

我没告诉他我在山里没瞧见大胡子和猪头，只顺着说："那你等他们来救你吧，我回家了。"

这热闹不太好看，我想回去守着姐姐。没想到猴子来了洞府，估计是闹腾累了，进来就瞥了我一眼，没搭理我，自顾自躺在石床上歇息。

"地上的那个和你什么关系？"猴子突然开口。

我不想搭理他，是他害了我姐姐。

"喂，小孩，和你说话呢。"

"我才不是小孩！"

"哟，我还以为是个小哑巴呢。"

"你神气什么，和尚还不是不要你了！"

这话好像踩了猴子尾巴，他跳起来就想打我，临到我面前又堪堪停住了，看了看地上那具骷髅，问："你亲戚？"

我点了点头。

"算了，我看你没伤过人性命，你走吧。"

我犹豫了一下，看了眼地上的姐姐。

"你再看也看不出花来，她又没死透，无非从头修炼罢了，我下手有分寸。"

我想了想姐姐确实也没死，趁他心情好赶紧跑。于是我摸了一根姐姐的骨头塞怀里，慌慌张张晃着我的小骨架嘎吱嘎吱跑了。

不知道过了多少年，我终于是能化人形了。大唐繁荣昌盛，歌舞升平，人间真是个好地方。

我辗转多地，最终化为一个绝色女子留在了扬州一家歌舞伎馆，凭着容貌，我很快就成了头牌。何况，除了容貌出色，我还有一绝技——骨上舞。将骨头置于鼓面，随着我的起舞敲击鼓面，鼓声与舞完美融于一体，我自己给自己伴奏。不过那骨头其实也是我的一部分。

我喜欢跳舞，虽然大家喜欢圆润的美女，不过反正我的肉都是假的，所以我还是很轻盈的。跳舞时那长长的水袖可以把我的手藏起来，我的手指头不好看，我看了那么多人的手，也化不好那个形。

因为能赚钱，我的日子过得也是很滋润。我从说书的那里听说了猴子的事情，原来那和尚是当朝皇帝派去的，要去取什么经书，猴子他们几个是他路上收的徒弟。难怪猴子那么听话，看来他还是个尊重师傅的。

听说他们路上又杀了好多妖怪，我想着猴子是不是都有手下留情呢，他们是不是和姐姐一样还有机会，和尚是不是还是很嫌弃猴子呢。

那日来了一个富商，指明想看我跳舞。按惯例我拖着长长的袖子登了场，稳稳立在鼓面上。一舞酣畅淋漓，舞毕妈妈让我给客人斟酒，毕竟客人很有钱。我依然袖子掩手，握着酒壶为富商倒酒。哪知那富商借酒耍疯，握着我手腕就想撩起的我袖子。

这哪能行？我太过惊慌，这袖下的手那么丑陋，我终究是个爱美的女孩子啊。结果，我一激动化了原形，骨架散落一地。富商握着手中的骨头愣住了，这下完了，人群尖叫四逃，我瞅着混乱场面赶紧拎起裙子也跑，一身骨架"哗啦啦"作响。

我逃回山中，有点儿不好意思，一不小心吓坏了那么多人。

"哭哭？"身后有个温柔的声音响起。

"姐姐，你好了？"我又开心起来，猴子没骗人。

姐姐告诉我，她和猴子是老交情了，当年猴子被压在五指山下，她经常给猴子送吃的。这次猴子接了个任务，不想滥杀无辜，于是联手演了一场戏而已，只是多少也要掺点儿真，重新修炼不算苦。猴子临走前偷偷给她塞了一颗丹药，据说是在天上的老君那里偷的。

我问姐姐可要和我再回人间，我可以养活咱俩。姐姐说人间太复杂，问我可知道那个备受宠爱的贵妃吗？她后来被害死了，死得一点儿都不美，那么厉害的人都会被害死，我们妖都是头脑简单的，还是不去的好。我想了想也是，我这一激动就要现原形，怕是要吓坏很多人。于是一拍即合，我们决定继续留在山中，可以占山为王，好不快活。

好多年过去，隐隐听说和尚取到经书了，成了佛，猴子好像也变成了佛，不知道还和他的那些妖怪朋友联系吗？还会不会和和尚再吵架了？成了佛之后开心吗？

文 / 夏小洁

骷髅精

古代传说中非常出名的泛指性妖怪，大大小小一身枯骨的妖怪都能叫骷髅精，而且大多能变化成拥有倾国倾城样貌的女子，当然，一般都不会有好事。

无名小妖

天生异象，或是祥瑞之兆，或是大乱之兆。

我出生那年，恰逢新帝即位。本也不是什么大事，新帝和新生儿之间也没什么必要联系。朝代更迭，生命轮回，皆为常事。只是这不太平常的大概是，我……好像不是个人。

一般来说，生带异象，非富即贵。我出生的时候，天相是没有什么异常，异常的是我。

我母亲是郡守夫人的贴身丫鬟，得夫人赏识，配给府里的管家当了一个管家娘子。成婚多年仅有一女，一心想再生个儿子好继承香火。我就是在这种浓烈的盼望下呱呱坠地，然后一屋子的人傻了。

我记得当时稳婆在刚看见我头的时候差点儿失手又将我塞回去。我为啥知道？因为我和旁人不一样嘛，和旁的比起来，一出生就有记忆这件事几乎不值一提。我们继续说说为什么稳婆差点儿又将我塞回去，因为她看见的不是一个可爱的宝宝头，是嘴上带喙头上带毛的鸟头。

幸亏稳婆还是有职业操守的，强忍着恐惧把我拖出来了。结果更加绝望了，我还有尾巴！当我完完整整出现在我母亲面前的时候，除了我的手还有点儿像个人，基本就是个妖怪了。母亲当场晕厥，父亲的儿子梦破碎不说，居然还是个妖怪，气得他想当场摔死我。

幸得夫人仁慈，叮嘱在场的人将此事守口如瓶，只说母亲诞下一死胎。虽不杀我，但是也不能留我在府中，毕竟妖邪不容于世，随后命人将我丢在后山破庙，生死由天了。

我作为妖怪的生涯就开始了，我的生命没有那么脆弱，总是有点儿什么特异功能，比如我饿不死。每个妖的诞生总是有点儿意义的，只是我这种小妖在这个乱世里显得有点儿微不足道，我是为了一个使命而来。

我在山中游荡了五年，没有其他人发现过我的存在。其间，我听闻另一个郡县上有人产下一女、一龙、一鹅，闹得沸沸扬扬，道士叨叨地说这是天下大兵之兆。邻县的狗突然开口说话："天下的人都将饿死。"又是一阵人心惶惶。我暗暗庆幸自己这些年一直藏得挺好。

我听闻当年的新帝正在被人追杀，他跑了好远，最后还是被抓住当了俘虏，他的儿子也被杀害了，真可怜。这几年越来越丧乱了，百姓饥饿困乏，相互变卖儿女，奔走逃亡，流离迁移。

多地还大闹蝗灾，草木没有了，牲畜也要饿死了，人自然也没什么东西可以吃。你看那狗说的话就成真了。祸肯定是不会单行的，还有大流行病，一片兵荒马乱中，尸横遍野。还好我不用吃东西。

再后来，换了新的皇帝，听说旧帝要被一杯毒酒赐死了。得知这个消息，我撒开蹄子就往都城跑，没错，是真的蹄子，当时只恨自己双手不是翅膀，不然还能飞快点儿。

我闯入宫殿时，那可怜的旧帝正端着毒酒准备一饮而尽。我一尾巴甩飞了他的酒杯，这阵势吓坏了在场所有人，大概他们只从传闻中听说过妖怪，亲眼所见却还是头一回。

来不及解释太多，我一把卷起老皇帝就跑。于是就有了后来的传闻，说新帝毒死老皇帝还藏起了尸首以防旧臣祭拜。也不怪他们不敢说实话，毕竟妖怪现世不是什么好兆头，这新皇帝屁股还没坐热自然不会打自己的脸。

山洞里，老皇帝还在怔怔地出神，国破了，家亡了，他问我为什么要救他。救一个人需要理由吗？大概需要的吧。

老皇帝是不是一个好皇帝我不知道，我不太懂人类评判的标准。但是对我而言，老皇帝是个好人。老皇帝其实也不是很老，他才三十岁，我认识他的时候，他还是大将军，意气风发。

我是谁？我是他的坐骑啊，威风凛凛的一匹高头大马。我的记忆里，他其实是一个挺温柔的人，不喜欢打仗，不喜欢应酬，整日泡在书房钻研史籍，偶尔会骑着我带着夫人去踏踏青。本来这样的生活也没什么不好，我也过得很安逸，毛发越发油亮光滑，人人都夸我好看。

可是有一天，大将军突然变成了皇太弟，我不是很懂皇太弟是什么。我只是看着他好像不太开心，叹气的次数越来越多，书房也不常去了，大部分时间是在院子里发呆。

那时候我已经是一匹老马了，他经常来马厩和我说话，说这乱世里，他很羡慕我。那时我被病痛折磨得神志不清，就听见他说羡慕我，气得我差点儿没跳起来给他一蹄子。大概看见了我眼神里是气愤，怕我真跳起来给他一蹄子，他嘱咐马夫给我一个痛快。

我作为马的生涯结束了，可我好像还不想那么早离开。大概是因为当我还是匹小马驹，他还是个小少年的时候，那段时光太欢乐，他悉心照料我，我是他亲手养大的。我的执念留着不肯散去，终于他登基那年，我莫名其妙投入一妇人肚子，转生成了妖怪。

在我降生前，有个声音叮嘱过我，不可乱世，不可害人。若心愿了了，我便会魂飞魄散，这是我的代价。我同意了。

老皇帝还在发呆，我无奈地推他往山洞的深处走走。"父皇？"

没错，我当时还顺手救了一下被追杀的太子。倒霉孩子刚好被追杀到我藏身的那座山里，眼看着他被人抹了脖子，但是命大，还剩一口气。

父子俩抱头抹泪痛哭，真是的，还是和小时候一样是个爱哭包啊，当过皇帝也没什么改变。我倚着洞壁感受身体慢慢变轻，那边的父子没有注意到我。真好，还活着就好。

文 / 夏小洁

怪　子

古代传说中由人生下的一个孩子，但长得十分奇特，鸟头，两只脚像马蹄，一只手上没有汗毛，长有一条黄色尾巴，尾巴像碗一样大。

➳ 真的假不了，假的真不了 ➳

世间真真假假之事太多了，昔日吴承恩所著《西游记》一书中，美猴王便曾遭遇"真假难辨"之说；又有《水浒传》文中写有"李逵与李鬼"之真假难辨之事。

总以为这真真假假之虚妄事，只在小说中常见，却没想到这样的伪造之事同样在自己身边出现。

大家伙且来听听，事情就出现在不久前！

我所在的村子，是一个和睦友善的村子。大家一起做事，一起吃喝，非常快乐。

村子后面不远处，是一片茂密的森林。平日里，我们只在森林的边缘拾柴伐木，不敢向森林深处走去。因为老一辈一直在强调，虽然森林深处有很多妖魔鬼怪，但是里面有一只法力高深的豪猪，一直在保护着我们，是村子的保护神。

因此，我们对这片森林更加敬畏。

虽然我们没有见到过真正的豪猪神，只有村里几个老一辈的人在年轻时侧面瞄到过一次。在老一辈人的描述中，我们知道了它的大概模样：浑身长满了刺，看似狰狞其实那是它的强大武器。于是根据这一主要特点，我们还给这个保护神建了一座庙宇，取名为"治妖庙"，每日更新香火，为了让豪猪神得到我们的信仰之力变得日益强大。

要说出现这种真假难辨之事的原因，还是我们太粗心大意，没有去仔细辨别。那日，村里几个老一辈的人全部去外村游玩，留在村里的都是一些年轻人，年龄最大的不过四十来岁。

没有了老一辈人的管教，我们这些年轻人越发放肆起来，每日寻欢作乐，喝酒唱歌。有几日都差点儿断了"治妖庙"的香火。

那日晚上，我们在村里广场上大摆筵席，吃喝玩乐，好不开心。不料却突然刮来一阵强风，吹翻了我们的饭桌椅子。就在大家惊呼奇异之时，人群中有人大喊："庙里香火怎么断了？"

众人向庙里望去，发现香火早已断了许久，大家伙急忙上前去补救。

这时又有人惊呼："那是什么啊？"

大家循声望去，只见不远处的森林里走出来一个身形庞大的物体，隐约还有红光出现。

那怪物越走越近，竟然如同水牛一般大，浑身长满了如羊角一般的刺，头顶上还有一个红色的角。

人群中又有人惊喊："豪猪神，这是豪猪神？"

这一声音响起后，我们全都被吓得够呛！纷纷匍匐在地，跪拜于它面前！

却不料想，这"豪猪神"竟能言语，突然开口说道："我护佑你们多年，你们竟敢断我香火！"

它这一开口说话，把我们断香火之罪，抨击得更重了。

一位年纪稍大的村民，颤巍巍回复道："豪猪大神在上，请宽恕我等失职之罪。"

"宽恕？此等大罪必须要加倍偿还！"它愤怒回道！

"是，我等必将加倍奉还与你，还请大神看在我等一直供奉的分上放过我们。"村民答道。

"赶紧把鸡鸭鱼肉给我端上来，几日没有香火，饿死我了！"它不耐烦地说道！

听到这吩咐，我等慌慌张张、战战兢兢地去准备它的吃食，生怕它一生气，就要了我等性命。

一时间，准备的鸡鸭鱼肉堆满了十个桌子，"豪猪神"见状立刻狼吞虎咽起来。看到它不顾一切撕咬肉食的样子，我们既鄙夷又感到一阵轻松。

接下来的几天，这只"豪猪神"就住在村里的"治妖庙"里，我们除了每日要更新香火以外，还要准备好这只"豪猪神"的供奉，生怕它一生气，就把"治妖庙"掀翻，把村子扫平。

好在，这只"豪猪神"并没有多大动静，每日蜷缩在"治妖庙"里吃了睡，睡了吃，只几天的工夫，就比之前更加膘肥体壮了。

只是，它的胃口太大了，连吃了十天，村里的鸡鸭鱼牛羊，都快被吃光了。我们虽有愤恨，但无奈做不了什么行动。

就在村里的口粮被它消耗殆尽的时候，在外游玩的老一辈村民，终于回来了。

他们的归来让我们这些年轻人有了主心骨，纷纷前去将这十几天发生的事情告诉了他们。

不愧是老一辈的人，他们沉着冷静，连忙叫我们不要擅自行动。他们几个长者跑去广场上的"治妖庙"看了那只"豪猪神"半天，然后又开了半天的会议。

开完会议后，又将村子里所有村民召集起来，那老一辈人中最年老的人对大家说道："各位乡亲们，我们都错了。庙里那只'豪猪神'根本不是'豪猪神'！那是一只假的！"

刚一说完，我们这些年轻的村民震惊哗然！

年长者又继续说道："我与这些老一辈的人讨论了半日，印象中看到的'豪猪神'虽然身上长了很多刺，但是头上绝没有一只红色的角，而且身形根本没有这般壮硕！这是一只假的'豪猪神'啊！"

这话刚一说完，我们全都怒气冲天，心想服服帖帖伺候了十几天的"豪猪神"竟然是一个假冒的，还把村里的口粮吃得精光！这算哪门子的荒唐事！

"把它赶走，打死它！"村民们开始讨伐这只假冒的"豪猪神"！

那只蜷缩在庙里的假"豪猪神"见我们拿着锄头、铲子、扁担等围着它，大声说道："还不把吃食端上来！"

"这妖怪，死到临头了还敢嘴硬，你个假冒伪劣的冒牌货！"村民中有大胆的人立马骂了出来！

"欺负我们不认识你？还好有老一辈的人见过真的'豪猪神'，不然都不知道要被你蒙骗多久！"一些村民愤恨道！

"赶紧滚吧！还敢问我们要吃的！"村民们开始举锄头、铲子、扁担大声喊叫起来。

原以为那只假冒的"豪猪神"见到我们这等模样，会马上发怒——却不想竟然是一只尿货——只见它颤巍巍地从庙里滚了出来，又踉踉跄跄地跑了出去，一溜烟就跑不见了。

至此，这个发生在我们村里的"真真假假"之事终于告一段落了，老一辈的人意识到了"豪猪神"形象的重要性，又开了一个大会，将印象中的"豪猪神"仔仔细细地画了下来。

被那只假豪猪神搞得满目疮痍的"治妖庙"，经过我们的修缮后，更加气派了，甚至，邻村都有村民慕名前来膜拜。

这件事情之后三个月，有大胆的村民走进了森林的深处去，想着偶遇一下"豪猪神"，却在一处长满藤蔓的山崖底部，见到了那只曾经的假"豪猪神"。只不过，它早已经死了，是被挂在山崖藤蔓中活活饿死的。

天底下真真假假之事很多，却总觉得发生在自己身边的"真假"之事最为令人厌恶。

《西游记》中假美猴王最后死了！

《水浒传》中假李逵死了！

假扮"豪猪神"的妖怪，最后被活活饿死了！

看来正如邪恶永远打不过正义一样，真的假不了，假的真不了！

那些假冒伪劣之货，终将不得好下场！

文 / 安在君

多角兽

古代传说中长着很多角的妖怪。多角兽体格巨大，形体像牛，全身长满了像羊角的灰黑色角，身上的角只有两三寸长，头顶那根血红的角却有两三尺长。多角兽以豪猪为食。

糖与砒霜

古往今来，人修道成仙的不在少数，动物修炼成仙的却少之又少。难得的是日复一日的修炼；更难得的是抑制兽性不杀生；最为难得的是修炼成仙的机缘，诸如被得道高人相助，这亦是古往今来极为罕见的事情。

九龙山是一座茂密延绵的山脉，这里毒蛇猛兽颇多，山精野怪常见。山脚下有一个叫作九龙的村子，村子虽然不大，但是也有两百多人在此居住。

九龙村交通闭塞，难以得到外来的信息，一直自顾自地繁衍生息。虽然说这山叫作九龙山，村子叫作九龙村，但是村民们信奉的神物却不是龙，而是九条蛇。

这九条蛇原是九龙山脉腹地中的百年老蛇所产。一窝九条，全部在天敌的嘴下幸存下来了。又因为受到一直坐道修炼的母亲的影响，九位兄弟姐妹自小就在山脉腹地修炼，性格和善仁义，不乱杀生。从生来距今，差不多已有四百九十年矣！

直到他们的老母亲即将去世时，那条老蛇嘱咐九条小蛇："孩子们，我们蛇族靠自己修炼成道的族人微乎其微，我能走到今天也是莫大荣幸了。你们记住，只有有朝一日得道高人相助，助你们脱蛇化龙，你们才有修炼成仙的机会。你们在这里修炼大无裨益，快去山外人间吧！帮助他们，享受他们的香火，这对你们的修炼最有好处。"

那老蛇把这些话嘱咐完后，不过一会儿便魂归九天了。九条小蛇呜呜啼啼地将老母亲埋葬。一番准备后，便起身朝九龙村游去。

一开始，这九条蛇出现在村子里时，村子里的人都惧怕无比。且不说这九条蛇都是海碗口般粗细，单单是他们丑陋邪恶的外表就足以把人吓死。

但这九条蛇在村子里混熟了后，村民们见这些蛇并没有伤人之意，也渐渐地与他们熟络起来。九条蛇在村子里帮村民们做事，村民们也日夜为九条蛇添上香火。

九条蛇在村子里吸收人世香火，它们既不杀生，又时时做好事。在村中的五年时间里，蛇老大的修炼速度逐渐加快，竟然能开口言语了。

蛇能开智说话，这一事情在村子里散开了，村民们对这九条蛇更加敬仰起来。后来的四年时间里，除了蛇老大以外的八条蛇，都因为人世间的香火而渐渐开智，都能说人话了。

在这九年之间，村民与九条蛇的关系日益密切，谁也离不开谁了。

只是这种亲密的状态，在九条蛇修炼到第四百九十九年之时，全都变了。

这一年，村子里来了一位道士，他说："我乃云游四海之方士，到访各地降妖除魔，在远方见得此处有妖气四溢，特来助你们除掉妖物。"

村民们一开始不信这道士的话，那道士却大显神通，搬山卸岭，硬生生将这群只见过九蛇开智的村民震慑住了。他们纷纷伏地跪拜："活菩萨显灵了，活菩萨显灵了。"

那道士问道："你们可曾见过妖物？它们有杀生作恶吗？"

村民们面面相觑，都说："未曾见得有什么妖物啊！"

那道士眼观村子，见得此处虽不繁荣，房屋却坐落有序，人人善良和气，一时疑惑是不是自己的判断出了问题。

晃眼间，那道士见得远方有九条大蛇出没，心下一惊，说道："还说没有妖物，那九条妖蛇不正是？"

说罢，便向九条蛇飞去，村民们摸不着头脑，骇然地跟了过去。

才到九条蛇处，那道士便拿出降魔剑、除妖镜，对着那九条蛇大喊："妖蛇，还不快束手就擒？看我今天不收了你们！"

那道士即将出手之际，那些村民大喊："活菩萨，你降错了，它们不是妖怪。"

蛇老大也开口大喊："高人手下留情，我们兄弟九蛇，虽是蛇身，却并没犯下杀生之错。"

村民中又有人讲道："它们可好了，帮我们劈柴开路，修建房屋，样样事都帮助我们。"

道士见状，收下镜剑，岔气道："人帮妖物说话，我今天倒是头一回见到！"

蛇老大又说："高人所言极是，但村民们所说是真。我兄弟九蛇自出生以来就跟着母亲修炼，从不杀生。如此只待有朝一日能化蛇为龙，得道成仙矣！"

那道士又问："那你们为何不在山林里修炼，偏偏跑来吓唬村民？"

蛇老大说："我母亲去世时，曾留下嘱托，如要化蛇成龙，还需有人类的香火相助，故此便下山帮助村民。"

那道士听完后，叹气道，"那人间香火本应该为神灵得益，不承想，在这里却被妖物获得。此番地界，果是未曾开化之地啊！"想完后连连摇头叹气。

思忖了一会儿后，那道人对九条蛇说道："老道云游江湖多年，还是第一次见到人妖如此和睦的场景，真是可喜。我看你们九兄弟，各个都有仙胎之像，老道想成人之美，欲助你们脱胎蛇身，成就龙身，不知你们可想？"

那九条蛇听道人一说，各个兴奋异常，早年它们的母亲就曾说过，蛇身靠修炼想要成龙成道极为不易，若有机缘能得到高人相助，概率便可大大提升。

蛇老大兴奋说道："我等兄弟姐妹九条蛇，在九龙山伏地修炼四百九十年，又在人间修炼九年，才可开智说人言，不知高人有什么法子让我等脱胎换骨啊？"

道士说道："你们只顾修炼，却不知千年成龙之说法，我这里有洗髓丹九枚，食之可脱胎换骨，得五百年之道行。"说罢，从道袍里拿出九枚金黄发光的丹丸来。

那九条蛇见状，立刻惊喜非凡，纷纷伏地言谢。

道士又说："不过，我这洗髓丹可不是随便赠送的，成仙得道虽然靠机缘，却也考验意志。我这里有通天柱一根，你们若想得我相助，须得爬过这根通天柱。"

蛇老大同其他八位兄弟姐妹见状，面露难色，问道："通天柱有'通天'二字，恐与天高，爬完怕是遥遥无期。"

道士又说："此言差矣，老道岂是言而无信之人？这通天柱虽取'通天'之意，实则只有三千三百三十三米高。你们只需绕着柱子爬到柱顶端即可。"

蛇老大又说："这对高人来说自然是小菜一碟，只是我等凡胎肉体，这柱子上怕是有重重机关，累杀我等。"

道士听闻此言，愤愤道："我观你们九条蛇与此地村民和睦融洽，未曾犯下杀事，才有心助你们成道成仙，你们却怀疑我是卑鄙小人。既如此，我便另寻他地去了，你们好自为之，切不可为非作歹。"

说完，道士便收起丹丸，准备走了。

那九条蛇见状，又纷纷游动起来，伏地说道："我等九蛇，愿经受考验，承蒙高人相助。"

老道见状，便停下脚步，从道袍里拿出一根柱子托在手心，然后向村里空地上一放。那柱子立在地上，见地生根，不断变长变大，直到最后变成三人合抱之势，直插云霄。

村民们见状，纷纷仰头惊呼。

蛇老大便说："既如此，兄弟姐妹们，老大我先以身试法，若无大碍，你们便可跟随而来。"其余八蛇纷纷点头。

那蛇老大来到柱子底部，仰头观望，只见柱子顶摩云间。他沉了一口气后，便从底部环绕而上。

只绕到三百多米，见柱子上并无机关，便朝下方大喊："上来吧！"

地上八条蛇一听，便纷纷按着长幼次序，从柱子底部环绕直上。

这番景象近观不怪，远观却奇异。只见到房屋交错之间，一根大柱子冲天而起，比附近的山脉还高。九条大蛇一条在前八条在后，依次在柱子上环绕前进。

村民们在底下仰头观看，纷纷惊呼。

那道士眼见九条蛇已爬到肉眼不辨之处，便对村民们说道："哎，你们久居山中，消息也太不灵通了！"

村民们面面相觑，不明道长所言何意。

道士道："我云游四海，见过太多妖怪假以好事之名，混迹于人间。其实它们只是在借机吸取你们的精气，为日后的修炼做准备。等时机成熟，便会将你们杀死。"

听到此说法，村民们有的惊吓，有的则根本不信："我们与它们在一起生活了九年之久，从没见到什么吸取精气之法。"

道士听到村民这话，又叹气道："不管你们怎样为这九条蛇辩解，今天我也要帮你们收取妖物，否则，日后定生不测。"

话一说完，道士右手一招，那根柱子便迅速变小变短，最后变成了一根与人高、手能握的棍子。

却见那棍子上，有九条小蛇在上下环绕，九条小蛇环绕到棍子顶端时，又从棍子底部爬上来，似这般循环往复。

那些村民眼见得九条蛇被道士收服，愤怒喊道："你把九条蛇交出来，交出来。"大喊大叫之中，又有村民拿出了自家的锄头、扁拐，做出欲打之势。

道士见状，心下一慌，自忖从未见过这等景象，村民竟然为妖物说话。于是大喊道："你们这等愚民，我帮你们除掉了妖怪，你们不感谢我，反而要害我性命，真是愚昧无知！"

话一说完，便拿着这根九蛇绕柱的棍子，脚踏仙风，意欲凌空飞走。不料九龙村的一些村民奋力扔出手里的物件，想要打下凌空的道士。道士回首，嘴里说出愤恨之语："你们这些愚人，妖便是妖，天必诛之，我所做的是除妖灭怪，维护天下正义的事，你们为何还不懂？"

那九龙村村民之中，有一老者听闻此言，摇头跪地，向道士缓缓说道："这位道长，愚夫且问'何为正义、何为妖物'？人有好人，妖也有好妖，那九蛇兄妹与我们相处多年，和善亲民，早已摆脱妖道，有了人性，这才是为正义！而你呢，只为心中那迂腐的、朽木一般的'正义'，不分好坏一锅乱杀，却是丢掉了人性，生出了妖性，你才是所谓的'妖物'啊！"

道士听完此言，越加愤怒，他呐喊道："你等村夫，恐早已被这九蛇蛊惑，我不与你们争辩。这九蛇我绝不会放走，你们这个闭塞之地，我再也不想久待，就让你们在这里自生自灭吧！"道士说完，也不顾村民的咒骂呐喊，抓着那九蛇棍子踏风飞走了。

那跪地的老者见状，神情忧虑，边摇头边喃喃自语："说我们穷困闭塞，他却从不曾听闻'甲之蜜糖，乙之砒霜'这话，为了所谓的一己正义，毁了九蛇，也毁了我们啊"。说完便叫村民们散开，各自回去！

而那九条环绕在柱子上的蛇，虽然没死，却永远被困在了这根柱子上，久久环绕，爬不到边，永不知尽矣。

文/安在君

九蛇绕柱

古代传说中出现的一种现象。鲁定公元年，有九条蛇缠绕在柱子上，占卜认为是九世祖庙没有人祭祀，于是建造了炀宫。

应兆妖

景国元年，武帝统一诸国。其时天下初定，旧土遗祸尚存，每岁又有干旱、蝗灾、瘟疫，天灾不断，然权贵皆耽于享乐，官员以清谈为美，不务实事，徒增人祸，是以各地皆有灾民流徙，卖儿鬻女，并不少见。

后武皇帝逝，惠帝继位，惠帝天生痴愚，守器非材，轻易间皇权旁落，诱使八王混战，持续了十余年之久，导致生灵涂炭，盗贼群起，州郡无备，不能禽制，天下遂大乱。

景国二十四年，北域诸蛮族趁中原动荡，群掠南下，大肆屠戮，更有一部落牛蛮于石城建国，号大越，国主牛渊数次率兵进攻景都均被退！三十一年，牛渊之子牛聪于宁平城之战大破景军主力，破城都洛，俘景帝怀，杀王公士民三万余人。又三年，牛蛮破都永安，俘景帝愍！

景之立国三十六载，至此实灭。国之遗民，相随南逃，称为衣冠南渡，从此大河以北，不似人间！

后景大兴二年，丹阳郡，吏员濮阳演家宅。

"婶儿，听说了没有，昨晚家里老马生了个两头的驹儿。"

庭院下，一个小厮拉着胖厨娘，脸上全是藏不住事儿的激动，涨红起来，就像熟透了要爆开的果子。

"嘘，大人说了，这事儿不能声张。"厨娘一脸紧张，这年头不管好事坏事，落到老百姓身上都是祸事，再想到今早吏员的严厉告诫，她心中阴霾更甚。

平头精瘦的年轻人一脸的不以为然："怕什么，那又不是他生的。"

"你个要砍头的呆子哟……"厨娘正要劝他，大门打开，一个灰衫道士在管家带领下走进院子。管家警告地往这边瞥了一眼，两人见此，赶紧散开。

主宅内，吏员濮阳演正焦急地来回走动，屋内的桌子上，放着一个箩筐，一块红布蒙在上面。

"大人，张道长来了！"管家轻轻地敲了敲门。

濮阳演赶紧开门迎道士进屋，管家则小心地关上房门，后走出五步之远，守在那儿。

那道士进门后就沿着屋子四下打量了一番，他的目光在屋子的东北角落停驻了几秒，然后不动神色地挪开。

"道长，您看？"濮阳演急切地指着桌上的红布。

张道长点了点头，缓缓走到箩筐前面，轻轻掀起红布，露出筐里死去的马驹尸体。这是一匹刚死去的小马驹，皮肤暗淡松弛，粘着一些黏糊糊的胎皮。与众不同的是，这个小马驹有两个头，这两个头大小一样，并排摆在那里！

"道长，这是吉是祸？"濮阳演低声问道。

"可怜的小家伙！"张道士由心地叹息，他盖上红布，走到茶几旁，想了想说道："容我先卜一卦！"

只见他取出三枚铜钱，合拢在双手中念念有词，然后撒在茶几上，成一卦象，如此往复六次，得了一个坤卦。

濮阳演也是懂些卜卦的，只是知其形，不解其意，于是求问张道士！

"坤卦者，为臣、为地也，乃是吉卦之象，有马生良驹，君得贤臣之意。可如今马生驹二头，与卦象相悖，那就是下有二心，政在私门了，生而死，是以逆乱不久也！"

听完解卦，濮阳演神色骤变，问道："张道长此卦准否？"

"天之命数，能窥一点已是万幸，谁敢说准不准？"

"确是此理！"濮阳演点了点头，如今朝廷式微，大将军王敦独断擅权的现状，可不应了那句"政在私门"嘛，他又想到"逆乱不久"这个预兆，内心深处猛地翻涌出一股激动……

死大概是挺无趣的一件事！

马大打量着眼前的世界，灰白是掩盖一切的色调，流动的血红是人畜的轮廓，看久了和生者的世界并无两样，唯有地上不同，多了一汪浅浅的水，刚好没过自己初生的马蹄。

马大是生而宿慧的一匹马儿，它没有之前的记忆，却对这世间有些天然的了解，若不是它死了，它应该是这个世界上最特别的一匹马。

可惜它死了。

马大不伤心自己的死，它知道自己生出来，本就是为了死去的。

这不是一个哲学的说法，而是一个事实！

马大是一个应兆妖，作为天地间愿力因果纠缠生出的预兆，它的宿命就是生而又死，就是为了让道士看到，然后说出那句"政在私门"！

挺残酷的一件事实。

好在马大生下来就没有记忆，它的记忆都是死后才有的。

道士卜卦时他就在屋里，一人一马凝目相望。

它记得那个吏员把自己的尸体处理好，秘密地送到了那个不够奢华，却又尽力奢华的皇宫，记得那个自称朕的人面对自己尸体时流露出的快意和欣喜。

它不喜欢那个皇帝，身为国君却只会和大臣钩心斗角，真是有志无勇，无趣之人，比起自己应兆的那个人——大将军王敦差远了！

"喷哧。"马大突然打了个响鼻，一股血色涌上双眸，眼前的天地突然如颜料倒入般，光怪陆离，压抑恐惧。

天地传来无数情绪：傲慢、恣意、躁动，诅咒、忌惮、仇恨……

马大痛苦地无声嘶鸣着，这也是应兆妖的宿命，在预兆实现前，它需要先承受因果之苦痛。

不过它还很弱小，无法承担这种苦痛，只能靠沉睡应付过去，在闭上双眼之前，马大看了看旁边的另一个头。

是的，马大只是一个头，它还有一个头叫马小。和马大不同，马小是一个单纯而普通的小马驹儿，又蠢又无知，每天就惦记着地上的草，又害怕被水呛了鼻。

马小什么也不懂，连痛也不懂！

石头城酒楼里，两个溜出大营的军官正在喝酒吃肉，高谈阔论。

"听说了吗？大将军自个儿加任了何钦为将军，皇上非但没责罚，还给他添了属官，赏赐羽葆鼓吹仪仗。"

"嘿，这有啥，别说一个将军，就是皇上的位子，都是靠咱大将军打下来的，他给咱们封将军，那是给咱们长脸，哪轮得到皇上多嘴。"

"这话没错，你说大将军为啥不自己做皇帝？"

"嗝，那是咱将军仗义，念着先帝的好，要我说，现在这位，看他娘的就不顺眼，早晚反了他！"说这话的军官已然喝多了，脸红彤彤的。

"可不是嘛，我听虎牢城里的人说，逖将军病重了。"

"唉，逖将军也老了呀，想当初他老人家带兵北伐，痛击蛮人，那是何等畅快，咱们当兵的，哪个不以在逖将军手下做事为荣！"

"唉，谁不是呢，可恨当今皇没什么能力，只敢窝里横，次次拖北伐后腿，白白浪费逖将军打下的机会。"

"毕竟是蛮族，谁又不怕呢……恐怕只有逖将军那般的人，才能令蛮人闻风丧胆吧！"

……

酒楼里，推杯换盏酒肉俱全，亭阁外，流民衣不蔽体；虎牢城上，老将军病躯怀壮志，目如烈炬；皇宫大内，新皇帝威声斥奴才，只计家事。

这一夜，有一牛哀天下之苦，哞声震野，百里可闻！

马大只有很少的时间清醒过来，所以外界的时间在它看来总是过得很快。起初他和马小一直守在尸体旁边，再次醒来时尸体已经被皇帝用漆盒封印，没处去的马小就带着他，来到大将军府，静静地等着应兆的那一天。

自从远在虎牢的逖将军病逝后，大将军王敦就再没有顾忌，越发肆意妄为起来。第二年，他杀了皇帝派来的监察御史，以讨伐奸臣的名义出兵攻打都城。

朝廷的兵很快就败了，群臣被迫在城外拜见大将军，而皇帝则成了孤家寡人，抑郁而终。

他终究没有等到应兆的那一天！

皇帝死后，大将军也病了，在床榻上挣扎了半年之久，接近油尽灯枯。在他垂危之时，马大清醒了过来，又看到了张道士。

张道士似乎比上次年轻了很多，果然，修行人总是不讲道理，不过他们欠着这方天地好大的因果，该有偿还的时候，不像他，是天地欠着他的。否则他这样的小妖，哪有敢光明正大行走人间，还不惧鬼神的！

张道士并没有现身，只是和马大沉默地站在一起，静静地等着大将军死去。

没有什么天地变色，大将军就如一截燃尽的枯枝，烛灭般暗淡下去。他最后的时辰，受苦于疾病和虚弱，没有活着时候的一丝威严。

大将军就这样死了！

马大松了一口气，它作为应兆妖的使命应该已经结束了，只是为什么应兆之痛还在呢？

张道士站在一旁，脸上充斥着惊讶之色，他看到天地因果犹如五颜六色的染料，从虚空中涂抹到两匹马的身上。

应兆未止，因果不断！

"难道是王敦死后，叛乱被平才算应兆吗？"张道士似自言自语，又似询问马大。

马大懒得回他，扭头就走。刚才他就已经知道了，哪怕新皇帝平叛了，旧臣的权势还在，依旧是政在私门，它还得应兆。

后景元年七月，景陵东门有牛生犊，一身两头，有夫子批言，此乃天下将分之像也。不久后，景国最后一任皇帝死在了蛮人牢里，后景建立，天下自大河为线，一分为二，是为人间、鬼域！

罪牛自出生之日起，天下大旱，伴随着蝗灾水灾不断，故称之为罪牛也！

罪牛有罪，天底下人鬼皆怨他、憎他、恨他，生人啖其肉，冤鬼噬其魂。然而每到第二天，罪牛都会恢复如初。

……

马大是在大河边遇到罪牛的。

那是一个傍晚，夕阳残照，一群人正磨刀霍霍，在罪牛身上割下一块一块的肉，鲜血淋漓；还有一群鬼，重叠在一起，扑在骨肉分离的牛身上，啃噬着他的灵魂。

罪牛痛苦地长哞，却不逃避，任由这些人鬼施暴。

马大知道罪牛在做什么，和自己单纯承受一个"政在私门"的应兆之痛不同，罪牛不仅承载了天下将分的应兆之苦，还在尝试普度这份苦难，那些鬼在吞噬了罪牛的魂魄之后，身上的怨憎就会变少，就能够超脱。

"真是个狠牛呀！"

马大知道噬魂之痛的厉害，于是更加钦佩罪牛了！至于那些啖其肉的人，马大看得清楚，他们吃的每一口肉，都化为了实质的罪孽，烙印在灵魂之上！

"这些都是有罪之人！"

"可天底下又有几人不是有罪之人呢？"

马大没有上前打招呼，它知道罪牛有自己的路要走，那是一条与应兆无关的路。

"那我们的路呢？"马大看着马小，问着自己。

马小才不会回答他的话，它只是开心地撒着蹄子在荒野狂奔。

于是有驹踏于冥湖，清风拂面！

马大侧着头，似有若悟，它看着马小笑道："是吧，不管做什么，只要无愧于心，无疚于天地就好了！"

文 / 毛绒尾巴

两头怪

古代传说中的妖兆。相传牛生的牛犊有两个头是天下分裂的征兆；马生的驹有两个头是政权落入权贵手里的征兆。

五鬼同出行，一目识人准

小武这年十五岁，跟着师父到浙中一带游玩。

正值春光大好时节，桃红柳绿、鸟语花香、风景怡人，让人心情舒畅。师徒二人一路游山玩水，旅途疲乏了，便在一家旅馆投宿，稍做休息。旅馆的床很舒服，他本该睡个好觉。到了深夜，他却在半梦半醒间听到有人说话。

"这个人是恶人，"后来那声音近了，似乎就在自己的身边，"这两个人是善人，我们也不嗅。"而后声音又远了，"去隔壁房间看看。"

他立刻清醒了，从床上坐起来。

师父好似也醒了，对他说："徒弟，没事，睡吧。"

"师父，那是？"

师父翻了个身："他们是一目五先生。"

他们？

师父大概感受到了他的困惑，却兜了个圈子："先睡觉，明天再讲。"

第二天，旅馆里有一个人死了。亡者躺在床上，房间干净整洁，身上也没有任何伤口。大家都说是有鬼。

他和师父在围观人群的最后面，看到尸体静静地躺在那里，师父轻轻叹了口气："可惜，他还那么年轻。"

人群终究是散了，大家该吃饭的吃饭，该赶路的赶路。

师徒二人则在旅馆门口的茶亭坐着喝茶，沏的新茶味道很清新自然，令人心旷神怡。

"你想知道他们是怎么死的吧？"师父喝了一口茶，看向小武。

"是的，还有您昨晚说的那个一目五先生，到底是什么？"

"看你这么想知道，我就告诉你。所谓一目五先生，其实是五个鬼。"师父吐出一口茶渣子，继续说，"这五个鬼啊，其中四个都是瞎子，还有一个是独眼。相当于他们五鬼只有一只眼睛。"

"五个鬼，一只眼睛？"

"是的，五鬼为了图方便一起出行，共用一只眼睛，这一只眼睛看的是人的善恶福禄。恶人不嗅，善人不嗅，有福之人不嗅，唯独那些无善无恶、无福无禄之人，才是他们的猎物。被他们五个同时嗅的人就会死去，像今天早上被发现的那个旅客一样。"

师父放下了茶杯："其实，他们在多年前，曾来过我的面前。"

小武很少听师父讲起从前的事，师徒二人五年前的相逢还历历在目。师父走向举着讨饭碗的他，问："你愿不愿意跟我走？做我的徒弟，管你饭吃。"他点头，从此有了小武这个名字。师父教他武功，带他走南闯北，行侠仗义。他知道师父爱吃的口味、爱喝的茶，爱多看几眼的女孩子的样子，唯独师父的身份，他一概不知。

"上一次他们没有嗅我，你知道是为何吗？"

"因为我当时是恶人。"

师父像小武这么大的时候，已经是一个很厉害的刺客——杀人不眨眼，无情也无心。

听命，拿钱，杀人，生来就这样被训练。不知道什么是善，什么是恶，也不知道自己是在作恶。

一个夜晚，他正在睡觉，突然感受到什么东西在靠近自己——他总是那么敏锐，而后就听到一个声音："独眼，我们可以嗅他吗？"另有一个声音回答道："这是个恶人，我们不嗅。记住，我们要嗅的是那些无善无恶、无福无禄的人，那样的人在这世上没有存在的意义，所以我们来带走他们。"

他睁开眼睛，只看见几个身影，似乎是蹦着离开了。

"善人，恶人。就是从那时开始，我第一次产生了思考，思考善恶，思考该作何选择，好度过自己的一生。"

杀人时的鲜血不会令人动容，但幸存者的哭声会使人难以下手，这就是同情。

那个夜晚过后，同情开始在师父身上萌芽，他不再罔顾生命。

"后来我不做杀手了，到各处流浪，想找一个答案。"

"什么答案？"

"关于什么是善、什么是恶的答案，以及我要继续作恶，还是行善。"

师父在江湖漂泊了数十载，见多了人情冷暖、是是非非。因为感受到温柔和善意而学会了帮助和保护；因为遇见可怜、可恨之事便想要阻止痛苦和悲剧的发生。

也有很多无助的时候，想要做些什么却无能为力。作恶很容易，可行善很难，他渐渐明白，善良不是软弱，而是一个强大的人做出的选择——你本可以袖手旁观，可是你选择伸出援手。

"我想，我的答案已经找到了。"春风吹起师父的碎发，小武在他那双细长的眼睛里看到了柔和的光芒。

"小武，茶喝完了，我们走吧。"

"去哪儿？"

"去需要我们的地方，去拯救、去保护、去爱。像一目五先生判定的那样，做善良的人。"

文／妖怪

一目五先生

古代传说中的五个妖怪，像五个兄弟时刻在一起，但是只有一个妖怪有一只眼睛，其他四个都是瞎子，听令于有眼睛的那只。一目五先生很挑食，不吃善良福气之人，不吃恶人，专吃不善不恶、无福无禄之人。

寻玉之狐

王一出生在北方辽阔内陆的一个富贵之家，从小不爱读书，偏爱搜罗些民间传说、市井趣闻。家人见他难成大器，亦无心考取功名，干脆遂了他的愿，给他一笔银子，让他去远行。他便一路向南方去了。

转眼他离家已经三年，到了一个江南小镇。初至时烟雨迷离，他无心起程，整日慵懒地蜷在旅店，而雨季过后的八月，桂花醉人香，蟹也正肥，又使他多待了些日子。

这天下午，他坐在水边的台阶上，几个妇人在旁边洗衣服，水流潺潺，他用手托着下巴，快要睡着了。李茂来到他的面前："王兄，听说了吗？"

李茂是王一在旅店认识的朋友，他也是一个游人，不同的是，他从更南的南方来，到北方去。二人住的房间在同一条走廊上，于是总能碰见。吃饭时因各是孤身一人，拼过几次桌，一来二去自然而然熟络了起来。王一听他讲些闻所未闻的南方鬼怪故事，感觉非常新鲜。而李茂也从王一身上感受到了北方人特有的豪迈和粗犷。两人虽只认识几个月，却已如同多年老友那般无话不谈。

王一知道他说的是哪件事，镇上这几天到处都在讨论，他难免听到些。

镇长家有一箱传世宝玉，一直放在暗阁。这天，镇长去暗阁取东西，说来无心，只想检查一下宝玉如何。谁知，打开箱子的那一刻，突然窜出一只狐狸，镇长还没来得及看清它的面目，只见一张大嘴吐出了许多细密沙子。镇长两眼一黑，跌坐在地。等他恢复过来，地上满地泥沙，而那一箱美玉，只剩下个空空如也的破木箱了。

"听说了，镇长家的玉丢了。"

"知我者，王兄也。只可惜，如此美玉，世人无缘一见了。"

"是啊，可惜可惜。"

"我是来道别的，"李茂向王一轻轻颔首，"我为玉而来，如今玉已不见，我便要走了。"

王一知道李茂游历多年，只为搜罗良玉，他曾告诉王一，他之所以来这镇上，正是听闻镇长家有这么箱宝玉。只是王一多少有些不舍，这人世间的离别啊，总是让人难以释怀。

"王兄，请多保重。"这是李茂说的最后一句话。

几天后，小镇开始传起谣言，主要有两种：一说是玉成精了，化成了狐狸。也有人传箱子里的狐狸是妖怪，专偷珠宝玉器，现在可能还在镇子里，盯着几个大户的家产呢。

本打算离开镇子的王一，又留了下来。他想看看到底是怎么回事。而李茂自那天河边碰面后，确实再没出现了。

某晚，王一做了个梦，他看见李茂背对着他，站得有些远。王一慢慢靠近他，那人却突然转过头来——哪里是李茂，根本是一张狐狸的脸！这狐狸张大了嘴，便有飞沙走石从那嘴里吐出来。王一吓了一跳，立刻醒了过来，再难入眠。

第二天一早，王一去问旅店的伙计们，想打听一下李茂的去向，可是大家都说没见过这么个人。太奇怪了，一个大活人不见了，其他人却对他全无印象，难道自己之前同李茂饮酒、畅谈也是一场虚幻吗？

他恍恍惚惚，走出旅店，又不知走去何处。一直走到一处极其幽静的深巷，一个院门正开着，似乎在召唤他进去。他刚走过去，院内檐角的一个风铃恰巧响了一下，他立刻清醒了一些。只见一白发长者从屋子里走出来，对着他微笑。

"你好，年轻人，所来为何事？"

王一不知道该说些什么。

"来我书房吧，正有好茶可招待。"这长者似乎知道他要来似的，迎他进了屋子。

二人坐定，老人翻开桌前的一本古籍，道："春秋时期，周惠王在郑居住，郑人入了他的玉府，想要拿他的玉，谁知——'玉化为蜮，射人'。这便是《搜神记》中所载的人化蜮一事。那含沙射人的狐狸，正是周王之玉的守护者，虽然沙狐有些神通，但还是有一些奸诈之人从周王玉府窃了宝玉。为完成使命，守护之狐只好四处寻觅失落之玉。"

"这与最近发生的事有什么关联吗？"

"你的那位朋友，你想问他的事，对吗？"

"是的，老先生，你知道他？"

老先生没有回答这个问题，而是说起了别的："我年轻的时候在海南游历，结交了一位朋友，他喜欢搜集打探各处关于美玉的传说和消息。"

这和李茂多像啊，王一心想。

"我们当时是不错的朋友，后来各自行路，便分别了。我以为永远不会再见到这位朋友了，直到一个月前，我看到他和你在一起。这么多年过去了，我从一个年轻气盛的小伙子，变成了如今的一把老骨头，而他却一点儿变化都没有。"老人的声音有些颤抖，顿了一会儿，才慢慢恢复了平静，"没有人能一直年轻，不是吗？"

答案似乎只有一个，王一看向长者，声音中有些许不确定："你是说，李茂，就是人化蜮里的沙狐？"

长者没有说话，只是轻轻点头。

"真没想到，我竟同一只狐狸交起朋友来了。"

长者抬起头，双目微微合上："镇长家的玉丢失后，他来过我这里。原来，他还记得我。"

"他来同你……道别吗？"王一想到前几日同他在水边的对话。

"是，他是只守玉的狐狸，玉丢了，便来人间寻，寻到了，便走了。我们能与其相识一场，也是人生的一场奇遇吧。"

王一又一次启程了，依旧是向南，也许南方是没有尽头的。他想，未来更多的奇遇在等他，他对此深信不疑。

文 / 妖怪

玉化蜮

古代传说中的一种妖怪，由玉器变成的蜮，又叫短狐、水狐、水弩、射工，能藏在沙中，是含沙射人的一种动物。

落头民之梦

阿民十岁那年便失了双亲，幸得祖母照料，健康长到十五岁。

他总是做一些奇怪的梦。

有一天，他梦到自己飞起来，穿过村庄，穿过高山，在一望无际的大海上空翱翔。海风冰冰凉凉的，好舒服。早上醒来，乱掉的头发竟真有一股腥味儿。

阿民把这件事告诉祖母。祖母听到后愣了一下，又立刻回过神，笑着摸阿民的头："傻孩子，你呀，该洗头了。"

邻居家的茂茂，是阿民最好的朋友。两个人同岁，打小就在一起玩儿。也只有他，会在入夜后还来敲阿民家的门。

开门的是阿民祖母。

"是茂茂呀，这么晚了，来找阿民吗？"

"民奶奶，阿爹今天回来带了两串冰糖葫芦，我来给阿民一串。"

"阿民睡了，好孩子，你明天再来吧。"

"那不行，糖葫芦会化的。他怎么这么早就睡了，我去叫他起来。"他说着走进了小院。

四方小院的蓝色夜空，月明星稀，烟囱里还有薄薄的热气，升腾之后消失在茫茫月色中。

茂茂推开门。

阿民的房间很小，只有一张小床和一张木头桌子，阿民缩在被子里，茂茂看到他的身体因呼吸而轻轻起伏。

"阿民，睡觉可不要蒙头啊。"他说着便要掀开盖在阿民头上的被子。

阿民的祖母跟着进来，见拦不住茂茂，只好叹了口气。

"啊！"小院里这一声尖叫，格外清楚。

阿民做了个好梦，一觉醒来，房间里却挤满了人。

祖母握着自己的手，茂茂站在离他最近的地方，其他的人站得稍远。无数双眼睛看着自己，阿民有些不太明白。

"这是……怎么了？"

"阿民，你知不知道你昨天晚上做了什么？"茂茂的眼睛里既有关心，又有一点点惊恐。

"昨晚我早早睡下了，没做什么啊。"

"阿民，你知道我昨天晚上看到了什么吗？你睡觉的时候，头不见了。"

"头不见了……那是什么意思？"

"什么意思？"茂茂爹站在门口，"不明白吗？你啊，不是普通人，睡觉的时候，脑袋离开脖子，飞去别处了！"听到茂茂的尖叫时，他第一个冲进来，看到了无头的阿民。这孩子从小瘦瘦的，茂茂娘总是说这孩子命苦，做饭也会多做些分给他们祖孙俩，自家的小孩也同他玩得最好。可是，这孩子竟是个人不人、鬼不鬼的"妖物"。

他虽有同情，却也有害怕。如今，更是希望自己家不再同这孩子有什么关联。"我看，你就是个妖怪！"他喊道。

村子里的人都开始起哄："妖怪，滚出村子！"

阿民的脑袋虽然已经回到自己身上，但还是嗡嗡地响。

在嘈杂和混乱中，夜晚再次降临。村长出面，人群已经散去。可是，笼罩在阿民身上的压抑与恐惧，却是怎样都无法散去了。他全身都在发抖，他没有办法再像前一天晚上一样安然睡去。

他记得茂茂被他爹拽着离开房间时，想要张嘴对自己说什么。可是他什么都没有听到，没有安慰、鼓励、信任。什么都没有了，空荡荡的房间里，只有祖母是他唯一的亲人，也是他唯一的依靠。

"祖母，我真的是妖怪吗？"

"傻孩子，你怎么会是妖怪呢。你永远是祖母最疼爱的阿民啊。"

"可是，他们说的都是真的，不是吗？正常人怎么会这样呢？"

"没错，你不是正常人，睡觉时头能飞，以耳为翼，天亮时复还。这是落头民的天性。"这时，有个人走了进来，他穿的衣服很奇怪，阿民从未见过这样打扮的人。

"老人家，"他向祖母微微鞠躬行礼，"吾乃一云游道士，昨晚见一人头在天上飞，追随至此地，又听闻村中有奇事发生，知是落头民，便来冒昧打扰。"

"原来是这样。几年前，我在无意中发现了这件事。起先很是担忧，但一直没有发生什么事，我也就把这当秘密瞒了下来。如今被大家发现，引起了恐慌。我虽有预料，但也着实心寒。您说，阿民有这样的天性，可怎么办呢，要怎么活下去呢？"

"世界之大，总有他容身之处。"道士说道，"如果您愿意的话，我倒是愿意带他走，并且一直保护这孩子。"

虽然他看上去只是一个其貌不扬的云游道士，但是骨子里却透露着沉稳和令人安心的力量。阿民缩在床上，也忍不住多看他几眼。

祖母自知没多少日子，护得了阿民一时，也护不了一世。若是阿民真跟了这道士走，既能离开当下是非之地，又得一长久庇护，或许是好事。她看向阿民："孩子，你自己来决定吧。"

"阿民对吗？我问你，你可愿意跟我走？去了更大的世界，不会有人再像祖母这般疼爱你，很多事，你要自己去面对了。我答应保护你，说到做到。跟着我，你会成为更强大的人，哪怕你是落头民，也可以好好在这世上活着。"

阿民今年十五岁，一梦醒来，他从一个普通孩子变成人们眼中的"妖怪""异类"。

他想过游历四海，去看看梦中的地方，但没想到是以这样的方式。

他想不通为什么人们要赶他走，自己并没有做错什么。

只是他现在别无选择。

"我，跟你走。"

文 / 妖怪

落头民

古代传说中的异人一族，晚上睡着后，头能够与身子分离出去，在外面寻找吃的，天亮前回去，所以脖子上有一条血线。

《搜神记》中记载，三国东吴大将朱桓就有一个婢女是落头民，晚上脑袋就会飞出去，将军以为婢女死了，就用被子把她的身体蒙住，结果天亮时头飞回来合不上，几次过后头掉在地上，像是快要死去的样子，将军这才把被子掀开让她接上。将军对此感到害怕，就打发人把她遣送走了。后来才知道，这是落头民的天性，他们天生如此，并不是妖怪。

❧ 渭水沉石 ❧

天色渐暗，树林中有两道影子飞快地穿梭。

"叫你不要多管闲事你偏不听，这些人类最是贪的，被抓到了，你我不知道会是如何下场！"

飞奔的是两个总角小童,一男一女,生得粉雕玉琢,精致极了。

可惜他们现在满脸泥泞。

女童听到男童的谴责,噘起嘴巴回道:"也总有好人的嘛,再说那妖怪本来就不是善类,我只是想趁这个机会除掉她,也好让亡者有几分体面……"

"轰隆——"

一声闷雷盖过了女童的声音,利刃破空而至,慌乱间,只见二人竟化作两只毛色光亮的野鸡,为了躲避利刃,二人便散开了。

渭水河畔,陈仓郡春雨不至,大旱。

陈仓郡内怪事尤其频发。

到了年末,陈仓郊外饿殍遍野。百姓哀号,州官不闻。

不少人饿到活不下去时甚至将刚死去的亲人又重新挖出来……

这种事情多了,自然就怪事连连。比如——早上才刚入土的人晚上挖出来就没了脑髓,一时间人心惶惶。

郡守居高位,享灾粮,秦月楼里度春宵,自然不知辖内怪事。

这位刘郡守现在最关心的事,莫过于他看上的美人为什么会藏着一个七八岁大的男童。

气急之下,他竟下令开坛祭祀,名义上为陈仓祈雨,而那个美人则成了祭典上的祭品。

百姓听闻郡守终于"献祭美人,平息神怒,为陈仓祈雨",久灾之下,无人可怜美人境遇,人人只盼用这条人命能换来陈仓日后安宁。

秦月楼内,依旧丝竹歌舞不断。

"陈宝!你的千霜姐姐呢?"来人声音尖细,满是幸灾乐祸,未见其人先闻其声。这女人挑开帘子,就见一个七八岁的男孩满身污泥地站在屋子里。

她连忙掩住口鼻,嫌弃道:"没想到千霜姑娘如此不知讲究,捡了你这么个邋遢货。"话音刚落,似乎又想起了什么,瞬间眉开眼笑,"不过也罢,等千霜祭了天,这秦月楼你也待不下去了,总算能让我这儿干净干净。"

陈宝本来垂首站着,听到女人后面的话,一怒之下扑向她,女人尖叫躲避,混乱之中陈宝挠花了她的脸。

没人注意男孩眼里一闪而过的怪异。

千霜自小被卖到秦月楼,十六岁初次露嗓,就艳名远播。

陈宝就是被她捡回来的。

三个月前他遭遇不测，奄奄一息之际被千霜捡了回来，悄悄地养在秦月楼里。

陈宝一开始不说话，也不告诉千霜自己为何会受重伤。千霜也不恼，悉心照顾着他。

她总是对陈宝说："我也有个弟弟，当年阿娘把我卖进来时他才出生，要是卖掉我换的钱足够养活他，他现在应该同你一般大了。"

每每听到这里，陈宝总垂下头，水灵灵的眸子便湿润了起来。

陈宝觉得千霜是好人，就算身在这般肮脏的地方，她的内心还是像她的名字一样干净剔透。

可惜再过两日她就要被渭水吞没，从此葬身天地。

陈宝心事重重，他清洗好身上的污渍，想去看看千霜。

美人卧榻，泪流不止。

陈宝见了更是愧疚。

他当时应该早早离开的，若是不贪恋千霜给他的关怀，也不至于让她走入这般境地。

千霜闻声抬头，尽管陈宝收拾得体面，但千霜还是一眼就看见了陈宝鞋子上的泥泞。这般污泥她已经不是第一次见到了。按理说，城内鲜少有这种地方，除了城西埋人的荒山。

陈宝去那里做什么？

纷杂思绪一闪而过，千霜抹了眼泪，拍拍陈宝的头，陈宝顺势依偎到榻下。

"等祭天结束，若太守怪罪，你定会处境艰难。姐姐实在想不出什么办法了。"

陈宝抬手接住千霜滑落的泪，二人久久无言。

入夜，万籁俱寂。

秦月楼后院角门溜出一道瘦小的身影。只见他拐入无人的巷子后瞬间化作一只野鸡，动作敏捷地蹿上房顶，几个跳跃后便往荒山的方向而去。

陈宝是个妖怪。

他可以幻化成人的模样，他原本还有个共生的姐姐……

荒山死气沉沉，突然传来一声惊呼："陈宝？"

陈宝闻声一顿，仅一瞬，他又化作人形向着发声的妖怪掠去，丝毫不给对方反应的机会便擒住了对方。

被陈宝擒住的妖怪羊不像羊，猪不像猪，尖嘴利爪，奋力挣脱而无用。

"那雌雉的死可是和我半点关系没有！你别再追着我了！你可真是好耐性，夜夜都来寻我弄得一身污泥也不嫌脏！"

"闭嘴，她有名字，她是我姐姐！"陈宝双眼通红。

妖怪不屑："你俩同人类亲近久了还真把自己当人了？还名字！妖怪就是妖怪，你也不好好反思反思你姐姐到底为什么会死！"

陈宝不想听他废话，反手拔出绑在身后的柏树枝："我和你做个交易，你帮我救一个人，我们之间的恩怨就一笔勾销。"

妖怪沉吟半晌："我凭什么帮你？我从来不欠你陈宝的！"

"就凭你当年为了自保，欺骗陈仓人得我姐弟者得天下。就因为你的这句戏言，我二人一直躲躲藏藏，姐姐也在逃亡过程中被抓走，化石而亡！"

"是你二人先透露我的身份，差点让那人动手杀了我，我不得已才出此下策。况且，若不是人类贪婪，你们又何至于东躲西藏，落得如此下场？"妖怪说得激动，又开始挣扎起来。

陈宝怔愣一瞬，想起姐姐当时透露得罪妖怪的原因："明明死者为大，可你却以他们的脑髓为食，姐姐只是想借此机会让人类囚住你，好让陈仓地下的百姓死后得一个清净！"

"哈哈哈哈……"妖怪差点没笑抽过去，"清净？你可有瞧见城外遍野的饿殍？你可有瞧见那些人类易子而食？你可知道现如今连我的吃食他们都要抢？"

抢他的吃食？那岂不是……陈宝怔愣半晌。

"陈宝啊陈宝，你姐弟二人不知晓人世，偏偏还最是亲近人，瞧瞧你们现在是个什么下场？我若答应帮你救人，日后我的身份暴露，白搭上一条命怎么办？"

"不会的，她是个好人，是我害惨了她，她绝对不会对你不利的。"

妖怪沉思良久，答应道："我帮你遁地救人，你放了我。"

"三天后祭天大典，你只需遁地入庙帮我带她出来便可。"陈宝不放心，又道，"妖怪重诺，切勿食言！"

暮秋的天，已经染上凉意。

千霜作为祭品，盛装游街。

沿街的百姓神色各异，有的怜悯美人遭难，有的渴盼着用美人一命换一场甘露，更多的则是一脸漠然。

千霜入庙，等候祭祀者唱礼。等这装神弄鬼的祭祀者唱完，她就要被葬进渭水里了。

千霜双眼无神，一片死寂。她从小告诉自己学会认命，没想到在贵人眼里，她的命不过儿戏。

她牵挂的人不多，除了儿时教习她的嬷嬷，便是陈宝了。

不知道她离开后，陈宝能不能全身而退。这世道，他自己一个人流落街头又如何是好。

千霜思绪纷乱，却在愣神间猛然陷入地下。

这番动静虽不大，却还是被守卫发现了，众人惊呼之中，一队人马迅速沿着土壤翻动的方向追去。

陈宝见势头不对，急中生智朝着祭坛上的郡守掠去，想以此吸引守卫的注意，好让千霜有足够的时间逃出去。

没想到自己刚落上祭坛，便被郡守身边的侍从认了出来。

"陈宝！大人，这便是陈宝，传闻得他者可称王天下！如今雌雉在国君手上，若咱把这只也献上，大人您可是前途无量啊！"

说话的人便是当年追杀他和姐姐的陈仓人。

想当年他不过是个普通百姓，如今竟成了郡守身边的红人！

刘郡守闻言大喜，下令所有人不惜一切代价活捉陈宝。

陈宝眼见着自己无路可走，千霜也已经安全离去，他一咬牙，便朝着渭水方向奔去。

水面宽阔，水下却暗流涌动。

陈宝纵身一跃，落入水中，只有一小团水浪为他打了最后的掩护。

一双素手合十放于胸前，不知是哪家的姑娘又在虔诚祈愿。

末了，那姑娘睁开眼睛，入目是牌匾上的三个大字：陈宝祠。

若是陈宝在此，定会欣喜，这女子的模样竟同百年前千霜的样子无甚差别。

姑娘身旁的小丫鬟嘟着嘴巴道："家家的姑娘都去求好姻缘，不晓得小姐你来这祠堂做什么？"

姑娘的声音温柔，她道："传闻前朝的国君得到一只雌雉，雌雉有神力，得之称霸天下。可惜这只妖怪生而有骨气，不愿如此屈服，便化作石头。后来国君将这块神石放于渭水和汉水之间，建了这座祠堂。"

小丫鬟不解："既然是块无用的石头，姑娘拜它作甚？"

姑娘笑笑："那些年大旱，颗粒无收、民不聊生，祠堂方一建成，便天降甘露，自此之后，陈仓郡风调雨顺。我想，那块石头当是有心的吧。"

小丫鬟听得似懂非懂，主仆二人又拜了拜便离去了。

无人知晓祠堂之下有萤石微闪，唤醒了渭水之下沉睡的另一块石头。

"二童子为陈宝。得雄者王，得雌者伯。"

姐弟二人性格不同，姐姐心善，怜悯百姓；弟弟理智，只想本本分分做个小妖怪。

可命运使然，姐弟二人最后亦化石沉睡。

二人心意相通，祠堂里的萤石一闪，渭水河底的陈宝便知晓，这一世的千霜姐姐又来陈宝祠了。

他的姐姐之所以甘心化石，困于渭水和汉水之间，就是为了守护这方百姓。可他不同，当年跃入渭水，他想守的便只有千霜一人。

自此百年一日，为了当年千霜姐姐给他的那份心意和温暖，他觉得值当。

文 / 妖怪

陈 宝

古代传说中的两只野鸡妖怪，一般是小孩的形态，陈宝分一雄一雌。据说，得雄者能称霸天下，得雌者能称霸诸侯。

《搜神记》记载秦穆公为了得到它俩，发动大规模围猎，只捕获了雌的。雌的却变成了石头，秦穆公只好把它放在汧水和渭河之间，后来还为它建了庙宇，庙名陈宝。雄野鸡飞到了南阳郡，秦国想表明自己受命于天的吉祥征兆，就用它来命名它降落的县——雉县。

殊 途

宋凉是长安人，可就算天下太平繁荣，也不是每个长安人都能活得体面的。

起码十三娘遇见宋凉的时候他还是个狼狈的长安小子。

那年冬天异常冷，正月雪大，十九岁的少年衣衫单薄，独自在城郊给东家拉货。

宋凉冻得四肢僵硬，实在耐不住寒，恰巧见枯树上挂着一件素色的衣裳。见四下无人，少年便爬上树取下衣裳系在了脖子上，多少也能挡住点刮骨般刺人的寒风。

宋凉系着女子的衣裳回到了东家后，还被伙计们好生嘲笑了一番。

小十三回来后见羽衣没了，只好寻着味道找上了宋凉的住处。

巧逢上元节，长安城难得不宵禁，夜里热闹得紧。宋凉家在城南巷子深处，冷冷清清，家徒四壁，满屋子的药草味儿——他和病弱的阿翁相依为命，平日赚得甚至都不够阿翁的药钱。

老人家见小十三在上元节找上自家傻小子，乐开了花，推搡着不留宋凉在家，非让他带姑娘去逛逛。

阿翁摸索半天，摸出几个铜板悄悄地塞给他。宋凉瞧瞧抱着衣裳的十三娘，又见阿翁一脸欢喜，便知道阿翁这是想多了，人家姑娘生得俏，怎么看将来也不可能是自己的媳妇儿啊。

他在心中一边吐槽，一边又不想让阿翁扫了兴，便带着十三娘去了西市。

二人逛到后半夜，百姓陆续点了天灯祈福，漫天的灯火飘飘摇摇往天上去。

天灯遥衬明月繁星，映亮了青山，令人不觉目眩神醉。

宋凉对她说："我最喜欢上元的天灯了，阿翁说这是人间的希望。"

小十三懵懂地点头。

她不过是一只小小的姑获鸟，第一次入世，哪见过这等人间盛景，扫头瞧着身边憨憨傻傻的少年，顿时不想回去了。

日落西山，闭门鼓响，宵禁在即。

六百声鼓点还未落完，东西两市已空无一人，实在是最近的婴儿失踪案闹得人心惶惶，官府告示一波接着一波，宁可抓错不肯放过，没人想被官差盯上。

可平康坊不一样，坊门虽紧闭，里头的秦楼楚馆却是红烛高照，歌舞翩跹。才子佳人出双入对，浅斟低唱。坊里坊外分明两个世界，灯火辉煌处就是暗夜里的极乐之地。

平康坊南曲高雅，姑娘个个身价高，宾客多的是达官贵胄、富家子弟。

南曲十三娘院子里的姑娘最是可人，若逢佳节，能带上院子里的姑娘出去，那也是顶有面子的事儿了。

当今尚书左仆射一掷千金，就为了三日后上元佳节能带须婵放天灯。

陆唤在而立之年便官拜尚书左仆射，三四年前丧妻，至今未娶。须婵与陆唤亡妻有八分相似，被陆唤一眼相中，甚至许诺平妻之位也想将其纳入府中。

当朝浪漫，民风开放，陆唤此举并不僭越，自然落不下什么口舌。相反，陆唤生得俊朗，又是清贵文官，此举还被不少写书的人添上浓墨重彩的几笔。

今日十三娘的院里又抬进了两箱稀奇的玩意儿——自然是用来讨须婵欢心的。

十三娘稳了稳头上的金钗，又不慌不忙地掀了黑箱上的红绸，随手盘弄了几下里头的玩意儿，嗤笑一声："清廉？深情？"

若陆唤真如所言般两袖清风，那这几日何来数不清的珍宝？若他真思念亡妻，为何又会在平康坊窥得须婵容貌？

说起这陆唤，他的仕途可是亡妻母家铺起来的，成圣人心腹后竟弃老丈人家于不顾。

人性如此，居高位，便会忘了自己几斤几两。

十三娘平生最厌恶的便是陆唤这样忘恩负义的小人。若须婵真被这人蒙了眼糊弄过去，日后可有吃不完的苦头。

思及此，十三娘转身去了须婵的小院，屋里烛火光亮，敲门却无人应答，十三娘便径直推门进去，眼前一幕让她大惊失色——屏风碎裂，满地狼藉，须婵的床上躺着五个襁褓中的婴儿，不哭不闹，含手蹬着小腿。

须婵脚边滑落一件靛蓝色的衣裳，她的头发凌乱，坐在茶桌旁给怀里的孩子哺乳，精神恍惚，俨然没了平日里的万种风情。

须婵脚边那件靛蓝色衣裳便是她的羽衣。姑获鸟一族脱羽化人，披羽为妖，这羽衣对她来说至关重要。

十三娘想起近日街上婴儿失踪的告示，恍然大悟。合上门，本想斥责须婵，瞥见敞开的窗，更是惊道："是谁？还有谁来过？！"

"天帝女，一名曰钓星，无子，喜取人子。"

十三娘在二十多年前随宋凉入世时才晓得原来自己族类在人间是有记载的。她当时还笑书上胡诌，她的族类哪有这么玄乎，还取人子？

她随宋凉去过许多地方，后来生变，这才心死回到长安，半年前偶遇重伤的须婵，见她是同类，心生怜悯，便将其带入院中，取名须婵。

十三娘瞧着眼前一幕，没想到啊，书上所记真有此事。

须婵听见呵斥声，渐渐回了神，终于看清了眼前人，又见自己抱着一个孩子，须婵瘫软了下去。

缓了半晌才道："是陆郎……"

果真是陆唤。

"十三娘，自我见了他后便忆起了好些事，我是他的妻，我真的是他的妻子……我不知道我为什么会变成这样，十三娘您救救我……"

须婵声泪俱下，一脸惊恐，她已不知道自己到底是人是妖……

近日她在夜里常意识模糊，每每回神后，自己后背便多了一双翅膀，怀里更是抱着一个婴儿，更可怕的是她竟然在喂哺这些孩子。

十三娘揉了眉心，扶起须婵，轻声道："赶快离开长安吧。"

陆唤的家事她有所耳闻。

陆唤之妻徐氏乃当朝太师独女，死于难产，可不凑巧的是，同月徐太师入狱，徐家满门灭族。

因徐氏身死，而陆唤在文官口中风评甚佳，便未被牵连。

圣人固权，先皇一党的徐太师自然留不得。陆唤是圣人心腹，不可能对徐家的事半点不知情，想必发妻之死同他脱不了干系。

况且……十三娘看向须婵，只有怨念颇深，心有执念的人死后才能化妖。

关于十三娘的族类，书中还有记载："……或言产死者所化。"

须婵生前是世家贵女，集万千宠爱于一身，下嫁给当时还是穷书生的陆唤是她自己忤逆父母的选择。徐太师老来得女，见陆唤文采斐然便收作自己门生，怜惜陆唤无父无母，对他也是极好的。

须婵死的那天产下了一个死胎，又闻陆唤去了外室的院子，急火攻心。

思绪纷杂时却听产婆抱着死胎惊道："这副模样莫不是中了毒？！"

想起父亲近日与陆唤之间的不睦和徐家屡屡不顺以及……以及早晨陆唤给她的那碗汤药。

早听闻圣人要清旧党，徐家便是先皇的左膀右臂，陆唤虽是父亲的门生，但这几年羽翼渐丰，早有自己的打算，难道他要自己死？不，他是要用整个徐家向圣上表明忠心！

陆唤他……他怎么敢？！忘恩负义的小人！

须婵深吸了一口气，她要回徐家告诉父亲。

虚弱的产妇不知哪来的气力，赤脚奔向屋外，未踏出小院便被拦了下来，打小未吃过苦的徐氏娇女，便趴在二人共住了数年的小院门槛上咽了气。

须婵记忆里的最后一眼是产婆都不愿接手抱住的死胎，被陆唤的随侍包裹着带出了院子。

可那是她的孩子啊，她顿时恨意滔天。

晨鼓一响，十三娘便带须婵出了城。

须婵不愿走，哀道："徐家之难一半因我而起，是我看错了人才……"

"皇权之下你做不得主，没有陆唤还会有其他人针对徐家，只是陆唤选择保全自己，辜负了你和徐家。"

"我要让他给我的孩子偿命！"

十三娘沉吟片刻，道："徐家女眷和未满十岁的男丁已被流放边境，倘若你再入长安，在大理寺的围堵之下，你定再无生还可能。你可真要放弃与家人相见的机会？"

四周陷入寂静，城外积雪还未化完，便又开始飘落白色的细绒。

须婵最终选择去找徐家其余人，这是她最后的念想了，她没法弃阿娘于不顾。

二妖立于雪中。

长安城同她们只一墙之隔，须婵却悲道："当年我同他各执红绸一端，如今竟生生站在两岸，天道殊途啊……"

十三娘转过头，殊途一词，于人妖，于生死，甚至于人心间脆弱的爱恨情仇都适用。

她和宋凉熬过一切虚妄，唯独没跨得过生死。

"十三娘你潜入长安十余年，未见化妖过，莫非……"也是遇见了负心人，毁了羽衣无法归家？

后话须婵未问出口，十三娘但笑不语。

须婵同自己虽是一族，可她始终是产死者所化，二者气运终究不同，临行前十三娘又叮嘱了几句。

待须婵披羽化妖而走，十三娘才轻声道："我从未爱错人。"她的喜悲缘于命运捉弄，无法与旁人说。

十三娘蒙上面纱回了平康坊，此时小院已被大理寺的官兵包围，官兵呵斥其摘下面纱。

薄纱之下，十三娘竟幻化成了须婵的面容。那丫头命苦，虽不能帮她报仇，但是让她找到徐家人、留个活下去的念想也是好的。

大理寺围妖，十三娘再无生还可能。

十三娘想，自己做此选择也许是觉得没了宋凉的几十年实在太孤独，她有些想那个傻小子了。

二十多年前，小十三刚入世。

她是山中精怪，脱羽为人，世人惧妖厌妖，只有宋凉那个傻小子会憨笑着说保护她。

后来宋凉的阿翁病逝，恰逢突厥来犯，傻小子说要参军建功立业，十三便跟着宋凉去了边疆。

没想到宋凉用五年时间，在刀山血海里拼出来的功绩被自己的同伴算计了去，还落了一个逃兵的罪。

十三娘在山崖找到宋凉时，他只剩下一口气。宋凉临死前最担心的便是十三为他出头，白白葬送了性命。

如宋凉愿，十三没惹事，她将他葬在了长安。只是那年宋凉的军队凯旋之时，名利榜上未有他的一份功绩，这让十三红了眼。那年的上元，她烧了漫天华灯，若这东西有用，她的宋凉凭什么落得如此下场？

后来，那个夺了宋凉功绩的将领因德不配位，死于敌军之手。

十三闻讯狂笑，终于绾起夫人发髻，在平康坊落了脚。听闻这是世间最繁乱之地，她要看看，有多少人心在这里无处遁形。

十三娘被大理寺当作须婵扣押走，距离今年的上元节还有两日，她看不到漫天华灯了。

二十年前能归家的羽衣是她毁的，十八年前上元的天灯也是她烧的，她姑获鸟一族的传说从上古仙女湖初现时便流传了下来，在自古注定悲喜交加的殊途故事里，是宋凉这样的人让为妖的她们入世不悔。

只是可惜了这十余年执念困心，她从未给宋凉点过一盏他最爱的孔明灯。

文 / 妖怪

姑获鸟

古代传说中难产而死的孕妇变成的妖怪，名字也众多，天帝女、钓星、隐飞鸟、夜行游女都是它。姑获鸟披上羽毛是鸟，脱下则变为人，夜间飞行，会偷婴儿。

《酉阳杂俎》记载它们会将血滴在婴儿的衣服上作为标记，所以奉劝人们不要露天哺育婴儿，也不要将婴儿的衣服晾晒在外面。

沧州诡事

"小子，你要知道，这世间的善恶，仅在一念之间，一步错，便步步错啊……"

"师父！……"王十五从梦中猛然惊醒，他一身冷汗，脑海中好不容易拼凑起的那个苍老的面庞此时已经散得七七八八了。

外面天已大亮，是时候继续赶路了。

王十五确实姓王，但是不叫十五。只是因为自己是师父的第十五个弟子，所以师父才给他取了个名字叫王十五。

"我当初收第一个徒弟的时候，还只是叫他阿大。不知不觉，我已经收了十五个徒弟了。"师父说这话的时候叹了口气，脸上全是惋惜和悲痛。

王十五按照师父的嘱托，把他的遗体烧成了一捧灰，从木匠那里买了个精致的小木盒装着，放在了箱笼的最下面。翻过太行山一路往东，就是东海了。师父说最后的愿望是看一看大海，早听说那里的水是咸的，有八只爪的怪物，还有重达万钧①的大鱼，但是一直没能去见识一下。

王十五走了一路，问了一路，遇到的路人都告诉他往东走便是海了，奈何自己分不清东西南北，每次出发，都要寻得一人问问东是哪边。

按理来说，今天就可以过井径②到真定县，可是自己都在这山中绕了两三天了，怕不是迷路了？

"唉，到底什么时候才能走出去啊！"王十五沮丧地坐在河边，将脚趾从布鞋的破洞中伸了出来，想让它也透透气。看着哗哗水流都往一个方向流去，也不用发愁该往哪边流，王十五心中的苦闷又加深了。

"哎！小书童，你家公子呢？你是不是走丢了？"王十五的身上背着箱笼，头发也随随便便扎着结，难怪有人会把他认作书童。

王十五循声看去，只见一个老汉手中拎着一只灰毛大兔，从林子里走出来，正笑呵呵地看着他。

"大爷，我家没公子，我也不是书童。"王十五摸摸鼻子，老是有人把自己当作书童。

老汉蹚着不太深的河水，边走边说："那肯定就是你走丢了，还好碰到了我，不然，嘿嘿，你再走上几天也出不去。嗨！我今天运气不好，只打了只野兔，咱们爷俩把兔子吃了，我拿着野货去集市上看看，能不能换几个子儿花花。"

王十五一听吃兔子，顿时来了劲儿，自己这几天在山上也不是没试过做一些小陷阱捉东西吃，但是每次陷阱里面都空空如也。他已经吃了好几天的野菜了。

---

① 古代的重量单位，三十斤是一钧。

② 田间小路。

"大爷，我想去真定县，您知道怎么走出去是吗？"王十五盯着兔子，却问着与兔子无关的话。

"哼哼，老汉我在山上住了几十年了，蒙着眼都能走出去。待会儿吃完兔子你跟着我，这里离真定不远了，我带你出去。"

王十五喜出望外："谢谢大爷！"下句话脱口而出："那咱们快吃兔子吧！"

老汉忽然觉得，这小孩并不是想下山，而是想吃自己的兔子。

山间的下午并不算太热，阳光洒在河边的碎石上面，也照在被洗干净的兔皮上面。一老一少吃饱喝足，躺在稍微平整一点的河滩上面晒起了太阳。二人有一搭没一搭地说话，老汉心疼王十五年纪轻轻就要出来闯生活，王十五则感慨这一张兔皮只能换几个铜板。

"这么说，你算是个小道士了？"老汉咂咂嘴，往王十五身边的箱笼瞥了一眼，说，"我还以为那里面全都是'之乎者也'呢！真定县的市集上有个年轻人，哎呀，说话文绉绉的，整天子曰孙曰的。你说他摆摊卖字，就一手交钱一手交货的买卖，他非要说一大堆，搞得这字跟金子一样。"

王十五呵呵一笑，说："大爷，读书人都这样，我之前有个老师，说话也喜欢唠唠叨叨，一句话能给你拆成十句话说。后来有个姓安的大官请我老师给他写什么东西，老师不肯，被抓去军中，直到我跟着师父走了，他都还没有回来。"王十五掰着手指头数了数，嘀咕着说，"应该有五六年了吧。"

老汉的两条白眉拧到了一起。他伸手摸了摸王十五的脑袋，道："苦了你啊，孩子。如今天下大乱，也就像我这样住在山里的猎户还能有口肉吃。那些城里的灾民，哎呀，我见过的，饿得都没有人样了。"

王十五不语。如今战乱不断，他只希望老师在军中也能吃顿饱饭，有空记得给家里寄点钱，不然师娘和那几个弟弟妹妹可如何是好。

"走吧，小道士，这世间再乱，也要先填饱肚子再说啊！先跟我回家拿点东西，咱们再一起下山！"老汉将兔皮收好，轻车熟路地钻进树林。王十五也将箱笼背起来，快步跟在老汉后面。山路崎岖，王十五走得磕磕绊绊，老汉却如履平地，王十五在后面累得气喘吁吁："大爷，您身体真是好啊。"

老汉哈哈一笑，道："待会儿下山就没这么难走了，我家住得比较偏僻，路比较难走。"

二人走了有半刻钟，才到了一间木屋前面。老汉进去背了一个大包袱，往王十五的箱笼里又塞了个小布包。

"大爷，您给我塞的什么？"

"几块肉干，你不是要去一个离这儿很远的地方吗？路上带着，吃得着。"

"这可不行，大爷！现在存一口粮，就是救一条命啊！我年轻力壮，总能解决吃饭问题，您上了年纪，可得多备点粮食。"

老汉笑道："刚刚是谁夸我身体好来着？你都说了一口粮食一条命，你的命就不是命了？走吧，跟着我。再不下山，城门就关了。

话音刚落，他便又钻进密林。王十五丝毫不敢懈怠，刚刚见识过老汉的脚力，自己要是稍微跟不上，这山就别想下了。

日头西斜的时候，二人好歹算是赶在了城门关闭之前进了真定县。老汉带着王十五去了市集，来到一家当铺门口，让王十五在门口候着，自己走进去跟老板谈买卖。

王十五百无聊赖地坐在一边的石阶上，眯着眼看当铺门口挂着的布幡。布幡上画了一只像蝉似蛙的动物，栩栩如生，还挺好看。他刚想站起来离近点仔细观察，箱笼里却有什么东西开始震动起来。

王十五打开顶盖，伸手一阵摸索，将一面八卦镜拿了出来。这镜子震得王十五的手指发麻。师父说过，这镜子需要挂在箱笼外边，现在它震得那么厉害，是不是因为自己把它塞进了箱笼里面，它气得发抖？

"镜子镜子你别生气，我给你看个好东西！"说着，王十五把它对着布幡上的动物照了一下。这一照，铜镜果然不震了，但是这镜子上的动物，好像跟自己刚刚看到的不太一样。镜子里面的那个东西，全身泛着红光，眼睛还滴溜溜地转！

"呀！"王十五吓得把手里的铜镜扔在地上，哐啷一声，引得屋里出来个人。那人额头上泛着一层黑气。他看到了地上的铜镜，眉头一皱，将门口的布幡摘下来收了回去。

随后老汉从当铺里走出来，笑呵呵地说："走，小道士，咱们喝两杯！"老汉经过铜镜的时候，它突然又嗡嗡地震个不停。老汉觉得新奇，说，"你们道教还真有点门道嘿，这镜子都会动，你是怎么控制的？"

王十五一脸尴尬，自己要是会控制，早就让它消停一会儿了。他把铜镜捡起来塞进箱笼，才让震感减轻了不少。

天色已晚，二人走到一处小酒肆。老汉唤了小二上了两碗清酒，不过王十五坚持把自己的那份换成了一碗清茶。老汉又要了两碟熟肉，可是上来的肉卖相实在叫人难以恭维。

"二位客官，最近日子可不太平，小店能拿得出手的也就这些了，见谅见谅。"小二退下的时候打着哈哈，老汉顺手掏出几枚铜板，把账结了。

说来也怪，老汉结完账之后，王十五箱笼里的铜镜突然就不震了。

吃饭的时候停下来，也算你识相。王十五心中暗想，随后小酌一口清茶，觉得味道淡淡的，也还能下咽。

"小道士，跟你说个怪事，之前我去当铺拿兽皮换钱，第二天那些钱就会消失不见，头一次我去找过老板，但是老板硬说是我搞丢的。"

"嗯？"

"但是其他的当铺都倒闭了，除此之外也没有别的当铺可去。虽然每次换来的钱都会消失一点，但我也就认了。你说这事儿怪不怪？"

王十五若有所思地点了点头："怪，会不会是有人趁你熟睡的时候把钱偷走了？"

老汉抿了一口酒，说："开始我也觉得是这样，但是后面想来想去，又觉得不对劲儿。我平时都住在山里，就为了我这几个铜板，小贼犯不上跑那么远。老子平日里就靠着打猎赚几个钱花花，这倒好，每次换来的钱，多多少少都会消失一点。"

老汉边喝边抱怨，几碗酒下肚，便迷迷糊糊地趴在桌子上小声嘀咕。王十五忽然觉得这件事情并不简单。刚刚在当铺门口碰到的那个男人，脸色木然，黑气缠身，如果师父在这里，肯定又会说那个人是傀儡了。

师父把与妖为伍的人划分为三类，第一类叫作亲故，第二类叫作何干，第三类就叫作傀儡。所谓傀儡，就是与妖为伴，抑或是被妖控制了的人类，他们与妖怪一起谋害人类的钱财和性命。这种人是必须除掉的。

"十五，以后你自己一个人修行的时候就会明白，其实妖和我们的生活是相互交融的，但是这并不意味着妖和人可以和谐共存。虽然有一些愿意帮助人的善良妖怪，但是更多的则是那些心藏歹念，靠着修为控制人类或者蛊惑人类的妖怪。如果你遇到了后面这种妖怪，一定要收了它！"

王十五忽地站起来，将杯中的清茶一饮而尽，像是做出了重大决定一般。小酒肆里只有他们这一桌客人，小二此时不知在哪里偷懒，而老汉已经顶不住困意睡着了。没有人注意到王十五的动作——他把八卦镜放在桌上，然后拿出了一本小册子，翻看了几眼之后，便撕下一张纸，嘴里念念有词，手指在那纸上着画些什么。完毕之后，他舔了一下手，将那张纸贴在八卦镜上。

八卦镜"嗡"的一声，竟然再次映照出当铺门口挂着的那个怪物。

"不会错了！"王十五刚要把镜子收起来，忽听外面一个人拍着手道："少侠好本事！"

来人身着黑色劲服，嘴角挂着一丝善恶难辨的微笑。他朝王十五踱步而来，缓缓道："你果然是道教弟子，不知师承何派？"

这个人有点怪。王十五将八卦镜收起来，并不对来人的话作任何回答。

来人察觉到了王十五的紧张，他停下脚步，笑道："你放心，我有求于你，绝不是来找碴儿的。"

"你叫什么？从哪儿来？要到哪儿去？"

"苏子齐，从长安来，要到沧州去。"

"我只是一个小道士，你求我做什么？"王十五的左手偷偷按住绑在箱笼最下面的那柄桃木剑上，因为从这人出现之后，箱笼中的八卦镜就在一直颤动。

"求你帮我一个忙。"苏子齐停下了脚步，将右手举起来，王十五看见他的手里攥着一根绳子。

"这是见面礼。"苏子齐用力一拽，酒肆外边便滚过来一个黑影。借着照进来的月光和昏暗的烛光，王十五看清了那团黑影正是傍晚时分在当铺门口看到的那个男人！

"这家当铺我盯了许久了，他利用青蚨将散出去的钱再收回来，至今已经赚了不少，桌上睡着的老人家也是受害者。"

果然是当铺有问题！王十五捏紧了拳头。他心想，这个老板真不是东西，如今烽火连天，人们连吃顿饱饭都成问题，他竟然还骗钱！

"我把他交给你处理，你看着办吧。"

苏子齐把老板拽到跟前，将绳子往王十五那边一甩，然后踢了一脚，那老板便"哎哟"地朝王十五那边滚去。

"少侠行行好，放过我这一次吧，我下次再也不敢了！"老板看王十五年纪轻轻，于是泪眼婆娑地跟他哭诉自己的悲惨身世，最终是禁不住金钱的诱惑才走到这一步。

王十五本想狠狠地揍他一顿出出气，但是看他跪在地上的可怜相，还是动了恻隐之心，于是便伸出双手想要将他扶起来。

"你先起来再说吧。"老板在王十五的搀扶下勉强站了起来，嘴里仍叨叨着认罪的话。

"小道士，他赚的那些铜板可都是沾着血的，你想要怎么处理他，可要想好了。"

苏子齐缓步向前，似乎是为了更近地观察王十五的表情，他脸上仍然带着那种意味不明的微笑。

"但是他的命也是命，他都已经意识到自己的错误了……"王十五喃喃地说出这句话，他心里确实想过，只要老板承认错误，将钱都还回去，自己就放了他。

"怎么，难道一句道歉就可以饶恕他之前所有的罪过吗？"苏子齐站在王十五面前，前者比后者高了许多。他看着王十五，不禁让王十五觉得压迫感十足，像是要逼自己做出某种选择。

"那我该怎么做？"王十五茫然地抬头看他。

苏子齐将手掌放在老板的天灵盖上，微笑着说："这样做。"他的五指骤然发力，老板连惨叫声都没有来得及发出，双眼便失去了求生的光芒，瘫倒在地上。

"没有痛苦地送他上路，这便是你应该做的。"苏子齐看着尸体，淡淡地说。

王十五沉默良久，突然说了一句莫名其妙的话："你和我师父很像。"

"哦？哪里像？"苏子齐没料到他会是这种反应。

"走吧，去办你求我办的事。"王十五学着苏子齐的口气，平静地说出了这句话。

……

后来，真定受到战争的波及，变得残破不堪，再往东去，是更加惨烈的战场。乱军在河北地带烧杀掳掠，所过之处，民不聊生。王十五一路走来，一路落泪。

苏子齐心中暗笑，到底还是个小孩子，当铺老板丢掉性命的那晚，看他镇定自若，还以为是见过大场面的人呢！但是他心中也有一丝顾虑，连这点惨状都看不得的小道士，万一只会点三脚猫的功夫怎么办？

"小道士，你师父呢？"

"在我的箱笼里。"

苏子齐大惊失色，竟然能有人将身体蜷缩在箱笼之中，还不被别人发现！难道真的有缩骨功？想到此处，苏子齐便朝王十五背着的箱笼毕恭毕敬地说："在下长安苏子齐，敢问道长尊姓大名？"

王十五站住，莫名其妙地看着苏子齐，问："你在跟谁说话？"

"你师父。"

"我师父早就死啦！"王十五撇着的眉毛像个八字，似乎是对苏子齐这种迷惑行为感到不知所措。

"那你还说在箱笼里！"

"对啊，我师父的骨灰确实在箱笼里。怎么，你要看吗？"

"可以，你很好！"苏子齐下定决心，在到达沧州之前，不再与他说一句话！

二人走了有大半月，终于在一座高大破败的城楼下停住了脚步。城外的难民扎堆在一起，都等着早上城门大开的时候拥进去。

他们像是贪婪的野兽，眼中早已没有了属于人类的理性。

城门上方，齐刷刷地吊着几颗眼睛翻白的脑袋，引得蝇虫乱飞。王十五的目光定格在城门和脑袋中间的那两个字上面：沧州。

"你们这些饿鬼，趁早都散了，别回头被俺们大将军看到，把你们当射箭的靶子！哈哈哈！"公鸡打鸣之后，守城兵准时从城楼上探出个脑袋，大声嚷嚷着，"难民不收，你们就别费力气了！不然俺们手里的刀枪可不长眼！"

吱呀吱呀的声音响起，像是给难民上了发条。他们一股脑全冲到了城门前面，妄图挤出一条生路。

可是迸溅出来的鲜血让他们意识到刚刚那个守城兵说的并不是假话，冲得最快的人也是最快倒下的。没有人再敢往前。他们原路折返，有的散去，寻找另外能够容身的城镇；有的继续扎堆在城楼之下，仍然企盼着进城的可能；那些熬不过的，就永远倒在了这里。

城门大开之后，守城兵把那些歪七竖八的尸体都拉到角落，戏谑地看着仍旧堆在门口的那些人。

守城兵注意到了王十五和他的箱笼，于是呵斥王十五把箱笼打开，王小五不满守城兵的态度，怒目上前，却在这时被人拉住了箱笼，只感觉背后那人的手掌仿佛有千钧之力，使他动也动不得。

"小道士，火气别那么大，你还年轻，犯不得栽在这里。"苏子齐在他背后轻声提醒，然后快他一步走上前去，脸上堆着笑，道："兵爷，俺叫何奋，定州人，听说家中长兄在此驻扎，受老母之托，带来家书，还望行个方便！"嘴上说着，手里还动作不断，白花花的银子在几个守城兵手里来回传递。

一个肥头大脸的守城兵斜了王十五一眼，苏子齐立马解释道："这是我的书童，平时帮我背书跑腿，现在正好带他出来见见世面。"

"张头，这小子也算是有眼力见儿，看他们俩那瘦胳膊瘦腿，也搞不出来什么水花。"一名守城兵笑眯眯地将手里的刀收回鞘中，对他们两个人摆了摆手。

苏子齐抱拳谢过，拉着王十五快步走进沧州城，脱离了难民大队。

走在城中，苏子齐说："怎么，小道士，还想当出头鸟？忘记跑得最快的那几个人是怎么死的了吗？"

王十五看他一副事不关己的样子，气道："那又怎样！难道肆意杀人才是这个世道正常的样子吗？"

苏子齐摸着下巴，双眼锁在王十五的脸上，突然轻笑了一声，道："先不管世道正不正常，我看你挺不正常的。"王十五还想接着说什么，苏子齐却抢先一步，他拍了拍王十五的肩膀，道，"咱们先去吃顿饭，填饱肚子再说别的。"

沧州城内与城外完全是两个世界，里面门庭若市，十分繁华。刚一大清早，路边的酒楼商铺就已经开始营业了。苏子齐带着王十五进了一家叫作"东兴楼"的饭馆，内堂里只有几个杂工在收拾桌椅。跑堂小二看到苏子齐和王十五一前一后走进来后，忙腾出一个位置，摆好碗筷，迎他们坐下。

"二位吃点什么？"小二满脸堆笑，刚要介绍招牌菜，就听苏子齐说，"把你们店里的拿手好菜都给我摆上来，再来一壶毛尖，一坛青竹。"

小二笑得合不拢嘴，没想到今天刚开门，就遇到了一个这么阔绰的主儿，连忙赞道："客官好品位，知道俺们这东兴楼的招牌好酒！"

王十五一听，接道："我不喝酒。"

小二只得扭头对王十五解释："小兄弟，毛尖是茶，青竹是酒。来人，上菜！"随着响亮的吆喝声响起，酒楼里顿时忙活了起来。

过了没多久，桌子上便摆满了菜。王十五平日里都是吃野菜喝生水，哪见过这种大场面。

"二位尝尝，是否合口？"上完菜后，小二站在一边，殷勤地征求他们两个人的意见。

王十五的嘴里塞得满满的，说不出话来，苏子齐让小二先走开，等到王十五咽下嘴里的食物之后，才开口说道："接下来，我要跟你说说求你办的事了。"

王十五的嘴里不停地吃着东西，也不回答，只是点点头，示意苏子齐可以开始说了。

苏子齐往自己的杯子里倒上酒，缓缓地说道："东汉时期，有个叫何文的人，他在魏郡买了一座不同寻常的宅子。据说住过这房子的人，不是家道中落，便是瘟病缠身。按理说，这何文应该也是如此。但是他住进去之后，却什么事儿都没有，甚至越过越好，还发了一笔横财。"

王十五心想这关你啥事。

"何文的后人也一直住着那房子，直到前朝时期，群雄蜂起，战乱频发，何文的后人不得不举家迁徙，甚至把房子的砖瓦圆木都拆了，全部搬到了沧州城内。"

"连宅子都拆了搬走？这家人也不嫌麻烦。"王十五就着茶水咽下鸡肉后才接了一句话。

"没错。奇怪的是，自从搬到这里，何家后人全都死于非命，官府却始终查不出来原因，这些命案只能草草收场，宅子自此空废，只有乞丐偶尔会偷偷地溜进去睡上一觉，但是第二天无不惨死宅中。我受人之托，前来调查此事，只是……"

苏子齐说到这里，欲言又止。

王十五催他继续，他才为难地说道："这些命案过于古怪，而且宅子里外都透着邪气，所以想找个能人异士帮忙看看。"

"那你可找错人了。"王十五停下了手中的动作，寻思自己要是帮不上苏子齐的忙，这顿饭是不是也得掏点钱。

"我还真没找错人，你的箱笼里装着的那个八卦镜，乃是取极北之地的寒冰打磨，外面用铁浇铸而成，所以看起来与普通的八卦镜没有什么区别。但是这种八卦镜有一些特殊的功能。那晚你让这个镜子重现青蚨的模样，这正是它的特殊功能之一。"苏子齐不紧不慢地说，"据我所知，这种八卦镜极为珍贵，我只知道两个地方有这种镜子，一个在长安兴庆宫杨贵妃的闺房内，另外一个在龙虎山张天师的宝贝库里。"

"张天师？张高？"

"哟，小道士知道的还挺多。所以说，你手中的这个八卦镜如此稀有，你肯定也有过人的本事。"

"我师父有过人的本事，我可没有，这镜子是师父留给我的。"

"近朱者赤，你懂我的意思吧？"苏子齐满上一杯酒，轻轻碰了一下王十五手边的茶杯，笑着喝了下去。

"我可以跟你去那个宅子看看，但如果真有什么妖怪，我怕是帮不上忙了。"

"一言为定！你敞开了吃，这顿饭我请了！但是探宅之前，我还得去一个地方取一件东西。"苏子齐笑笑，将杯中的酒一饮而尽，浓醇的酒香在唇齿间久久不散，"好酒！你真的不喝酒？"

"师父说过，喝酒误事。"王十五虽然心里痒痒，想要尝一口酒的味道，但嘴上还是硬，师父不让喝，就不喝。

"好师父！"苏子齐哈哈一笑，又把杯中的酒一饮而尽。

"你去哪儿？取什么东西？几时去？"

"刘府，断魂刀，今晚。"

沧州城本是一座普通的军事要塞，但是自从被乱军占领之后，这里就变成了他们的大后方。各路军官政员为了自己或者是家族的利益聚集在此，物资源源不断地往这边输送，这才让这座本来平平无奇的城镇变成了如今繁华的样子。

入夜之后，街上除了打更人，就只有装备精良的巡逻小队了，与守城兵相比，他们更像是正规的军人。

王十五身着夜行衣，背上的箱笼也蒙上了一层黑布。出发前，苏子齐曾劝他将箱笼留在客栈，他死活不肯，非要背着箱笼一起行动。

"哎，你趴低点，箱笼往下压压！"苏子齐和王十五躲在刘府外的一棵古树上。这棵树枝繁叶茂，让想要偷窥的两个人省了不少的心。

"咱们这样是不是不太好？师父常说做人要光明磊落，现在我们两个这样偷偷摸摸的，就跟两个贼似的。"

苏子齐笑道："要说贼，里边这个才是个富得流油的大贼。虎贲将军刘震宝——他还有个雅称，叫流油将军。"

"他是不是特别胖？"

"不，这是说他富可敌国呢！这个人贪得无厌，自从当上了将军，就不断敛财，乱军造反之后，更是明目张胆地与乱军站到了一起，只要是他待过的地方，雁过都要留毛。断魂刀本在张天师的宝贝库里待着，但是不知道这两个人暗中进行了什么交易，这断魂刀竟然落到了他的手中。"

"断魂刀是法器吗？还是普通的兵器？还有，为什么你说断魂刀跟我师父有关？"

"昨日你直呼张天师大名的时候，我便猜到了七八，你师父多半是与张天师带点关系，不然不会跟你提张天师的名字。凡是与张天师有点关系的人，只要提落冰崖三个字，脑子里立刻就会联想到另外三个字——断魂刀。"

"落冰崖……师父确实跟我说过那个地方。"

"这不就扯上关系了吗？！这断魂刀确实与你师父有关，你这次陪我过来不算亏吧？"

苏子齐看似闲聊，其实一直在观察刘府中卫士巡逻的路线。这些卫士身披甲胄，体格健硕，放在战场上肯定都是以一敌二的骁勇之人，如今被刘震宝用在看家护院上，可见这流油将军不是一般惜命。

苏子齐用一块黑色三角布遮住脸，然后也递给王十五一块，低声道："戴上它，准备行动。"

王十五并不接，他打心眼里不想戴这个东西。

"哎呀，你这个小道士怎么磨磨叽叽的！你要是不戴上，万一被别人抓了个现行，岂不是丢人现眼！"

"我……"王十五还想反驳什么，苏子齐已经上手帮他把遮脸布戴上了。

"跟着我，咱们这就进府了！"苏子齐话音刚落，便如一只蝙蝠一般张开身子朝刘府院内俯冲而去。

"诶！大哥！我又不会飞！"已经落到院内的苏子齐根本就听不到王十五后面说的这句话，转眼间便消失了身影。

只留下王十五一个人呆呆地趴在树上，像个傻猴子。

刘府内的卫士虽然巡逻得很仔细，但是院中草木众多，难免会有疏漏的时候。苏子齐借着夜色掩护，费了老大的劲儿才从刘府最外缘偷摸溜进内院墙根，等到他回头看的时候，哪里有王十五的影子，也不知他是跟丢了，还是根本就没有跟进来。

最好是没有跟进来，万一是跟丢的话，事就大了！

苏子齐此时不再耽误时间，朝着之前已经打探过的方向继续深入。他为了拿到断魂刀，早就花大价钱从一个在刘府干过活的杂役那里买来了一个粗略的府内地图，上面简单地标注着每个厢房的用处。他现在要去的那个地方乃是刘府的女眷聚集区，正因如此，巡逻的卫士会少一点，自己也能够更加顺利地行动。

断魂刀本是一件辟邪法器，刘震宝是在战场上成长起来的，身上血气极重，按理说这断魂刀本应该悬在他的卧室中。但是他也有自己的顾虑——他担心被自己杀掉的人阴魂不散，来找自己的妻女报复，于是便把断魂刀放置在了刘府的女眷区中。

刘震宝娶了七八房老婆，一个儿子都没有，生的全是女儿。但是他唯独宠爱三房生的女儿——刘玉颜。

这刘玉颜虽是女儿身，但她从小喜欢舞刀弄棒，论武功本事，丝毫不差男子多少，甚至还随刘震宝上过几次战场，是真正见识过战争的女子。

想要从刘府取走断魂刀，势必要过她这一关——只因这断魂刀就在她的闺房之中。

若想在众多闺房中找出刘玉颜的住所，只需要看哪个院中兵器摆得多，这是那个杂役告诉苏子齐的。

这时候已经进入了后半夜，睡着的人很难被外面的风吹草动惊醒。苏子齐在各个院中来回穿梭，没多久就确定了刘玉颜的闺房所在。

院中摆着一排排刀枪棍棒，在一堆花花绿绿的院子中格外扎眼。

苏子齐从墙上越过，脚尖着地，尽量不发出任何动静。也许是要给刘玉颜一些训练的空间，所以这个小院还算宽阔，院中也没有草木，极为干净简洁。

天气还算不错，之前挡着月亮的阴云已经散去。他在院中摆着的兵器中间看了一圈，并没有找到断魂刀，想来也是，这断魂刀不可能就放在院中等着自己来取。

"你在找什么？"

"断魂刀啊。"

突然，强烈的压迫感爬上了苏子齐的心头，他猛地往后一仰，接着后翻了个跟头，在下腰的一瞬间，他看到两只袖箭嗖地飞了过去。

"身手不错。"

"谢谢夸奖！"

苏子齐苦笑，是福不是祸，是祸躲不过，就看自己能不能过得了刘玉颜这一关了。

"断魂刀不能给你，现在走还来得及。"

刘玉颜说话的声音轻轻的，好像多说一个字都是在浪费力气，这跟苏子齐想象的一点都不一样。

"你就是刘震宝的三小姐？"苏子齐将遮脸布解下，缠在手上，笑道，"果然闻名不如一见，三小姐下手好狠，我要是再慢一瞬，就没有机会欣赏你的美貌了。"

苏子齐这句话完全是发自真心的，这刘玉颜长得是真美，柳眉杏眼，唇红齿白，头顶长发被随意盘在一起，扎了起来，身上一袭白衫在清冷的月色下显得仙气飘飘，如果不说话，更像是一个美艳动人的男子。但她刚刚那两只袖箭确实异常狠毒，完全是冲着自己的两只眼睛去的。

刘玉颜挪步到兵器栏旁边，从上面取出了一柄九环刀。九环刀的刀身厚，刀尖直，九个明晃晃的铁环挂在上面，刚被刘玉颜拿起来的时候还哗啦地直响。苏子齐没想到刘玉颜竟然还会用这种霸道十足的刀。

"断魂刀就在我手中，你来取吧。"刘玉颜单手握刀，刀剑朝地，一双美目平静地看着苏子齐。

这是挑衅。

苏子齐本以为断魂刀应该是镶着宝石玛瑙，最不济也应该被供奉在房间里，但是刘玉颜竟然告诉他，自己刚刚错过的就是断魂刀，这让苏子齐一时无法接受。

"你不取刀，我可要取你命了！"刘玉颜突然身形暴起，双手握刀朝苏子齐的面门斜劈而去。

刚刚如仙子般的刘玉颜此时化身为夺命的死神，苏子齐与她相距不过五六步的距离，刘玉颜只需要往前大跨一步，借着手臂和刀身的长度，便可以轻而易举地劈掉苏子齐的半个脑袋。

说时迟，那时快，刘玉颜拿着刀，突然朝苏子齐砍了过来。这一刀既快又狠，不管往哪边躲，都会被刀所伤。事发紧急，根本不容苏子齐多想，当他在刀尖上看到自己那紧张的神色的时候，双手已经做出了反应——他从旁边的兵器栏上抄了一杆短枪，运转手腕用力朝自己的身前扎去。

枪尖刚接触到刀身便应声折断，而刀也因为外力而偏转方向，最终只划伤了苏子齐的肩膀。

"反应挺快。"

"你也不赖。"

苏子齐往后连撤几步，扔掉手里的短枪。那断魂刀虽然不起眼，但是能感受得出它的材质非同一般。他瞥向兵器栏上面挂着的刀枪棍棒，然后抽出来一杆齐眉棍，一边舞着棍花，一边说道："三小姐，我就用这棍子取你手上的断魂刀。换作是男人我就直接上手了，你念在我这一番良苦用心，也稍微放点水，行吗？"

刘玉颜冷哼一声，双手抬起断魂刀，横在胸前，正要朝苏子齐身上劈去的时候，忽然听到外院有人大呼抓贼！

苏子齐循声望去，只见外院那边火光招摇，照得这小院内也像是白天。

"你还有同谋吗？"

苏子齐暗呼糟糕，该不是那个小道士被巡逻的卫士捉住了！刚想到这儿，便撂下一句话："三小姐好本事，改日再会！"说罢，便一个蜻蜓点水，跃出了小院。

"刘府岂是你想来就来，想走就走的地方？！"刘玉颜娇叱一声，飞身追了上去。

苏子齐所猜不假，被卫士发现的确实是王十五。本来他打算在树上等苏子齐出来，但是这个位置趴着并不舒服，他小心翼翼地站起身，打算找个舒服点的地方躺着。但谁能想到这树上还住着松鼠，他刚刚弄出的动静把睡梦中的松鼠惊醒了，受惊的松鼠跳上了他的箱笼，把他吓了一跳，他脚下踩空，从树上径直摔了下去。屋内巡逻的卫士听到声音，跑到府外查看，正好看到了还没爬起来的王十五。

"抓贼！！！"

他们七手八脚地将王十五架回了院子里。

这声抓贼，不仅吸引了苏子齐和刘玉颜的注意力，还把刘震宝给引过来了。

苏子齐如猫一般在刘府内飞檐走壁，不消一会儿就看到了被卫士驾着的王十五。情况紧急，已经容不得跟王十五打招呼了。他撑着棍子，从屋顶跳下来，没走两步便被卫士发现了。但苏子齐并不慌张，他舞起棍子朝那些人的脑门上戳，不过几个照面，卫士便通通被戳翻在地，只剩下拿着火把的杂役围在旁边，不敢上前。

王十五看到苏子齐，就像看到了亲人，还没说出话，便被他一把扯起，甩在背上。

"抱紧我！"

王十五手脚并用，紧紧地抱着苏子齐。

"咳咳，松点，我喘不过气了！"

"哪里走？！"一道倩影从后方追来，可是并没有抓到苏子齐。

大队卫士从四面八方汇集到这里，看到刘玉颜后纷纷下跪，连头都不抬，齐声请安。

"颜儿，这是怎么回事？"

一个身穿将军甲的中年汉子穿过跪着的卫士群，走到了刘玉颜的面前。这人身材精壮，一双眼睛炯炯有神，脸上的疤痕象征着荣耀，也让本来还算帅气的脸庞略显狰狞。

这个人便是刘震宝。

"爹，刚刚府中来了两个贼，想要偷断魂刀不成，逃了出去。"

刘震宝沉声喝道："你们这些饭桶，有什么用？！那些躺在地上的都给我拉下去！其他的人去给我追！"

"爹！我也要去！"

刘震宝从来没有见过女儿露出如此急迫的神情，他略加思索，还未答复，刘玉颜便朝府外追去。

刘震宝看着刘玉颜远去的身影，眉头紧锁，回头吼道："愣着干什么？！还不快跟上三小姐！"

王十五在苏子齐身上趴着，只听见风声在耳边呼啸而过，他回头看，远处有一个白色人影紧追不舍。

"能跑吗？"苏子齐问王十五，要是一直背着他，刘玉颜肯定很快就追上来了。

王十五点点头，双手撑住苏子齐的肩膀，从他头顶跳了过去。但是苏子齐的速度实在是太快了，王十五脚下不稳，一下子从房顶跌了下去。

"小道士！"苏子齐伸手去抓，不料还是晚了一步。扑通一声，王十五摔在了地上，还好有箱笼的缓冲，不然非得摔得站不起来。

苏子齐跳下来，扶起王十五，简单地问他有没有事，然后观察四周的环境：这是一个大宅子，但是看环境像是很久都没有人居住的样子，院子里杂草丛生，烟雾缭绕，阴森至极。

苏子齐扶着王十五找了处屋子躲了进去，屋里摞着一堆柴火，还有一口土灶，应该是厨房。

两人躲在角落，刚要松一口气，却看到土灶下面有什么东西在动，与此同时，王十五的八卦镜也震了起来。

突然，两个奇怪的东西从土灶方向飞了过来，苏子齐眼疾手快，从怀中摸了两颗飞蝗石将它们拦了下来。

王十五看去，是一只红色蛤蟆和一只像小猪一样的动物。

"钩注和居，这两个小怪经常出现在被人遗弃的宅子里——它们似乎特别喜欢厨房，因为我每次见到它们都是在厨房里。"苏子齐看王十五的脸上流露出迷惑的表情，解释道，"我也走南闯北好多年了，即使没收过妖，好歹也见过怪吧。"

苏子齐话音刚落，房门便被一人踹开，从门外涌进来大批卫士，将苏子齐和王十五二人团团围住。

"好一个见过怪！"低沉的声音从门外传来，卫士自动分出一人行的通道，留给这个声音的主人。

"有劳刘将军大驾，亲自来抓我们两个小毛贼！哈哈！"苏子齐干笑两声，这屋子似是死局，破不了了。

"敢打断魂刀主意的人可不是小毛贼。"刘震宝从门外缓缓走来，站在二人面前，神色平静，外人完全看不出他此时的心情。

王十五抬头看了一眼刘震宝，心中隐隐地觉得自己在哪儿见过这个人，只不过那人的脸上绝没有疤痕。

刘震宝摆摆手，从门外进来了一个卫士，手里拿着一盏油灯，这间屋子顿时被照亮了大半。他瞥了一眼王十五，淡淡地道："不知道你们从哪里得知断魂刀在我这儿的消息，说出来，我可以放你们其中一人一条活路。"

苏子齐讪笑道："放我们两个人一条活路行不行？"

"我改主意了，现在不想知道了。"刘震宝挥挥手，卫士们一拥而上，朝苏子齐和王十五扑过去。

苏子齐手中还拿着从刘府顺出来的齐眉棍，王十五则抽出了桃木剑，二人棍飞剑舞，卫士们虽然人多，但是厨房地方太小，一时间，卫士们竟奈何不了他们二人。

"爹！让我来！"一声娇喝自门口传来，原来刘玉颜早就到了这个废宅，只不过被拦在了外面。

"不得胡闹！"刘震宝将右手搭在刘玉颜的肩上，示意她退回来。他不想让刘玉颜掺和到这种事情中，尤其是看清了王十五的身法后，更加坚定了自己的想法。

"程武，送三小姐回去！"刘震宝唤来自己的贴身护卫，低声交代了他几句，又对刘玉颜说道，"你现在连爹的话都不听了？以后在军中，你让爹如何服众？！把断魂刀交给我，你跟着程武回去！"

刘玉颜从小在军伍中长大，知道自己父亲说得在理。她之所以想要自己亲手把苏子齐拿下，是因为苏子齐太过目中无人。如今她被父亲大声训斥了一番，火气灭了一半，只得不情不愿地随着程武返回刘府。

直到刘玉颜离去，屋内众人还是没有把苏子齐二人拿下。刘震宝重新返回屋中，叫停了手下，他面目阴郁地盯着王十五，一字一句地说道："师弟，师父他老人家，可如愿葬在了海中？"

这句话如晴天霹雳，震傻了王十五，他一直觉得自己在哪里见过刘震宝，直到现在才想起来，要是刘震宝的脸上没有疤痕，那不就是师父收的第一个弟子阿大吗？！虽然过去了几十年，但刘震宝的相貌与小时候还是有七八分相似——师父的每个弟子都有一幅肖像画，一直被师父放在箱笼中。

"大……师兄？"王十五梦呓般说出这三个字，难以相信自己与师父的第一个弟子竟然以这种方式重逢。

刘震宝冷笑一声："那老东西最后的弟子竟然是你这个乳臭未干的小毛头，真是瞎了眼。"

苏子齐凑到王十五耳边轻声问道："你们认识？那好办多了，让你师兄放我们一马，怎么样？"

王十五默不作声，苏子齐又说了一遍，王十五还是没有反应。

"你们想要断魂刀，是为了何宅的事？"刘震宝突然又把话题引到了断魂刀上。

苏子齐拍手笑道："原来刘将军也知道何宅的事。"

"哼，我怎会不知？何宅被沧州人叫作鬼宅，断魂刀是唯一的破解之法。"

"哦？愿闻其详。"

"那我就说给你们两个将死之人听听。"刘震宝重新把油灯拿进来，苏子齐看得清楚，火苗上面出现了一张"人脸"。

"何宅院中有一棵古树，里面锁着何文最后一代子孙的魂魄，你看到的这个脸，就是他们幻化而成的。何家之所以自东汉以来久兴不衰，乃是因为何文最早在这宅中杀死了三只幻化成精的小妖，从而得到了大量的钱财。"

"那如今何宅怎么成了鬼宅？"苏子齐追问道。

"我入驻沧州城后，何家少不得巴结我，我自然就知道了何宅的秘密。东汉至今已经有几百年，但是何家的钱财还是没有用尽——我为什么不能帮他们一起用呢？如果他们配合一点，至于沦落到如此地步吗？"

"而断魂刀恰好能够将那些无辜的魂魄从古树中解放，让他们重新进入轮回，是吗？"王十五突然开口说话，声音平静，像是换了个人。

苏子齐不是第一次有这种感觉了，他和王十五第一次相见的时候，就隐约觉得这个小道士的内心似乎强大得不得了。

"师弟，看来你在师父那里学到了不少东西。"刘震宝阴邪一笑，命令手下，"杀了他们。"

苏子齐不知道刘震宝跟王十五的师父之间有什么过节，但是到了如今这个地步，不能再奢求刘震宝会放过自己和王十五二人了。而且刘震宝已经说出了何宅的秘密，省了自己调查的工夫，这下用来辟邪护身的断魂刀也用不上了，只需要想办法逃出去就万事大吉！

"师兄，你不该骂师父。"王十五垂着脑袋，拖着身子朝刘震宝那边走去。他看起来昏昏沉沉的，像是看不到将要劈到自己身上的那柄钢刀。

"小道士！小心！"苏子齐大呼。

眼看那钢刀都快劈到了王十五的额头上，却偏偏停了下来。王十五若无其事地经过那个手拿钢刀的卫士，擦肩而过的瞬间，那卫士轰然倒地，在场的除了刘震宝，谁都没弄明白发生了什么。

刘震宝知道这些手下已经奈何不了王十五了，便手握断魂刀，往前踏出两步，面目狰狞地说："师弟，让我看看师父都教了你哪些本事！"

王十五慢慢地走到刘震宝的面前，抬头盯着他看了一会儿，说道："好啊，我这就让你看看。"

刹那间，从王十五的箱笼中涌出了十几张黄纸，上面画满了奇怪的符号。苏子齐退到角落，这种斗法可不是自己能够参与得了的。

符咒一出，屋外狂风大作，刘震宝撒到院中，风卷起的沙砾打在了他脸上，划出道道血痕。那十几道符咒也跟着往外飞去，漂浮在刘震宝前后左右四个方位，像是一个囚笼。

刘震宝闭上双眼，镇定自若地举起断魂刀，大约过了几个弹指的工夫后，他大喝一声："破！"随即睁开双眼，搅动手中大刀，将困着自己的符咒砍得七零八落。

在刘震宝破阵的一刹那，王十五手持桃木剑，自阵后向他刺来。刘震宝忙招架手中的断魂刀迎战。

二人你来我往，打得有来有回。这桃木剑也奇怪，碰上如此霸道的断魂刀，竟然没有被砍出缺口来。

二人斗了约莫半个时辰，苏子齐这边已经将卫士点了穴，全部放倒了。他跃上屋顶，想找个机会助王十五一臂之力。但是他们二人斗得难舍难分，稍不留神说不定就会帮倒忙。不过让苏子齐没有想到的是，王十五的基本功还挺扎实，跟刘震宝缠斗时表现出来的实力在平时根本就看不出来。虽然说王十五用的都是一些基本的招式，但是也能让刘震宝应接不暇。不过要是再这样下去，王十五还是会落入下风。虽说他在年纪方面有优势，但是论经验老到，还是刘震宝更胜一筹。

果不其然，王十五已经渐渐显露颓态了。

"怎么了师弟，这就不行了？"刘震宝接过王十五一招，反用断魂刀将他震开。

王十五一直忍着没有将血吐出来——刚刚在战斗过程中，他的内脏被刘震宝的断魂刀震得七荤八素，若是被刘震宝看出端倪，肯定不给自己休息的机会。他本想用师父生前留给自己的法阵将刘震宝困住，但是就刚才的效果来看，这套法阵如果对人使用，威力似乎会大打折扣。

王十五吞下了鲜血，面不改色地说道："刘震宝，你这声师弟叫得真让我恶心。"

"哼，若是当初那老东西听我的，晚年怎会落得如此下场？！"

"你给我闭嘴！"王十五反手拿剑，再次冲向刘震宝。

苏子齐在旁边急得直跺脚，王十五刚刚说话的时候，反手将剑贴在了后背上，拿剑的手一直在抖，很明显是被刘震宝的断魂刀反震所致！自己若再不想点办法，王十五今晚说不定会殒命至此！他苦思冥想，终于想到了一个办法，于是转身跳出院子，默默祈祷王十五能撑到自己回来。

再看刘震宝游刃有余地将王十五的进攻全部挡下。因为师出同门，所以王十五的出招方式，刘震宝一猜就中。虽然他看上去处于防守的状态，但是每次断魂刀和桃木剑相碰撞的时候，他都在暗中用力，将劲从刀传到王十五的手臂上。

他在耗，在消磨王十五的体力和意志。他要让王十五知道，自己就算不进攻，只防守，也能够把他击败。

王十五又何尝不知，这样一味地进攻不仅没有取得丝毫效果，反而让自己陷入了一个尴尬的境地。自己只随着师父学了几年的基本功，还没来得及学习法术和剑术，师父就仙去了。如今遇到师门叛徒，即使自己拼尽全力，在刘震宝看来，也如同小丑一般，被他玩弄于股掌之中。

但是不管如何，进攻不能停下，自己就算力竭而死，也不能让刘震宝小看了自己！

此时，苏子齐重新溜进了刘府院中，当他翻上刘玉颜的院墙时，一只袖箭从他脸颊边飞过，留下了一道不深的伤口。

"你还敢回来！"刘玉颜回到家中，心中怒火难灭，一直在院中练习剑术，所以当苏子齐刚冒头时，刘玉颜就发现了他，并且用袖箭先跟他打了个招呼。

苏子齐飞身下墙，甩出几颗飞蝗石掩护自己，然后以极快的速度接近刘玉颜。与他预想的一样，刘玉颜还没来得及反应，苏子齐便轻而易举地卸下了她手里的长剑，并点了她身上几处穴位："三小姐，得罪了！"

刘玉颜没想到自己这么快就败下阵来，其实这一招有破解之法，只要忍痛中一发飞蝗石，便可以重伤躲在后面的苏子齐。

但是苏子齐瞄准的点是脸和胸，刘玉颜下意识地全部躲开了，所以才让苏子齐计谋得逞。

苏子齐将刘玉颜抱在怀中，又一次在夜色中遁去。

"师弟，你这几招挺奇怪啊，是师父新创的招式吗？"刘震宝的脸上新增了一道伤口，口子很浅，只渗出来一点血，这是因为王十五用了一招刘震宝从来没有见过的剑术。

王十五退到一个安全的距离，并不答话，他也说不出来话了，刘震宝的暗劲着实狠毒，自己已经没有力气再发动进攻了。

"怎么，就这点能耐？那这场游戏就要结束了。"刘震宝狞笑着朝王十五走来，边走边说，"当初我劝师父投奔朝廷，与张高平分龙虎山，他非不听，甚至狠心将我赶出师门。当初他无情，就别怪我今天无义！"

"刘震……"宝字还未出口，王十五哇地吐出一大摊血。

"那晚运气不好，没有亲眼看着他死去，也是一件憾事。"刘震宝摇摇头，在王十五面前站住，凑到他耳边轻轻说，"师父逃回去后有没有跟你说是我下的手？"

"刘震宝……你这个狗贼！"王十五高举手中木剑，却被刘震宝轻易地抓住了手腕，他慢慢取下木剑，感慨道："看来师父给你留了不少的宝贝，当初我求着他要，他都没有传给我呢。"

语罢，刘震宝忽然反手甩了王十五一个耳光，恨声道："他到底看上了你哪一点？！你跟我比，不过是一只臭老鼠！我稍微抬抬脚就能踩死你！就凭你这样的能力，也配得到这些宝贝？"

刘震宝将王十五踩在脚下，怒不可遏地咒骂着，他要将这几十年的怨气全部撒到王十五的身上。

"看到了吗？这就是你爹的真面目。"苏子齐躲在暗处，对旁边一脸惊诧的刘玉颜说，"我现在需要你帮我一下，不然我那朋友——也就是你爹的师弟就没命啦！"

苏子齐说完，也不问问刘玉颜的意见，便把她挟持起来，走出去之前，还不忘道歉："三小姐，待会儿要是有冒犯之处，还请你多多海涵。"他反手解了刘玉颜的哑穴，不等她答话，便朝刘震宝那边大喊一声，"刘将军，你瞧瞧这是谁？"

苏子齐手中拿着匕首，刀尖对着刘玉颜那白玉般的脖颈，他嘿嘿一笑，道："咱们做个交易，你放了我那朋友，我把三小姐还给你，怎么样？"

刘震宝面色阴沉，对着王十五的肚子狠狠踢了一脚，然后蹲下身，用断魂刀在王十五身上比画着，不知在想些什么。

"刘将军，你难道为了一个小毛贼，置三小姐的性命于不顾吗？"苏子齐的心里有点紧张，因为他实在摸不清这个人心中的想法。

刘震宝停下动作，沉思良久，才说道："咱们一起交换，如何？"

苏子齐暗自叫苦，王十五这个时候肯定没有力气跑了，而刘震宝确认刘玉颜的安全之后，肯定不会让自己轻易地离开这里。但是他说得也没错，这是最公平的交换方法。

"我女儿的命比你们两个人的命都值钱。"刘震宝看了一眼刘玉颜，继续说道，"我知道你在担心什么，交换之后，我会让你们离开这里。"

眼下这是最好的办法，苏子齐只得祈祷刘震宝能在他女儿面前说话算话。

王十五勉强地站起来，捡起地上的桃木剑，又朝刘震宝刺去。

刘震宝侧身躲开，说道："看样子他对交换有意见。"

"他没意见。"苏子齐慢慢朝王十五走去，他与刘震宝的距离越来越近，最后只相差不过十步。

王十五已经没有力气再站起来了，他躺在地上，背上的箱笼早就在刚刚的打斗中破掉了，东西都掉了一地。

苏子齐用脚碰了碰王十五，轻声道："小道士，好汉不吃眼前亏，你快趴到我背上，咱们离开这儿再从长计议。"

王十五已经无法思考了，他现在脑袋里嗡嗡的，像是一群蜜蜂在脑袋周围乱飞。

"你的朋友现在就在你身边，能放了我女儿吗？"

"当然！"苏子齐打算在推刘玉颜出去的一瞬间便马上带着王十五逃走。他才不信刘震宝说的那些话，刘震宝能让他们二人逃出这个院子就不错了。

"谢谢你，三小姐。"苏子齐在刘玉颜耳边轻轻说，然后一掌推在她的背上，将她朝刘震宝那边送去。

几乎在一瞬间，刘震宝暴喝一声："颜儿躲开，让我把这两个毛贼宰了！"

苏子齐还没来得及抱起王十五，就见刘震宝已经迈开步子朝这边冲来，他知道刘震宝会出尔反尔，但是没想到他竟然会冒着伤害刘玉颜的危险发动进攻。

苏子齐大声怒骂："好你个伪君子，王八蛋！"同时手里也不闲着，抄起王十五手中的桃木剑便准备迎上去。

刘玉颜没想到自己的父亲竟然不守信用，她情急之下挡在了苏子齐的面前，但是刀剑无眼，不分你我，刘震宝抱着将他们二人斩于这里的决心挥出的这一刀，终究还是没有收回来。

月光下，刘玉颜的一袭白衣被染成了血衣，她张了张嘴，一句话都没说出来。而刘震宝也没说一句话，他的双眼瞪得像两个核桃，不敢相信自己的女儿竟然为了两个毛贼忤逆自己，更不敢相信桃木剑已经扎穿了自己的身体。

"三小姐！三小姐……"

这是何宅中传出来的最后的声音。

天宝六月，长安失陷，一条不起眼的消息被乱军首领遗忘在了角落：

沧州守军将领刘震宝意外身亡，其女刘玉颜下落不详。今城内大乱，盼新设将领，以安后方。

文 / 马猴烧酒

宅　妖

故事里何宅的三只小妖，原型出自《搜神记》里的宅妖，分别是铜钱、黄金、白银化成的妖怪，何家人正是杀死了这三只小妖从而获得大量钱财，几代都不曾衰败。

在《搜神记》中，三个妖怪各自能化成身高一丈的人形。黄金戴高帽穿黄衣，白银戴高帽穿白衣，铜钱戴高帽穿青衣，一旦宅妖出现，宅邸中的人会生病衰老，家财散尽。

居

古代传说中藏在灶台里的妖怪，做饭时如果水烧不开，那就是因为居在锅下。居像白色小猪一样。它只有一只眼睛，昼伏夜出，把它赶走便能正常烧水做饭了。

钩 注

古代传说中跟居一样同住在灶台里的妖怪，是一只红色蛤蟆，会使得灶台潮湿，但并无大害，驱走它就好了。

黄泉客栈

赵余正了正衣冠，看起来齐整了些许，这才昂首挺胸，阔步走进了黄泉客栈。

客栈里早已坐满了各殿阎罗手底下的鬼差，他们聚在一起高谈阔论，好不热闹。

各鬼差平日里公务繁忙，人间地府来往不停，逢到休息时，总喜欢到这黄泉客栈点上小菜，喝点小酒，再和三五相熟之人吹捧吹捧，日子过得舒服极了。

"哟，赵兄，快过来，就等你了。"说话的是一个貌丑的鬼差，他在秦广王手底下做事，秦广王在地府的权力最大，专司人间夭寿生死，统管幽冥吉凶、善人寿终、接引超升，所以在这群人里，貌丑鬼差算是个主事的人。

貌丑鬼差姓孟名俊，生于倜傥风流的魏晋。魏晋是个最注重人容貌的时代，貌若潘安、看杀卫玠，讲的便是魏晋时最出名的两个美男子。美姿仪的翩翩公子乘车游玩，掷果盈车一点都不夸张。

孟俊空有一肚子的才华，可惜生错了时代，生不逢时，再加上家境贫寒，若不能出仕，只能一生碌碌无为。悲愤之下，孟俊选择了自杀，谁知死后却得了秦广王的青睐，让他掌管一方事务，混得是风生水起，好不逍遥自在。

"来来来，赵兄，这边坐，我让孟姜姐姐给你上壶好酒，据说这是孟婆拿九千九百九十九人的伤心泪酿就的，最是甘醇不过。"

孟姜是孟婆手底下的一个侍女，替孟婆管理这黄泉客栈，孟俊和孟姜姓氏相同，却并无半分关系，但是孟俊嘴甜，一口一个姐姐叫着，还时不时给孟姜送些人间的新鲜玩意儿，孟姜在地府待久了，也没有个亲朋好友，索性认下了孟俊当弟弟。

每次孟俊来黄泉客栈，他点的菜，量是别人的两倍，酒也是最好的。

"赵兄此去人间，可有什么新鲜好玩的事？说来也让我们乐乐。"这是轮转王手底下的鬼差王富。

赵余把玩酒盏，沉思片刻："这人间走多了见得也多了，人有悲欢离合，月有阴晴圆缺，都是些寻常事。"

鬼差哄笑："赵兄又开始吟诗了。"

赵余瞪他们："庸俗，庸俗，实乃粗鄙之鬼。"

赵余生前乃是一个县令，喜读诗书，虽有才华，却并无实干，最后因为治下不严犯了错，被送上了断头台。

秦广王断案，说他"空腹有诗书不如无"，所以赵余自此腹中空空，做了个空心鬼。

赵余虽然治下不严，却是个心善之人，他为百姓施粥，又收拢孤苦无依之人，因而功过相抵，被派到仵官王手底下做事，等到功德积累完成再去转世。

孟俊端着盘小菜回来，把酒摆在桌子上，亲自给赵余斟满了酒杯："赵兄说说，我先给赵兄满上。"

赵余浅酌了一小口，称赞道："好酒！看在孟兄的面子上，我也该好好讲讲此去人间之事。"

"此次我受上官之命，去往杭州东青巷一户周姓人家家里，这周姓人家乃是商户，家中小有资产，勤恳本分。周夫人又时常接济乞儿，积善之家，必有余德，日子过得红红火火，断轮不到我这个地府鬼差前去叨扰。但是前些日子，周豹先，也就是周家的主事人，在做生意时贪利做了欺诈之事，这欺诈之事本是归属于仵官王管辖，但是天底下欺诈的事情太多了，仵官王也管不过来，所以一开始我们没当回事儿，等到这周豹先寿终正寝，再来结算也不迟，你们说，是不是这个理？"

周围的鬼差都点头附和："确实如此，可赵兄既然如此说了，是不是有什么变故？"

赵余长叹一声："这被骗的人家中上有七十老母，下有三岁稚子，被骗的是他全部家产，悲愤交加，卧床不起。没过十日，居然离世了，他一离世，家中老母和稚子无人奉养，所以刚来到了地府就去告了状。"

"秦广王手下事务繁忙，所以把事情交给了仵官王处理，好巧不巧，我管理的正是杭州东青巷一带的事务，仵官王把我叫去臭骂了一顿。唉，这事确实是我失职，只能急急忙忙带着两个手下去处理。"

王富点点头："如此说来也不算迟，事情处理了不就好了吗？为何赵兄还是愁眉苦脸？"

赵余又说道："我也以为神不知鬼不觉地要了周豹先的性命，这差事就算完成了。可那周豹先的儿子却是个有造化的，他替周豹先受了这一茬，周豹先的孽报报在了他身上。我和手下商量，要了这周家儿郎的性命，任务也算是完成了。哪能料到，这周家儿郎能听到我们的谈话，死活不肯喝药，万般无奈，我只能取了周家一恶仆的性命，也不算白跑了一趟。这周家恶仆作恶多端，即使我不取他性命，他也活不到明年，只希望如此，能向仵官王交差。"

鬼差都感同身受，在地府办事最怕遇到有神通的人，搞不好这差事就要砸手里了。

孟俊又问道："赵兄把恶仆的鬼魂拘来，接下来有何打算？"

赵余说道："我先把这恶仆送去秦广王处，等秦广王判其功过，接下来再说吧。各位，赵某先行一步，改日再聚。"

说罢，饮尽杯中酒，出了这黄泉客栈。

文／怀酒

空心鬼

空心鬼形象是身着红袍，头戴乌纱，四方面孔留长须的官员模样，而胸腹之间却是空心，可直接看到身后的东西。

《子不语》中记载，空心鬼还带有两个小鬼，找准目标后便派遣小鬼去将人杀死，只是为了保证能得到祭祀的酒肉。

丁二哥

扬州自古不乏奇人逸事，只不过丁二哥从没想过这种事会发生在自己身上。

丁二哥是个走街串巷的卖货郎，身强体壮，常挑着货物走遍扬州的十里八村吆喝叫卖。

这一日，因为走得有些远，回城内时已日薄西山。丁二哥挑着剩下的货物路过一个小桥时，天色已黑，突然窜出来几十个小人，叫嚷着不让丁二哥走。

丁二哥不惧，拎起扁担转得虎虎生威，一下子把这些小人打倒在地，说道："敢拦我丁二哥的路，看我不把你们打趴下。"

小人惊吓，聚在一起叽叽喳喳："这人力气如此之大，还自称丁二哥，想来和丁大哥有些关系。可惜丁大哥今日不在此，不然一定让他们见上一面。"

于是小人拱手作揖，随后如青烟一般消散了。

丁二哥丈二和尚摸不着头脑，索性继续挑着扁担回了家。

夜晚，丁二哥正呼呼大睡，只听耳边一道如响雷般的声音乍然响起："你就是丁二哥？"

丁二哥睡得正香，突然被吵醒，憋着一肚子气："我就是丁二哥，和你有啥关系？"

大汉说道："我被众小鬼认可，因此他们尊称我为丁大哥，你缘何叫丁二哥？"

丁二哥挠挠头，说道："我在家排行第二，所以叫丁二哥。"

大汉又说道："看来你我有缘，这样吧，以后你过红桥，我有礼物赠你，以此金杯为证。"

丁二哥醒来后，果然见一个金杯放在床头，方知梦中之事为真。

又过了几日，丁二哥卖货过红桥，想到梦中之事，有些犹豫，但还是鼓起勇气上了红桥。

果然，那高约一丈、脸色青黑的大汉正立在桥头。

大汉哈哈大笑："丁二哥，我给你送礼来了。"

丁二哥仔细一看，那大汉手中拿着一个类似金额的东西，上面却沾上了血。

丁二哥心中大惊，明白这大汉非善鬼，于是打定主意与大汉周旋，想办法脱身。

丁二哥拿着金杯和金器去找扬州城有名的老道，老道端详一番，说："你这金杯是墓中之物，长期接触定会霉运缠身。而这金器上怨气缠绕，亦非善物。"

丁二哥吓出了一身冷汗，心想："恶鬼害我，若我为金银所惑，想必过几日就是一具尸体了。"

思及此，丁二哥又说道："还请道长救我。小人家中尚有小儿老母需要赡养，若我出了事，可真是断了一家人生路。"

道长掐指一算："这恶鬼实力不强，我给你一道符，你设法贴到恶鬼身上。"

丁二诺诺，心中惶恐不安，却也只能听从老道的话。

丁二哥再次从红桥过，扁担一头挑的是送给丁大哥的礼物，而另一头则是准备好的黑狗血。他打定主意，若老道的符不管用，他就泼丁大哥一身黑狗血。

到了红桥，他大声呼喊："丁大哥可在？承蒙大哥爱戴，小弟无以为报，只有自家做的一些吃食还算可口，赠予丁大哥。"

一阵青烟刮过，青黑獠牙的丁大哥出现在了丁二哥面前。

"烦请丁大哥离近些，让我把这吃食呈上。"

丁大哥是恶鬼，自诩能力过人，向来不把凡人看在眼里，也想不到丁二哥会背地里阴人。

丁大哥弯下腰，丁二哥以迅雷不及掩耳之势将符贴在丁大哥身上。

丁大哥身上吃痛，龇牙咧嘴，浑身翻滚，不一会儿便化为了烟灰。

丁二哥抹了把冷汗，走上前去，只见一枚七八寸长的铁钉，原来丁大哥竟是棺椁上的东西。

回到家后，丁二哥把这段奇缘讲给众人听。有一个叫俞二的听闻此事，甚为惊讶，因为这等怪事前不久也发生在他身上。

于是俞二找到丁二哥，两人商议后，去找老道求解这个丁大哥究竟是何方妖怪，竟可以死而复生。

老道抚须一笑："这棺椁上又不止一枚铁钉，说不定二位以后还会再遇见一位丁大哥。"说完，飘然离去。

远处传来老道一声悠长的吆喝："七月半，开鬼门，鬼门开了，出鬼怪哟……"

丁二哥和俞二对视一眼，彼此眼里都盛满了恐惧。

文 / 怀酒

丁大哥

古代传说中的钉子妖怪，总是成群出现，丁大哥是其中的老大，一丈多高，面色紫青，面目狰狞。本体是古棺材上的一根钉子，钉子长两尺，拇指般粗。用重物敲打它，它的身体会缩小。

～ 治 水 ～

"狗蛋，快进去啊，新娘子都等不及了。"

"尻蛋，你别是没力气洞房了吧。"

"别喝了几滴猫尿就不敢动了……"

"狗蛋，快进去啊……"

“快进去啊……”

……

李狗蛋猛地醒过神来，看到围在他身边的人，像是见到了可怕的恶鬼。他一把推开他们往外跑，一口气跑到了黄河堤上，才停下来喘了口气。

他明明记得村子里的人都死了，黄河决堤，村子全被淹了，没有一个人逃出去，他被挂在树枝上苦苦撑了两天，树枝终于断了，他也被冲走，淹死在了洪水中。

再有记忆，居然是他成亲这一天。死亡的感觉是如此真实，以至于李狗蛋清醒后毛骨悚然，吓得屁滚尿流地跑到了河堤上，看到月光下汹涌的黄河，才有了一点真实感。

离河堤最近的村庄就是李家村，这里晚上总是漆黑一片，只有李狗蛋家挂着红灯笼，村子里的人都来喝喜酒，热闹喧哗。

但李狗蛋知道这都是假象，再过一会儿，黄河就要决堤了。

他用力地搓了把脸，跑是来不及了，不如赌一把。

李狗蛋又跑回村子里，看着自家房子前挂着的两个硕大的红灯笼，不禁打了个寒战。

但还是壮着胆子大喊：“黄河要决堤了，大家快跑啊。”

原本吵吵闹闹的人群顿时安静了下来，一动不动地盯着李狗蛋：“狗蛋，快进去啊，新娘子都等不及了。”

李狗蛋吓得两腿抖个不停，这……这是真见鬼了啊！

洪水的声音传来，李狗蛋瘫坐在地上，心中叹道：完了。

李狗蛋，卒。

再次缓过神来，身边又是熟悉的村民，大红灯笼高高地挂在门前：“狗蛋，快进去啊，新娘子还等着呢。”

李狗蛋大喊一声：“你们别逼我！啊啊啊啊啊鬼啊！”接着便大喊大叫跑出了村子。

他把身子呈大字躺在河堤上，吹着风，思绪放平，索性什么都不想了。不就是再死一次吗，有什么大不了的。

黄河准时决堤，李狗蛋，卒。

第三次睁开眼，看到熟悉的村民，听到相同的话，李狗蛋已经麻木了，他索性不跑了，进去就进去吧，大不了再死一次。

说起来，他还没见过他的新娘子。第一次死之前，他正在敬酒，河水突然来了，新娘子连房子一起被冲走了，后两次更别提了。

新娘子盖着红盖头，端坐在床上。两根红蜡烛静静地燃烧着，偶尔发出"噼啪"声。

李狗蛋一把掀开盖头，新娘子只有惨白的一张脸，鼻子、眼睛、眉毛、嘴巴都没有。

李狗蛋吓得翻白眼，跌下了床。

洪水来了，李狗蛋，卒。

再次醒来时，李狗蛋已经不想考虑自己能不能逃开洪水了，他只想把这个装神弄鬼的李家村烧掉。

他推开周围的人，摘下红灯笼，去厨房拿了一桶油，泼到房子上和桌子上，村民们只是静静看着，一言不发。

李狗蛋不顾眼睛的刺痛，摘下灯笼罩，语气凶狠地说："你们不想我活下去，那大家就一起死！"

火光充满了整个院子，李狗蛋神色狰狞地哈哈大笑，笑着笑着，他突然感到身上火烧一般刺痛，渐渐地，整个人都烧起来了。

可惜这次洪水没来，李狗蛋，卒。

王知府望着滚滚黄河水，心里焦急："道长，投了祭品，浮尼真能被驱除吗？"

治洪事关百万百姓，由不得他不焦急。可道长稳坐不动，投了祭品就不见下一步动作。

道长突然睁眼站起来："成了，这浮尼已被除了。"

王知府不解："道长，这浮尼真的除了？"

道长捋了捋胡须："自然。浮尼本是被洪水淹死的人的怨气所化，老道我投入祭品，可让浮尼不断重复死之前的场景，最后令其自取灭亡。王大人，你们可安心治水了。"

后又有浮尼作乱，官府循其法，投祭品，黄河之水始平，不复其乱也。

文 / 怀酒

浮 尼

古代传说中成群出现的妖怪，外形像绿毛鹅，当它们在水面上游弋时，即便是完好的堤坝也会出现决口。只有用黑狗和五色粽祭祀它，它才会离开。

报　恩

桃李村坐落在山脚下，村里除了有个过分气派的家庙，并没什么特别的地方，是个最普通不过的小村庄。桃李村浓翠蔽日，流水绕人家，村里面的人家祖祖辈辈都生活在这里，农闲的时候聊聊东家长，西家短，日子平静而悠闲。

不过最近村里面热闹起来了，村中的李秀才要娶妻了，新娘子年轻貌美。据说还是大户人家的姑娘，这可羡煞了桃李村的人。

李秀才刚及冠，人长得也不错，不过家中有一瞎眼的老母和一个未出嫁的妹子，光是这两个"累赘"，就打消了不少人家结亲的念头，也因此，这婚事一拖再拖。

不过人的运气真是玄乎，谁知道这么漂亮的一朵鲜花能砸在李秀才身上。

婚后，李秀才和妻子和和美美。李秀才一心只读圣贤书，妻子也很贤惠，把家中里里外外收拾得干干净净，还给李秀才的妹子说了一门好亲事，日子过得红红火火。

这天，桃李村外面来了一个跛脚的道士，这道士穿得破破烂烂的，还有个七八岁的小道童和他一起。两人瘦得皮包骨，一看就没什么本事。

桃李村的人心善，尤其是大娘大婶，都是从灾荒年过来的，自己的日子过好了，总想着拉人一把。所以到了饭点，东家一碗粥、西家一个馒头，都给两个人送过去。

道士索性就不走了，在桃李村里摆了个算卦的小摊，给桃李村的人算卦。算卦的费用拿馒头、拿饼来抵就行。

不知怎的，最近村子里出了件怪事。有户人家的独子在睡梦中暴毙，死得很是凄惨。那家人报了官府，官府的衙门派人仔细地检查，最终也没得出个结果。

一时间，村子里人心惶惶，见财起意、复仇杀人、争斗纠纷等众说纷纭，甚至有人说会不会是妖物作祟，实在是那人死得过于可怕，要是人下的手，这该多狠的心哪。村里人害怕自己也遭遇不测，因此一到夕阳西下就大门紧闭，任谁敲门都不应。连道士的生意都好了很多，平安符、驱邪符卖出了不少。

秀才娘子在出事那天也凑热闹去看了一眼，回来后就吓病了，躺在床上好多天都没好，李秀才急得像热锅上的蚂蚁团团转，后来还去老道那里请了符水给秀才娘子喝。

紧接着，又有一户人家的独子暴毙身亡，好不容易才平息下来的流言瞬间满天飞。

在这之后，又出现了第三起、第四起案子。衙门的人来了一趟又一趟，也没说出个所以然，村里的人更慌了，纷纷表示要去家庙里拜拜。秀才一家人自然也在其中。

秀才一家也是土生土长的桃李村人，平时和村里的人相处得也算不错，不过遇到一些大事的时候，桃李村的人总是有意无意地忽略掉他们一家。

秀才思来想去，认为村里人可能是觉得他们家以前没个主事的人，孤儿寡母去祠堂不太好。这不，他刚弱冠，就被通知去祠堂了，这也从侧面验证了秀才的想法。

祠堂修得很是气派，里面供奉着先人的牌位，不过这牌位着实有些多。听秀才娘说，十几年前发生了一场大饥荒，饿死了不少人，后来饥荒过了，大家把去世的人的牌位都供奉在了家庙里。

秀才娘闭着眼，和其他人一样跪下来，神色平静，嘴里念念叨叨。

秀才娘子瞥了一眼牌位前装有先人遗骸的陶罐，眼神发冷。

回家路上，秀才娘不经意间说了一句："若真是妖物作祟，可要快点了，村里的人迟早会找出应付的方法的。"

秀才娘子搀扶着秀才娘，温言细语地笑着说道："娘，你就放心吧，这事没有个完全的法子，想必妖物也不会再出来害人的。"

从祠堂回来后，一连过了几日，都没有传来有人死亡的消息，村里的人刚要松一口气。突然，一夜之间，那些死了儿子的人家，竟然全家人都遭遇了不测。

桃李村的村民都明白这是招了邪，吓得大家什么东西都不要就往外逃。

秀才一家也要往外逃，不过走之前，秀才娘执意要把祠堂里秀才爹的遗骸带走。

秀才娘子去祠堂取遗骸，碰见了一个神神道道的跛脚道士。

道士笑着向秀才娘子问好："娘子如今心愿已了，也该放下了。不知娘子可还要待在李家？"

春日和暖，微风吹起秀才娘子的一缕秀发，这让她想起以前那些天真活泼的小姑娘。

秀才娘子从回忆中缓过神来："娘亲和相公待我不薄，我自要真心待人。"

道士说道："十几年前的那场饥荒，桃李村的人为了让儿子活下来，狠心将亲生女儿祭了天，那些女孩对娘子有救命之恩，娘子自然要报恩的。但是报了恩，娘子再留在李家就于修行不利了。"

秀才娘子笑道："十几年前，唯有李家人不忍心做这丧尽天良之事，故而被村子里的人排挤，甚至害了李家老爷的性命。相公和小姑年幼不知此事，娘亲含辛茹苦把两人拉扯大，满腔怨恨只能往肚子里咽，因此娘亲知道我的目的后非但不阻挠，反而一心替我掩护。现在村子里的人即使再迟钝，大概也能猜到一些了。我害怕他们将怒火发泄在李家人身上，故而不能轻易离去。"

秀才娘子的纤纤玉指朝祠堂方向一点，巍峨的祠堂轰然倒塌。花草像是初逢甘霖一般，争先恐后地从缝隙里钻出来，拼命往上生长，不一会儿就长得郁郁葱葱，开得艳丽至极。她想：我要把你们葬在春意融融、春花烂漫处，待到来年莺啼柳绕，你们也能不受约束，快快乐乐、自由自在地玩耍了。

文 / 怀酒

獭　怪

古代传说中的水獭妖怪，可化作貌美女子，本是那活了千年的水獭，有很多子孙后代。

❧ 长安城的流浪狗 ❧

嘿，长安城里多了一条狗。

它全身漆黑如焦炭，唯有胸口一抹白，你注意到了吗？

它每天都夹着尾巴在长安城里讨生活，如果你看到了，能否给它一碗新鲜的食物？

其实碍于高傲的自尊心，我本不太想承认——我就是这条狗，并且还是一条有故事的狗。

但是，求生的意志高过一切。即使变成了一条狗，我也想活下去，你能明白这种心情吗？

而作为你给予我食物的回报，我愿意给你讲一讲发生在我身上的事情。

不过你会不会觉得，我只是区区一条流浪狗，我渴望得到一碗新鲜食物的请求有点过分？

好心人呐，我真的太久没有好好吃过一餐饭了。

当我抬起狗眼，努力仰望那些高高在上的大人们，他们总是会嬉笑："狗，过来，给你好吃的。"

可是还没等我摇着尾巴奔过去，他们就会莫名其妙地哈哈大笑，然后吩咐身边的人把我打走。

咦，你在奇怪——我居然知道人类的词语。

哦，我想，我以前可能是人吧，如今身为一只狗，看待这样令人惊悚的事情也是如此淡定。

不知你发现没有，长安城里的狗越来越多了。确切地说，像我这样有人类意识的狗越来越多了。

一个大户人家倒泔水剩饭的臭水沟是我经常进食的地方。往常每当我去吃饭时，周围的狗都会自动避开我。对，不用这么大惊小怪，身为一只有人类意识的狗，统率整个臭水沟还不是手到擒来？

不过最近，我每次去到那里的时候，新来的狗都不会给我让路了。他们呜呜吼叫，一哄而上，把我咬得苦不堪言。

所以我就失败了。丢失了吃饭的宝地后，我只能沿着臭水沟往下走，下面的东西虽然难吃很多，但好歹勉强还能填饱肚子。

我看到臭水沟下游漂浮着一具尸体，散发着令人窒息的恶臭。无奈，我只能遗憾离开，看来今天又要饿肚子了。

你问我为什么面对尸体如此淡定？我只能告诉你，等你见多了，你也不会大惊小怪的。

我想起的事情越来越多。

身为人时，我是长安城（如今是你们所谓的西安）里一大户人家的护卫，天天打打杀杀的，尽干些见不得人的事。

即使只是一名小小的护卫，我也曾斗胆向家主进言不要再陷进去了，但换来的果不其然是一场严厉的申斥。不久后事情败露了，我也被卷入其中，后来就死了。

我记得我的尸体也是被扔进了臭水沟。可惜我穿着盔甲，到现在还没浮上来。这虽然是一件令人悲伤的事情，但没有我填饱肚子重要。

我想你可能又要问了："兄弟，你的现代话怎么说得这么流利？"

废话，那当然是因为我是穿越而来，即将干一番大事业，结果东窗事发，尸体沉在淤泥里，还因为各种原因变成了一条狗，占据了它的前世记忆，又只能吃剩馊饭的起点男主龙傲天啊。

我恨作者，因为他弃坑，导致世界意志自由发挥，我就变成了狗。

瞧，那群人变的狗要开始搞事了，他们偷偷摸摸，四处游荡，就像在长安时那样。

唉，真是没一点儿长进啊。

我深知在封建社会，皇权大于一切，如果我是人，我可能会奋力一搏。但我现在是狗，长安城的流浪狗，所以我选择躺平。

不出所料，那群狗失败了。毕竟你不能指望一群生前连字都不识的人——哦，不，现在是狗了——真能伤到有着重重护卫的官员。

我在暗处目睹了这一场滑稽的复仇游戏，直到暖黄色的夕阳余晖不动声色地投入黑夜的怀抱，就像什么也没发生一样。

我低下头继续吃我的馊饭，今天没有狗来抢了，我却只感到说不出的悲哀。

如果你看到了我，请别忘记和我的约定。

文/怀酒

犬 祸

古代传说中的一种现象，狗变成人，认为是不听意见招致的灾祸。狗变成人后，会身披铠甲，手持弓箭攻击人类，被击退后会变回原形。

陈家庄记事

陈家庄村口的那棵老槐树上长了张人脸，村里的男女老少对此稀罕事闻所未闻。

村民们围绕着大槐树议论纷纷，有的说是祥瑞，要供奉起来；有的说是妖怪，要赶紧烧死。

村长眼皮子耷拉着，在一边抽了管旱烟，烟丝味足，呛得他眼里直冒泪。村长说："留下吧，毕竟这槐树护着我们村也这么久了。"

话虽这么说，无人知道其实是因为他在槐树底下埋了金银。

陈家庄的人世世代代在此种田，他们不关心如今是哪朝哪代，只关心肚子里有没有油水，自家的浑小子能不能娶个好媳妇。

前些年的日子好过了一些，风调雨顺，村民们交了税之后，剩下的粮食还够一家人勉强果腹。

这两年北边大旱，连他们村也受了些影响，日子渐渐艰难了起来。

更可气的是，该交的税非但没少，还多了起来。

问村长，村长只说国家艰难，正在和北边入侵的蛮夷打仗，身为百姓，我们该为国家尽一份力。

村民们只能垂头丧气地回家了。他们的心里想着："国家艰难干啥还要打仗，百姓都快饿死了，这仗打起来又有何用？"

但是没办法，村长的话要听啊，毕竟他是村里唯一识字的人，也是村里唯一去过府城的人，见识比他们这群泥腿子多多了。

陈广回到家，他的妻子迎了上来，焦急地问道："相公，去村长家可问出了缘由？村长能不能赊我们些米面？"

陈广的妻子是前两年收成好时嫁过来的，刚来时红扑扑的脸，如今蜡黄蜡黄的。

陈广摇了摇头，妻子眼里没了期盼。

夜半三更，陈广坐在床边，妻子已经沉沉睡去。

他拿起锄头，走出了家门。

在夜间，枝繁叶茂的大槐树显得格外狰狞。

陈广站在大槐树下，说："你若是灵异，也该知道百姓的日子有多难过，你不该只庇护那个心坏掉的村长，我们苦命百姓的日子你不能看不见。我挖了村长埋的金银，你就替我遮掩一二吧。"

说完，一锄头下去，便挖出了瓦罐。陈广打开瓦罐，里面满是黄灿灿的金子。

陈广回到家，唤醒妻子："我今日做了一件事，以后在陈家村无法立足，你可愿意随我一起逃难？"

妻子坚定地点点头："自当生死相随。"

第二天，陈家庄的老百姓醒来，在床头发现了一小块金子，用力一咬，是真的！

他们彼此间都未声张，村长也不知道这回事。

只是自当日起，再也没见过陈广两口子。

陈广带着妻子伪装成流民走在火辣辣的太阳底下，他们不知道未来的路。但是陈广知道，以后他的命运，将由自己书写。

文 / 怀酒

木生人状

古代传说中的妖兆，木头上出现人脸的现象，木头为青黄色，脸为白色，有眉毛、眼睛、胡须，有的有头发，有的没有，据说这是地位卑贱的人兴起的妖兆。

为　妖

为什么妖怪就是妖怪，而不能是人呢？

——《山月记》

"妖寿册同地府的生死簿一样，记载万妖生死……啧，怎么没有呢？"说话的是个老妪，她苍老的面庞中透着一股子邪气。

烛光昏暗，老妪枯瘦的手沿着泛黄的书页自上而下划过。

末了，手的主人轻轻合上书道："又是个没有名字的妖怪。"

老妪名叫稗婆，职责同孟婆相似，守在这渡口前洗去妖怪的记忆，按照前世功德又把他们送入轮回。她在这渡口前守了千万年，无名无姓的可怜小妖怪倒是多的是。

"就没有人类给你个名字？"

长着两只鸡脑袋的妖怪落寞地摇摇头。

稗婆见怪不怪，语气近乎麻木地冷漠："妖寿册上无名的妖怪，生不能生，死不能死，你回去继续找名字吧。"

天色阴沉，乌云蔽日，屋里变得晦暗。临沅县最有名的食肆也准备收桌打烊。

这时，食肆中传来一声吊着嗓子的刻薄声音："你个破烂货，长了张嘴只知道吃。"

这家食肆的老板娘长了一双三角眼，一脸尖酸相。

她刚进后院，就见陈三水从客人的剩菜里迅速抓了一把塞进嘴里。

老板娘顿时怒从心起，三水不过是个奴隶，竟然有胆吃她的东西！

"咱家的猪都没喂饱，你倒好，敢给我抢食！"说着，随手抄起脚边的小木桶朝着三水砸过去。

小少年也不闪躲，硬生生地侧过身子用肩膀扛下了这撞击。

这场景倒是把一旁的怪物吓得一哆嗦，扑棱着翅膀直叫唤。

老板娘似乎对这东西有些忌讳，见妖怪受了惊，也赶紧收了身上的戾气，使唤三水干活去了。

妖怪缩着脑袋，又回到逼仄的角落。它看着倒在一旁的木桶，有一瞬间的恍惚。如果刚才三水躲开了，那这只桶铁定砸自己身上来了……

它倒是不怕死，只是怕疼。反正这十年的寿命是从掌管万妖生死的稞婆那儿白得的——因为妖兽册上没有它的名字，即便死一百次都还要重新回到自己出生的临沅县。

它是个既丑陋又没有攻击性的妖怪，人们懒得给它取名字。

因为托生到了母牛身上，脑袋又长得像鸡，因此见过它的人便随口叫它牛生的鸡。

这可算不上什么名字。因此，它上不了稞婆的妖寿册。

自打从稞婆那儿回来之后，它最大的心愿就是拥有一个能被妖寿册记上的名字，好在死后能入轮回，可以重新选择为人或者为妖。

它想着下辈子一定要做个人，做人怎么也比这样偷摸活着要强。

"宝儿，宝儿……"

双头妖怪被吵醒了，还有什么东西在戳它的脑袋。

它的两只脑袋摇摇晃晃地刚抬起来，就见三水的大脸盘子凑了过来，手里藏了个脏污的干馒头。

它见三水打了井水把馒头泡了泡，然后一点点撕下来扔到自己面前。

做完这些事情后，三水也不管自己吃不吃，便在一旁自言自语起来。

"老板娘是不是也不给你吃的，唉，真可怜，这是我偷偷藏的，你和我一起吃。"

"我叫你宝儿你说怎么样？"

"宝儿，宝儿……我的宝儿。"

……

少年话多，说到后面也困了，声音渐小，只见他上下眼皮直打架，也没发现满地的馒头屑如此显眼，便拢了衣服朝耳房门口的草垛去了。

黑夜里，它用两双黑溜的眼睛盯着他离去的背影，眼底已是一片潮湿。

四更鸡鸣，三水惊醒，想起昨晚满地的馒头屑后煞白了脸。

要是被老板娘发现了，他可得受好一顿打。

想到这里，三水连滚带爬抄了笤帚奔向宝儿，却在转角处看见两道鬼祟的身影。

"李叔，您可好好想想，你家那恶婆娘死死把着家产，你在外头可还有半点脸面？"

说话的是个眼生的年轻人，三水不认识这人，却熟悉另一个身影，那不是老板娘的赌鬼丈夫李成吗？

　　这李成是块烂泥，本事没有还嗜赌如命。前不久被老板娘断了银子，没法去赌场，现下心痒得很。

　　年轻人继续道："咱家老爷可是京城的贵人，平日就喜欢搜罗这些精怪奇物，你家那头牛生的双头怪物在我们老爷眼里少说也得是这个数……"

　　说着，年轻人缓缓伸出一个巴掌。

　　"五……五十两？"

　　年轻人不屑地摇摇头。

　　"五百？！"

　　年轻人装出一副神气的样子，闭着眼睛道："黄金！"

　　……

　　三水没等二人谈完话就急匆匆走了，毕竟李成贪婪的表情已经说明了一切。

　　他现在要做的是想办法留住宝儿。

　　宝儿觉得三水这些天都很忙，不过即使再忙，每天晚上三水还是会带一个硬邦邦的馒头给它。

　　嗯，它现在已经习惯了这个名字，它是个有名字的妖怪了。

　　宝儿很喜欢三水，它不想死去，不想见到稞婆了，就算死后它可以重新选择做人，它也觉得能跟三水一起活着才是好的。

　　可是往往依赖越深越是容易不甘。

　　宝儿总觉得不公平，为什么自己偏偏是个妖怪而不是人呢？

　　不过这些想法被淹没在了突如其来的变故里。

　　宝儿被食肆的老板娘洗得干干净净，一身棕红的毛打理得油光发亮，两颗脑袋戴上了花环。

　　宝儿觉得自己这样一打扮简直是改头换面。

　　三水把它放进一个金笼子里，然后它被带到了食肆门口。

　　宝儿十分好奇，老板娘因为迷信，因此既不敢扔了自己，怕被报复，又担心暴露后多生事端，故而一直把自己藏得很好。

　　今儿是怎的，竟然将自个儿带到大庭广众之下来。

　　宝儿没想明白，但是它发现它一出现便给食肆招揽了好些客人。

　　众人瞧它的眼神除了好奇和惊惧，还有好多它看不懂的欲望。

　　宝儿受了惊，瑟缩在笼子角落，三水却悄声安慰道："宝儿乖，我们熬过这阵子，熬过这阵子他们就不能带走你了。"

宝儿一开始不理解，但是它发现自己做了食肆的"门面"后，三水在老板娘面前越来越得脸，他开始不用做脏活、累活，只需每天陪着宝儿，甚至慢慢帮着老板娘接管了账房。

渐渐地，临沅县的百姓都晓得李记食肆里有一只神鸟。这只神鸟是只土凤凰，双头四腿，带着钱财而来，庇护临沅生意人的财运。

当然，这些说法得亏了三水的巧舌如簧和李记食肆越做越大的规模。

宝儿自然不懂其中的门道，它仍是开心的，因为三水现在过得越来越好，几乎成了李记的第二把手。

它天真地以为这一切是它和三水共同努力的结果。

转眼十三年过去了。

宝儿没想到三水当初说的一阵子那么长，长到陈三水已经蓄上了美髯，两个小三水已经开始上起了学堂，甚至——

李记早就变成了陈记。

现在这个远近闻名的酒楼已经完全属于三水了。

陈三水是怎么得到李记的呢？

在宝儿的记忆里，似乎是因为两年前李成和老板娘起了争执，李成失手杀了那个刻薄的女人。

二人无儿无女，这李记顺理成章地落在了二掌柜陈三水的手上。

宝儿开心了好几天，因为自从三水接手食肆后，就不再让它继续立在门口吸引客人了。

三水好生养着它，尽管三水好像也忘了它的名字，一声声地喊自己"土凤凰"。

"不过算啦，反正李记不也换了名字，不就是一个名字嘛，改名儿很正常吧……"宝儿总是这样安慰自己。

宝儿是真的忘了，它一开始只想要一个名字。

吱呀一声，门被推开了。

门外夕阳的余晖照了进来，宝儿从笼子里望出去，三水背光朝它走来，他身后有满满的光，宝儿却突然觉得这些光从来没暖过它。

三水捋了捋长袍，坐到了宝儿笼子旁。

沉默良久后，三水突然开口说话了："你能听懂我的话吧？"

宝儿别过脑袋，又听他道："我就知道你能听懂，所以当年用这种方式拴住了你。"

宝儿静静地听着。

"当年李叔差点把你卖了。我知道如果你跟他们走了，也只会是贵胄笼里的金丝雀。既然都是关在笼子里，不如你帮我一把，好歹你还值个大价钱。只要得到老板娘的信任，只要她把卖身契还我，我就自由了……况且，你是我的朋友，你在我手上我才最放心。"

三水突然顿住，盯着宝儿的眼神十分复杂："你知道的，没有京城那位贵人的帮助，我根本取代不了李记……只是，只是……"

陈三水的眼睛里透着疯狂："我不知道他们会让我背上一条人命！"

宝儿瞪大了眼睛，它想惊呼，可惜无论怎么开口，说出来的话都是人类听不懂的语言。

"宝儿，宝儿你再帮我一次，那位贵人说了，他可以帮我掩盖真相，作为条件，以后你就跟着他吧。你再帮帮我，他会好生养着你的……"

宝儿不记得去往京城的路上发生了什么，它只觉得路程漫长，它也好累。

等醒来时，宝儿又来到了多年前见到的老妪面前。

稞婆抬眼看了看宝儿，又低头继续翻找着它的名字。

宝儿静静地看着那只枯瘦的手从纸上划过，落在一个极其模糊的名字上。

字迹在变换——"宝儿""神鸟""土凤凰"，最后淡为虚无。

它还是没能拥有名字。

"回去，再找找……"

宝儿摇摇头，名字对它来讲不重要了，只是它又想起很久以前自己对做人的渴望和一直苦恼而不得解的问题——"妖怪为什么是妖怪，而不能是人呢？"

它在这十多年里遇见了很多人，这些人却都让它有一种感觉：幸好自己是个妖怪。

文／枭韦

牛生鸡

妖怪具体名字不详，由牛生下，有两个脑袋、四只脚和只有一个身子的鸡。

第四辑

红灯记

用魔法打败魔法

哈哈现在有点郁闷，因为一觉醒来后，他变成了狗！还是一只看起来脏兮兮、没有主人的流浪狗。

他现在正躺在一个桥洞下，四仰八叉。他开始思考人生，回想了一下自己到底干了什么缺德事才会变成现在这个样子。等等，不对！自己变成狗了，那原本那个自己呢？

要赶紧回家！

哈哈一下来了精神，撒腿狂奔。

跑着跑着，他笑不出来了。因为他看见一个在高处闪闪发光的建筑——东方明珠！完蛋，他是个北方汉子啊！

哈哈这次是真的惆怅了，看来他要先想办法养活自己了。翻垃圾桶？不存在的！要找一个人收养自己才是王道。众所周知，有出息的宠物狗甚至可以比人混得好。

哈哈漫无目的地在路上游荡，他尝试对着几个看过去很喜欢小动物的人示弱，打滚卖萌，可惜人家只给买了点吃的，没有打算带它回去的念头。

哈哈很沮丧地在小区里游荡，狗生迷茫。"喵……"一声猫叫吸引了哈哈的注意力，它抬眼望去，一只大橘蹲在椅子上，边上的电线杆子贴着寻猫启事。这上面的照片和眼前的猫，不能说很像吧，简直就是一模一样！

哈哈精神一振，先一个狗扑控制住猫，叼起猫的后颈，然后蹦上椅子仔细看了看寻猫启事。唔……刚好是这个小区，8栋306室。哈哈仿佛看见金主爸爸在向他招手了。

哈哈偷偷避开物业的视线，爬楼梯找到了那个主人家，它直立起身子，拿爪子扒拉了一下门铃，然后乖乖蹲坐在门前，等待这家的主人开门。

门开了，一个男孩子出现在门边，他看见门口坐着一只脏兮兮的大狗，吓了一跳。还是大橘"喵"了一声才引起他的注意。

男孩子显然很惊喜，回头朝屋里喊了一声："肥肥找到了！"只听见里面传来一阵乒乒砰砰的响声，哈哈默默地把猫放到地上，继续老老实实坐着。很快从里边跑出了一个女孩子，她抱起大橘直呼宝贝，亲热了一会儿后才发现外面还蹲着一只大狗。

"这狗是怎么回事？"

"就是它把咱家宝宝送回来的。"

"这简直成精了嘛！"

于是哈哈成功上位，被这家的人收养了。它先是被送去宠物店好好洗了个澡，然后打了疫苗。哈哈打针的时候疼得鬼哭狼嚎，医生听着这中气十足的嚎叫，告诉他们这只阿拉斯加绝对很健康，应该是刚被抛弃没多久。

可不是嘛，哈哈才刚变成狗没几天。

接下去的日子挺悠闲，哈哈被取名叫"好好"，希望它从此好好的，不再流浪。小情侣将它照顾得很好，把它养得白白胖胖的。

哈哈了解到女生叫许若，男生叫白光，两人高中就在一起，走过了大学的异地恋，终于在上海这个城市共同打拼未来。两人都是地道的上海人，房子是女生家的一个小公寓，不大，但是收拾得很温馨。

哈哈每天除了吃喝睡，再来就是被小情侣带着出门散散步。它甚至觉得如果变不回去也挺好的，没有压力没有烦恼。虽然偶尔会和大橘打打架，被挠掉几撮毛。哈哈以为，它的余生大概就是这样了。

渐渐地，白光开始经常加班，越来越忙，甚至周末都很少在家里，不过他也会经常买各种小礼物给许若，尽量不让许若感到失落。

许若说不失落是假的，她经常多做饭菜，却只有自己一个人吃，有时兴冲冲做了一桌大餐想给白光一个惊喜，却只接到了一个抱歉的电话和一束跑腿送的鲜花。最后这些饭菜理所当然进了哈哈的肚子里。看在好吃的饭菜的份儿上，哈哈愿意时不时地卖萌犯蠢，哄一下小姑娘。

那天半夜，许若有些饿了，白光还没回家。许若想着白光大概也快下班回来了，于是打算干脆去楼下的二十四小时便利店买点吃的，顺便煮个宵夜。

哈哈听到了许若起床的动静，便自己叼着牵引绳在门边等着。大晚上的让女孩子一个人出门可不安全。

上海冬天的晚上寒风刺骨，许若裹紧了衣服，只露出一双灵动的大眼睛。此时哈哈庆幸自己是只雪橇犬，别的狗冷不冷它不知道，反正它不冷。

便利店出了小区拐个弯就能到，转弯的时候，哈哈的狗鼻子嗅到了一丝熟悉的气味，它看见角落里有一对纠缠在一起的人影，白光是那个男主角。

哈哈有点犹豫，它不知道该带着许若若无其事地离开，还是要让许若看清这个男人。最好它决定选择后者："豁出去了，渣男天打雷劈！"

哈哈突然挣脱牵引绳，假装是发现了男主人，一边叫着一边欢快地跑过去。这动静自然惊动了那对人影，白光看着哈哈跑过来后有些惊慌失措，想推着另一个女生先走。哈哈怎么能让他得逞，继续热情地扑过去，结果大概是准头不行，哈哈不小心把那个女生扑倒了。

追过来的许若自然看见了这一幕，她盯着白光脸上还来不及擦去的口红印，有些发愣。她突然就不想质问了，或者说不知道该从哪里开始质问。哈哈过来拱了拱她的手，她重新给哈哈系好牵引绳，转身离开。

白光想追上来，但是他的衣角被人拽住了，被哈哈扑倒在地上的那个女生说她的脚崴了。许若放慢了脚步，却没能等到身后的人追过来。哈哈在想自己是不是做错了，也许白光只是一时糊涂呢？不！哈哈甩了甩脑袋，出轨只有零次和无数次，他才不当帮凶。

回到家，许若不哭不闹，她收拾了白光所有的东西，打包放到了门口，反锁了门，预约了换锁公司明天过来换锁，哈哈一直在旁边跟着走来走去，有点担心。

忙完所有的事情后，许若一头扎进柔软的大床，一口气突然卸了下来，终于忍不住呜咽出声，她不知道自己哪里错了，为什么就被放弃了呢？

大橘安静地蹲在床头，哈哈想了想，跳上床偎依在许若身边，听说拥抱大狗可以让人觉得治愈。它又用头拱了拱许若，示意许若可以依靠自己。

许是觉得有了依靠，许若终于哭了出来，从小声啜泣到号啕大哭，最后终于沉沉地睡去了。哈哈看着熟睡的女孩，轻轻舔去她脸上的泪痕。这么好的小姑娘，早日认清渣男也好啊。

第二天醒来的许若情绪平稳了很多，她抱着哈哈，对哈哈说："我昨晚做了个梦，梦里你居然变成了人。"哈哈听了许若的话后，想说自己可不就是人嘛，但是它不会说话，只能用"嗷呜"回应一下。

许若继续碎碎念："好好你说，王子变青蛙是真的吗？会不会你其实也是个帅气的男孩，被封印在了狗狗的身体里？"说着说着，许若反而把自己逗乐了，她笑得在床上打滚。哈哈倒是听进去了，是不是只有童话故事的套路可以解救自己？

哈哈用爪子扒拉了一下许若，瞪着他湿漉漉的狗眼，许若见到哈哈这个样子，有些惊奇："你还听懂了？真以为自己是王子吗？哈哈哈哈……"

哈哈也不恼，继续扒拉许若，许若被扒拉烦了："行行行，那让我看看你到底是不是王子呢？哈哈哈哈哈嗝……"许若笑得打嗝，但还是低头亲了亲哈哈的狗头。

然后发生了什么？哈哈真的变回来了！一米八七的大个子突然出现在许若的床上，可是狗狗是不穿衣服的啊，所以……

"啊！变态啊！"

文 / 夏小洁

盘瓠

哈哈的原型是《盘瓠王歌》里的龙麒，古代南方民族传说中的神犬，又称为葫芦狗、麟狗、龙犬，盘瓠。传说中它在金钟内转化为人形，但公主提前打开了金钟，导致盘瓠成了狗头人身的形象。

致人类的一封公开信

片片竹叶凋零，如江河奔腾向东。

这就是我要公开我与我家族故事的缘由，我想让这世界看到我们，看到在我们之中，亦有让江河奔流向西者！

我生在一片竹林中，我的家族亦在这片竹林中。按照人类的说法，我们被叫作竹叶鬼，源自竹叶，是可化作流光的一种妖怪。

但我们并不觉得自己是妖怪，相反，那自视清高的人类在我们眼里才是妖怪。但关于人类与我们何者是妖的问题，这里暂且不谈。

我所要谈的是基于我们传统理念之上的东西，这个东西相较于外来的身份认同来说，更为重要，因为它包含着我们族人去向何方、能去多远的追问。

我们生于这片竹林，只有尺把有余。我们生来形态各有不同，但却有高、矮、胖、瘦、瘠五种之分。而问题刚好出现在这高、矮、胖、瘦、瘠上。

按照我们的传统，我们的婚配与我们的所爱必须是门当户对的。也就是说，高的只能与高者结婚，矮的只能与矮者结合……当这门当户对的两者结合在一起后，才能化作流光，去寻找他们的偏爱之所，在这段时间里酝酿，而后孕育出一枝新的竹叶，竹叶上就会出现新的小小族人。这个传统不管多少年来总是如此，一直不曾改变。现在如此，将来也是如此，至于过去，反正在我所知道的时间里，也从未改变。

可是，我却没有遵循这个传统。

作为一个高者，我本应该将我所有的爱，全都付诸在高者族人身上。可是，自我有关于自我的意识萌生以来，我慢慢发现，我的身体与心灵所爱的，全都来自矮者族人。是的，我爱上了一个矮者族人，我喜欢他小巧的身体，我喜欢他的幽默风趣。我不爱我的高者族人！

当我意识到这一问题时，我就知道，假如我将这一秘密讲出来，我肯定会被我的族人彻底抛弃。而我的父母，将会在族群中颜面扫地，从此再无尊严而言。更甚者，我也有可能会因为破坏千年来铁打不动的规矩而丧失性命！

所以，我敢将这个秘密讲出来吗？我能将这个秘密讲出来吗？

我不敢！我也不能啊！

于是，我将自己对矮族人的爱意隐藏了起来，强迫自己虚情假意地爱着高族人。

可是每每当我昧着真心去与高族人谈情说爱的时候，我的内心总是在鞭策我说：骗子！骗子！我就是骗子！我不能去诓骗高族人对我的爱意，因为我爱的是矮族人。我在这种矛盾中苦苦煎熬了许久，我不知道该怎么办！

我曾小心地试探过和我玩得好的玩伴们："假如一个矮族人爱上了高族人，他们会怎样呢？"

毫无疑问，得到的回答全是如下这些：这是不可能发生的事情！矮族人怎么可能爱上高族人呢？我们爱的都是和自己一般模样的族人啊！

于是，在这种虚情与真心作斗争的过程中，在不可能发生和已经在我身上发生的事实中，我彻底迷失在了自我的世界里。我不知道我是谁，我不知道竹叶是什么东西，我也不知道当他们与门当户对的族人婚配时化作流光是什么意思。

我只知道，我的所爱，在这片竹林里是不可能存在的！

但真的不能存在吗？

在浑浑噩噩、纠结矛盾了许久之后，我决定调查清楚产生这种现象的原因——为什么我与我的族人之爱截然不同？我穿过千家万户，从竹林的东边走到竹林西边的最幽暗之处。因为在这里住着一位竹林中最长寿的族人，我想，他也许能够解答我心中的疑惑。

他是一位瘦者，因为很瘦，所以显得有些高。但相对于我这个高者族人来说，却远远不及。我问他："您活了多久了？"

他颤巍巍地回答："三百年了！"

三百年，这已经超出了我们族人三倍的生命期限了！我虽然惊讶，却也没有忘记这次来找他的原因。我知道，他在三百年的岁月里肯定见过许多事情，我想，他应该也遇到过发生在我身上的事情！所以，我直白大胆地向他提出了这个问题。

我问他："假如我所爱的是矮族人，您会嫌弃我，甚至将我置于死地吗？"

我以为他在听到这件事之后会高声尖叫，喊来其他族人将我这个破坏族规的"异者"拖去处置。

但是他却回答："不会！"

我的眼泪呼之欲出，于是又问："为什么？您还见到过其他这样的族人吗？"

他不紧不慢地回答："三百年，我活了三百年。这三百年里我什么没见到过！各个族群之间的内乱厮杀，我们与其他族群的战争！竹林遭遇过的大火！竹林惨遭破坏，族人惨遭灭绝……这些我都经历过。在我和你一般大的时候，我第一次遇到了和你一样情况的族人……"

"他后来怎么样了？"我着急地问道！

"他的事情被其他族人知道了，族人认为他破坏了族规，所以就把他杀了。他在死后化作了一片竹叶，长埋在我们脚下的泥土里。"他冷冷地回答，"这件事情被迅速处理掉了，没有多少人知道。"

"后来，我又遇到了好几次一样的事情，他们要么因为事情曝光后被杀，要么自杀，要么就一直根据族规的要求，隐藏身份去爱。"他又接着说道。

"所以，我不是第一个违背族规的？"我问道。

"是的，你不是第一个！你是最后一个！"他回答。

为什么我会是最后一个？难道……我感到十分惊恐！

"你别怕！你知道为什么我不像其他族人一样，对你违背族规的事情感到愤怒吗？我实话告诉你吧！其实我也和你一样！我活了三百岁，关于我的所爱，我从未告诉任何族人！那是因为我所选择的便是根据族规的要求，隐藏身份去爱。你今天已经知道了很多关于族人的秘密，如果你想解开疑惑，就必须自己去找，答案一定会被你找到！"

他说的话在让我震惊的同时又让我感到疑惑！

"为什么？"我问他。

"因为在选择死亡与隐藏心中所爱的两条路之间，你走出了第三条路，勇敢地去寻找答案吧！"他微笑着看着我。

"你知道吗？关于这个问题，你在我们这片竹林里是找不到答案的！你要继续走，到外面走！去最聪明的人类那里寻找答案！"他继续说道。

"人类？就是那些自负地把我们看作妖怪的人类吗？"我冷哼了一下。

他笑着摇摇头："你知道他们为什么自负吗？"

"不知道。"

"因为他们擅学！你又知道我们为什么被叫作妖怪吗？"

"也不知道。"

"因为我们迂腐！"

"因为他们擅学，所以几千年来，他们靠着自己的努力，从手无寸铁的普通人类变成了这个世界的主宰者。而我们则十分迂腐。我活了三百年，在这三百年里，我的族人们闭门造车，活在属于自己的神话里，从不曾向外看去！而我亦是如此，但你却不一样！"

"有何不一样？"我满脸疑惑。

"当你穿过重重竹叶林，来到我这里寻找答案的时候，你就已经踏出了你所属世界里的第一步。同时，也踏出了我们这个竹林世界的第一步。你知道吗？在我150岁的时候，发生在我和你身上的事情，同样也发生在了人类身上。"

"你是说，在人类身上也会发生这种违背族规的事情吗？"我更加震惊不解。

"那是一个夏日的黄昏，一对人类男女突然闯进了这片竹林里。他们身高体型接近，却有着白色和黑色两种不同的肤色。他们就在我身下的这杆竹子下肆意拥吻。可是在我的认知里，人类只有同种肤色的才能拥吻啊！从那日起，我便知道，原来即使是自负的人类，他们的世界里也会发生和我们一样的事情！"

我被他所讲的这个故事弄迷糊了！只见他年老的身体颤抖不已，他在哭泣。

"你难道不想知道在高级的人类世界里，他们是怎样处理这种违背族规的事情吗？你难道不想搞清楚我们为何会这样吗？"他哭泣着问我。

我点点头，似乎明白了他所讲的一切，又好像没有明白。

"去吧！走出这片竹林。你想要知道答案。我也想要知道答案！但是，我已经老了，走不动了！我们只能靠你了。"他睁着泪眼看向我。

"去吧！现在就出发，踏出这片竹林，走进人类的世界里，向他们寻求答案！"接着，他使劲推了我一把！将我推出了他所在的那根竹竿。

顺着风，我穿林钻叶，飘荡了四五天，终于来到了人类的世界里。

当看到人类所打造的灯红酒绿的世界后，我才真正明白了老头那句话的意思：人类，擅学！

为了不让人类看见我的"妖怪"模样，我化作一道流光，只在午夜出来，在高楼大厦的灯火通明处流转。看着人类精彩的世界的同时，我也无比期待那个问题——"面对不同的爱，人类是如何去看待？"的答案。

日月流转，我在人类的世界里待了许久，却苦苦寻找不到解答问题之人。在那些灯火通明的房间内，这些人类重复着同样的动作，对着电脑苦苦思索。

于是，我又知道了，人类的世界里正在流行着一种叫作因特网的工具，它的能力比我们这些"妖怪"的神力还要厉害。只需要一秒钟，就可以征集到许多信息。我还看到在这些因特网世界里，还有一个介绍了很多"妖怪"的网站：纪妖网。在这个网站里，人类并不害怕我们这些所谓的"妖怪"。

所以，我斗胆用这封公开信的方式告诉大家关于我和我家族的事情，只为了向大家征求一个答案：面对不同的爱，你们，高级擅学的人类，会怎样做呢？

请大家告诉我好吗？

在那片竹林里，我的家族、我的父母，还有一个矮者族人，在等待我踏步归来！

——一个苦苦等待答案的竹叶鬼

文／安在君

竹叶鬼

古代传说中的妖怪，喜欢成群出现，本体是竹叶，会变成各种小人，高矮胖瘦都在一尺左右。竹叶鬼活动时会刻意躲避人类，有危险时会幻化成萤火虫逃走。

九尾蛇阿莲

行为异常，身形异常，要么是天才，是大能者；要么就是傻子，低能者。

阿莲是一条蛇妖，虽是蛇，却与众不同。别的蛇妖生来是一条尾巴，而他却有九条。

他也不知道有九条尾巴是好事还是坏事，因为他所经历的事情都是好坏参半。

他的父母总说他是天命之人，因为在他们蛇族中从未出现一蛇九尾的族人。因此，他的父母日日憧憬着他们的孩子能成为蛇族的英雄。

可是，他真的是天命之人，真的会成为蛇族的英雄吗？

虽然他也的确展示过神奇之处。蛇妖生下来就速度非凡，虽有法术之功，但族中之人却未曾与其他妖族的妖打过架，原因就是他们的力量先天不足，打架时只能用法术来拖延时间，不能近身战斗。

但阿莲不一样，阿莲在五岁的时候，浑身就充满了力量，曾用一条尾巴摧折了一株大树。这让他的父母非常兴奋，连忙拉着他跑到蛇族族长那里禀告这件事。

这让族长十分惊喜，于是他赶紧让阿莲再次展示一下神力。阿莲照做了，但是刚才摧折大树的力量却浑然不见了。族长见此非常失望，认为阿莲的父母就是想要邀功的骗子。

他的父母也很失望。可是阿莲摧折大树的事情他们明明就看见了。自此以后，阿莲父母时不时就叫阿莲去绊倒大树，阿莲也一直听父母的话，总是用九条尾巴一一去摧折或是绊倒大树，可是结果都如同遇水之泥，毫无作用。

这件事情很快就传遍了整个族群，族群里的族人分成了两派，有的相信阿莲是有神力的蛇妖，非常希望他能再展现一次力量；有的不相信他是有神力的蛇妖，认为他只是一个奇怪的骗子而已。

偏偏不巧，以前一直和阿莲玩耍的玩伴们就是不相信他有神力的族人。

在阿莲九岁时前往蛇族学校学习法力时，这些玩伴就一直围住他，在他耳边大声唱着打油诗："蛇妖傻阿莲，非常不要脸；总说有神力，就是不给力；掰树掰不动，反被摔成泥；天生九条尾，定是蛇族累。"

阿莲一开始并不以为意，可是听得多了，他也渐渐厌烦自己了。他时常在想：他们这么恨我是为什么？是因为我有九条尾巴吗？

每次在学校被那些玩伴欺辱过后，他都是垂头丧气地回到家中。他也曾把这些话说给父母听，想征询父母的意见，可是他的父母总是说："孩子，他们不知道你是天命之人，但是我们知道。你五岁的时候，曾经用神力摧折了一株大树，到现在我都记得。我们相信，你就是蛇族的天命之人，你要加油学习，你是有九条尾巴的蛇妖，你与众不同，你和那些泛泛之辈不一样。"

就这样，阿莲带着矛盾的想法度过了一日又一日。白天他在学校里默默承受玩伴的侮辱，晚上回家后又振奋地接受父母给予的肯定。

有时候他也会想：我这多余的八条尾巴到底有什么用？是它们赋予了我摧折大树的神力吗？因此，他常常掐自己的尾巴，有时候还用针扎、用石头捶打。可是每一次带来的都只有疼痛。这些疼痛一次次地驱散了阿莲把其余八条尾巴砍掉的想法，他不敢，他很怕疼。

进入学校六年之后，在阿莲成年之际，他终于毕业了。在学校的六年里，他总是被同学们欺辱，以至于都没把学校的学业放在心上。毕业之际，他只得了一个及格的成绩，甚至于只学会了简单的五行法术。

父亲看到了这个平平的成绩后非常气恼，他大声吼道："我和你母亲为你付出了多少心血，叫你日日用功学习，之后展现神力，给蛇族带来荣誉。你倒好，天天在学校贪玩。你看看你的成绩是多么差！"

父亲的这番话让阿莲很震惊。这么多年来，他还是第一次看到父母对他发这么大的火气。一时间，他肚子里的气淤积在胸中，久久不散。

但是父亲并没有结束责骂，又继续吼道："当年你母亲生你出来，看你有九条尾巴，又惊又喜，总觉得你会像那狐族的九尾狐一样，法力高强。在你五岁的时候，我们亲眼看你用尾巴将一株大树摧折，总以为你就是我们家的荣耀，是蛇族的天命之人。可这么多年过去了，你给我们带来的是什么？是同族的侮辱啊！我们本来想着等你毕业了，就能见识到你高强的法术，就能看你唤醒那次的神力，可是你呢？就给我们带来这么差的一个成绩，你让我们以后要如何在同族面前抬头啊！你太让我们失望了，你就是一个怪物，什么九条尾巴！我看你简直是个连傻子都不如的废物。"

阿莲的父母在看到阿莲平平的成绩后，终于把这十多年的火气发泄出来了。原来之前他们就一直被同族的人嘲笑，但是都一直忍着，没有向阿莲说，不想让阿莲被这些情绪困扰。

阿莲的父母愤怒地将这一番话吼出来后，淤积在阿莲胸中的气突然爆发了，他喷吐出一大摊血水出来。

但他的父母好像没看见阿莲吐出血水一样，继续愤恨地埋怨着。

渐渐地，阿莲的耳朵听不见父母的声音了，他脸色苍白地走出了家门，直直地跑过了族中的道路。

路旁的族人见他嘴角流血，脸色苍白，拖着九条尾巴走路，纷纷嘲笑他："你看这傻子，考了个低分，只学会了简单的法术，肯定被他父母打了。这九条尾巴就是个摆设而已哦！"

阿莲没把这些话听进去，他的脑海里一直浮现着十多年来的画面：有五岁那年摧折树木的惊喜；有玩伴的侮辱；有父母的加油打气；有毕业时得低分被全校同学嘲笑的尴尬……这些情景一幕幕地从阿莲的脑海中浮现出来。终于，他的目光锁定在了自己身后的九条尾巴上面。

他苦笑着问道："你们有什么用呢？你们为什么要出现在我的身上呢？"

他苦笑着，继而又放声大哭，突然从旁边看戏的蛇妖身上夺过一把刀，狠狠地刺向自己的一条尾巴。

鲜血从伤口处飞溅出来，有些血喷溅到了围观蛇妖的身上，但他们并没有心疼和劝阻，反而更加兴奋地大喊："快来看啊！这条九尾蛇妖要砍掉尾巴啦，快来看啊！"

喊声一出，围观的族人更多了，他们同样兴奋异常！

阿莲砍掉一条尾巴后便没有继续砍了，因为伤口太疼了，疼得他一时间忘掉了之前遭遇的一切。

可是围观的蛇妖越来越多，无一不在大喊："快点！还有八条，快砍啊！怎么不砍了？快砍啊！没本事吧！原来是夺人眼球呢！没意思……"

这些声音像鬼魂一样绕在阿莲的头上，让他又疼又烦又恨又无奈，诸多情绪涌上心头，眼泪也已经把血水冲淡了。

他扔掉刀，艰难地爬起来，冲出了人群，跑出了族群的村落，来到了村口处的一株千年老树旁。

无数情绪絮扰着他，尾巴的伤口还在滴血，心口淤积的气还没有消失，阿莲回头朝村落看去，双眼一转，扭头便朝这棵千年老树撞去。

只在刹那之间，阿莲的浑身好像充满了力量，这力量使得被砍掉的尾巴的伤口瞬间不疼了。阿莲的头脑一片空白，这么多年来，一直在心中困扰他的情绪一瞬间消失了。这力量让他撞倒了这棵千年老树，同时阿莲的生命也被撞没了。

阿莲的头上被撞出了一道口子，血流出了九道。阿莲剩余的八条尾巴也没了生前的活力，就像一株被风干的莲花，失去了生命的色彩。

族人们紧跟在阿莲身后，眼见他撞倒了大树，纷纷惊叹，原来他真的有神力。

可是不久之后，族人们又把目光转移到了老树上面，他们纷纷议论着阿莲撞倒了村里族人的千年老树这件事，并且都在讨论着应该让他父母赔偿多少。

阿莲的父母把阿莲的身体带回了家，连同他那条断掉的尾巴一起埋葬在家后面的空地上。

第二年，阿莲的坟墓上长出了一株小野花，花形平平淡淡的，但却是一株并蒂花。

阿莲生前一直被一个问题困扰着：自己的这九条尾巴到底是天才的象征还是傻子的隐喻？

阿莲到死了也没有想到，自己就是这株并蒂的小野花。

阿莲是一条九尾蛇妖，相传他有神力，但是他更想做一个普通的蛇妖，平平淡淡地活着。

文 / 安在君

九尾蛇

古代传说中的妖怪，双眼放光，蛇身粗壮，有着鱼鳞一般的硬甲，长着九条尾巴，爬行时尾巴会发出铁甲撞击的声音。尾巴上面有小孔，孔里可喷出极具杀伤力的毒液，所及之物皆腹部开裂而死。

我不信

其实，这件事情我是早就已经忘记了的，之所以再次提起，是因为刚才我在报纸上看到了一则新闻。这个新闻的大致意思是说，人们在印度发现了一头长着五条腿的牛，还贴心地配上了几张图。图上，一头在牛角背后长了第五只腿的牛被很多人围观着，身上撒满了五颜六色的颜料，脖子上还挂着鲜花编织的花环。一头牛长了五只脚，这的确是很稀奇的事情，我本来想把这个新闻随手递给同事们看看，但是报纸才离开桌面，我的脑子里就突然回想起了小时候遇到过的一件事。我努力地回想这件事的一些细节，终于想起来原来我并不是第一次见到新闻里的这头五足牛。

我第一次见到这头牛是在二十年前，那时我刚好七岁。我们家在一个村子里，那天，我随着父亲和一些村友去隔壁的镇子上赶场。所谓赶场就是镇上会选择一个特定的时间大开集市，会有很多商贩前来摆摊兜售商品。

那天的集市除了与以往相同的商品之外，在镇子集市的入口处居然还建起了一个临时的马戏团棚子。当时我死乞白赖地央求父亲带我去看这个马戏团班子。那时候我之所以非常想去看，是因为马戏团宣传当天会有珍奇异兽出现，而那只珍奇异兽就是我第一次见到的五足牛。

一般来说，最吸引人的东西往往都会被安排到最后，马戏团的节目也是如此，这只神秘的珍奇异兽"五足牛"就被马戏团安排到了最后出场。尽管前面的节目都是马戏团的一些常规表演，但为了能见到五足牛，让当时昂贵的三块门票钱花得值，我们耐心地等到了最后。

终于到了最后一个节目，神秘的五足牛出场了。首先出现的是一个男子，约莫十五六岁的模样。说实话，虽然我家里的境况不太好，但是我能从他的整个神态中看出来，他家里的境况比我家还要差很多。紧接着，这个男子手里牵着的牛也现身了。一开始，这头牛的身上披着一块红布，充满了神秘感。在周围观众的欢呼声和惊讶声中，男子缓缓地掀开了红布，露出了里面的五足牛。

这头牛确实很奇特。它看似普通，但是却在双角后面的背脊处长了第五只脚。红布一掀开，马戏团的场馆里立刻被围得水泄不通，周围的人群无不发出惊讶之声，有的甚至双手合十，自顾自地念叨着。

我也被这罕见的五足牛惊呆了。我心想：这个世界真是太神奇了，竟然还有生出了第五只脚的动物。

我问父亲："爸爸，为什么这头牛的脖子上会长出第五只脚啊？"

父亲看了看我，思考了一会儿，又指了指牛所在的方向，不耐烦地说："问东问西，赶紧看。"

我也不好继续问了，只能用既好奇又惊讶的眼光注视着这头牛。

只过去了一阵子，人群里就一片嘈杂。一开始，声音并不大，只有几个人在那讨论。

但随着讨论的人越来越多，最后，那些声音竟直直地传到了整个马戏团的场地上。

有声音问道："嘿！放牛那小子，这五足牛是你家的吗？这牛身上那五条腿是不是真的？你怕不是在哄我们吧？"

还有声音附和道："对啊！我也觉得这腿好像是假的，哪有牛长出五条腿的？"

这些声音越来越大，对观众的影响也越来越大，以至于离得稍远的我都不禁怀疑起来："这五足牛到底是不是真的？"

一开始，那牵牛的男子只是简单地应和几句："这头牛是我从小养到大的，它生下来就长了第五条腿，这腿是真的！"

　　但是，牵牛男子的回答并没有熄灭观众的好奇心。想要知道真相的声音越来越多。最后吵得马戏团的主持人只能出来维持局面。那主持人说："各位观众，我们马戏团的全体人员用人格担保，本马戏团的动物都是真的。"

　　话还没说完，前排观众就说："老子才不管你的什么格！老子花了三块钱进来就看一个冒牌货，我可气不过，今天要么你给老子退钱，要么给老子验明这头牛的第五条腿是真的！"

　　这位观众的话刚一说完，整个场子里的观众都开始大喊："要么退钱，要么证明是真的！"

　　这阵势搞得主持人尴尬到直抹汗，他又大声说："各位各位，少安毋躁哈！本马戏团一向真实，这五足牛的第五条腿是真的，当时它来我们马戏团的时候，我们特地花大价钱给它验了真伪，还拍了片子，医生说，这第五条腿是真真切切地从身上长出来的。我们走了大大小小十几个镇子，都是这样过来的。若大家不信，我立刻把这头五足牛的片子拿过来给大家看。"

　　没过一会儿，只见一个小姐姐从后台急匆匆地拿上来一张照片。那时我不懂，只隐约看到这是黑白的照片，白色的东西好像骨头一样。我问父亲那是什么东西，父亲不耐烦地回答："这头牛的骨头照。"我又问："那第五条腿有骨头吗？"父亲说："有的，有的，我看像是真的。"

　　尽管马戏团拿出了充足的证据，证明这是一头真的五足牛，但是围观的群众还是不相信。前排的观众甚至直接爬到了台子上，想要一探究竟。

　　于是，台子上乱作了一团，马戏团的人和那个男子拼了命地抱住五足牛，跑上台子的观众拼了命地想要掰开牛的第五条腿，嘴里还大喊道："骗子骗子，你快退钱，快退钱。"推推搡搡间，有观众被推倒在地，那头牛也被扯得哞哞直叫。父亲牵着我的手，站在原地一动也不动。一开始我还觉得好玩，但是后来，事情越变越大，直叫人吓哭了。

　　整个场馆里乱作一团，有一些围观的群众看不下去了。他们大喊："不就是头牛吗？至于大家这么大动干戈吗？既然他们说是真的，你们又不信是真的，来个人把牛的腿掰砍下来不就行了？"

　　听到这个提议后，很多观众不闹了，他们纷纷嚷道："对啊！快拿把刀来砍一下，看是不是这个小子粘上去的假腿。"

一开始，那个牵牛的男子竭力阻止观众用刀砍他的牛，还声嘶力竭地说："我把钱退给你们，你们别伤害它，它跟了我十年了。你们别伤害它，我把钱退给你们啊！"

但是大家都没听见他的话，牵牛的男子还被两个壮汉紧紧地架住，不能动弹。他就在那里哭啊哭，我也被这个场景吓到了，我问父亲："爸爸，他们要杀了这头牛吗？"父亲忧心忡忡地说："看样子，这头牛是要被砍掉腿了。"

果然，有人直接递上了一把砍柴刀。这时，围观群众的热情瞬间高涨了起来，全场都安静了。马戏团的主持人也被吓住了，不敢多说一句话，只剩下牵牛的男子在那里掩面哭泣，大喊道："别砍，别砍啊！"

但是他的呼喊并没有用，那头五足牛被观众团团围住，还有几个壮汉负责压住它。一个男子把它背脊后的第五条腿拉了出来，另一个男子举起砍柴刀……

我的眼睛被父亲用手捂住了，只听到那头牛悲惨地叫了一声，紧接着，那个牵牛的男子也大哭了起来。

我把父亲的手拿开后，只看到围观群众的身上都溅满了鲜血，衣服上、脸上一片红血迹。先前拉伸牛腿的观众，举起一条血淋淋的牛腿大声说："嘿，这第五条腿是真的诶！是真的诶！"

围观观众见状，大声哀叹了一下。纷纷围过去看被砍下来的第五条腿，还没过一会儿，便散去了，嘴里还说着："唉！真没意思。"

观众渐渐散去时，父亲也把我拉着，跟在人群的后面。

等我回过头看时，只看到牵牛那男子跪伏在牛面前，大声号啕："对不起，我不应该牵你出来讨饭吃，对不起啊！"

而那头牛躺在血泊中，眼睛微微睁开着，嘴里发出哞哞的声音。

回到家后，我一直很想知道这头牛最后怎么样了。

但是都没听到任何消息。

似乎过去了七天的时间，我在父亲和村民的聊天中隐约听到这头牛好像死了，而那个牵牛的男子也好像发疯了。

我不知道他们最后到底怎么样了，我在那之后再也没有见到任何珍奇异兽。渐渐地，我也忘了我曾在七岁的时候见到过一只珍奇异兽——五足牛。

直到现在我才想起来，小时候我竟然遇到过这么一件荒唐的事情。

我本想把这个关于五足牛的新闻递给同事朋友看，但是细想了一下，还是算了吧！我不想做那个挑起是非的人。毕竟很多事情是我们都不曾遇到过的，但有些人却总喜欢将自己的认知凌驾在他人之上。

从今以后，我再也没见到过五足牛。第一头五足牛在我的现实世界中被害死了；第二头五足牛被我扼杀在了我不了解的新闻世界里。

文 / 安在君

五足牛

古代传说中的一种妖兆，当出现牛生五足牛崽时，国家会大兴徭役，剥夺农时。

史前人类壁画

辛太极在安在市安乐镇安心村当了三十多年的老村长了，之所以当了这么久，完全是因为他能胜任村长这一职位。他不仅有威望，谁家闹矛盾了，只要他一出场，两三下就能搞定，而且还处处为村民着想，一直在为村里人谋出路。毕竟光靠农业上的一些生产，只能勉强补贴家用而已。

然而，辛太极的办事风格同他的名字一样——"心太急"。前几年，他给村里招来了一些项目，但是都没能成功，这少见的失败让他越来越急切了。他心下想着把今年干完就退休了，但是在退休的时候，也得做出个成绩来啊！但要做些什么呢？

就在辛太极越发为村里着急愁苦的时候，邻村的发展让他倍感压力。

去年，一支考古专家团队在邻村的一个山洞里发现了史前人类的生活痕迹，不仅有各式石刀、石斧、石碗，最主要的是还在洞里发现了大面积的壁画，壁画上的内容有牛、羊、猪，有人类有篝火，还有星辰、星系等等。这一发现不仅为我国的史前人类研究添加了新料，还直接带动了邻村的经济发展。邻村直接将"史前人类的居所"当作对外宣传的活广告，吸引了大批游客前来观光。邻村居民的生活质量也得到了显著提高，他们的村长还因为发展经济有力得到了市里的褒奖。

辛太极眼见如此，同为村长的他怎能不急呢？心下转念一想：这邻村和我们村并不远，也许我们村也有史前人类的遗址！苦苦思索之后，辛太极叫来了村里的老实人严老六，让他多去山里找找，瞧见有洞就进去看看，看到有壁画的就先悄悄告诉他。

严老六也很信服村长，他丢下了手里的农活，一天一个山头找去了。

这件事情过后，村长每天晚上七点后都会悄悄来到严老六家，暗暗询问其有无找到壁画。然而每次都是尽兴而来，败兴而归。以至于每次得知没有期盼的好消息后，辛太极都在苦闷——难道真的是老天爷不给自己荣耀归隐的机会？

这样的苦闷持续了将近六天，第七天中午一点左右，严老六兴高采烈地跑到村长家门口，气喘吁吁地对辛太极说："村长！！！村长！我……我找到了！"

辛太极一开始很嫌弃严老六这副心急火燎的样子，等严老六说完后，辛太极却双眼瞪大，摇着他问："真的？真的找到啦？"

看着两个人奇怪的举动，辛太极的妻子疑惑地问道："找到什么啦？神神道道的。"

辛太极没管妻子的疑问，立马拉着严老六说："快！快带我去看看！"

严老六就带着辛太极重新跑去他发现壁画的地方。

这一路奔来，一开始的走道倒还好，都是村里大家常走的路。但是越往后就越偏僻。附近唯一熟悉的路段只有已经很少人走的小路，这条小路是以前村里人为了赶集抄近路走出来的，但是近年间因为太过偏僻，已经很少人走了，偶尔会有些胆大的小学生走这条路上下学。

严老六发现的壁画在一个山洞里，这个山洞在一座不起眼的山包上。要走上这个山包，需要沿着那条小路走上一段路，然后开始穿林子，大约三十分钟就能到了。

辛太极对严老六说："老六啊！这么远的路，你这几天辛苦了啊！要是发现的壁画是真的，咱们村的发展那就大了去喽！你绝对立了头功。到时候要给你奖励！"

严老六边喘气边说："嘿嘿，村长别这样说，为了村里的发展，这是我应该做的。瞧，前面就是了。"

辛太极抬眼一看，是一个将近半人高的山洞呢！两个人走进去后，才发现这个洞也就七八米深的样子，外头的阳光还能照进来，能让人清楚地看到里面的样子。

严老六走到洞底指着墙壁说："村长，你看，这不就是邻村那种壁画吗？"

辛太极仔细一看，嘿，还真是。只见洞里的墙壁上满满当当地画着壁画：有牛羊猪、有鸡鸭鱼、有人、有人群。这些壁画清一色是红色的。那严老六凑近了壁画，想去蹭一蹭、瞧一瞧，可是立马被村长厉声喝止了："摸什么摸？这些可是文物，破坏文物可是要坐牢的。"严老六吓得赶紧收手，只能欣赏起这些画来。

辛太极也仔仔细细地瞧了个遍，边瞧边思考这些到底有没有发展价值。看了大半天，心却凉了半截——这不就是和邻村类似的壁画嘛，恐怕指望不上靠它为村子谋发展了！

突然！辛太极发现了一个和邻村的壁画不一样的地方。在墙壁的右下角处有一幅画，画着一个人，约莫二十多厘米高的样子。那人有手有角，有脑袋，和一般壁画里的人差不多，但奇怪的是，这个人的脑袋上还画着一个触角，就跟独角兽似的。

辛太极看到这幅画后，眼冒金光，他叫来严老六问："老六，你去看过邻村的那个文物壁画没？"

严老六说："看过啊！怎么啦？"

辛太极说："你觉得那些壁画和我们发现的壁画哪个好看一点？"

严老六说："我觉得我们这个好看一点！他们那个就像小学生画的一样，歪七扭八的，哪里像我们的这么规整呢？"

辛太极又问："那你看到邻村的壁画里有这种头上长角的人吗？"村长指着那幅右下角的壁画问。

严老六看了看说："嘿，奇了怪了，我还真没在邻村的壁画里见到这个鬼玩意儿。这人头上咋长角了呢？村长，你说，古时候那人是傻子吧。瞎画的啥？"

辛太极无奈地说："这你就不懂了吧！专家说邻村那壁画是五万年前的，咱们发现的这壁画少说也得是十万年前的吧。十万年是什么概念？是咱老祖宗的老祖宗的老祖宗。说不定那时候还真有头上长角的人，只不过现在我们没有了而已。我给你说哈，这绝对是考古界的大发现，将会比达尔文提出的生物进化论还要厉害。咱们村的发展可有着落了。"

辛太极说得兴高采烈，严老六一脸疑惑地问："达尔文是谁啊？"

辛太极对严老六摆出一副无可奈何的样子，摆摆手道："别管是谁了，我现在要打电话给那些考古专家，叫他们赶紧来鉴定鉴定。给咱们村搞个'史前文明第一村'的名头。"

说罢，辛太极掏出手机，找到之前在邻村参观时保留下的一个考古专家的号码。

那个专家貌似有点忙！辛太极打了三次才接通。

专家："喂喂！哪位啊？"

辛太极："哎哟，是李专家吗？我是安心村的村长辛太极，上次咱们交流过啊！"

专家："安心村？是哪个村啊？"

辛太极："就去年发现史前人类壁画村子的隔壁村，你记起来没？"

专家："哦哦，想起来了，你是那个辛太极是吧！"

辛太极："对对对，是我。"

专家："打电话来干啥？我这边有点忙，在你们的隔壁镇考古发掘呢。"

辛太极："是这样的，专家，我在我们村的山洞里啊，也发现了和隔壁村一样的壁画。我觉得这可能也是史前人类的遗址。而且，我还发现了一个画着人的壁画上，有个人的头上竟然长了个像牛角似的角嘞。我觉得这肯定是一个重大的发现，就想着打电话给你们说一下。看你们啥时候能来鉴定一下啊？"

专家："什么？又一个史前人类的壁画？我就说这些地方是好地方吧！我同事还不信。那个头上长角的人，看样子绝对是一个新发现呀！这样吧！我和你们村也离得不远，我现在就带点人过去，估计要四个小时左右才能到。不管时间早晚，你都要带我们过去看一看哈。"

辛太极："诶，要得，要得。你们赶紧过来，我等着你们。"

专家："嗯嗯，对了，你们要保护好现场哈！"

打完电话后，严老六赶紧过来询问："村长，咋样？专家要过来不？"

辛太极一脸高兴地说："过来！肯定要过来！这么一个大发现，怎么可能不来？！"

接着，辛太极又说："对了，专家说要保护好现场，你先在这里守好，不准任何人靠近。我去街上买点烟和酒水过来，顺便啊，给你带点晚饭。这些天你辛苦了哇！"

严老六说："嗯嗯，村长你快去吧！我保证守好这些壁画！"

说完，辛太极就匆匆忙忙地回村子去了。

刚一进村，辛太极就赶往村里的小卖部，买了一些烟酒和一箱矿泉水。午饭时间虽然只过了三个小时，但是经过一路的奔波，辛太极的肚子早就咕咕叫起来了，索性也没回家，就去了村里唯一的小面馆"甄家面馆"点了一碗面，顺便给严老六打包了一份。

才吃到第二口，辛太极就看到甄家面馆的小儿子蹲在地上，手里捏着粉笔在墙上写写画画。

村长便问道："甄娃儿！今天没有上课？"

那小孩回道："村长爷爷，今天是星期六啊！我们放假了嘛！"

辛太极说："哎哟，你看我忙得，都忘了今天是星期六。你在画些啥？甄店长，你看你娃儿在店里墙上画画，你还不管哈！"

甄家店长见状，厉声向小孩吼了一声："你个犟娃儿，喊你不要在墙上画。再画我要打你了哈！"

小孩带着哭腔说道："老师不准我画，你也不准我画。再不画，我都要被小伙伴们笑了，说我画得一点都不专业。"

辛太极说："哎哟，得行！恁小个娃儿都开始说专业不专业的了。佢们笑你啥吗？"

小孩说："前两天，我和几个小伙伴比赛画画，结果我输了。他们说我画的人不像人，很怪。"

辛太极放下手里的面说："我来帮你看看哪里怪了。"

刚走到小孩画的画面前，辛太极就愣住了！

小孩见状就说："看吧！连村长爷爷都觉得我画的人很怪。"说完就要哭了。

辛太极问："你画的这个人是从哪里看到的？"

小孩说："我画的是西游记里的金角大王啊！他头上长着一个金色的角。我画的人的头上也是这么一个金色的角啊！"

辛太极又问："前两天，你们在哪里比赛画画来着？"

小孩说："嗯，我和小伙伴放学后，走的小路回家，远远看到一个山包，上面有个山洞，就过去那边玩了一会儿。然后，有个小孩说他偷了老师几支红色的粉笔。我们就在那里画起画来了。"

辛太极听小孩说完，嘴角不自主地抽搐了一阵。然后，他颤巍巍地拿出手机，拨打了李专家的号码。

专家："喂喂，村长别催，我们已经出发了。大概还有三个小时就到了。"

辛太极："专家啊！你们先不来了吧！那个壁画刚刚发现是假的！"

专家："假的？村长你不要骗人哈！"

辛太极："嗯嗯，我不骗你，刚刚才晓得是村里的小孩在上面画的。对不住了，专家，害你们白跑一趟。"

专家："你个堂堂村长，做事情怎么如此荒唐。还好我们才出发不久。你真的是心太急了。"

……

村长挂了电话，又无奈了好一阵子，然后提着给严老六带的那份面，起身朝那个山洞走去。

文 / 安在君

人生角

古代传说中的一种妖兆，当有人头上长角，角上有毛时，此时的朝廷必然是宰相掌权。

白马川上情

如果要问我，什么词语最能代表我们？

我会毫不犹豫地告诉你两个字：自由！

我们生于山川大地上，长在湖泊深林旁，如果我们愿意承认的话，我们就是风的代名词！一缕风，从东吹向西，从海边吹向大地——自由自在，无拘无束。

我们是奔跑在山间草原里的野马，我们生而自由！

但我是去年才加入这支洒脱的队伍中的。我的降生是幸运与不幸的结合，我所在的野马种群里本来有几十匹野马，但是因为一些人类的觊觎，我的族人现在只有不到十五匹了。而我的降生是那次大难后，神马赐予我们的祝福。新的生命给族群带来了更多的希望，因此我备受族群的宠爱。

但我终究是不幸的。我的生命里缺少了一个重要的见证者——我的父亲。他在去年那次大难中英勇牺牲了。我的父亲是英雄，族群里的其他同伴和我的母亲一直是这样说的。那次来了二十多个人，他们举起猎网肆意捕捉我们。眼见族群被捉了十几匹同伴，我的父亲用他那强壮的蹄向那些人类跑去，他踢伤了好几个人类。但人类并没有因为父亲的举动而就此停止，而是拿起猎枪对准了他。

一声枪响后，我的父亲被人类杀死了，倒在了他最爱的草原上。而那些人类也仓皇地托着我的十几个同伴逃走了。那些人类从来没有想到，他们的一声枪响会让一匹一年后降生的野马从此没有了完整的童年。

我的父亲，一匹自由洒脱的野马，死在了人类的枪口之下。

我经常问我的母亲，我的父亲是什么样的？

母亲说我和父亲很像。

我的毛色在族群里是独一无二的，是唯一的白色。族群的老马说，这是神马给我的祝福。

所以我和父亲一样，都是白色的，都有神马的祝福吗？我异常兴奋地看着母亲大喊！

母亲点了点头。

这样的一问一答，每每都会让我欢呼雀跃，我撒开四蹄跑到河边，看着河里的自己，原来我的父亲是这般模样！

可是，尽管我能想象到父亲的模样，但那终究不是真正的他啊！

我也想像其他小伙伴一样，在父亲的带领下跑过草原，蹚过河流。清晨向着朝阳嘶鸣，黄昏伴着夕阳眺望。

我时常仰望星空，听其他小动物说过，人类死后，灵魂会变成天空里的星星。那我们马呢？

我经常问母亲："马死后，灵魂会变成什么？"

一开始，我的母亲支支吾吾，并不作答。后来，问得多了，族群里的一匹老马忍不住对我母亲说道："是时候了，它也够大了，你就跟她说吧！"

我的母亲看着我，眼里含泪说道："孩子，我们野马，是自由的精灵。我们死后，灵魂会以风的速度在这世界上到处奔跑。每年的四月十七日，死去的马的灵魂便会跑到离我们很远的白马河旁，踏水而去。那是世界的终点。他们会迎着黎明，走向另一个世界。"

"所以，我还能见到父亲最后一面吗？"我惊异地问母亲。

母亲轻轻点头："但是，孩子，白马河离我们太远了。不仅要踏过山川雪原，还要穿过人类的村落。路途遥远，危险重重，很少会有马前去的！"

一开始，母亲极力地反对我跑去白马河之地。可是，有这样一个机会能见到父亲一面，我怎能放弃呢？我梦中最想见到的父亲，三个月后就会再来这世间最后一趟。从没见过他的我，真想见他一面啊！

那天黄昏，我站在草原的小山包上，面朝白马河的方向独自落泪。不知何时，母亲来到了我身旁，见到此景，她用她那温柔的唇轻轻吻过我的眼睛。

母亲说："明天一早，我们就出发去白马河，见你父亲最后一面吧！"

我欣喜若狂，眼泪流得更多了。

在我和母亲即将出发的时候，族群的其他伙伴突然对我们说："我和你们一起去白马河！我们也想见见那条河，见见那些故去的马！"

我和母亲既惊又喜，十五匹马的马群，就这样朝着白马河的方向奔跑去了。我们一路奔跑，像风一样自由，沿途路过了荒漠、黑池、绿林、蓝海、白雪山脉。

我们还差点落入了猎人手中，但凭着矫健的身姿，我们终于逃脱。

族群里年老的同伴欢呼，此生从未有过如此畅爽的奔跑！

我们足足地跑了三个月，终于在四月十六日傍晚，来到了马儿灵魂最后的居所——白马河。

这是一条蜿蜒在广阔草原上的河流，又宽又长。远远的，看不见它的源头，只能隐约看到不远处就是它的入海口。

之前听母亲说，白马河路途遥远，很少有马前来。

可等到我们真正前来的时候，才发现这里聚集着很多马匹。他们都是来见逝去亲人或朋友最后一面的。

我与我的族群就站在离入海口不远的地方，静静地等待着。白马河上泛起了点点星光，我们等过了银河乍现，等过了朝阳初升，等过了青天白日，等过了黄昏夕阳。

等到银河第二次出现在我们头顶上时，白马河上有了阵阵响声。

仔细听去，有马群细细的讨论声、有小马的欢声笑语声、有马儿呜呜的哭啼声，但更响的声音，来自那白马河看不清的尽头，那是逝去的马匹四蹄奔跑的声音。

我和母亲热切期盼，竭力昂首向河那边看去，一开始只看到了点点银色光团。随着蹄声渐渐变大，光团也越来越亮。等能够看清时，才看到那是一匹匹逝去的马儿在白马河上畅快地奔跑着，那是我见过最为自由、最为自信的身姿。

我回头看看母亲，发现她的眼睛里早已流下了眼泪。原来母亲也是这么想念父亲啊！

一匹匹散发着光芒的马匹从我和母亲眼前的河面上跑过，有的见到了自己的亲人朋友，便从河面上跑到了他们身边，低头絮语温存。

我着急地问母亲："母亲，你看到父亲了吗？你看到了吗？"

一开始，母亲没有回答我，只是急切地向河面上的马群望去。然后，我突然看到了母亲嘴角的微笑，我赶紧回过头去，看到了一匹白色的、泛着荧光的马向我们走来。

"阿英，你们来啦！我没想到你们会跑来见我。"这匹白马在跟我们说话，他口中的阿英，正是我母亲的名字。

"阿亮，我们来了，来送你最后一程。"我的母亲泪眼婆娑地回答。

"快叫父亲，这是你的父亲啊！"母亲用脑袋推了推我。

我看着面前这匹白色的、泛着荧光的马，眼泪倏地流下来，这就是我的父亲啊！我终于见到我的父亲了！原来，我和他真的很像。

我轻声叫了一声父亲，父亲用脖子把我揽住，他轻声说："好孩子，是父亲对不起你！"

我轻轻摇头，眼泪不停地往下流。我终于见到我的父亲了。

我与父亲母亲待了好一会儿，父亲询问了我们的生活状况，我们一一回答了。之后的时间里，我们三个站在一起，双眼含泪，呆呆地看着彼此，偶尔相识一笑。

时间过得很快，头上星河流转。

有父母在的时候，时间好像变慢了。我体会到了有父亲的感觉，那是一种温暖、又很有安全感的感受。

可是，和他们在一起的时间又好像变得很快，总觉得才过一会儿，天边就已经泛起了亮光。

凌晨到了，前一年逝去的马匹们要开始灵魂的投生了。当第一缕阳光照在河面上时，河面上靠近入海口的领头马仰头发出一声嘶鸣，继而泛着荧光的马群在听到声音后也开始仰头嘶鸣。

我们这些站在岸上的马儿也不由自主地仰天叫着，事后，听母亲说，这一声嘶鸣，是这些逝去的马匹最后的呐喊，让他们去释放这一生的种种经历。

这一声嘶鸣之后，那些在岸上泛着荧光的马儿纷纷跑向白马河，随着领头马的步子，奔跑进了海水中。

我的父亲也开始向河面走去，然后他回过头对我们说："阿英，我走了，谢谢你！孩子，你要好好长大，保护好你母亲。"

说完，他撒开四蹄，跑向了海里。

我看到海水慢慢地覆盖了他的身体，荧光便没有了，他的白色的身子也慢慢变成了蓝色。最后全部融进了海水里，消失了。

等太阳完全升起的时候，白马河上又恢复了寂静。那些和我们一起来看逝去的马匹的族群，也神情黯然地渐渐散去。

我和母亲看着父亲消失的方向，久久不曾离去。

等日上三竿的时候，我和母亲才回过神来。我们互相看着对方，微笑着，转身朝家的方向走去。

等我再次回头看向父亲刚才站立的地方时，突然发现了一个很大的脚印。

我知道，那是父亲的。他用这个印记告诉我，他的灵魂没有消失，变成了他留在世界上的这个脚印。

我们是风，我们是自由！如今我长大了，我也随着父亲的脚步，开始了属于自由野马的奔跑。

吧嗒……吧嗒……吧嗒……

文/安在君

妖 马

古代传说中在白马河出现的一只妖怪，长得像马，但体型较大，脚印就有一斛那么大。妖马类似马王，经过马场鸣叫的话，其余的马也会跟着叫。妖马白天会回到河里。

❧ 月光照耀在心房 ❧

黑夜，总是给予人无限的遐想。

抬头望去，一轮圆月和无数星星占满天空。我们遥望着月亮，当月光穿越宇宙空间照射在我们身上时，一缕相思、无数情绪便从心底抒发。

千百年来，我们总认为在地球与月亮之间是空无一物的，但这并不是完全正确的。

夜晚，圆月时分，当你遥望月亮的时候，你若再稍稍地把视角往右下方看去——恍惚间，你会看见一个半透明的小点点，忽闪忽闪，恍若星辰。

但它并不是闪闪的星辰，而是一个名叫"修月"的村子。

修月村漂浮在地球与月亮之间的宇宙空间中，村子里住着八万两千户"修月人"，他们每日的工作，就是带着斤凿修补月亮。

我们总以为月亮的阴晴圆缺是地、月、日三者运动形成的，但其实这只是我们的视角。就像在我们眼中，月亮是尘土形成的。但在这些修月人的眼中，月亮是七种宝物合成的，这七种宝物分别是喜玉、怒石、忧水、思晶、悲泪、恐银、惊萤。而这七宝，只能在这些修月人身上形成，所以他们修补月亮，已经无穷代矣！

每天，当太阳光叫醒地球上的人类，修月人就在日光的掩映之下，从修月村齐齐飘到月亮之上，用睡梦时额间吸收宇宙光芒而形成的"七宝片"安装修补月亮。

他们累了便漂浮着小躺一会儿，遥望我们这颗蓝色的星球；饿了就从包里拿出"玉屑饭"，三两口吃下后，继续修补月亮。

日日如此，只为等待十五天后的圆月，让月亮绽放光芒。月月如此，他们每月要修补，只有圆月那天才有一点时间欣赏这满月胜景。

八万两千户修月人秉持着一贯如此的专注精神和执着信仰，每日生产七宝片，每日去修补月亮。

只有他，一个叫作小亮的修月人与其他人不同。他的额间不能形成七宝片的情况已经持续了两个月了。

没有形成七宝片，就不能去修补月亮。少一个人修补月亮，修月村的其他修月人就会多花一点时间，多耗一点力气。

为了这事，村长多次前来小亮的住所询问原因。

修月人无病无灾，每晚会从额间形成"七宝片"。像小亮这样已经很久不产生七宝片的情况十分罕见。这晚日落时分，众位修月人修补完毕后回村，村长又立马去小亮的住所看望，却见到小亮坐在床上，双眼望向已进入黑暗的地球。

眼见如此，村长平声问他："所以，你还是在纠结那个问题吗？"

小亮稍迟才回头："是的，村长。我想不明白，我们八万两千户，日日去修补那个破月亮，到底为何？"

村长也随着小亮的目光望去，说："我早就跟你和修月村的其他修月人说过，修补月亮是我们的使命，修补月亮是为了地球。"

小亮不耐烦地问道："使命？接下来，您是不是就要开始讲那个许多许多年前，我们是如何来到这里的故事了？"

村长无言。

小亮继续说道："村长，我不是不相信我们的使命，但是我就是想不明白我们为何要为地球人做这些！就因为我们在几千年前曾经是地球人的这一个原因吗？"

村长说道："小亮，我早已说过。修补月亮既是为了地球，也是为了我们！如今我们和地球人不太一样了，但是我们依然存在于同一个宇宙空间中，既然我们存在，就要继续完成使命，延续那份信仰！"

"信仰？村长，都过了那么久了，你还相信那'夜里无光，月是方向'的信仰吗？”小亮笑说道。

村长无言！

小亮指着地球又说道：“每天晚上，我都会看着夜里的这个地球。您看，每当夜晚来临，处在夜半球的所有地方都闪烁着亮光，多么耀眼啊！您觉得还需要依靠这个破月亮来寻找方向？”

村长叹了口气，慢慢说道：“小亮啊！你知道曾经我也和你一样遇到过同一情况吗？”

小亮疑惑：“我只听说过您在许多年前的某个夜晚回到过地球！”

村长说：“对，就是那一次！你知道我为什么会回到地球吗？”

小亮摇摇头。

村长继续说着：“和你一样，当时我已经三个多月没有在额间形成七宝片了。而没有形成的原因也和你差不多，我也对我们日夜操劳的工作产生了疑惑。”

小亮急切地问道：“那您为何回到地球上呢？您在地球上遇到了什么情况？”

村长想了想，说：“那天晚上，我很晚才睡着。我一直望着地球，思索那个‘我们为什么要为地球人修补月亮’的问题。你不知道，那个时候的夜半球，不像现在有那么多亮光，那时黑暗极了。后来，我看着看着就沉沉睡去了，然后做了一个梦，梦见一个人首蛇身的女人，伸出双手将我带离了修月村，后来便是一阵黑暗……”

小亮又急切地问道：“那后来发生什么事了？”

村长慢悠悠地说：“后来，我被两个人叫醒了！醒来发现我已经到了地球上，那时是晚上，黑黑的，什么都看不到！那两个人将我叫醒后便问我有没有火折子。”

小亮问道：“火折子是什么？他们要火折子作甚？”

村长说：“我当时也不知道，后来我才明白，火折子是他们用来引火的物件，那个火能烤熟食物，还能照亮前方的路。”

村长继续说：“原来，他们在山上游玩得太久，天色很晚后才开始下山。眼见四下无光，身上又无引火之物，只能畏畏缩缩，互相探寻着下山。没走多久就看到我躺在路上，身上隐隐有光。他们以为我有火折子，便将我叫醒询问了一番。”

村长没等小亮发问，又继续说道：“后来，我便同他们二人一同下山。但四周黑暗无比，每走几步便会磕磕绊绊，甚至总疑心四周有鬼怪、野兽出没。那两人一会儿互相埋怨，责怪不看日头，误了下山；一会儿又相互诉苦，说着‘今天本是中旬，按历书来说，应该有圆月之象，可惜黑云密布，遮住了月亮，不然靠着圆月的光，我们定能看清前方的路'之类的话。"

小亮追问："那之后月亮出来了吗？"

村长笑说道："出来了，我们走了一会儿后，一阵轻风吹起，把天上密布的乌云吹得无影无踪。一轮圆月赫然出现在我们的眼前。小亮啊！你不知道，这轮圆月，是我看到过的最美的月亮。我们离它很近，看不到它的全貌。但那一次，我被它深深震撼了，皎洁的月光在广袤的夜空中独自闪亮，四周星光点点，太美了！"

讲到这，村长陷入了一瞬间的回忆中，继而又回神继续说道："后来，凭借着圆月的光亮，我们三个一路上蹦蹦跳跳地走下山去。我又随这两个人回到山下的酒馆，与他们赏月饮酒，相谈甚欢。但我不胜酒力，才一杯便醉倒了，我趴在了桌子，隐隐约约见得那二人中的一人举杯向月，嘴里喃喃'举杯邀明月，对影成三人'之语，后来我便沉沉睡去了。等我醒来时，早已回到了修月村之中。我仔细回想这一夜之遇，方才解了我心中之惑。"

等村长讲完，小亮又惊又感，呆呆地看向地球。

村长说道："我不知道刚才讲的你能不能理解，你先好好休息吧！"说完便走了。

小亮回想村长方才说的故事，虽然还是望着地球，脑子里却混沌如麻。他一直在想象村长在地球上看到的最美的圆月，可是怎么也想不出来。刚有一点轮廓，"为什么要给地球人修补月亮"的想法又冒了出来。

小亮就这样苦思冥想着，直到很久才睡着。

忽然，一阵轻风不知从何处吹来，将小亮吹到了半空中。小亮被惊醒了，他大声呐喊，却听不到任何声音，只见地球上的亮光离他越来越近，继而，眼前袭来一阵黑暗。

……

一阵阵红的、黄的、蓝的光亮，叨扰着小亮的眼皮。

小亮从蒙眬中醒来，只看到眼前一片灯红酒绿。天边是高楼林立，地上是车水马龙，人来人往。

小亮习惯了宇宙空间的空寂，一时间没办法适应这一派热闹繁荣的景象。

好在他稳住了心神，仔细地探索后才知道他来到了地球上一个叫作上海的城市。

他站在街上来回张望，心里很是疑惑：这是村长口中的地球吗？为何在夜里也是如此明亮。虽然太阳已下山，却见不到月亮。

小亮立在灯红酒绿的街头，周围人潮如海，他就像激流中的一颗小石头。他看到周围的人们来去匆匆，每个人都低着头摆弄着手里发光的小物件。

"这就是村长说的火折子吗？"小亮在心里冒出这句话后，下一秒他就觉得自己的想法应该是错误的。他看到就在不远处的路口，有个男生就因为低头看手里发光的物件，而差点被一个跑得很快的东西撞到。

紧接着，那两个人便大吵大闹起来，但周围的人们依旧是匆匆走过，好像他们已经隔绝了这个世界的所有事情。

"比宇宙空间还要冷漠，比夜晚还要寒冷。"这是小亮才到地球不久后，对地球的第一印象。

"原来，这都是村长编的谎话，我以为地球人都是君子一般的人物，却没想到，他们如此冷漠，对周围的事物如此不上心。那么我们这么努力修补月亮有什么用呢？谁会抬头看看天上的月亮呢？"小亮走到一个角落里，蜷缩着，对现在看到的地球上的一切很是失望！

在小亮失望的时候，时间仿佛变得非常缓慢。他抬起头，想要从高楼林立的小巷里看看天空，他想立刻回到修月村。

可是，头上什么都没有，只有一两面高耸的墙壁。

突然间，在嘈杂的人流和车流声中，传来了一个感叹声音。一时间，第二声、第三声、第四声声音接连响起，他们都在感叹天上的大月亮。

小亮疑惑着站起来，走出巷子，循着人们的视线方向望去。

果然，一轮大圆月悬挂在天边。之前那些高耸入云的高楼在圆月的映衬下显得格外渺小。

车子停了，人群也站定了脚步，纷纷抬头望向月亮。一时间，地球上的这一刻仿佛被月光施了魔法而暂停了。天空被照亮了，映出白蓝的颜色。

小亮也被这从没见过的圆月吸引住了。月亮明明那么小，那么远，可月光却又那么亮，那么近。

而之前那些低着头的人，都纷纷把手中发出亮光的小盒子对着月亮。

咔嚓、咔嚓、咔嚓，接着又响起了一阵说话的声音：

"爸妈，今天是中秋节，我差点忘了，祝你们中秋节快乐啊！给你们看看这个月亮，好大啊！"

"儿子，你们在干啥啊？！月饼吃了没？快把你妈叫上去看月亮，好大的嘞！"

"奶奶，中秋节快乐啊！今天加班呢，下楼买点吃的，你们看到月亮没，今年的月亮好大哦！你们注意身体哈！我国庆节就回来看你们啦！"

......

这些声音此起彼伏，就像一面锣鼓，铿锵有力地敲击在小亮的心里。

看着眼前的圆月，耳边响起一声声呼喊亲人的声音，小亮似乎明白了修补月亮的意义。

他的脑海里响起村长一直强调的一句话：夜里无光，月是方向。他的目光从天上的圆月转移到了周围的人群，只见他们一个个脸上都洋溢着灿烂的笑容。

突然，小亮的眼前一阵泛白，只觉得自己的身子在往下坠，慢慢地就昏倒在地了。

等小亮苏醒时，只见他侧躺着身子，眼前悠悠地浮现着一枚发出晶莹亮光的"七宝片"。

文 / 安在君

修月人

古代传说中的一个工种，月亮的修理工，总计有八万两千户。修月人会随身带着斧子凿子等工具和玉屑饭等食物，普通人吃了玉屑饭可以一生不患病。

樱桃鬼

江苏徐县的徐空是一个贫穷却又好酒的秀才。虽然好酒，但是酒量不大，往往几杯便醉，一醉便不省人事，不仅不省人事，有时还会耽误大事。

徐空不喝酒的时候，其实是一个顶好的男儿。不仅肚有文墨，且心地良善。他家住在城边上，只是一间破旧的屋子，也并没有什么值钱的家当。饶是如此，路遇老人沿街乞讨时，他却仍然会翻翻自己并未有几声响的钱袋，从中挤出一些零碎的钢镚来，叫人家去吃一顿饭。

街坊知道他心善，因此都愿意接济他。若是有什么需要代笔的，都来找他写。徐空也乐意挥洒笔墨，但是挣来的钱自然是又花在了酒上。因此几年过去了，徐空仍没有什么积蓄。

又过了一些日子，有一天，徐空正在家里读书，听见有人推门进来。他抬头一看，是住在另一条街上的明月。两人互相倾心已有一段时日，只是明月知道他要用功，因此从来没有在这个时辰来找过他，也从来没有如此慌张过。此时的明月脸色悲戚，泫然欲泣："我阿娘要把我嫁给城里的张公子了，说是他应承的礼金十分丰厚……"

徐空大惊，站起身来。想到自己并无钱财可拿得出手，又没有功名傍身，是万万比不上那张公子的，心里着急，几乎也要落下泪来。明月又说："若你努力念书，去考取一个功名，我阿娘或许便会答应你了……"于是徐空到明月的家里，同她的双亲表明了自己的心意，又承诺一定会考取功名，迎娶明月。

于是两家人便以三年为期，若三年后徐空不能如约来娶明月，就将明月另嫁他人。

恰巧第二年便有考试，于是徐空自那时起便闭门念书，也不再去酒肆了，偶尔喝酒解馋，次数也渐渐少了。

等到临近考试的日子，准备进城赶考的前一天，徐空自家里出来，站在家门口伸了个极其惬意的懒腰。

此时正是傍晚，云霞满天，各家各户炊烟袅袅，人声交织着做饭声，嘈杂鼎沸，香飘十里。顽童三五成群地玩在一块儿，正在兴头上，却被各家喊回去吃饭，又约了明天一起上学堂，如此拖沓几次才恋恋不舍地散了。徐空看着眼前这一幅人景和谐的画面，又想到自己对要考的知识已有八分的把握，只觉心里舒坦，人间可爱，迎娶明月指日可待。

等到徐空准备转身回屋的时候，不知道哪里飘来了一阵酒香，这酒香醇馥幽郁，久久不散，勾起了他肚子里的馋虫。于是徐空的步子再三犹豫，辗转几回，终于还是迈向了他藏酒的地方。

徐空家门前不远处种有一棵樱桃树，枝叶茂盛，应有百年历史。好在徐空尚有几分理智，他将家里的桌椅搬到樱桃树下，想着在这样人来人往的地方，喝酒不会贪多，因此也不会误事。

喝过两杯，徐空的脑袋已有些晕。但他正是吃喝兴起，怎会罢休？只见他摇摇晃晃地站起身，要到饭馆里去买两个小菜回来继续喝。此时夜幕降临，人也少了，徐空踩着树影，步伐踉跄地走到饭馆去。

在徐空离开后不久，桌子一角出现了一张蓝色的脸。只见那脸的一半超出桌子的高度，顶着一头蓝色的头发。那双蓝色的眼睛滴溜溜地扫过四周，确定没人以后，又缩回了桌底下。与此同时，一只蓝色的大手从桌底下伸到桌上，以迅雷不及掩耳之势取走了酒罐，过了一会儿，那只蓝色的大手再度出现，又以同样的速度把酒罐摆到了桌上。

徐空回来时，酒罐里已经没有酒了。"奇怪，"他想，"难道是我之前都已经喝完了？"因为没有了酒，原先的打算只得作罢。徐空收拾桌椅进屋，将买来的小食草草吃了，早早地睡下，准备明日早起进城。

许是老天爷大发慈悲，又或者是徐空的良善给予他的回报，徐空一路仕途平坦，几年之后，已经是当地的一个小官了，自然也娶到了明月，二人和和美美地过着日子。不仅如此，徐空又添了两房妾，生了两个大胖小子。

只是徐空爱酒的嗜好并没有改变，如今不必埋头苦读，官场交际又越发多了起来，喝酒的次数自然也就多了，常常是喝得酩酊大醉，倒头便睡。且他自以为摸透了官场运作的规律，觉得逢迎讨好才是升官发财之道，很不把政绩看在眼里，对待百姓敷衍了事，一心琢磨着如何攀附权贵，遇见疾苦的人，也不似从前那般好心相助了。

明月劝他："这样下去，是会遭到报应的啊。做官的不为百姓做好事，百姓要这官做什么呢？"徐空不耐烦地说："你一个妇道人家，又哪里懂得做官的诀窍？我这样做还不是为了将来的荣华富贵。"如此几次，明月深知劝不动他，便以泪洗面，觉得这样锦衣玉食的生活不会长久。

这天，徐空又在府内设宴应酬，宴会设在栽种有几棵百年樱桃树的院子里。酒过三巡，宾客渐渐散去，唯有一位姓李的财主留了下来。他想恳求徐空通融自己暗地里拐卖儿童的案子，叫他不必受牢狱之苦。随之奉上的自然有金银元宝和玉器首饰。一番客套以后，徐空自然是答应了他的要求，李氏便千恩万谢地告辞了。

正是仲夏，繁星点点，夜风轻拂。徐空见月色正好，此时又仍未尽兴，便叫侍从去叫明月来一同赏月喝酒。他自己复又坐下，另开了一瓶陈酿。但这时的徐空已是醉眼蒙眬，不辨东西，又喝了几小杯，只见眼前出现了一个蓝脸、蓝身、蓝手的怪物，同他大眼瞪小眼地相看着。

徐空摇了摇头，闭上眼睛。过了一会儿，他睁开眼睛，发现瓶子里的酒已经不见了。正在疑惑间，他又看见了那个蓝色的怪物。他伸手去摸，是如棉絮般柔软的触觉。徐空几欲起身，奈何身体无力，头昏脑涨，只能眼睁睁地看着蓝色的怪物离自己越来越近，怒目而视。

等明月与一众侍从来到院子里时，徐空已面部朝下，倒地身亡了。

异史氏说："像樱桃鬼这样的妖怪，又哪里认得清人间的人的好坏呢。两次不过都只是机缘巧合，讨酒喝罢了。徐氏心善，自然有心善的福报，后来被富贵蒙了眼睛，纵使有妻子的劝告又有什么用呢？但是天底下的贪官那么多，又哪里是区区樱桃鬼可以惩罚得完的呢。"

文 / 吹取蓬舟

樱桃鬼

古代传说中的妖怪，体型巨大，还有一双巨大的手，全身上下全是蓝色。樱桃鬼居住在樱桃树中，爱偷酒喝，烧掉它所居住的樱桃树时，樱桃树会散发出酒气。

红灯记

——灵感来源爱伦坡《红死病的假面具》

夜深露重，外头忽然下起雪来。

忙着去拾掇东西的婆子在房门外匆匆路过，嘴上腹诽着："真是怪人……"

屋里正躺在雕花床上的大少爷啪地将书一合，他跳下床，随手抓了件厚实的外套便出了房门。

外头风雪正盛，冻得他立刻打了个喷嚏。大少爷裹紧了衣领，在黑魆魆的院子中东张西望。果不其然，化不开的夜色中，摇曳着一抹红。

提着红灯笼的公子察觉到他的目光，转过身轻轻一笑。

那本乌黑的长发上覆了一层不薄不厚的雪，衬得他秀气的面孔更苍白了几分，唯有嘴唇仍旧红润鲜艳。

公子是前几天被人从河里捞上来的。

说来也怪，今年入冬后冷得异常，河水却迟迟没有封冻。在街上尖嗓子喊着"小心火烛"的更夫瞥到水里上下起伏着的白影，吓得险些掉了灯笼。

水那么冷，没人敢下河去捞。但让一具尸体在河里漂着总也不是个事，年关底下太不吉利。有个年轻力壮的人便开着自家船，手中拿根长棍子，将人从水中扒拉到了船上。

结果这位在冷水里不知泡了多久的公子，脸上惨白，不近人色，嘴唇也一片乌青，却还清晰地呼吸着。

一通折腾后，人好歹是醒了。这位公子自称是穷乡僻壤出来的秀才，途经此处，在河边观灯的时候不慎落水，他还对大家的帮助表示了感谢。

老爷听闻这等逸事后，感念其漂泊不易，特邀人至府上小住几天，一时传为美谈。

他将人引回了屋子，吩咐别个准备几碗酒过来。

仆从低眉顺眼："少爷，老爷不许您……"

大少爷傲气的眼神一扫，那仆从便不再说话，讪讪地退了下去。

公子将覆着雪的红灯笼搁在了一旁，提灯的手指已经冻得发青。大少爷看在眼里，走过去替他拍了拍衣服。

"大半夜的，总在外头受冻做什么。"

公子低首微微一笑："喜欢看雪罢了。"

纷纷扬扬的大雪就像要填满这个夜晚。仅仅几天，那条小河就差不多全冻上了，岸边一片萧条。但因为到了年关，不远处的镇子里仍是家家张灯结彩，其中尤以大少爷府上为甚。

巨大的宅邸，上下近百口，每扇门前都挂着大红灯笼，仅此一户，就显出"千灯照碧云"的豪奢气息。

公子端着酒，看着蟠螭灯上的图案纹理影影绰绰，感叹道："在我家那边，若是下了这么大的雪，会死不少人。"

大少爷望着他的侧脸，模糊地应声。

"不过我还是喜欢雪，大家都喜欢雪。下完雪后，河冻实了，到处都干干净净的，连冻到僵硬的尸体都很干净。村里的小孩子不用担心害上什么病。等到了来年夏天潮湿闷热的时候，那些病又要流行起来。"

公子垂着眼睛，鲜红的嘴唇因为沾了酒而微微泛着水光："那就会死更多的人。"

大少爷与他碰碗，一饮而尽，觉着身上像是点了把火般的热。

"父亲为官多年，向来注重疫病防治。这里地处江河通商之地，人烟阜盛，家家富足，倒也没闹过什么大病。"

公子微微点头："大人治理有方，既庇护一方百姓，也光耀了自家门第。小生行走多年，从未见过有贵府这份气派的豪宅。"

含着金钥匙出生的大少爷倒是不以为意："钱财不过外物，能恪尽职守，履行好为官的本分才是首要。"

"少爷真的这么想？"

"自然。我以后也会做一个和我爹一样，勤政爱民的好官。"

公子笑着再次与他碰碗："那小生预祝少爷，得偿所愿。"

公子身世低微，学问却是一等的。正在念书年纪的大少爷与他相谈甚欢，引为知己，盛邀他留在府中，公子却婉拒了。

过年前的几天，府中上上下下忙作一团。大少爷自己偷出了一坛酒，要为公子践行。

公子穿着件单薄的长衫，伸手举起酒盅时露出了纤细的手腕，显出一副羸弱的样子。

大少爷看了便皱眉道："临走前，挑几件厚实的衣服吧。"

"小生叨扰数日，已是不胜惶恐，岂敢再多受恩惠？唯有一个不情之请……"

公子偏过头，白净的侧脸被摇曳的灯花染上一层淡红。

"少爷可否将那盏灯送给小生？"

时过境迁。

大少爷离家做官，也成了老爷。不同的是，他比父亲的官位更高，修了一栋更大、更威风的房子。

到他府上拜访过的人，没有不为这座豪宅连连惊叹的。它耗费了无数工匠的巧思，汇聚了四方寻觅的珍宝。漆黑的夜色中，灯火辉煌的宅子就仿佛传说中的蓬莱仙山，不断传出绵绵的丝竹声、碰杯声和人们寻欢作乐时的谈笑声。

而宅邸之外，绵延千里的黑夜中白骨遍地。世世代代生长在这里的百姓，要不已经背井离乡地逃难去了，要不便将性命永远留在了这里。

这座梦一般亦真亦幻的宅子，就这样伫立在一个巨大无声的坟场之上。

老爷下令修建的廊屋终于完工了，于是他大宴宾客，又是一片觥筹交错、歌舞升平。

这排廊屋修筑在河旁，共有七间内室，个个相连。站在河边修筑的桥上，可以将这七个房间同时收于眼底。点亮那十三盏铜连枝灯，火光接连跳跃而出。

百华耀九枝，鸣鹤映冰池。末光本内照，丹花复外垂。

潋滟的光波中，那些绰绰人影就像在演绎一场木偶戏。

里头一片欢乐，而门口的侍卫则困得要打瞌睡，迷糊地望着冰冷的水面。

忽然，响起了一个声音："小生是途经此地的秀才，与贵府老爷乃是故交，不知可否入内拜访？"

侍卫抬眼，只见一位白色单衣的公子静立于前，手中挑着一盏红灯。

他还在疑惑这人怎么会忽然出现在了自己面前，另一个侍卫就不耐烦地挥着佩刀赶人："哪里来的刁民，还想见我家大人，快滚快滚！"

宴间酒酣眼热之时，老爷一个人离席出了屋，靠在河边的雕花围栏上，在连枝灯旁静静地望着这一排亮如白昼的廊屋。

自前年起，不知从哪里开始闹上了瘟疫，且越闹越凶。起初他努力了几天，可那瘟疫着实厉害，夫人孩子都怕得不行。他索性便撒手不管，逃到了这幢豪宅中，不知日月。

只要这些灯火还亮着，他就能忽视那些黑暗中的哀号呻吟。

端起小巧的白玉酒盅一饮而尽，老爷将目光投向波光粼粼的河水，仿佛醉了似的。

忽然，他看到了一抹红。

最西侧的那间屋子中，飘着一抹红，像一个伶仃的游魂。

波光艳影中，那抹红游鱼般地向东游弋着。

异常的是，它所至之处，灯火依旧灿烂，演奏之声却消失了。宴间人的谈笑声，酒盅的碰撞声也都消失了，只余下一片诡异的沉寂。

老爷难以置信地望着他的廊屋，本能地预料到了某种不祥之兆。

由西至东，那抹红仍然没有停下步伐。

"来人！来人！"他立刻喊来了府中的侍卫，冲入了最东侧的房间。

最东侧的房间，装饰也最为奢靡，装点在墙壁之上的夜明珠甚至比天边的明月还要皎洁。纵情声色的宾客们似乎没有察觉到任何异常，有些疑惑地望着匆匆带领卫兵冲进来的老爷。

而老爷停下了脚步，愣愣地望着前方。

一位穿着单薄的白衣的公子，面色苍白，唯有嘴唇如鲜血般的红，右手挑着一盏红灯笼，露出纤细的腕。

数十年光阴过去了，他的面容依旧清秀而阴郁。

老爷害怕了，大手一挥："快，把他抓起来！"

侍卫们一哄而上，却没有人能碰到公子的衣角。不出几步，那些身强力壮的小伙子都痛苦地跪倒在地，裸露在外的皮肤出现大片骇人的红疹，嘴里吐出大股黑红色的鲜血。

宾客们终于开始害怕了，他们尖叫着哭闹着想要逃离这里。可没人踏出这间屋子，他们几乎都在起身的瞬间又软软地趴了下去，呕出的鲜血染红了精美的毛毯。

一片狼藉中，公子提着灯，一步步向老爷走去。

老爷绝望地盯着他，艰难开口道："我曾经收留你，为什么……"

公子笑了："而我也给过你机会了。"

刹那间，老爷捂着嘴跪倒在地，肩膀不住地抽搐着。他已看不清公子的表情，只能颤颤巍巍地举起自己的手，在越加模糊的视线中努力去看清——那些密密麻麻的红疹。

公子一个人立于河边，望向那栋仙境般的豪宅。

依旧金碧辉煌，灯火通明，却没有一丝声响。桌上的佳肴还冒着热气，倒进杯中的酒未来得及品尝，却再没有任何欢声笑语了。

黑暗终究会吞没它。

挑着那盏红灯，公子一个转身跳入了河中，甫一触碰到水面便如烟雾般消散了。

死寂的宅邸默默地凝视着水面的涟漪。

……

这是一座没有历史的城市。

在几十年前，这里还只是一片荒芜，唯有那条冬日封冻春日解冻的小河还有些许生气。

不过，渴望财富的人们来到这里，将城市从一无所有的黑暗中建立了起来。

富家少爷今晚玩得有些腻了，喝了很多酒见了很多女人，但他只觉得无聊。跌跌撞撞地走出去，靠在河边广场的栏杆上，眼中是城中心的一片繁华。

霓虹灯中，大荧幕不知疲惫地变幻不休。富家少爷点了根烟，故作深沉地叹气。

有一个年轻男子走了过来，手指纤细而苍白。

"借个火？"

两人抽着烟，悠闲地看着那块明亮的大荧幕上循环播放的电影预告。

年轻男子夹着烟感叹："这个电影讲的是天启四骑士。其中之首白马骑士，有人认为他代表着征服，也有人认为他代表着瘟疫。呵，我觉得还是更像瘟疫一些……"

富家少爷对此并不感兴趣，直直地盯着年轻男子的侧脸："喂，要不要去玩玩？"

男子摇摇头，笑着拒绝了。

富家少爷不再吭声，闷头将烟踩灭，踏着一地火星走回了酒吧。他已经拥有了一切，只缺少醉生梦死的幻觉。

而男子望着他的背影消弭在灯光深处，融进这座庞大而光明的城市的暗影之中。

这是一座经济发达，人口高度密集的城市。由于急功近利地不断发展，那些密密麻麻的高楼宛若一只畸形的巨兽，暴躁地吞噬着黑暗。每天每时，千千万万人俯仰呼吸于其中。那些错综复杂的街道与怪异离奇的LED灯牌，没有哪个不曾见证过流离失所者的血泪，整座到处充满了伤情、失意和背叛。

而他将为这一切，点亮那盏红灯。

文/轻舟

疟 鬼

古代传说中的妖怪，疟鬼外貌似小孩，面色洁白，喜欢灯笼，所以常常手提红灯笼，居住在江中，专门向人间散播疾病。

替 身

深秋时节，山中已是一片萧瑟。荒凉的草木之间不时有野兽低吼，飞鸟惊出，让人心中一悸，惶惶然不敢深入，生怕招惹到什么精怪鬼魅。

就在这凋零冷寂的时节，有一布衣打扮的男子只身入了山。残破的小道上满是落叶，踩上去便沙沙作响。男子独自行走了好几个时辰，连个人影都未见到。

男子心中发怵，几度畏缩想要回头，却又在临放弃的关头，鬼使神差似的继续向前迈步。

终于，前头模糊出现了一个山洞。洞里黑魆魆一片，半点光亮都无。洞口有一块巨石，上面刻画着离奇的图案。男子精神一振，连忙凑近，试图辨认。

"敢问阁下，可是朱家后人？"

背后忽然传来一阵阴柔的男声，吓得他怪叫一声，猛地回过头去。

"你……你是何人？！"

来者一身白衣，面容清秀，有几分书生气质。此刻打量着男子，缓缓地露出笑容："小生与朱家先祖乃是故交，是此洞的守窖之人。"

男子心中仍存疑虑，上下打量这书生模样的人。只觉得他清瘦纤细，打起架来自己也不落下风，随即应道："先祖托梦，指示我长途跋涉，来此处挖出其留给后代的财宝。"

白衣人问道："敢问阁下尊姓大名？"

男子一顿："朱元泽。"

白衣人颔首："正是，小生领受你家先祖之意，要将这财宝交给大夫人所出的朱家二少爷朱元泽，断不可错付别人。既然如此，便请二少爷随我入洞吧。"

洞中寒冷刺骨，方一炷香的工夫，朱元泽便浑身起寒战，哆嗦不止。而前头举着火把的白衣人，穿着单薄，却浑然不觉似的，安然地引他走入深处。

"便是此处。"不知过了多久，白衣人终于停下了脚步，笑意盈盈地回身示意，"朱家先祖留给二少爷的宝物就埋在底下的地窖中，还烦请二少爷奉先祖旨意，亲手挖出来。"

朱元泽点点头，难掩兴奋，抄起放置在旁的铁锹便奋力地挖了起来。果不其然，不多时便挖到了窖门，进入后发现里面放置了只巨大的箱子。打开一看，除了银两，还有各种夜明珠、珊瑚枝、翠玉屏等宝物，它们金光闪烁，一看就是价值连城的宝物。

白衣人在旁贺喜道："二少爷好福气，这么多金银珠宝，可是别人家一辈子都见不到的。"

朱元泽大喜过望，在窖中喃喃自语："这下好了，我又能威风了……"他还把那些宝贝挨个放在手里摸一遍，唯恐别人抢走似的。

深坑之上，白衣人幽幽地发问："小生赠了这样一笔财富给二少爷，二少爷又要拿什么来回赠小生呢？"

朱元泽闻言，心里一紧，想这人果然不是什么善茬。不过他身材结实、孔武有力，在乡里本来就是个爱寻衅滋事的人。他抬起头，眼中闪过凶光。朱元泽料想此处荒凉偏僻，竟一时间恶由心生。

白衣人将他的神情都看在眼里，抚掌大笑："二少爷想杀我？那怕是没有机会了。不信二少爷低头看看，你脚下所踩的，不正是小生的尸骨吗？"

朱元泽低头一看，大惊失色。自己脚下果然是一具白骨！时日已久，皮肉腐烂殆尽，头颅上两个空洞的眼窝泛着森森寒气。而那尸体的身上，仍依稀可见破烂的白衣，正如——

他再抬起头，只看见那白衣人的脸上血肉褪尽，化作骷髅，异常狰狞地向坑中的朱元泽望去。

刚刚还欢天喜地的男子一下子跪了下来，哭诉道："求求大人饶我一命！大人说什么我都答应！"

白衣人开口，嗓音仍旧轻柔："二少爷莫怕。这笔财宝本就是上天注定要交给朱元泽的。不过领受了财宝的人就要守好财。除非有下一个人来传承，否则死生不可逃脱。"

窖中的男子已经吓得抖似筛糠，面如土色。听完白衣人的话，他忽然想起了什么，赶紧抬起头大喊："我不是朱元泽！大人明鉴！我不是他！"

"大人明鉴啊！我真的不是朱元泽！"

白衣人笑："哦？我托梦给朱元泽，叫他来此处继承这笔财宝。你若不是他，怎会知晓此处？"

男子颤抖着回答："大人，我是朱元泽的兄长，朱家大少爷朱元芳。是他梦见了先祖旨意，偷偷地告诉了我，要与我共同取回这笔财宝，挽救门第。我……"

"你杀了他？"

男子咬牙："是。"

白衣人笑意更甚，悚然的骷髅脑袋上，两个眼窝直盯着朱元芳："你是姬妾所生，天资愚笨，品行不端。虽是朱家大少爷，但不受父亲重视，甚至引以为耻。而你弟弟，二少爷朱元泽，不仅是大夫人所出，还是有名的青年才俊，样样比你出挑。只可惜他在宠爱中长大，不懂人心险恶，盲信了你这位兄长，结果丢了性命。"

朱元芳深深地低下头去，自知所作所为十分不齿——可弟弟从小占尽风光，自己的怨恨早非一日堆积而成的。那日在野郊，他将刀子捅进弟弟的心窝，恐惧之余，那股解脱的快感如潮水般蔓延到四肢百骸，让人无法抗拒。

"你杀了朱元泽，顶着他的姓名在这儿挖出了财宝。而我将这满箱财宝尽赠，要你自此做我的替身，为这不祥之财守窖。"

白衣人拿起铁锹，将土一点一点地又填进坑中。朱元芳大骇，反复挣扎哭泣，却再也不能动弹分毫。视野之内，只看到那沙土寸寸掩盖。而那白衣人一身枯骨，却如老树渐渐焕发出生机，恢复成常人肉身。

"你是——"

随着最后一声惊呼，朱元芳被封存在了六尺之下。

一去大半年，两位少爷都没有半点消息。而老爷缠绵病榻多日，眼看是要不行了。就在大夫人心急如焚之时，终于得到了儿子归来的消息。

她赶紧到正厅去迎接，跟着出来的还有那位柳姨娘，也殷切地期盼着儿子能安然归来。

然而进来的只有一个人。

"元泽！"大夫人喜极而泣，握住儿子的手上下打量，连忙关照他这一路可还安好。朱元泽笑着给母亲请安，眉目还如出发之日那般英俊。

柳姨娘讪笑着问："元泽，你大哥……"

朱元泽一顿，面上浮现出难过的神色："大哥入山时，为猛兽所食……路途遥远，我已将他在当地葬下。"

柳姨娘闻言，惊叫一声，当即晕了过去。大夫人皱眉，心中觉得此事蹊跷。但是二少爷心思纯善，是断不会骗人的。更何况朱元芳一个庶出，本人纨绔乖戾，死了反倒让她松了口气。

她将朱元泽拉进房里，压低了声音问："那笔财宝呢？你找见了吗？"

朱元泽拭去刚刚的眼泪，郑重答道："自然没有。这一路上我也想明白了，梦中的财宝，归根结底不是自己的。得他人之因，必付其果。若真让儿子找到，或是为银伥作伥，不知要付出怎样的代价呢！"

文／轻舟

银　伥

古代传说中守财的妖怪，生前为人，偷盗地窖中的金银，却不幸死于窖中，然后变成了银伥。凡是要从窖中拿走金银的人，必须祭奠超度银伥，否则这人会一直闻到恶臭，家人会染上恶疾。

☙ 美　梦 ☙

如果您最近生活不顺，精神欠佳，在某种程度上处于困境……欢迎您来到本诊所咨询治疗。我们将给您一次绝对真实立体的美梦体验。

这不是逃避，每个人都有做梦的权利，我们将努力帮您实现。

——Fantasy Clinic美梦诊所

夕阳西下，天边泛起奇异的紫色，几道流云镶着金边。

南府中却无人有闲心欣赏美景。少爷的病势忽然加重，上上下下都忙作一团。端水煎药的丫鬟们小跑着穿过门厅，急匆匆地赶到榻前。

"夫人，药来了。"

南夫人已哭干了泪，原本姣美的面容憔悴不已。她望着青瓷碗里深褐色的汤水，这几天不知喂下去了多少，就是丝毫不见效果。眼见心爱的儿子病得越发沉重，她这个做母亲的却无能为力，心头简直如遭刀割似的痛。

想着想着，药碗也端不起，声音就先哽咽了："阿枝——娘对不起你——"

旁边伺候的丫鬟也忍不住偷偷抹泪。愁云惨淡间，忽然听到一声气喘吁吁的通报："夫人！王神医！王神医终于来了！"

南夫人仰起脸，眼中泪光闪烁："快请他进来！"

王神医的医术与他的人一样神秘。

他留了一把大胡子，却不似文人那样潇洒，胡子打着卷，看上去不伦不类。平日最喜欢四处云游，采药写书，几个徒弟都不知他的行踪。

然而他的医术确实了得，任何奇难杂症经他一看，不说即刻痊愈，也能通过调养好上不少，故而城中人都很尊敬他，逢年过节还给他的药庐送肉、送菜。

如今南家小少爷病重，在这生死攸关的时刻，这位王神医终于云游回来了。王神医一路被催入南府，他一踏进房间，就立马察看小少爷的病情。十岁左右的男孩平躺在榻上，双目紧闭，神色不安，面孔绯红一片，额头异样的高热久久不退。

"可还有什么异常症状？"

南夫人抽噎不止，身旁的丫鬟怯怯地掀开被角——只见那截雪白的小臂上肿起了一个硕大的脓包，竟有茶杯大小。

"这包是七日前忽然长出的，这几日越来越大，速度惊人。平常郎中只说不敢刺破，神医您可有办法？"

王神医摸了把乱糟糟的胡子，沉吟片刻道："情形危急，老夫有一法，或可一试。"

南枝站在庭院中间，惶惶然地仰头看天。

不知道过了多久，好像是在与丫鬟们玩捉迷藏的时候，数完数便只剩下他一个人。无论他怎么喊，怎么跑，始终只有自己一人在这小小庭院里打转。太阳越发西沉，紫红色的天空伴随着令人恐惧的高温，让他的每一处关节都泛着疼痛。

或许马上就要入夜了，一片黑暗中，还是只有他一个人。

南枝越想越害怕，却怎么都流不出一滴泪。

"南枝少爷？"

他猛地一回头，看见个留着奇怪胡子的老头慈眉善目地冲他笑。他从未见过这个人，可是却本能地朝他跑过去："我——我好难受——这里好热，还只有我一个人……"

老头安抚他："少爷乖，我陪你玩一会儿好不好？天马上就黑了，天黑了就凉快了。然后你就回去找娘吃饭，吃醋鱼、酱肘子！"

南枝眨巴着眼睛，声音微弱道："可是天黑了，会不会就……我害怕……"

"不会不会。"老头笑着指向天空，"你看，这不是什么事都没有吗？"

夜色不知何时已然降临，但并非如南枝想象那般恐怖荒芜。丝绸般的深蓝色天空上点缀着闪烁的星星，一轮明月温和地洒下银辉，照亮了整片大地。与此同时，他身后的这座宅院里，灯一盏盏地亮了起来。楼台之间，人们穿行闲谈的声音好似池塘涟漪，静静地涌上来又四散开去。

"看，我没骗你吧？"

南枝欣喜地笑起来，拉扯住老头的衣角："那我们快回去吧！我好饿，我好想我娘！"

老头牵着他的小手往房中走。二人穿过回廊时，南枝无意一瞥，忽然看到边角别院虚掩的门缝里闪过一道诡异的亮光。小少爷瞬间瑟缩起来，脚步沉重如铅，哆嗦道："那，那里……"

怪胡子老头看了眼，又摸了摸他的头："放心，那里面没什么可怕的。不然我带少爷去看看？"

"不要不要。万一是什么恶鬼……"

"不会的，你看我会骗你吗？"

老头虽然邋遢，行事倒是给人踏实之感。南枝望着他，点了点头，蹑手蹑脚地凑到别院前，轻轻一推门——

"啊！"

别院的中央赫然堆叠着上千只人眼！那些密密麻麻的眼睛在那里一起眨动。旁边有两个面孔模糊的侍从，举着巨大的扇子不停地煽动。扇风吹过，那些眼睛就随之飞舞、跑动，简直就跟活生生的人一样！

老头察觉到了南枝的畏惧，于是握着他的手的力道更紧了些，似乎是在给他鼓劲。南枝也发现那些眼睛虽然瘆人，却没有来攻击他的意图。旁边的侍从也是面色漠然，像是对这忽然出现的二人丝毫不感兴趣一般。

"这，这究竟是什么……"

"毕。"一个侍从说。

"这是毕。"另一个侍从说。

"毕？"南枝困惑，"什么是毕？"

一个侍从叹了口气，不耐烦地说道："有生之类，先死未毕。"

南枝听不懂他们话中的意思，一眨眼的工夫，那些人眼便被席卷到风中，一下没了踪影，只剩下洒满月光的地面，横斜的树影映在其上。

他刚要扭过头问那老头侍从的话是什么意思，却感到额头被一只手抵住。

老头沉声道："少爷，你也该去了。"

两个侍从扇起一股巨大的风，南枝紧闭双眼，刹那间陷入了黑暗。

"醒了！醒了！少爷真的醒了！"

南枝挣扎着睁开了双眼。床榻边，面色苍白的南枝娘不住地拭着眼角，高兴得连话都说不出来。而丫鬟们也喜气洋洋地收拾着针灸的工具，连声说少爷吉人天相。

他喃喃道："娘……"

南夫人连忙握住他的手，深情地回道："娘在！娘就在这儿！"

他点点头，感觉自己似乎睡了很久，身上那种微妙的不适感渐渐褪去。榻边还站着个老头，留了把奇怪的胡子，此刻正望着他笑。

南枝惊奇道："欸！我好像见过你！"

老头神秘地笑笑："老夫是第一次见少爷。"

南枝感到困惑，但是孩童心性，转眼就把这件事抛到了脑后。他投入南夫人的怀抱中，听她诉说这几天的担忧，然后乖巧地答应南夫人以后一定会听她的话。

日头尽落，月光似水，入夜的南府终于归为平静。

王医生看着逐渐恢复平稳的南枝，终于舒了口气，回头说道："'入睡'成功了。他现在已经进入深度睡眠，只要持续供给培养液，他就会一直延续梦境。"

衣着华贵的夫人惊魂未定："那为什么我的儿子刚刚体温会那么高？表情也很痛苦，他是不是还很难受？"

"不会的，夫人。我们诊所的深度美梦仪安全系数很高，完全不必担心。刚刚您儿子是因为身体本身状况太差，又首次进入深度休眠的状态，身体才会有异常反应。现在他已经完全适应了培养液的环境，进入稳定的梦境中。我们诊所的宗旨就是'还给病人做梦的权利'。"

银白色的美梦仪就像一只茧，里面充盈着淡蓝色的液体。一具小小的男孩躯体漂浮在液体中，因为遭受意外的强辐射，他的皮肤表层几乎尽毁，全身泛着可怖的深棕色。头发所剩无几，眼眶深陷，嘴唇干裂，却犹带一丝笑意。

南夫人几乎要落下泪来——她的儿子，本该健康漂亮，却因为一次意外的辐射泄漏成了这副模样！现有的医疗技术只能救活他，却无法把他恢复成原来的样子。

她不想儿子从此活在孤独与痛苦中，所以找到了这个地下诊所。利用最新的违禁技术，让每个出得起钱，又想逃离生活的人拥有一场足够延及一生的——梦。

王医生理了理自己不伦不类的胡子，把南夫人送到门口："如果您不放心，可以随时来看他。"

南夫人无声地点了点头，把第一期的费用交到了他的手中。

"谢谢您。对了，最近宪兵队搜查得很严，您离开的时候小心一些。"

"好的。医生……请你一定好好照顾他。"

"好的好的，请您放心。"

门被关上，屋内一片寂静。王医生调暗了灯光，坐在办公桌后抽烟。外面下起了肮脏的雨，水滴打在这座光怪陆离的城市中，留下一道道污痕。巨大画幅的广告播放不休，蓝色长发的女郎嗓音空灵而又百无聊赖地唱着：

"Dance to the plastic beat Another morning comes, I'm just playing games I know that's plastic love……"

一支烟燃尽，王医生头一歪，睡着了，做了一个美梦。

文／轻舟

毕

古代传说中的妖怪，或者叫某种生物，毕居住在一间叫"毕院"的院子里，由数千只眼睛组成，眼睛可聚集、可分散，分散的眼睛亦可化成人形。据说毕是由不正常早死的有生之类所化。

当赛博朋克遇上神话复苏

有人说，我们的世界犹如彗星划破时光，在真实和虚妄之间缔造一切。其中，作为"彗星核"的是一个巨大的"原世界"。它代表着最初，也是唯一的真实，永恒存在。到了后面残留的星芒，才是我们生活的世界，它们是"原世界"分化出去的瞬间，没有开头的历史，也不会迎来故事结局，只会在某一瞬间寂灭虚无。

好在世界从未在人类面前展示过全部的真相，谁也不知道原世界是真是假！

不过香木愿意相信，在他看来，星球围着恒星在转，恒星围着银河在转，银河也围着更大的天体在运转，甚至整个宇宙都在朝着某一未知的方向运动，这不正如一颗划过虚空的彗星吗？

所以"原世界"——一个赛博朋克，科技发达却濒临毁灭的世界一定是存在的，这也解释了他现在生活的世界为什么会突然变得这么恶劣。

沉醉纪元的一个清晨，香木如同往常一般，打开电台，开始新的一天。

"嗨，伙计们。

欢迎来到器械人电台。

我是你们的老朋友，倒霉的贝尔。

不死的V。

糟糕的日子永不离去，新的日子从不到来，今天的Y城还是如往常一样，荒凉、肮脏、堕落。

让人期待着虚拟领域的新奇与美好。"

电台里传来熟悉的对话声，一说一应，试图在一潭死水的生活中找到些有趣的乐子，这就是器械人电台。

说到器械人，他们是赛博朋克的新"人类"。当然，也有人称之为畸变者，不过在香木看来，他们只是遭受疾病和现实双重痛苦困扰的可怜人，是因滥用"介质"而感染器械病的受害者罢了。

你说什么是"介质"？那可是个伟大的玩意儿，是科技的"贤者之石"，是生命的"恶魔果实"，也是赛博朋克的"奠基之土"和"终焉之尘"。作为一种碳硅合成的元素晶体，它可以如计算机芯片一般功能强大，也可以无障碍收发生物信号，由它制造出的终端器械，解决了人类和计算机之间的沟通障碍，使得虚拟链接成为现实……

它看起来似乎很完美，但生命的脆弱性却不允许它这样完美。由于和生物体的信息交流过于顺畅，"介质"在无形中诱导了生物进行"器械进化"，导致使用者的DNA复制错乱，一些正常部位对血肉出现免疫排斥现象，导致血肉崩解腐坏，极为痛苦，只能使用器械替换。

一开始只是少部分人的极少部位出现这种"器械病"，可随着遗传的进行，器械人的后代出现器械病的概率越来越高，免疫排斥的部位也越来越多……若不是"介质"的性能极为稳定，器械病"感染"缓慢，人类早就发生实质性的灭亡。

或许你会认为只要新的人类不使用"介质"植入就好了，但很遗憾，这个世界并不美好，尤其对于大部分人来说，他们别无选择，只能借助器械植入，逃避现实。

香木一边洗漱，一边听着电台里关于黑帮斗殴、生态恶化、生育法则、购物优惠等城市琐事，突然电台声停止，一个机械音插播了进来。

"您有一份包裹快递到了荒土仓库，请及时查收！"

香木愣了一下，想起来好友肖说过给自己寄了一份礼物，看来就是这个了。

于是他迅速地收拾了一下，就驾车出门取快递了。

香木驱车前行，周围高楼林立，灯光绚烂，和地面堆积的垃圾相映成趣，看来昨夜这里又举办了一场盛大的宴会。自从地心探索毫无收获后，人类对于脚下的这颗星球就彻底失去了想象，加上科技爆发停止，地外探索受阻，人类的未来一片灰暗，于是大量文明转而堕落，人们夜夜笙歌，茫然无着，得过且过。

车子很快驶出高楼的迷宫，城外是一片荒凉，沙棘遍地，荒土仓库就在沙棘的深处。

花了一点儿时间后，香木终于见到了自己的快递，他苦恼地挠了挠头，不知道该怎么把这该死的"礼物"带走。

那是一堆石碑，每一块都有一人长、半米宽、一掌厚。石碑边角点缀的花纹栩栩如生，只是香木所学的知识不足以支撑他认出这堆石碑的风格是什么时代的。

至于石碑上的内容，不是刻字，而是一些风格原始的刻画。

"没想到自己拒绝宗教类的说辞，肖竟然当了真，真给我找来了这些。"

香木哭笑不得，肖是一个原教徒，就是那种简单纯粹，信仰万物归一，信奉生命之血的宗教。原教徒认为器械改造是异端，终将导致人类灭亡，所以没有器械植入的香木，经常会遇到原教徒向他主动推广教义。

香木和肖也是因此认识的。不过肖比较特殊，他是"清醒的'信仰'"，更倾向于找到志同道合的教友，而非简单地拉人凑数。上次他在和香木推广教义的时候，香木表示更喜欢那种有历史感的宗教，肖就说他有一套关于远古宗教的"遗物"，可以借给香木，并表示所有的宗教信仰终将归于一处！

"这就是他说的远古遗物吗？"香木费力地把石碑摊开，把它们排成一排。

第一块石碑上刻着一片葱郁苍茫的森林，一只青色的大鸟在展翅飞翔，角落位置有三个人在森林中吃着果子，并没有看到天空中被密林遮挡的鸟儿。

第二块石碑上的鸟儿变成了小人，虽然颜料斑驳，但仍能看出来小人有着白色的头，红色的脚。

第三块石碑上，一个男子把火把交给了小人，小人递给他一片发光的青色羽毛。

第四块石碑上，男子把羽毛插在头上，正在驱使野兽。

第五块石碑上，男子在给人治病。

第六块石碑似乎跟原本的顺序不同，只见另一个装扮的男人吹着号角，他的身边围了很多人，远处的森林里，一头大象正在清除树木的阻碍，从密林中走出。

第七块石碑上的人更多了，他们在森林中开拓了一片很大的土地用于耕种，并且砍伐木头搭建房屋。空地的边缘有个小山坡，一个拿着斧头的人靠近了那只青色的鸟。

第八块石碑里的场景似乎是在夜里，青色的鸟正站在树梢上，那下面有它的巢，红白相间的箭靶图案，旁边还卧着一只猛虎。不远处是吓得跌到的几个人。

第九块石碑，人类的耕种范围进一步扩大，山坡从石碑角落移到了中间，青鸟还在那儿，一个头上插着不发光羽毛的人正朝着它跪拜。

第十块石碑，人类聚居地周围出现了巨大的蛇，怪异的独眼巨兽，山坡在石碑上显得更小了，鸟儿也不见踪影。山坡之下，建造了一个奇怪的祭坛，由白色的石头垒成，然后涂满了红色的染料。一个头上插满了羽毛的类似祭司的人正在跳舞，祭坛周围有一些跪拜的人群。

故事到这里就结束了，第十一块石碑上刻画着一个祭坛，如同箭靶，还有一些线条勾勒出放祭品的地方。

这应该是一个召唤祭坛，香木猜测。

随石碑送来的还有一个草纸书，打开后，上面写着这个石碑的来源：这是古越民的记事碑，记载了一种被称为冶鸟的神话生物以及召唤它的办法，冶鸟被称为越地巫祝的祖先，拥有神秘的力量。第十一块石碑上刻画的就是召唤它的祭坛，只要用雪泥和丹朱作为祭品，默念咒语，就能够召唤它。可惜时光流逝，已经没有人记得咒语是什么了，只有有缘人才能在梦里得到咒语，然后召唤出冶鸟。

香木发现草纸下面就是雪泥和丹朱。

"倒是贴心，不过我怎么感觉有一股正版典藏的味道？"

他莞尔一笑，就地取材，尝试着召唤冶鸟，至于咒语？他随便现编了几个，果然什么反应都没有。

他倒不气馁，毕竟本来就没有期待过。

这么多的石碑肯定是没办法带走了，他准备原路寄回去，在这之前，他用手腕上的终端把每一块石碑都拍了下来，总不能白来一趟。

至于以后会不会翻看？谁知道呢，用肖的话说就是："人们用数字技术记录下所有的东西，以为能够永不忘记，但真相是这些历史只会随着硬盘一起腐朽，再无人问津，这就是赛博朋克的悲哀。"

还有那一句："人们喜欢回忆，却讨厌寻找回忆。"

香木最近碰到了大麻烦，他不小心惹恼了一个黑帮分子，对方扬言要把他扔进下水道里面。

在这个一切都被标价的时代里，只需要五百块，他的即时行踪就能被发送到对方终端上，所以他正打算趁着对方动手之前躲到城外去，那里没有摄像头，只要躲得好，谁也找不到他。

不过很可惜，他低估了对方的恶意和财力，在他出城后不久，就看到了一辆巨大的改装车拦在前路上，车头上一个黄发冲天的家伙正嚣张地抽着烟。

"唉！"香木叹了口气，理智告诉他这时候绝对不能跑，跑就是死，只能硬挨！

黄毛猛地抽了口烟，拾起旁边的球棒，从车头跳下来，骂骂咧咧……

结局明显！

香木被直接打到晕死过去，醒来时已经是夜晚了。他感觉自己浑身瘀伤，唯独要害处没事，显然对方以泄愤为主，没打算杀他。

"呵，没想到在这倒霉的事情中还能感受到一丝人情的温暖！"

他躺在荒地上，看着天上，今夜风沙刚过，是难得的明朗夜色，星河烂漫，在城里生活久了的他不知道多久没有见过这样的璀璨星空了，或者他从没有见过，那些只是灯光的幻影。

毕竟，记忆里的星光多而繁杂，哪有眼前的那样美。银河跨接天幕，一只巨大的鸟儿双翼舒展，脉络分明。

香木艰难地抬起手揉了揉眼睛，确定这不是被打后的幻觉，他分明看到天上有一些星星格外亮，像是彼此约定好的，共同点亮变幻成了一只展翅飞翔的大鸟，单单尾翼就覆盖银河，遮天闭幕！

这一刻，他想到了石碑森林上的那只冶鸟，它们同样在展翅翱翔。

好大的冶鸟呀，真好看！

此刻，香木的脑海中别无其他，他就这样看着天上，幻想着那是一只冶鸟，在星空中翱翔……

香木做了个梦，他梦到自己出现在一片茂密的森林里，天上是一样的星空。

他梦到自己附身在一个少年身上，不能动，也不能言。

少年的旁边是冶鸟变化的小人。

他看着双方许下约定，彼此见证。

……

这个梦极为悠长，梦的最后是一只青色的鸟，发出咄咄的叫声，然后撞到了香木的额头之上。

荒土的一片空地上，摆放着一块巨大的石碑，上面刻画着召唤冶鸟的阵纹，祭祀的脉眼处分别摆放着白玉和赤铜，火与盐，稻米和熟虾。

香木从那个梦里知道，这些才是真正的祭品，而那所谓的咒语，其实是记忆的约定，是星夜下的那一句："冶鸟，我看到你翱翔九天了！"

"冶鸟，我看到你翱翔九天了！"

"冶鸟，我看到你翱翔九天了！"

"冶鸟，我看到你翱翔九天了！"

……

香木一遍遍大声呼喊着，空旷的荒土回声寥寥。突然，香木的脑海中响起一阵阵"咄咄"的声音，起初是古朴沉稳，余声却空旷悠远，伴随着这些声音，香木发现周围的平地旋起了大风，朝天幕卷去。

咄声不歇，风势也逐渐浩大，先是刮过荒土，很快，Y城便被风沙笼罩……

香木正处在风眼之中，他看到空中突然浮现一抹青色，不一会儿，就凝聚成一只巨大的青鸟。

"召唤成功了！"香木的心中充满了激动，他蹦跳着朝天空挥手，只见青鸟收翅向下飞来，即将落地的时候，变成了一个小人，浮在香木面前。

小人和梦里有些不同，此时他穿着一身青色的衣服，戴着白色的帽子，腰上系着红色的飘带，显得异常帅气。

　　它旁若无人地打量着香木，眼中有些好奇。

　　"咳咳，你好，冶鸟，我叫香木。"香木激动得不知道说什么好，干脆先打了个招呼。

　　冶鸟理解着香木的话，然后组织语言回答道："你好，我叫……小次！"说话间，它摘下自己的帽子，从里面掏出一根青色的羽毛，闪闪发光！

　　"给你！"

　　看到那梦幻般的青羽，香木下意识想去接住，却发现那青羽竟无法触摸到……他试了好几下，手都从羽毛中穿过了，他只好无奈地看向冶鸟。

　　冶鸟却摇摇头，只是眼里饱含期待。

　　在几分钟的尴尬后，香木终于记起了石碑上用凡火交换青羽的一幕，他恍然大悟……而这就是赛博朋克的少年，和神话冶鸟的第一次相遇！

　　自从那日风沙笼罩过后，Y城就成了赛博朋克世界里最热闹、繁华的城市，在那之后，突然出现了另一个世界，那个世界倒挂在天幕之上。而Y城就是距离它最近的城市。

　　那个世界里的山川河流令人历历在目，虫鱼鸟兽也栩栩如生。然而它又如镜幕里的幻影，无法触摸。

　　但是它却改变了这个世界。

　　如今的Y城多了许多绿色的生命，大地之上有无数植物破土而出，那些高楼大厦似乎也在一夜之间缠满了藤蔓。

　　……

　　"嗨，伙计们。

　　欢迎来到器械人电台。

　　我是你们的老朋友，倒霉的贝尔。

　　不死的V。

　　生活要向前看，因为你不知道明天会遇到什么……"

文／毛绒尾巴

冶　鸟

古代传说中的一种鸟妖怪，像鸠鸟般大小，羽毛为青色，通常以鸟的形态生活，偶尔会变成人类观赏玩乐。冶鸟居住在自己凿出的树洞中，洞口只有几寸宽，会用白色泥土装饰洞口。

朝圣者之信

在古老的记载里，新虞之前还有过一个伟大的时代，人们拥有强大的力量，仿若神明。一些被珍藏的古老器皿留下了那个文明的些许痕迹，即使在现在，这些破碎的时代暗影还拥有着令人匪夷所思的可怕力量！

至正二十七年，福建杉关，征南大营内。

吴军刚刚取得一场大胜，副将军何文辉正在帐内筹划着接下来的安排，这时候，近卫掀开帐门，带了一个人进来。

"将军，这人是前军探子，说有重要的东西要交给你。"

"哦？"何文辉看着眼前的探子，面色憔悴，深陷的眼窝泛着紫黑色，甚至比那难民都要凄惨三分，他不禁有些好奇，"你有什么东西要交给我。"

"回禀将军，属下前些日子奉命潜入福建，沿途探查消息，偶然间发现一个元庭学士，举止怪异，便循迹跟了上去，没想到一直跟到海边，却丢失了踪迹。不过属下找到了其遗留的一些信件笔记，看完后觉得事关重大，思虑再三，决定呈交给将军。"

"哦，是什么信件？快给我看看。"

探子从怀里掏出一个牛皮包裹的防水信封递给何文辉，上面还有火漆的痕迹。

何文辉接过信，看着对方枯瘦的手，叹了口气，吩咐道："你先去伙房吃些东西，等有需要我再问你。"

探子毫无反应，只是痴愣地盯着那信。

"怎么，是要本将军当面拆看这个信？"

探子如梦初醒，赶忙摇了摇头，刚才交出信的那一刻，他仿佛失去了意识，什么也没有听到。

何文辉笑了笑，挥手让他退下去，近卫机灵地勾搭上探子的肩膀，推着他往外走。

探子走后，何文辉坐在案前，拆开了牛皮信封，里面是洁白的纸张，质地细薄光润，足有厚厚的一沓。他用手感受了一下信纸的质感，咂了咂嘴。元兵贵奢，一些识字的军官喜欢用羊皮写字，但若论价格，怕也比不上这白如腻雪的纸张。

我亲爱的其其格，我知道你会埋怨我不告而别，可我也有自己的苦衷，如今灾情遍地，叛乱四起，扩廓和孛罗两位大人又各为私怨，弃国家于不顾，任由逆匪势大，我实在是心焦难安，当我听说有一个能够挽救国家的办法时，我毫不犹豫就答应了。大汗又要求我等即刻出发，不得声张，所以没来得及和你说一声，哪怕是这封信，也只能等以后和歉意一并交给你了。

至于我这次去的地方，你肯定没听过，我也是刚刚知晓，世界上竟然有那么神奇的地方。传说在南海中，有一个叫炎洲的仙家胜地，方圆两千里，奇珍异宝无数。我这次就是去那里找一种名叫"风生兽"的动物，听说用它的脑和着菊花一块吃，可以得寿五百年。当然，我们找它可不是为了长寿，而是为了风生兽的一个伴生手杖，据说它拥有神秘莫测的伟力，可以控制住所有指向之物。

有了它，我就可以拯救我们的国家了。

祝我好运吧，期待着回来见你。

……

其其格，不用担心我的安危，我和豁耶马一块儿出发，他是大汗的心腹侍卫，我们还带了足足五十个勇士，哪怕遇到逆匪，也可以直接闯过去。

这一路虽然辛苦，但沿途的风物甚好，真希望你能在我身边，一起欣赏这些风景！

……

长途跋涉真的能磨灭人的志气，我已经受够了在马上的奔波，蚊虫的侵扰，还好有我对你的思念，其其格，你是我心里的支撑。

……

其其格，旅途的枯燥难以言语，前两天我还淋了雨，染上了风寒，头烧得厉害，不过听豁耶马说我们快到了，我的精神又好了一点。

……

今天我们途经了一个道观，豁耶马似乎知道这里，派人去敲门，不一会儿，一个道士走了出来。

他们两个人聊了好久，道士走后，豁耶马面色阴郁。

我突然有种不好的预感，豁耶马瞒了我一些事情。

……

天气又变坏了，还好没下雨，要不然我的风寒就彻底好不了了。

一个迷雾森林挡住了路，绕路还不知道要多久，所以豁耶马让我们伐木前行。

我试探地和豁耶马闲聊，他告诉我，迷雾森林的位置就是原本的南海所在，只是沧海桑田，这里成了一片森林。

……

其其格，离开森林已经有几天了，我终于收拾好恐惧的心情和脆弱的神经，现在我要和你叙说出这段时间的遭遇，以缓解内心的不安。

我们在森林里发现了古早的祭坛，这些祭坛似乎经历过很多的年代，最表层是巫的祭祀石，风化程度最严重，现在只剩下刻印着离奇符文的碎石，与烧结占卜的兽骨堆积在一起。拨开乱石和碎骨，下面是大块的、颜色赤黑的基座，它们是另一种风格，宏大深邃，质朴难言，让人能一眼看出和表层祭坛的区别。

而且基座的黑色石材也不属于这里，它们冰冷坚硬，每一块都很完整，并且没有拼接的痕迹，看到它的第一眼，我就觉得这不是凡人的造物。为此我怀抱着惊奇的心去探究它，可我不是博物学家，对于这个赤黑的基座只能一筹莫展。于是我退而求其次，去研究祭坛表层的图案，希冀能从中得到线索。

我把残破的祭祀石拼接起来，从中看到了鸟、兽、虫、鱼，还有一个巨大的黑色旋涡，这些生灵纷纷投入中央的黑色旋涡中，而旋涡中，一个体形庞大的阴影正享受着这饕餮盛宴。

这似乎是一种远古的祭祀，花鸟虫鱼代表世界万物，至于那个旋涡中的庞大存在，我也不知道是哪尊天神。

我在祭坛那边研究了好久，不愿意放过任何的细节，最后甚至睡在了祭坛旁边。

其其格，我真的无比悔恨，这些天我不断自责，倘若当时好奇心少一些，不去研究那个祭坛，又或者没有在祭坛边睡觉，会不会避免一切，不做那个梦。

我现在试着压抑恐惧，和你诉说那个梦的些许碎片。是的，只有些许碎片，若回忆全部，我担心我脆弱的大脑会彻底疯狂。

那是一片深邃的海洋，周围是一些难以言说的屋舍，光看着他们的营造模样，就能让人心中恐慌不已，我隐约间还能看到一些光怪陆离的生物，它们有着长长的肢体，恶心滑腻的凸出组织，还有那残缺的，如同模糊的不协调部位。我能感觉到它们不是生命，因为它们没有生命所特有的活力和韵味。

你可能觉得这是我对梦里破碎记忆的脑补，是一个疯子的谵妄想象，绝不是的，那个梦境绝非寻常，它时不时地从记忆中涌出，笼罩现实。

梦境虽然让人可怖，但若没有接下来的遭遇，我也不至于恐惧到绝望。就在第二天，豁耶马竟然命人掘开了黑曜石基座下的泥土，当铁锹和泥土碰撞产生的刺耳声传入耳中，当时我的心脏突然加快了跳动，我似乎知道黑曜石基座下掩埋着什么，但我完全说不出来，只能任由我的心被攫取，哗，哗……

士兵们挖出了大约两米深的坑洞，隔在真相和石块之间的薄纱终于被掀起，露出答案的一角。当看到那坑底之物的时候，我突然大叫了起来，恐惧一瞬间占领了我的理智，我如同没见过奔牛的女人一样，无知怯懦地大叫起来。

你要相信，我是一个勇士，虽然我舞文弄墨，但我仍旧是草原的勇士，我的力量可以让奔腾的野马屈服，只是有些恐惧并不来源于理智，勇力也无法驱散分毫，那是一种灵魂深处的恐惧，是你在光明天神的拥抱下，无意瞥到背后的无尽虚无和黑暗的恐惧，甚至更盛于此。

请恕我不能告诉你我在坑洞里看到了什么，豁耶马不允许任何人提及这个存在，而且靥梦已经缠绕上了我，我不能再把它传递给你。

我只有你了，其其格。

……

其其格，靥梦缠上了我，我又回到了那片深海里，我的周边有着各种诡异，超脱理智的存在，我发现他们不需要进食，也没有善与恶的动机，所有一切都茫然地存在着，游动着。

我还看到了鲲鹏，它和传说中不一样，并不是那种无法理解的大，也可能它不是鲲鹏吧，我在梦里乘着它遨游了好久，但是仍旧没有超脱这片海域。

……

今天的梦有了一丝不同，起初我在无边无际的黑暗中茫然巡游，突然整个幽邃的海域沸腾起来，无边伟力裹挟着海水，令整个世界为之颤抖。

也就是在这一刻，我感受到了情绪的存在，身下的鲲鹏，乃至整个海域的每一滴海水都在欢鸣，我能感受到，因为我的四肢百骸也在涌起欢欣。

我发现深海的建筑原来是活的，一些诡异的触手在墙壁上舞动，可惜它们已经无法引起我的惊讶了。

……

我不知道我是什么时候离开的森林，天气总是阴雨绵绵，让人不快，靥梦依旧，好消息是我的风寒奇迹般地好了。

……

今天我们在路上发现了车辙的痕迹，凌乱，仓皇，还有一个被野兽啃噬的残躯，他穿着帝国的服饰，难道大汗还派了其他人过来？不过看样子他们遇到了麻烦。

……

路上的痕迹越来越新，我拖着疲惫的身躯检查着路上的又一具尸体。其实没什么好检查的，他是被处死的。断脊，裂颅，车裂，一路上我们遇到了很多这样的尸体，这些尸体的共同点就是没有多余的伤口，死前没有挣扎，可死法却出奇酷烈。我想，纵使是逆匪，也不都会遭受这些。

路上的痕迹显示他们是在逃避什么，可为什么他们要一边跑，一边杀死自己的士兵呢？

还要采用这么酷烈的方式！

不去想了，最近的噩梦越来越深，那深邃海底的伟大存在即将苏醒。

我能感觉到身体在欢呼，喉咙偶尔发出莫名的声音。似乎是……库……鲁……

我能感觉得到，士兵看我的眼神不对，似乎是恐惧！

……

我们追上了太子识理达腊的手下，随行有密宗高僧伽真，从伽真的口中我得知了这一路惨状的缘由——诅咒，随时会有人失去理智，变得谵妄嗜杀，力大无穷。

解决的办法只有一个，就是在发疯的一开始，直接处死。

至于他们是如何沾染诅咒的，伽真讳莫如深，不愿多语！

……

昨天，豁耶马下了一个残酷的命令，他……

今天一早，我们就离开了这里，朝着最后的目的地前行。

……

地势开始陡峭起来，大家走得很累，我的精神很差，可体力竟然是最好的，真是匪夷所思。我觉得我变得和以前不一样了，都是因为那个梦。

……

我们终于到了炎洲，眼前是宏大的建筑，那是巨人的屋宇，仅一根柱子就有数人合抱粗细，直通天际阴影之中；巨大的石阶好似山峰横亘在路上，无法攀越，只能绕过。

还有那高耸入云、宛如神迹的画壁，记载着一个巨人陷入沉睡，身上的浮尘都堆积成起伏的群山的故事。

我越发感觉到自己的渺小，并对此深深恐惧。

……

这段时间，我总觉得被人暗中盯着，每当我入睡的前一刻，就会感到许多充满恶意的目光肆无忌惮地打量自己！

我的精神又变差了，抑或我的精神从来没有好过，自从踏上这个旅途，厄运就伴随着我。其其格，我无比地思念着你，可我只能压抑着情感。

……

我都快忘了来这里做什么，是的，我是来寻找风生兽的。那种不死的玩意儿，据说脑子被砸碎也能活下来，有人说用它的脑子做药引，可以换五百年的寿命。五百年，大元才多少年。大汗给我的旨意是取得风狸杖，有了它就可以调解扩廓和孛罗之间的矛盾，还可以直接控制逆匪头目，解决叛乱。当然，大汗也说过要带回风生兽的尸体。

不知道是什么原因，最近只要一想到大汗，想到皇宫的那次会面，我就会觉得恶心，有种恶臭扑鼻的感觉，可上次见面是在穆清阁，大汗修大喜乐的地方，那里涂满了椒香胡料，香薰醉人。

可恶臭似乎不是通过鼻子闻到的，而是身体本能的反应，那里埋藏着生命最初的烙印，它在恐惧，极端厌恶，避之不及！

……

谿耶马带我们找到了一些土人，这些土人用灰白的长袍罩住自己，阴影遮住了脸庞，看不清长相。他们佝偻着身子，露出枯爪般的手，围坐一团。

从他们那里，我得知了风生兽的踪迹。继续往南走，会看到一个大湖，叫作南湖，湖中心有一个岛，叫作南山岛，风生兽就在南山上生活！

知道目标所在后，大家的心情都很好，只有我对土人的话有些怀疑，我能感受到他们罩袍阴暗下的目光，和之前窥探我的一样。

我和谿耶马说了这件事，但他不为所动。

……

我们乘船抵达南山岛，在岛中央的位置有一棵巨大的桃树，远远看去，翠绿的冠盖遮天蔽日。

我们靠近了桃树，看到了树干中央一个巨大的拱门，拱门里是朝下的阶梯，通向幽暗的未知之处。

所有人都沉默着，不知道该不该进去。

就在这时候，一缕熹微的幽绿色光芒从幽暗处升起，转瞬间便给拱门镀上了一道迷幻的边框。

一只长相如同豹子，额下却长着飞扬的眉毛的野兽从地下走出，只见它擎着一根褐色的手杖，杖身上面那些内旋如同眼珠的瘤木结，正散发着幽绿色的光芒。

在那一刻，我的内心无比平静。我放下了所有的情绪，唯有对那擎高的手杖有一种顶礼膜拜的冲动。

而谿耶马早已经跪了下去，其他的勇士也都跪了下去。

最后，我也跪了下去。

我不知道自己是怎么清醒的，大桃树旁只剩下我一个人，回想起之前差点儿失去自我的经历，我的心底浮现出无法抑制的恐惧。我开始慌不择路地往回跑，我一个人泅过南湖，在岸边看到土人正脱下自己的罩袍放到火中焚烧，他们裸露的身子青黄泛黑，有着青色短尾，而其中的一个土人，长着和谿耶马一样的脸，正用着红色的、充满恶意的目光盯着我。

……

我又重返了迷雾的森林，耳畔传来了伟大者的呢喃，我听到了，是那片海在呼唤着我，我就要回家了！

……

我不知道还能清醒多久！

……

我们困囿于自己的世界里，痴愚着自己的强大，妄想征服一切，殊不知，我们以为的伟大征途，最终只是一次朝圣旅途，终将投入伟大者的怀抱。

我们只是虫子，寄生在一片漂浮的树叶上，转瞬即死。

信件到这里就结束了，虽然后面还有几张，但上面都是胡乱勾画的线条涂鸦，似乎是水波以及晦涩不明的阴影。

何文辉揉了揉自己的额头，他还真以为朝廷派人找到了传说中的风狸杖，没想到只是一个疯子的呓语，或许是接受不了元庭破灭的现实吧。

至于这封信，痴人妄语，自己看过也就罢了，没必要再做额外的安排。于是重新塞进了牛皮信封，放在一堆杂信中，交随命运的安排。

文 / 毛绒尾巴

风　狸

古代南方地区传说中的妖怪，也称风生兽，长得像猴子，眉毛很长，生性害羞，见人就会低头。风狸会制作风狸杖，威力巨大，被风狸杖指过的禽兽会立刻毙命。人的心里想要什么，用风狸杖一指也会获得。但风狸杖较难获得，一旦人类的企图被风狸发现，风狸会将风狸杖吃掉，因此只有趁风狸不备，才能偷走它，否则只能通过攻击或者殴打风狸才能抢夺风狸杖。

灯中手影

柒花强忍倦意，把头探出马车，望向道路尽头。初夏的阳光洒在她的脸上，没一会儿便照得她头晕眼花。她拉上车帘休息一阵，再次趴在窗上。

谢甫道："乖女儿，把头伸回来，可别热着了。"

柒花拼命摇头，忍不住阖上了眼。

姚世昌与谢甫是世交，姚世昌养了两个女儿，大的叫芸娘，今年约有十四，小一些的叫菱儿，与柒花年龄相仿，今年十二。

柒花有两年没有见到芸娘姐妹了，当得知父亲要带自己去拜访他们时，她兴奋得几日没有睡着。他们在路上颠簸了半个月，柒花一直没休息好。

刚坐上到姚宅的马车时，柒花还有些精神，可恨这条路没有尽头，一直延伸到了天边。

反复看了几次后，柒花有些倦了。一道影子掠过马车，似乎是一只鸟。

迷迷糊糊中，柒花想起苏先生说过的话："知道你为何总在正午打瞌睡吗？那时影子最短，它逃了一半去玩了，所以你才没精神念书。"

苏先生授课时她总爱打瞌睡，这时苏先生便用这句话来打趣她。

柒花问："为什么我从没见过我跑出去的影子？"

苏先生答道："因为它变成了别的动物，让你没办法发现它。"

此时此刻，柒花的影子也飞了一半出去吧，是刚才那只鸟吗？

柒花眯了一阵，多少恢复了些精神。等她再次看向马车外时，右侧出现了一条小溪。小溪若隐若现，在阳光的照射下，水面波光粼粼。一条小鱼跃出水面，柒花叫喊了一声。

更让她惊喜的是，小溪上游出现了一座宅邸，道路也延伸到了那里。

柒花兴奋地喊道："爹爹，我们到了！"

谢甫笑着直摇头。眼前的宅子越来越近，柒花伸长脖子，远远望见姚世昌拢着双手在门口等待。姚世昌面色严肃，把柒花吓得缩回了头。

谢甫问："怎么不看了？"

柒花说道："姚伯伯好吓人。"

父女俩下车后，姚世昌与谢甫寒暄了几句，便把柒花父女向里引。宅邸古朴幽静，看上去有一定年岁了。

柒花一跨进大堂，便看见菱儿规规矩矩坐在椅子上，似乎与两年前那个疯丫头不一样了。

姚世昌与谢甫聊起来，大致说了这一年来姚家的变故。柒花曾听谢肖说过，菱儿和芸姐姐的母亲因病去世，姚世昌触景伤情，不堪忍受才迁来此处。

柒花没有听两位大人聊天，她一直在观察菱儿。菱儿坐得端正，似乎听得认真。思念了许久的朋友竟变得如此陌生，这让柒花有些伤心。

没过多久，两位大人把姐妹俩赶去了后院。柒花与菱儿肩并肩走着，一时不知要如何开口，反倒是菱儿先说话了："两年没见，你怎么变傻了？"

菱儿朝柒花吐舌，气氛稍微有些缓和。

柒花瘪嘴："你刚才那么严肃，我还以为你不记得我了。"

"还不是我爹，非得让我端出那副模样。"

"芸姐姐呢，怎么不见她？"

菱儿捂嘴笑："她最近染了病，大致是睡过头了。一会儿去见谢叔叔时，估计会被爹数落一阵。"

两姐妹有说有笑向后院跑去，柒花穿得厚，出了些汗。一阵冷风刮来，她忍不住打了个哆嗦。

虽说大宅里比外面凉爽许多，但此处未免太过阴冷。

柒花哆嗦着身子说道："这里怪冷的。"

菱儿笑道："这里一直都这样，见不着太阳。你知道吗？这宅子以前死过人。"

柒花背后的汗毛竖起，她战战兢兢地问："真的吗？"

"对。我听马夫说，这宅子有百来年的历史了。以前住这儿的是一个富裕人家。那家公子有几个书童，后来有个书童在溪边被淹死了。"

"好惨。"

柒花有些害怕，但她忍不住往下听。

"不仅如此，这家主人的公子也死了，当时就挂在这棵树上，他死的时候似乎和我们差不多大。"菱儿指着眼前的古榕树道。

古榕树的树叶随风摇动，无声诉说它的秘密。

柒花追问道："后来呢？"

菱儿说："这家主人大概是太过伤心，把宅子便宜卖了。后来转了几手，最后被我爹爹买了下来。自从我们住进来之后，在这座宅子里偶尔会听见男孩的哭泣声。"

柒花毛骨悚然，似乎真有一个男孩在树后闪过。

"那姚伯伯为何要买这座宅子？"

"有些东西大人是不怕的，小孩子才会害怕。"菱儿面色严峻，"你知道吗？更诡异的是，那两个男孩都是在正午死的。"

"菱儿！"

身后响起一声叫喊，把柒花吓得跳了起来，菱儿变了脸，捂着肚子大笑起来。柒花反应过来，是菱儿在戏弄她。

身后出现一个女子，像是年轻了十来岁的菱儿母亲，柒花愣了一阵，才发现这是芸娘。

芸娘比两年前高了许多，身形丰腴起来。芸娘生性温和，但她现在眉毛拧紧的样子倒有些像姚世昌。

芸娘道："你别吓唬柒花了，万一她害怕了，不敢在我们这住，到时候看你找谁玩。"

菱儿开心道："你要在这里玩多久？"

柒花道："我爹貌似要上京都，只说去一阵，没说多久。"

菱儿道："我不吓唬你了，好柒花，你在这多玩一阵可好？我可不想天天对着一个患了相思病的女人。"

芸娘的脸一下就红了，她跺脚道："死丫头真是嘴碎，我还没怪你今儿下午没叫我呢。"

相思病？

柒花呆了，芸娘竟然得了大人才会得的病。

芸娘两姐妹打闹起来，菱儿闹不过她姐姐，便对柒花说："走，我们去钓

266 | 东方百妖谭

鱼。"

柒花还在纠结芸娘的事："芸娘变成大人，就要嫁人了，以后是不是不能陪我玩了？"

芸娘："怎么会，我会一直陪你玩的。"

三姐妹手挽手来到了储物间。菱儿推开门时，一股难以言说的臭味扑面而来，柒花忍不住捂住了鼻子。

菱儿挥着手："奇怪，我昨天来都没有味道的。"

芸娘说道："怕不是死了只老鼠。"

菱儿胆子大，她两三步跨进去，把杂物拨开，翻找了半天也没发现死老鼠。

菱儿不小心被一个竹筐绊倒，一筐衣裳倒了出来。衣服全是黄色与黑色的，一支龠（yuè）笛随之滚落了出来。

菱儿抱怨起来，她想扶起竹筐，却被芸娘拉到一边："晦气，这是丧葬用的衣裳，怎会放在此处？"

柒花回答："会不会是之前住过的人家留下的？"

"或许是吧。"

芸娘叮嘱二人不要碰那筐衣服，并让菱儿去寻鱼竿。菱儿趁芸娘不注意，拾起龠笛放入荷包中。

柒花没吭声，因为她也对那支龠笛感兴趣。

拿了鱼竿后，三姐妹去了宅后的小溪旁，此时的阳光已不如刚才那么刺眼。

溪水很浅，最深不过柒花的小腿肚。菱儿和柒花在垂钓，芸娘则坐在两人身后，说是"提防两人被溪水冲走了"。

一开始，柒花还能看菱儿拉鱼竿，没多久菱儿就沉不住气了——她什么都钓不起来，芸娘托着下巴发呆，似乎在想什么。

柒花想看龠笛，菱儿却和她装傻说自己没拿。柒花怕引起芸娘的注意，打算私下里再问菱儿。

柒花在溪边晃来晃去，很快就被漂亮的鹅卵石吸引住了。她拾起一块，沿着溪水寻找别的鹅卵石。就在柒花拾起第四块鹅卵石时，她忽然想起了菱儿说的故事：有个书童死在了小溪里。

对岸传来笛声。齐人高的野草随风飘荡，里面似乎藏了什么东西。柒花吓得不行，急忙往芸娘姐妹的方向跑去，就在这时，菱儿发出了一声惊呼。

柒花跑到两姐妹身旁时，发现菱儿手上捧着一个不得了的东西：看起来像龟，但模样奇特，脖子上长了鱼的腮。

菱儿得意地托着她钓起来的东西，看得柒花好生羡慕。想来苏先生口中《山海经》里的怪物，也不会比这更神奇。

柒花转过头，发现芸娘蹲在鱼篓前看得痴了。柒花上前一看，篓中有一条斑斓锦鲤。此锦鲤生得奇特，鳍上生有长黑色的毛，看上去比绸缎还要顺滑。

她就离开了一阵，姐妹俩竟能分别获得一样宝贝，这让柒花十分嫉妒。柒花望向小溪，这么浅的水，哪里还藏得了第三只怪物？

柒花抱在怀里的鹅卵石顿时显得笨拙无比。她想用鹅卵石同芸娘姐妹换，菱儿拒绝了她，连芸娘也没有同意。

芸娘姐妹俩满载而归，柒花一个人空着手，心里有些不是滋味，就连饭菜也不如往日那么香了。

谢甫注意到了柒花的沮丧，当他询问柒花缘故时，柒花低声嘀咕了几句，然后开始扒饭。

谢甫道："我去京都有事要办，你在这里和芸娘她们玩，等我办完事了再来接你好吗？"

这个消息让柒花恢复了一些精神。菱儿欢呼了一声，芸娘冲柒花笑了笑。

夜里，三姐妹躲在一个被窝里聊悄悄话，菱儿又说起了芸娘喜欢的那个李公子。元宵灯会上，芸娘对李公子一见钟情，可惜李公子却不能回应芸娘。

柒花问："为什么芸姐姐不能和李公子在一起呢？"

菱儿答道："相爱的人都不一定能在一起，更何况李公子早已娶妻生子，此生与姐姐无缘了。"

芸娘叹了一口气："李公子地位显赫，即便他没有娶妻，也轮不到我。柒花，你可别把此事告诉我爹，他要是知道了，以后肯定不准我出门了。"

这事虽然有些伤感，但她们很快聊起了开心的事。三姐妹闹作一团，等芸娘溜回房睡觉时，夜已经很深了。

柒花与菱儿睡在一起，门外大风呜呜作响，吵得柒花醒了几次，她摸黑起夜时，菱儿睡得很沉。

柒花端着蜡烛出了门，一路拐到茅房。她望见那棵矗立在黑暗中的大榕树，又想起了菱儿白天讲的故事，她三步并作两步往回跑，却发现屋内亮起了光，窗上有菱儿的剪影。

柒花走到房门前，发现菱儿正对着蜡烛说话，烛火在墙上映出两个影子，房中却只有菱儿一人。

柒花正奇怪时，一旁芸娘的屋子也亮了。柒花凑近一看，发现芸娘与菱儿一样，正对着烛光后的影子说话。芸娘满脸害羞，言语间提到了李公子，不一会儿，那个多出来的影子"搂住"了芸娘。

柒花惊得捂住了嘴，就在她想闯进去时，芸娘房中的蜡烛熄了，菱儿房中也是一片漆黑。

柒花揉了揉眼睛，以为自己在做梦。她回到菱儿的房间，发现菱儿躺在床上睡得正香。

柒花不再多想，吹灭手中的蜡烛躺了回去。迷迷糊糊中，柒花听见菱儿发出一声细小的呜咽。

后来芸娘和菱儿都病了。

自那夜柒花见芸娘姐妹对着蜡烛说话后，两姐妹变得精神恍惚，看上去病恹恹的。

为了使两姐妹安心养病，柒花便挪到了另一个房中歇息。

柒花又变成了一个人。她跑到后院去看那鱼和鳖，太阳透过大榕树把光斑投入水缸，缸中只有清水，两个怪物不见了踪影。

柒花询问打理后院的仆人，仆人也不知道。

那两只怪物说不准溜了。柒花想爬上大榕树看看能不能找到他们，但这里是姚伯伯的家，她爬上去一定会被骂。

没人与柒花玩耍，柒花闲得发慌。她不时去探望芸娘姐妹，芸娘躺在床上，偶尔会应和一句话，菱儿甚至不搭理柒花。

奇怪的是，两姐妹到了晚上就变得很精神。柒花偶尔起夜时，发现两姐妹对着烛火后的影子说话，她们面色红润，看起来与白天判若两人。

柒花问她们："你们在与谁说话？"

两姐妹故作神秘，不给柒花说躲在蜡烛后面的是谁。柒花不满两姐妹背着她和别人玩，嚷嚷着要把这件事告诉姚世昌。菱儿不高兴道："你若把这事告诉爹，我们以后就不是朋友了。"

柒花心里委屈，但她还是答应为菱儿和芸娘保密。就这样过去了一个月，两姐妹的病情越发重，吃了药也不见好。

柒花逐渐觉察出了不对，昨晚柒花溜去两姐妹的房间外，发现蜡烛里说话的影子大了许多，与影子相反，两姐妹看上去十分憔悴。

菱儿和芸姐姐的病会和那两个影子有关系吗？

柒花上午去探望了芸娘，发现芸娘的脸苍白如纸。柒花明白不能再拖了，即便两姐妹以后不理她了，她也要说出来。

柒花找了姚世昌，姚世昌似乎不信，只说自己知道了。柒花担心芸娘姐妹，便决定今晚去与那两条影子说说，看能不能放过两姐妹。

天黑尽后，柒花溜到两姐妹房前，意外发现姚世昌背手站在房外。房内的烛火亮了，不一会儿便响起了芸娘的笑声。

姚世昌冲了进去，房内响起了芸娘的尖叫和姚世昌的咒骂。柒花跨过门槛时，发现姚世昌捏着芸娘的手，而墙壁上那条影子缩回了灯中。

芸娘晕了过去。姚世昌一面喊丫鬟，一面往菱儿的房间跑。菱儿倒在床上，她的手臂上有一个红色的手印。

姚世昌的脸黑得像一块碳。不等柒花开口，他就让丫鬟把柒花带回了房中。

柒花被关到了第二天黄昏，丫鬟守在门口不让她乱跑。就在柒花盘算着利用如厕的借口偷溜出去时，姚世昌把柒花叫去了书房。

姚世昌的桌上放了一个烛台，一个方士模样的人坐在一旁，他手中有一捧铜钱。柒花本想问芸娘姐妹，但见姚世昌黑着脸，便没吱声。

太阳下山后，方士点燃了烛台，墙上出现了两大一小三条影子。

方士举起那把铜钱一扔，口中念念有词。火光摇曳，烛火中伸出两只小手，柒花吓得跳了起来，姚世昌绷紧了身子。

烛火中的一只手捏住一枚铜钱，它把那枚铜钱转了转，随后一个少年声音响起："多谢老丈人赏赐，只是这铜钱太少，不知能否再赏我一些？"

姚世昌脸色铁青："你叫我什么？"

那声音道："我们是汝家女婿，汝岂敢对我无礼？"

柒花感受到了姚世昌的怒气。方士高念咒语，那两个怪物似乎并不害怕，它把铜钱甩到方士脸上，方士一噎，晕了过去。

"这个方士不行，你们还是换别的人来吧。"

一阵大笑后，两只小手缩回灯中。

自那以后，那两只手成了姚宅的常客。它们一个自称乌郎，一个自称黄郎，以姚世昌女婿自居，冷不丁从烛火中跳出，戏耍别人一番再离去。

宅中一时人心惶惶，宅子上一任少主人惨死的故事流传开来。比如，那个吊死的公子喜欢穿黄色的衣裳；淹死的少年是被人按在溪水中溺死的，他被打捞起来时，身着乌衣；他们曾住在这个宅子里，等等。

姚世昌无法阻止谣言扩散，找来的方士都被那两只手赶走了，更糟糕的是芸娘姐妹竟像枯萎的花朵一般奄奄一息。

某日下午，姚世昌把柒花叫去。他认为此时把柒花送走比较好，于是给谢甫写信，让谢甫找人来把柒花接回家。

柒花心里害怕，但她更担心芸娘姐妹。柒花想了一阵，道："多谢姚伯伯，但我想陪在芸娘她们身边。你放心，我不会捣乱的。"

"虽说谢甫请来了京都的僧人瞻，但现在情况紧急，怪物又神出鬼没。万一你也染了病，我没法和谢甫交代。"

"我认识笑脸和尚瞻，之前还帮过他的。我很听话的，姚伯伯。"

"真是胡来。谢甫也是，说要问你的意见，有这样放任女儿的爹吗？"

姚世昌勉强同意柒花留下来，他警告柒花不要乱跑，否则立刻把她送回家。柒花憋得难受，日夜盼着瞻从京都赶来。

某夜，柒花被外面的动静惊醒，仔细一听，似乎是垂钓那日在溪边所闻的笛声。柒花胡乱套上衣服，顺着笛声来到了大榕树下。

月亮在头顶高悬，两少年依偎着坐在榕树下，一人着黄衣，一人着乌衣。黄衣少年手持龠笛，悠扬的笛声在夜色中回荡。两人背对柒花，柒花看不见他们的脸，也不敢靠得太近。

乌衣少年说："听说他们找来了京都僧人。"

黄衣少年笑道："怕什么，还不是和以前一样的货色。我们得了那两姐妹的精气，也强了不少。"

"也是，过不了多久，便没人能来搅扰我们了。"

月光下的两名少年显得十分古怪，柒花低头一看，差点叫出声来：那两人没有影子。

他们就是害了芸娘姐妹的黄郎和乌郎？

柒花捂着嘴慢慢后退，退了十几步便小跑起来，她去找值夜的丫鬟，丫鬟不敢去，便叫醒了管事的。

管事的连哄带骗，指使四个仆人去捉黄郎和乌郎。他们拿着刀枪与灯笼，等几人赶到时，榕树下的少年早已不见了踪影。

那几人看见没有黄郎和乌郎，都松了口气。他们把柒花赶回去睡觉，第二天一早，柒花便被姚世昌叫去了大榕树下。

姚世昌身旁站着个熟悉的人，柒花一眼便认出是长安城的笑脸和尚瞻。这个在柒花眼中心宽体胖的和尚还和一年前一样，笑起来时眼睛还是那么小。

有瞻在，菱儿和芸娘就有救了。

瞻道："听说你昨晚看见了那两头怪物。"

柒花点头。

瞻道："今夜躲好了，教你看看那妖怪的本来面目。"

瞻绕着大榕树转了几圈，又去水缸看了一阵，随即用法杖在地上画了几道界线，随从按照瞻的指示拉好界线，瞻印手敕剑，沾水念咒。

随后，随从在线外置备了血食与酒。

做完这一切后，瞻便说自己困了，姚世昌连忙让人领瞻去休息。

瞻这一睡便睡到了黄昏。姚世昌打发几个仆人去问，瞻都不理会。太阳落山时，姚世昌亲自去请，他刚走到门口便看见瞻推开了门。

瞻双手合十道："驱魅之事交予贫僧，施主莫担心。今夜府上将有一场风雨，请务必使柒花小施主守在令爱身旁，以防不测。"

微风拂面，明月西移。中夜，一头状如黑牛的怪物出现在法坛前，瞻将牛鼻置于酒上。大念真言，两三步跨了过去，手持长剑刺向怪物。怪物大叫起来，带着长剑落荒而逃，鲜血喷涌如注。

瞻带着随从用火把找寻怪物，随着血迹一路来到后院的一处柴房。瞻推开木门，看见一个类人的怪物，他浑身黑毛，膨胀如竹筐大小，鲜血自伤口汩汩流下。它喘着气，好似漏风的茅房。

瞻道："这便是乌郎了。"

瞻令手下缚了乌郎，用柴火将其焚烧。乌郎发出诡异的叫声，但声音很快便被烈火的"噼啪"声吞没。火堆冒出一股黑烟，臭味随着烟雾飘散，一直飘散到了十里外。

乌郎丧命时，芸娘醒了过来。

柒花当时正扒着窗沿，大榕树那边动静极大，但她什么也见不着。

柒花见过笑脸和尚施法，那些怪物在他手下没一个逃得了。

远处亮起火光，一股臭味飘来，那味道比腐烂在墙角的死老鼠还要恶心。柒花捂鼻从窗边逃开，见床上的芸娘睁开了眼。

"芸姐姐醒了！"

柒花大喊起来，她向菱儿看去，后者还在昏迷。不等柒花高兴，房内的蜡烛自己燃了起来，火光晃动，一只手伸出来，朝菱儿抓去。柒花大叫一声，急忙用水泼灭蜡烛，那只手也不见踪影了。

柒花把蜡烛踢开，门外忽然风雨交加，风雨中夹杂着哭喊声，让人汗毛竖立。

柒花去拉门，发现门拉不开，门外的仆人丫鬟不知何时不见了踪影。树影投在窗户上，似鬼魅般可怕。

菱儿睁大了双眼，她直起身来，不停用头撞墙，额头渗出一股鲜血。柒花去拉她，但菱儿的力气比牛还大，柒花根本拉不住，芸娘在一旁不停尖叫。

就在这时，柒花听见门外瞻的呵斥声，随即菱儿倒在了床上。瞻与姚世昌破门而入，姚世昌抱住自己的大女儿，柒花发现他竟然在发抖。

这位严厉的父亲，竟也会有这般脆弱的时候。

姚世昌随后坐到菱儿身边。菱儿的额头满是鲜血，姚世昌想要替她擦血，手悬在了半空。此时的菱儿看起来像个瓷娃娃，一碰就碎。

姚世昌道："多谢圣僧救了我的大女儿，求您再救救我的幺女，要我做什么都行。"

瞻道："施主不必多礼，贫僧定当竭尽全力。令爱荷包中的物什，能否借与我一看？"

柒花解下系在菱儿腰间的皂袋子，将里面的物什掏了出来。那是菱儿之前在竹筐中捡到的龠笛，柒花之前对它很感兴趣，后来不知怎的就忘了。

柒花将龠笛递给了瞻，瞻把玩了一阵，道："小柒花，这是你们在哪里寻到的？"

柒花带着瞻和姚世昌去了那间小屋，将那装满丧衣的竹筐指给二人看。瞻命人将那筐丧衣烧掉，火光中出现了一张扭曲的脸。

原来是黄郎："你夺我所爱，我誓必杀汝女！"

芸娘醒来后情绪激动，瞻问及那几日经历时，芸娘什么也不肯说，只是一个劲抹眼泪。

在分别与芸娘父女聊过后，瞻又把父女俩一同叫了进去。柒花趴在门缝，听不清他们在说什么，只听到一句"过去的便随它去吧。"

柒花还想听，结果瞻拉开门，把柒花推了出去，随即合上了门。

瞻道："让他们父女好好说会儿话吧。"

柒花道："芸姐姐会好起来吗？"

"身上的伤会好，心里的伤怕是难以消除。"

"菱儿呢，她会醒过来吧？"

"黄郎藏得很深，昨日又被他见了我的气息，要找到他怕是要费些工夫，希望时间够用吧。"

瞻寻了黄郎几日都没有寻到。瞻请假的时限将至，无法继续留在此处，只能先回去。

姚世昌听闻后，跪在瞻面前，道："圣僧还有什么别的方法吗？菱儿她快不行了。我怕您一走，那个怪物就会取了我幺女性命。"

瞻沉吟一阵，转头对柒花道："你愿意帮我把菱儿救回来吗？这事十分凶险，一个不小心，你就会像菱儿那样醒不过来。"

如果柒花像菱儿一样沉睡，爹爹一定会哭得很伤心，苏先生说不准也会难过几天。但如果她不冒险，她就再也不能和菱儿一起玩了。

柒花很为难，但最后还是点点头："我愿意去救菱儿。"

瞻赞叹道："不愧是苏先生的好学生。"

瞻命随从拿来一根银色的丝线，将一头系在柒花的手腕上，眨眼间，那根银线就消失不见了。

瞻说道："等我走后，黄郎定会从灯火后逃出，再次作祟。彼时，你需进入灯火后的影子世界找到菱儿，用银针挑开她手臂上的脓包即可。若遇见什么状况，你要顺着银线跑回来。"

柒花问道："找到菱儿，挑开脓包就好？"

瞻答道："这可不是一件容易事。影子世界与这里完全不同，你要保证自己不会迷失，一旦黄郎发现了你的踪迹。你要及时出来，被黄郎捉住的话，你就只能永远留在那里了。"

姚世昌担心地说："这事极为危险，柒花又是我好友的爱女，我不能让她去冒险。此事还是由我来做。"

瞻说道："此事确实凶险，但由柒花来做最为适宜。一来柒花天生灵气足，二来她心智纯净，不易被黄郎觉察。"

语毕，瞻将一枚银针放在柒花手上，柒花感觉这根针无比沉重。菱儿的命就交到自己手上了。

瞻走后的第二日，黄郎再次出现。午夜，一道影子掠过后院的烛火，在姚宅中呼啸。柒花坐在蜡烛前，菱儿在不远处沉睡，姚世昌守在女儿身旁。

待后院一阵巨响后，柒花按瞻所说的点燃蜡烛，准备进入灯后的世界。

柒花把那枚银针紧紧捏在手里，烛火在墙上晃动，月光自窗外洒入，此时，奇妙的事情发生了。墙面逐渐变得透明起来，柒花在墙上看到另一个自己，影子世界里的"柒花"是银色的。

柒花把手伸向墙面，墙竟像水面一样荡漾开来。

等柒花再次睁眼时，发现自己已经身处影子世界了。她的手是银色的，昨日瞻系在她手上的银线显现出来，线的另一端连在了透明的墙上，墙的另一端，是彩色的世界和满脸惊愕的众人。

在墙的另一端，柒花一定是忽然消失了，而墙上则多了一个没有主人的影子，所以众人才会如此吃惊。

柒花回头，影子世界里的一切都是银色的：银色的烛台，银色的床，银色的人，本应躺在床上的菱儿却不见踪影了。

除了颜色，柒花也注意到影子世界与现实世界的不同：这里太静了，一点声音也没有。柒花试图和银色的姚世昌搭话，但姚世昌不理她。

影子世界里的东西不能发出声音，但进来的柒花可以。

这一切很奇妙，但柒花没有多余的时间去感慨。柒花回头看了一眼墙那边沉睡的菱儿，她鼓起勇气朝门口跑去。她本担心这根银线会断掉，但它似乎有无限长，不管柒花跑到哪里都没有被拉扯到。

柒花在姚宅里四处寻找，但她始终找不到菱儿。当她跑到大榕树下时，发现那里有另一堵透明的墙。姚家管事的在那里点燃了一个烛台，黄郎正是从这里跑出去的。

黄郎在榕树下捉弄仆人，有几个人似乎在流血。柒花喘了口气，继续去别的地方搜寻。

没跑多远，柒花背后一冷，似乎有什么东西盯上了她，柒花回头，发现黄郎正向影子世界来。

柒花顿时慌了起来。她下意识地往来的方向逃，可想到菱儿的笑脸，柒花的脚步就慢了下来。

她不能把菱儿留在这个没有色彩和声音的世界。

柒花拔腿向发现乌郎的柴房跑去，身后黄郎的咆哮隐约可闻。柒花铆足了劲跑，终于跑到了柴房前。

一个少年躺在门前，似乎是那个被烧死的乌郎，距离乌郎五步远的柴房里，菱儿双手抱膝蹲坐在角落，她的左臂肿胀如瓜。

"菱儿！"

此时，柴房的门却忽然关上。一股风扑面而来，把柒花吹得迷了眼，黄衣少年站在乌郎跟前，眼神柔和地看着乌郎。

柒花道："坏人，快放了菱儿。"

黄郎道："乌郎死了两次，都是因为你们这些女人。"

黄郎展现的恨意让柒花感到害怕，她握着银针的手有些出汗了。苏先生不在，笑脸和尚也不在，她该怎么对付黄郎？

黄郎继续道："当我还活在世上时，那个贱人因我不肯娶她，把乌郎骗到溪边，将他溺死。更让我心寒的是，我娘竟也掺和在里面。乌郎怎会想到，他只是去帮忙，竟丢了性命。"

柒花道："那是他们坏，你为何要害芸姐姐和菱儿？你知道芸姐姐哭得有多伤心吗？"

黄郎道："害她？你可知那女人与她的情郎互诉衷肠时有多开心？那可是她在现实世界里一辈子都不可能实现的愿望。可她是怎么回报我们的？引来京都的秃驴，再次害死了乌郎。"

柒花小声嘀咕道："胡说，幻象再好也是假的。你们害了人，就应该被惩罚。"

黄郎道："既然你如此心疼她，就留下来陪她吧，别指望我对你手下留情。"

黄郎说着，朝柒花走来。柒花怕得不行，她在袖中胡乱掏了一阵，摸到了一个短小的物什，柒花想也不想便朝黄郎扔去。

黄郎冷笑一声，用袖子拂开，那物什掉在地上，竟是柒花拿给瞻的龠笛。

瞻何时把它拿给自己了？

龠笛在地上滚了几圈便开始冒烟，随后竟燃烧起来。黄郎变了脸色，朝龠笛扑去，柒花一愣，立马向柴房里跑。离菱儿两步远时，柒花被黄郎揪住了头发。

黄郎吼道："秃驴……你们竟然敢烧了乌郎送我的……我要你拿命来赔！"

柒花尖叫起来，她不顾头上疼痛，举起银针向菱儿浮肿的手臂刺去。

"噗"的一声，黄血从菱儿手臂流了出来，捉住柒花的手松开了，一股大风卷来，柒花被吹翻在地。

等柒花爬坐起来时，发现世界重新染上了颜色。柴房里既没有菱儿也没有黄郎，刚才燃烧的龠笛安静躺在地上。

柒花拾起龠笛，朝菱儿的房间跑去，不等靠近便听见了叫声。菱儿躺在床上，黄血从她水肿的伤口流出，流在地上合成一团，像青虫一样蠕动。

一个仆人拿盆对着那团黄血，迟迟不敢下手。姚世昌夺过木盆，将那团黄血盖住。

屋内陷入了寂静，除了盆内黄血涌动的声音，谁也不敢吱声。就在此时，菱儿咳嗽了一声，干裂的嘴唇动了动。姚世昌坐在菱儿身旁，握住了她的手。

姚世昌道："别怕，我在。"

那团黄血被罩住后不久便不再动弹。菱儿被转移到了另一个房中，赶来的郎中也替柒花包扎了伤口。

处理伤口时，柒花疼得龇牙咧嘴，但她心里还是高兴的，毕竟菱儿从影子世界里回来了。

姚世昌千恩万谢，这让柒花有些不好意思。养伤的日子里，柒花一直守在菱儿身旁，偶尔去看一下那团黄血。

芸娘也恢复了一些精神，她偶尔会来看看菱儿。按照瞻的吩咐，三日后，姚世昌打开了木盆，黄血已凝成一团，竟比铁还要坚硬。

姚世昌命人将油煮沸，把黄血放在滚油中，那团东西发出一阵哀号，随即便消融在油里。

煎杀黄郎后，菱儿终于醒了，父女三人相拥而泣，柒花开心之余，却有些担忧。众人高兴时，柒花独自一人溜到小溪边，摸出那只龠笛。失去力量的龠笛变得十分普通，甚至有些粗糙。

柒花不想再看到它。她把龠笛扔进小溪中，龠笛随着溪水飘走，消失不见。

菱儿醒来后没多久，苏先生受谢甫所托来接回柒花。芸娘姐妹站在姚宅前送她，菱儿额头的伤口已经结痂，芸娘脸色依旧苍白，但已恢复了往日的温柔。

柒花笑着向他们挥手，坐回马车时，柒花收回笑容，一声不吭。

苏先生道："姚世昌竟能让你这混世魔王安静下来，有机会我得好好向他请教一番。"

柒花道："苏先生，芸姐姐和菱儿真的好了吗？"

"伤口会好，但伤疤会留下来。"

"那芸娘他们会不会憎恶黄郎和乌郎做的事，然后把仇恨转移到别人身上呢？"

苏先生不答，只是掀开了车帘。柒花望向窗外，流经姚宅的小溪缓缓流淌，野草晃动，笛声悠悠。

文/倏忽

乌郎黄郎

古代传说中的两只妖怪，喜欢作祟使他人精神恍惚，举止行为怪异。两只妖怪没有明确的外形，只知乌郎像乌皮囊，土筐子般大小，黄郎样貌不可知。

千金诺

林小满讨厌临水镇，即便她生于斯，长于斯。

水波粼粼，从青石板上垂下一双小脚来，瞧着莹润可爱，脚半浸入水中又随意一晃弄，激起了串串晶莹的水珠子。

捣衣的姑娘们相视一眼，默不作声地结伴离去了。

林小满抿紧了嘴唇，猛地扬高了声音，惊跑了几尾红鲤："庆忌！庆忌！"

落在末的少女惊得一个趔趄，差点摔倒，林小满回头，正巧和那脸颊通红的少女对视，那少女眼中还噙着泪，她避开了林小满的目光，步履匆匆地逃走了。

林小满面无表情地转头，泄愤似的，只一瞬间，脚底便涌起了更大的浪花。

她大声喊："庆忌！庆忌！"

有孩童骑着马踏水而来，童衣黄冠，身高不过四寸，生得粉雕玉琢，观之可爱。他抱着一尾鱼，鱼尾摆动，不住扇着他的脸，孩童狼狈地躲避着，一靠近岸，就迫不及待地将鱼丢到了林小满的身上。

林小满抹了一把脸上的水，将那尾鱼放生了。

庆忌："……"

庆忌下了马，同那白衣蓝裙的少女一同坐在岸边，日头渐坠，在水面上铺开了橘红色的锦缎，又掺入了些金粉，漾起些许波光。

庆忌奶声奶气道："他们又欺负你了？"

林小满仰高了头，散下来的头发堆在了细白的脖子上："没有，他们怕我。"

庆忌不知如何安慰，只叹了一口气："若是你想离开这里了，我便去长安城给你爹送信，让他把你接回去。"

林小满鼓起了腮帮子："说什么胡话！你替我送了信，就得死。你给我讲过的。"

庆忌为水灵，可日程千里，不过，耗费的是庆忌的生命。庆忌起初不知，差点被心怀不轨之人利用，百余年前，幸得一个穿着红衣裙的姑娘点化，这才明白。

庆忌欲言又止，看着满天的晚霞，也沉默了。

镇上来了个俊美的小公子。

林小满站在远方无人处，也踮着脚尖去望。小公子身骑白马，头戴玉冠，眉眼好看得就像苍茫暮色笼罩的山水，最适合拿笔墨绘下来供人细细地品。

庆忌站在马上，左看右看就是看不见。

林小满将他抱下来："别看了，不如你好看。"

庆忌的眼睛眯成了月牙状："真的？"

林小满一本正经地竖起四根手指："我林小满从未说过谎。"

庆忌乐不可支："我入水给你抱来三条鱼。"

林小满的唇角勾了勾，她将目光移开，望向了无垠的水面。

这水的尽头在哪呢？

这样想着，刚浮起的笑意就如涟漪般淡去了。

小公子是奔着林小满来的。当小公子又一次笑吟吟地望着躲在树上的她时，日光透过枝叶的间隙落在了他的脸上。林小满皱着眉头得出了这个结论。

林小满摘下几颗青杏子，居高临下地问："你是从长安而来？"

小公子温润如玉石，黑亮的眼中落了日光："在下长安李氏三子，李琰，字夷之。"

林小满沉了脸，拿青杏子狠狠地打向李琰，小公子举起宽大的衣袖遮着自己的脸，居然也未退一步。

林小满越想越气，扯下离她最近的横枝，一把捋下青杏，丢向李琰。随后她手撑着枝丫跳下来，冷冷地瞥了一眼正欲跟上来的李琰："滚！"

她来到了江边，大声喊："庆忌！庆忌！"

庆忌抱着三条鱼东倒西歪地来到林小满面前，林小满将它们一尾一尾放生了。

"从初见开始，所有的鱼你都放生了。"庆忌蹲在岸边，看那鱼儿摆尾离去，顿时觉得心累，抓鱼真的不容易。

林小满不言不语，水滴落在了江面上，泛起了阵阵涟漪，水滴越掉越多，庆忌疑惑地抬起头，以为是下雨了，却看到了少女咬着腮帮子，唇抿成一条直线，泪水像脱了线的珠子，却哭得无声无息。

林小满哭过之后，眼眶还有些发红，她的声音还隐隐带着哭腔："庆忌，你有没有想过去别的地方看看？"

庆忌认真想了想，托腮道："有。"

"那你为何不走？"

江水浩浩荡荡，天蓝得如水洗过一样，庆忌说了什么，林小满没听清。

林小满离家还远，但她一眼便瞧见了那立在柳树旁的公子，柳枝垂下来，衬得李琰仿佛画里走出来的人。

她冷着脸原路返了回去。

来到江边，一个清秀的少女在那使劲捣着衣，白鸟掠过江边，少女擦了擦额头的细汗。

衣裳随着水流飘走，少女急得作势要捞，林小满一把拽住险要落入江水的少女，待她稳住了身形，林小满一个跃身跳了下去，几个猛子扎下去，拿着衣裳上了岸。

林小满默不作声地将衣裳递给少女，衣袖上的水滴浸湿了青石板，她转身要走。

"小……小满姑娘！"

紧张到破音的一声呼喊叫住了她，她步子一顿，犹豫了一瞬，转身看着慌乱得不知将手摆在何处的少女。

"我叫何鱼，"少女鼓足了勇气，"小满姑娘随我到家中，喝一碗姜汤吧，不然会得风寒的。"

林小满不知所措地红着脸，半晌，她垂下头，低低地"嗯"了一声。

换上了何鱼的衣裳，喝了一碗热乎乎的姜汤，林小满的步子都轻快了几分，忽然，前方有人挡住了去路。

她抬头一看，原来是李琰。

李琰温和道："江水湍急，不过一件衣裳罢了，为何冒着生命危险去捞？"

林小满避无可避，迎着他的目光瞪过去："与你何干？！"

李琰叹口气："我从长安而来，自然知道你爹的去处，你竟不想和我聊聊？"

林小满瞪着他，服了软："你有什么目的？"

李琰笑着，眼眸中倒映出一个小小的她来："你嫁给我吧。"

林小满沉默了。

她睁大眼眸，傻傻地盯了李琰半晌："你得了失心疯？！"

她落荒而逃。

庆忌耐心听着她的埋怨，可林小满的脸颊分明是红的，她的眼眸分明是亮的，她说着数落李琰的话，嘴角却不由得挂了笑意。

"小满，你等不到我长大了。"

庆忌没头没尾地说了一句，林小满不明所以地看着这个孩童。

庆忌将目光移到了江水上，有一尾鱼跃出了江面，林小满看不见庆忌的表情，却能听到他波澜不惊的声音："小满，我想离开临水镇了。"

林小满愣愣地看着庆忌，眼中转上了泪花，呜咽声和着江水的哗啦声："你还会回来吗？"

庆忌温柔地看着林小满，他张开手握住了林小满的一滴泪："小满，庆忌的寿命和人是一样的，若无人找我送信，我便保持着幼童的模样到死。若是有人找我送信，我的一生便耗在了这送信的路上，从幼年到青年，再到老年，最终化为一抔黄土。"

林小满哭得打嗝，庆忌握住了林小满的手："小满，我想长大了。"

哪怕寿命只有一瞬。

林小满渐渐平静下来了，眼中噙着泪，唇角含着笑："庆忌，请将一句话赠予百年后的我自己，你问问她，我这一生可有什么后悔的事。"

庆忌愣了愣。

林小满将自己手腕上的红绳系在了庆忌的腕上："剩下来的时间，请你帮我看看这世间的良辰美景，看看大漠明月，海上云天，长安城的盛世繁华。"

这年，林小满十六岁，有了友人，有了心上人，却独独丢失了陪伴她所有孤独岁月的庆忌。

林小满八岁那年，揉着被石头打肿了的额头来到江边，看着浩浩江水，她想不通这世间的道理。她被遗弃在临水镇，靠吃百家饭长大，明明之前对着她温声细语的镇上人，却突然避她如蛇蝎。

她啜泣起来。

突然，江面上冒起了一串水泡，一个黄衣黄冠的幼童涉水而来，他埋怨："小孩，你有何事？以后别对着江水哭，吵着我睡觉了。"

林小满吸了吸鼻涕："你是谁？"

幼童一脸老成："吾乃水之灵，名曰庆忌，小孩你以后对着江水喊我的名字，我就会来了。"

庆忌。

林小满念着这个名字，破涕为笑，大声喊："庆忌！庆忌！庆忌！"

声音清亮，惊起了水面的涟漪。

可骑马而来的那个黄衣黄冠的孩童却再也不会出现了。

林小满的身份说简单也简单，说复杂又复杂。

她是前朝公主。昔年国破之日，前朝皇帝以身殉国，携着宠爱的后妃殒命于殿，一位不知名的宦官不忍尚在襁褓中的小公主葬身火海，便拼死将她救了出来并养在了自己的故乡。这个孩子就是林小满。之后，宦官又回到了长安城，自绝于宫城门口。

林小满八岁那年，当今皇帝得知了她的存在。

那一年，也是临水镇的人们对她避之不及的一年。

如今，李琰从长安而来，奉着赐婚的旨意，来到这个临水小镇。

朝中前朝老臣尚在，皇帝要做足抚恤前朝遗孤的样子，于是派这个不得宠的儿子来牵制前朝公主。

林小满哪儿都去不了，她只能一世囿于这个临水小镇。

成婚那日，林小满凤冠霞帔，是一个女子一生中最美的时刻，她顾盼神飞，眼波流转间是脉脉情深，她问李琰是否真心喜欢自己。

李琰执了她的手放在心口："我爱着你，真心爱着你。"

林小满死在了她三十岁那年，她没能等到庆忌百年之后回来。

庆忌骑马踏过这山河的每一寸土地，身子就像柳枝抽条一般长大，当他到了大漠的那一年，他长成了青年，还被一个热情似火的异族姑娘送了一个吻。

庆忌摇摇头，比画说："我有了喜欢的姑娘，叫小满。"

他又走着，走到了海边，一望无垠的天与海相接，明月冉冉升于海上。他拾了一个贝壳，想着可以给林小满看一看。

鬓边染上白发，腕上的红绳也褪了色，庆忌来到了长安城，一百零八坊，坊间人声鼎沸，来往行人摩肩接踵。

在这人来人往间，庆忌孑然一身，恍若孤鬼。

昔我往矣，杨柳依依。今我来思，雨雪霏霏。

庆忌再回到临水镇的时候，正值寒冬腊月，从天际喷洒下来的雪越来越急，他已满头华发，牵着一匹老马，步履蹒跚。

一个老妇人守在林小满的屋子里，她终于等到了庆忌。她笑了，浑浊的眼里透出几分清亮来，划过的光影是过往岁月的痕迹："我叫何鱼，是小满的好友，她托我来等着你。"

林小满死了。

她死前用尽最后一丝力气，对何鱼说："若在百年之后，有个归来的故人找我，劳烦你告诉他，我没有任何后悔的事。"

庆忌无言，他点了点头，他想去看林小满的墓。

庆忌拿手指拨开墓碑上的雪，字迹已然有些模糊——李林氏之墓。

"李琰在小满死后便回到了长安，后来没了音讯，在小满活着的时候，他对小满很好。"

何鱼的声音在风雪中有些模糊。

庆忌点了点头，何鱼便告了别，颤颤巍巍地离去了。

北风呼呼地吹，那个身影在大雪中看不真切，仿佛被吹散了似的，再也看不见了。

风雪停了，第一缕日光洒在了墓前的细碎物什上。

有大漠的沙，海上的贝壳，长安的饰物。

文 / 小酥

庆 忌

中国上古时期神话中的水神。外形像人，身长四寸，穿着黄衣，头戴黄帽，打着黄色华盖。庆忌平时总是骑着小马，喜欢飞速疾驰。如果叫着他的名字，他能够一日往返千里。

蚌 冢

海天一线，日头下坠溅出了大片的红，竟似鲜血一般，叫人望而心怵。

李丰眯着眼睛眺望许久，海浪不住地拍打着他站立的礁石，像是要驱赶他似的。

小厮催促道："公子，怕是要涨潮了。"

风裹挟着咸腥扑面而来，李丰跳下了礁石，拿扇子指了指："你可知，我看到的是什么？"

小厮犹疑："鱼？"

李丰斜睨着，转头笑道："白花花的银子。"

圣上嗜奇物，旁人趋之若鹜，进献者如过江之鲫，李丰自然也想分一杯羹。前些日子听闻了闽南之海的一桩趣闻，说渔夫出海猎到了一种奇特的蚌，内置蓝面小人，形如夜叉，据说还会吃人呢。

李丰眼珠子滴溜一转，霎时嗅到了铜钱味。

几经打听，终于在一处小渔村找到了捕蚌的渔人，李丰今日便是要去找他的。

远远望去，那是个精壮的少年人，赤裸着臂膀。他抖了抖衣裳上的水，一旁的火堆发出噼里啪啦的声响，少年背部的汗珠晶莹欲滴。

李丰长着一张人畜无害的脸，笑得眉眼弯弯，凑近篱笆亲切道："小兄弟可是前些时候下海抓到方蚌的那人？"

少年顿了顿，转过身来，眉眼浓黑，眸光里透露出不耐烦来："不是，你认错人了。"

李丰向来做事妥帖，早打问好了这少年的身世，他也不生气，只笑眯眯道："那真可惜了，当今圣上最喜欢这些怪异之物，若有进献的必定大赏。"

少年猛地看向他，拧起了眉毛，嘴唇抿成了一条线，他的语气和缓了些："你说的可是真的？"

李丰一合扇子，知道鱼儿上钩了，他的笑显得无比真诚："那是自然，我李某人做生意，从不说谎。"

少年名叫王昭，是京城某位公子哥年轻时候的风流账，渔女心心念念了一辈子，死在病榻上的时候还在央求着她的孩子去京城见那负心汉一面，若是见不到，便将她的骨灰撒在京城。

痴情的女人，总是这么愚蠢。

李丰唏嘘不已，看着王昭的眼神不禁浮出些许怜悯。

被愚蠢的女人生养大的孩子，想必也不大聪明。

王昭出海回来了。

李丰忙吐掉葡萄皮，披上外袍，就急匆匆出了客栈，直奔王昭家中。

王昭放下了背篓，从里面倒出一个蚌来，盛夏的日头照着，蚌从口子上冒出了许多白色的泡沫，不多时便开了口。只见上面覆着蓝色小人，头上有角，嘴有獠牙，其余竟与人无异。

蓝色小人手舞足蹈，李丰拾了小树枝递到跟前，只听咔嚓一声响，树枝便断成了两截。

李丰眸光一闪，转头对王昭关切道："你可是受伤了？"

王昭一怔，便要摇头，却不想李丰又道："我嗅到血腥气了。"

王昭的腰侧被割开了许多狰狞的口子，血水潺潺流出，李丰看了一眼王昭，少年痛得脸色苍白，嘴唇紧抿，他瞥见了李丰探究的神情，不自然地扭头。

李丰失笑，目光停留在方蚌上若有所思："你等着，我去给你叫个大夫来。"

他们二人出了门，小厮将声音压低："少爷，这玩意儿献给圣上，不会出事吧？"

李丰咧嘴一笑："花满楼的花魁对人不假辞色，冷言冷语，可偏偏少爷我就是喜欢，你猜这是为何？"

小厮不假思索："人美。"

李丰拿扇子敲了敲小厮的脑袋，冷哼道："你蠢。"

危险而不致命的玩物才迷人。

李丰领着大夫一路到了王昭家里，少年一怔，错愕地睁大了眼，显然没想到李丰那话不仅是客套。

王昭的性子是不与人亲近的，他有些无措，声音微不见闻："多谢。"

李丰调笑似的弯腰，贴近王昭："你说什么？"

王昭涨红了脸，声音扬高了些："多谢！"

李丰收了满脸戏谑地笑："哪里的话，是我该谢你。"

就如李丰设想的那样。

龙颜大悦，李丰一跃成为圣上身侧的红人。王昭向李丰打听生父的下落，他却说不出个所以然，王昭捧着娘亲的骨灰坛，哑了口。

日光透过枝叶的间隙将光斑洒在了少年的脸上，他将头发束进玉冠，换上青袍，可到底掩盖不了他身上那股海的气息。

"你陪我……"王昭默了默，开口道，"将我娘的骨灰撒入护城河吧。"

李丰拍了拍少年的肩膀，笑道："自然。"

痴情的女人果然很愚蠢。

李丰再次感叹。

王昭选了一个风大的日子，他抓起骨灰一扬，却扑了他们二人满头满脸，李丰黑了脸，他忍耐着不悦狼狈地躲避着。

王昭的肩膀微微颤抖着，李丰犹豫着将手搭在了他的肩膀上，他还没想出几句安慰话来，少年便一把拥住了他。

少年炽热的呼吸喷洒在他的颈侧，李丰难得不自在起来，他听到了王昭含着啜泣的呼吸声，他的衣裳被泪水打湿了，触感极不舒适，可他挣扎的动作渐渐停了下来，他安抚般地拍着王昭的背。

杨柳依依，河风习习，他什么也没说，什么也不必说。

方蚌这种玩意儿在权贵间盛行了起来，李丰的拜帖不间断，任何事只要开了头，就止不住了。

李丰想起了那日王昭身上让人心惊的伤口，他一直和王昭拉近乎，其用心也是在此。

方蚌吃人不是戏言，李丰遣过一队人马下海，之后便没了音讯，王昭是唯一一个带回了活物的人。

可即便是王昭，也无法全身而退。

李丰盘着手里的核桃，重重地叹了口气。

翌日，他委婉地向一位好说话的王爷表达了自己的无能为力，意料之中，王爷原本满脸笑意的脸顷刻间便冷了下来。

李丰无奈，只好去找王昭。

王昭笑着，眉眼舒展起来，他答应了李丰的请求。

不等李丰愧疚，他又道："京城是很好的，可我不喜欢。"

春去夏来，权贵对方蚌的喜爱却总不见消退，这让李丰也纳罕了起来。所幸，王昭的信总是不间断。

不知怎的，李丰也有了信仰，他施粥，救灾，拜佛，不求名声，不求福报，不求来生，只希望那远在闽南的少年能够平平安安的。

毕竟，是他将王昭拉入浑水的。

李丰无意间入了一次宴席，衣香鬓影，觥筹交错，他举起酒盏，只喝了一杯便放下了。

酒至半酣，却见下人清了场子，向中央搬来了一个足有两人之高，水晶做成的缸。

一个身着红绡衣的少女拼命拍打着水晶壁，一连串的水泡自她的唇边溢出。

李丰不明所以。

下人捧着匣子向里面倒了些什么，李丰突然明白过来，血水一点点地泛起来，少女绝望地挣扎着，血水渐渐漫过了她。

方蚌会吃人的。

会吃人的。

吃……人……

李丰猛地站起来，他踉踉跄跄地就要过去砸开水晶缸，观看的一伙人嘴角挂着诡秘的微笑，他们冷眼看着李丰，黑的是眼，白的是脸，黑与白就像洪水般向李丰灌了过来。

少女的叫喊声被淹没在水中，李丰终于明白权贵对方蚌的热情不减是出于什么原因。

对于他们来说，有什么能比践踏生命更肆意、更畅快的事呢？

水晶缸里只余血水。

李丰捂着脸崩溃地哭号。

他的罪生生世世都偿还不了了。

王昭死了。

李丰木然地看着小厮的嘴一张一合，天地瞬间归于寂静，仿佛风都停滞了，他如一个傀儡回到了他的宅子里。

王昭死了了。

谁死了？

王昭。

李丰一个字一个字解读着这句话，似乎想从中窥探出什么秘密来。

他早该想到的。

这是他自作自受，怨得了谁？

"京城是很好的，可我不喜欢。"

是谁这样说？

李丰咻咻笑起来，好什么？京城不过是一群魑魅魍魉，它配不上王昭。

当夜，李府燃起了一把大火，火光映红了半边天，据说，足足烧了三∃。

王朝腐败，民不聊生，李丰死后五年，便有人揭竿而起，攻入皇城，这桩奇闻才被流传到民间。

李丰人人喊打，方蚌被捕杀殆尽。方蚌本无辜，奈何人心叵测。后有一人，听此有感，故将此记录下来，用以警戒后人，起名曰"蚌豕"。

文 / 小酥

方　蚌

古代传说中数量众多的水中妖怪，大小不一的蚌，大的有一丈，小的也有数尺。蚌壳里有像夜叉的蓝脸人，身体长在蚌壳上，行动的时候滚动着前进。看见人的话，会做出抓人的动作。

渡　舟

犰忘记自己在这座山上待了多少个年头了，在一个冬雪覆满松枝的清晨，犰见到了故人。

故人的模样他可没忘。

犰用利爪抓挠着地，獠牙森森，法阵里倏地冒出一阵红光，将他压倒在地，嘶哑的声音从齿缝里挤出来："顾舟！"

故人踏雪而来，羽衣木簪，手持拂尘，背负长剑。他低垂了眉眼，高高在上地看着挣扎的犰："一百年了，你心里的怨还未消去。"

犰青白的脸孔上两只被血色浸染的眼眸渗出怨毒："我要将你那道貌岸然的脸皮撕下来！"

顾舟单手结咒，法阵顷刻间散去红光，不等犰扑过来，他便咬破了中指，隔空画起符咒。

随着最后一笔的落下，刺眼的白芒顷刻间便覆盖了他。

犰，人死而怨气不消，死而不僵，初变为旱魃，后化为犰。

犰不记得自己生前的事，只是凭着怨恨和本能行事。顾舟初见他那时，犰踩着一地的血和残肢碎肉，咽下最后一口心脏，从黑发间隙中望过来，眼里的恶意让人不寒而栗，他的背后燃着大火，映红了头顶的明月。

顾舟封印犰花了不少力气，他的臂膀上被撕咬下了一块肉，犰身上的杀意迫使法阵大亮，符文将犰压趴在地上。

可他挣扎着仰起头，慢慢地咀嚼口中的肉，挑衅的意味不言而喻。

血水顺着指尖滑落，顾舟漠然看着犰，只留下一句"百年再会"便御剑离开。

犰看着天上的云影变幻，山下的人家换了又换，可那袅袅而上的炊烟总是不变。

法阵由犰心里的恶意催动，可百年倏忽而过，仍然带不走犰心里的怨恨。

天启二年的暮春时节，林兰泽听闻隔壁搬进了骠骑将军的家眷，他攀着那棵杏树，踩上了墙头，一脚踏不稳瓦片，险些跌落。

"林尚书的独子林兰泽？"

这厢林兰泽刚松了一口气，就听这么冷不丁的一句，他一个趔趄摔了下来，砸进了花丛。

他龇牙咧嘴爬起来，身上被一片阴影笼罩着。少年拿着一卷书，无甚表情地看他。

林兰泽摘下头顶的叶子，稀罕道："你是从塞北回来的？"不等回复，他便瞅见了少年白瓷般的肌肤，又问："你怎么没被晒黑？"

少年似乎觉得聒噪，他蹙眉提醒道："你该回去读书了，你娘会来抓你的。"

林兰泽有个剽悍的娘，没想到少年连这都知道，他不好意思地摸着后脑勺，翻上了墙头，笑得牙不见眼："你去了国子监，有我罩着你。"

他是个一诺千金的好儿郎，果真做了少年的大哥，拉着满脸不情愿的少年走遍了京城的街道，吃尽了藏于小巷的小吃。

少年及冠之后便会去塞北接过骠骑将军的头衔。林兰泽怀着满腔的羡慕之情叫少年"小将军"，他讨厌京城的拘束和官场的虚伪，他畅想着少年的英姿，以及一望无垠的大漠。

小将军默不作声，喝完了面汤，仰头看着星河浩荡，话溢到了嘴边，可又咽了回去。

这一天，他们第一次遭遇了刺客。

林兰泽捂不住腹部潺潺流出的血，只觉得寒冷一点点地侵袭着他的意识，耳边小将军的呼喊声渐渐远去。

在黑暗中，他忽地就明白了小将军刚刚为什么欲言又止。

小将军是作为人质留在京城的，皇帝到底还是信不过功高盖主的臣子。

多方势力交杂，小将军是其中的饵，这次的刺杀目的在于加深骠骑将军与皇帝的芥蒂。

他所想的塞北是披着锦绣华衣的骷髅。

数日后，他终于清醒，看着床头哭肿了眼睛的娘亲，他咧着苍白干裂的唇，笑道："娘，我不会惹你生气了，我要考取功名。"

他去不了塞北，可他希望小将军去的塞北是干干净净的。他只有位极人臣，才能扫清这路上的荆棘。

小将军怕连累他，在那以后便与他形同陌路。

他考上探花那一日，同年少时一般攀上了那棵杏树。明月当空，疏星几点，他提着酒壶，鼻端萦绕着杏子的清香。

他灌了几口，低头便见小将军仰头看他。

林兰泽问："喝不喝？"

虽说当了数年陌路人，但依然似当年初见。

小将军摇头，犹豫了一瞬，又道："我明日便走了。"

林兰泽笑道："我知道，我便送送你吧。"

话罢，他拔下头上的玉簪，敲击着酒壶，打着节拍，朗声道："君不见淮南少年游侠客，白日球猎夜拥掷。"

他们读书时最喜李太白这一首《少年行》，小将军取来红缨枪，和着拍子舞了起来。

"赤心用尽为知己，黄金不惜栽桃李。"

银光一闪，小将军舞着枪头如群蛇乱舞，让人眼花缭乱。

"取富贵眼前者，何用悠悠身后名。"

无长亭古道，无夕阳折柳，林兰泽送了小将军最后一程。

蛮夷肆虐，文臣仍在内讧，争着从边防将士那里克扣军饷，林兰泽听着乱哄哄的一片喧嚣，捏着朝笏的手指间发白。

他最终还是天真了。

一滴清水落入了墨水中，又能起得了什么作用呢？

小将军被蛮夷困住了。

皇帝忌讳骠骑将军的兵力，大臣推波助澜，说小将军与蛮夷串通，不予援助。

他磕破了头，血染金殿，可最终还是无济于事。

林尚书求他莫管闲事。

林兰泽想起了骠骑将军死后，隔壁将军府一片缟素，他看着跪在棺材前的少年，伸出去的手在虚空中握成拳，又放下。

他背倚着墙，与小将军咫尺之距，可他什么都做不了，同今日一样。

小将军最终打赢了那场仗，却死在了绝境里。

林兰泽也死在了不久后的一场恶疾里。

他死了，怨恨却没有消散，连带着他的尸首不腐，游荡在这世间，寻找着昏君奸臣的转世，做了他生前最想做的事。他挖出了他们的心肝，想瞧瞧是不是黑的。

擦拭掉了灰尘，那过往便明晰起来。

 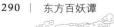

犼怔怔看着顾舟："小将军？"

顾舟眼中含了怜悯："他死了，我是他的转世。"

仇人和在乎的人都已经轮回几世，唯有他画地为牢，不能自拔。

"你是来劝我放下的？"犼明白了顾舟的来意。

顾舟反倒说起了不相干的事："我前世死在了你想去的塞北，并未觉得遗憾。"

犼眼眸的血色逐渐褪去，它的眼中似有泪光。它唱起了那首《少年行》。它闭着眼睛，声音嘶哑似裂帛，不堪入耳："男儿百年且乐命，何须徇书受贫病。"

犼的身上再无杀意。

顾舟背上的长剑嗡嗡作响，倏地飞起来，一剑将犼穿心而过。

犼的声音顿了顿，只听顾舟接过了下句："男儿百年且荣身，何须殉节甘风尘。"

犼杀孽太重，即便放下心结，也难逃一死。

犼的身形化为粉尘，夹杂在雪中散去，他似叹气："可惜我一次都没去过塞北。"

文/小酥

犼

古代较多说法的一种神兽，有监视黄帝的望天吼，也有犬形的犼。此处的犼为佛教所言的犼，人死后，尸体会变成旱魃，再变便是犼。犼神通广大，口吐烟火，能与龙斗，所以佛骑着它，用这种方法镇压着它。

临洮记事

勾玉半倚在古树下撕下一截衣袖，擦拭那柄染了血的剑，一小片日光从枝叶间隙透过，落在了她的鼻子上，沉静的目光像是昆仑山上那千年不化的雪。

半晌，她偏头看向肩膀上呼呼大睡的小人，那小人大约中指长，穿着极考究的玄衣，眉心一点刺目的红痣。勾玉蹙眉，拎着小人的后领将他提起来，小人腾了空，被吓醒了，胡乱挥舞着手脚，声音响在勾玉的脑海里。

"大……大胆！快将吾放下！"

勾玉心里无端地生出烦躁，她冷声道："你当真是五年前的临洮大人？"

五年前，临洮降下十二巨人，身五尺鞋六尺，身着狄服，当时人皆以为这异象是对嬴政的警示。哪知秦朝第二年便一统六国，嬴政便浇筑了十二铜人以纪念之。勾玉的故国已亡，她无处为家，流亡到了临洮，一眼便见到了那十二座高耸入云的铜像。

勾玉杀不了灭她故国的嬴政，便将这一腔怒火发泄到了铜像上，她扶剑奋力一劈，五彩的光晕顷刻间笼罩了她，从那裂缝里飘出了一团萤火，落在了勾玉手心。光彩散去，只见是个小人，小人笑眯眯地作揖，声音自耳边传来："汝可有心愿？"

勾玉不语。

子钧便说道："吾受汝期望而生，汝心愿若了，吾自归去。"

勾玉慢慢开口："我是楚国遗民，想杀了嬴政，你能帮我？"

子钧便笑："自然。"

子钧接连叹了几口气。

五年前，他们十二人降临临洮，确实是为了警示嬴政。嬴政是天命之人，他若统一了六国，就立下了大功德，若他继续施行苛政，则秦二世而亡。哪知嬴政却浇筑了十二座铜像，将他们困在了里面。荣辱兴衰本是天定，嬴政却妄想以此来困住气数。五年过去了，一个背负长剑的少女冷着眉眼，将他所在的那座铜像劈开，子钧得以重获自由。

勾玉问他："自荆轲刺秦以后，嬴政身边便是重兵把守，莫说一个人，就是连一只鸟都飞不进去，我如何能杀得了他？"

子钧笑了笑："汝斩断了秦国气运，秦王自然会死。"

如何斩？

一只白蝶蹁跹而来，停留在了勾玉的鬓边，子钧揪着勾玉散落下来的鬓发打了一个蝴蝶结，随后，他打了一个哈欠："秦王必然会到民间选妃，汝先混进去，入了阿房宫。"

勾玉用手弹剑做节拍，唱起了歌，子钧知道，这歌名曰《黍离》，是先人寄托亡国之情的。他本是仙人，人间世事沉浮，他没有切身的体会。被秦王囚禁在铜人里，于他而言，与在天上的神庙里并无分别。

斩断秦国的气运也不过是历史必然罢了。

可此时此刻，少女歌声里的悲伤像是夏日山林浓得化不开的大团大团的深绿，碧空上的白云都停滞不动了，他怅然若失。

子钧几乎想开口劝阻勾玉，可到底还是没能开得了口。

勾玉的脸上沾了灰尘和血污，可她的眼神明亮，神态是子钧从未见过的柔和，她如何能不知道此去凶多吉少？不过是求仁得仁罢了。

勾玉着绮装，戴珠翠，略显苍白的小脸包裹在里面，就像一个精致的傀儡。她没有见到嬴政，阿房宫佳丽三千人不止，她的容颜算不上多出挑，于是被遗忘在了这深宫的某处。

祭祀神庙里拿五谷堆成了山川河流，江山气运便寄身于此。

莫说她不受宠，就是她受宠，也进不了神庙。

子钧犹豫了许久，道："秦王统一六国是大势所趋，百川终会流入海。"

他说不下去了，事已至此，他再说下去，反倒显得虚伪了。

勾玉没有生气，也许自知大限已到，她温和道："我爹是个巫医，他这一生从未与人交恶，偶尔会被占便宜，可他却从未在乎过。我不喜红装喜武装，他便请了个剑客教我武艺。若没有战争，他的一生也该是平淡且美好的。可他死了，被长戟挑破了肚肠。他亲眼看着自己女儿被侮辱，满怀着怨恨与不甘咽下最后一口气。"

她的声音是柔软的，甚至带了春风的和煦。

勾玉闭上眼，深深地吸了一口气，往事在夜深人静的时候便越发明晰，她反复咀嚼着这些过往，心口的伤口化脓，腐烂。

憎恨，后悔，不甘……

她便再也睡不着了，任由情绪煎熬着她，直到朝阳初升。

后来，勾玉常常在想，如是她肯好好学剑术，不再十寒一暴，只要再强一些，那些士卒闯入家门之时，她就不会那么无力，那么窝囊。

可惜没有如果。

"我想过死，可我放不下仇恨。后来，我加入了在江湖上恶名昭彰的一个杀手组织，在生与死的边缘徘徊，我的剑术反而有所突破。五年后，我终于找到了当初那几个士卒，他们临死前痛哭流涕地哀求我，说他们也是无辜的。一个平常人在战争中会化为厉鬼，罪魁祸首就是那个发起战争的人。"

勾玉将一杯酒摆在子钧面前，酒盏和他一样大，她继续说道："原来即便是那些残忍的人，只要面对死，他们内心也是惧怕的。然后，我虐杀了他们。"

"我杀嬴政，仅仅是因为即使是他轻飘飘的一句话，也会有成千上万的人因此而死去。这让我觉得不甘。"

勾玉长眉入鬓，眼里带了杀气："原因不过如此。"

勾玉买通了一名方士，顺利地溜了进去，她终于看到了五谷山河。她握紧袖剑，低敛了眉眼，看准了时机，然后用力切下。刹那间，五彩祥瑞从其间溢出，看守的士兵拉弓搭箭，勾玉视而不见，举起了袖剑，又刺了下去。

万箭齐发。

一个身穿狄服的巨人拔地而起，将勾玉护在了心口。他的身体是巨大的屏障，隔开了外面的喧哗与危险，勾玉回头看着那巨人眉心的红痣，眼里涌现出晶莹的泪水，映着华彩，倒映出一片七彩琉璃色。

勾玉张了张嘴，却什么也没说。

最后一丝光彩散尽，巨人闭上了眼，在他的胸口已然听不到心跳声，勾玉打翻了烛火，将一切燃烧殆尽。

文 / 小酥

临洮大人

这或许不是妖怪，属于异人，传说中的巨人。古代记载甘肃岷县出现了十二个巨人，穿着外族的衣服，身高五丈，约莫十七米，穿的鞋就有六尺长，约莫两米。

江水寄余生

又翻过一座山，道路渐平，沿着这江水一直往上走，源头处就是柳县了。

"滔滔江水逝，青山围不住啊！"徐汉闻澎湃水声，见浩浩江水，骨子里的文人气质又流露了出来。

他身后紧跟的一老道拢了袖子冷哼一声："也不知道前日是哪个胆小鬼哭爹喊娘地向马贼讨饶的。"

两日前，徐汉在山中遇到三匪贼，幸得老道士相救才脱离险境。二人目的地相同，都是柳县，便结伴同行。

徐汉挠挠眉尾一颗小小的红痣，岔开了话题："我此次前往柳县任县令，估摸着得待个十年八年。"

他虽才二十四，好歹是圣上钦点的状元郎，却因出身寒门又笨嘴拙舌，得罪权贵后被调任到这偏僻之地来。

思及此，他又忽然无心欣赏这浩浩荡荡的西江之水了。

日头渐高，眼瞅着再行十多里就到柳县了，徐汉却热得头昏眼花，只好停下休息。

两人在江边席地而坐，灌了几口壶里的水，余光刚好瞥见远处有个在江水边跳动的人影。

那人步伐有序，手中似乎还晃着铃铛。

"禹步。"老道突然开口。这是道士在施法时才会用的步子。

可那人明明不是道士。

徐汉疑惑，正想询问，却见眼前的江水如沸腾般翻涌起来，紧接着无数大鳖朝着那人涌去。徐汉惊呆了，此情此景简直太不可思议了。

还没等他回过神来，水里突然跃起一物，有一只成年狝猴那么大，金色的瞳孔，獠牙外露，动作迅猛。

这怪物将水边那人扑倒，爪子往人脸上挠去，那人便晕厥了过去。

早在那东西现身之时，老道就赶了过去。怪物见另有人来，发出阵阵鸦叫声，重新跃回了江里……

徐汉才到柳县就大病了三日。

夜半惊醒，脑子里全是那日江边的怪物和那满脸鲜血的人。

老道见徐汉如此不经吓，笑说："年轻人如此经不得事儿，日后如何护住一方百姓？"

徐汉回神，突然一个激灵，问道："高人可知如何灭了江中那邪祟，好还百姓安宁？"

"还百姓安宁？"老道反问，"柳县历来风调雨顺，受西江水滋养，百姓尚算安康富足，何来还百姓安宁一说？"

徐汉语塞，他承认，自己从未见过如此离奇之物，现下这是怕极了。

老道又开口："那怪物名为金睛暖，生长于西江之中，以鱼鳖为子孙。那人捕鳖动静之大，你我亲眼所见，它得护住江中的子孙。"

徐汉知晓老道言中之意，这是让他莫要深究，日后亦不要大肆捕捉鱼鳖，以免侵犯了江中生灵。

万物有灵，怪物本无伤人之意，只要人无害其之心，两方俱相安无事，也算人间太平了。

徐汉上任那日，老道已经离开了柳县，听说他是来寻一位故人的，只是如今故人已逝，老道也云游四方去了。

转眼间，徐汉已在这小县城里当了十年的县令，亦在柳县成家生子，虽没有做出什么大功绩，好歹也算尽职尽责，半点不敢懈怠。

只是，这柳县的百姓都知道，他们这徐县令啊，胆子小，"踩着井绳当是蛇"。

百姓背后的议论徐汉不是不知道，他妻子也常念叨"没见过像你这样又穷又怂的父母官"。

徐汉不甚在意，他年少时的志向早在那几年看尽京城官场的黑暗后被磨干净了，如今他只希望守好这方山水，让百姓安居乐业。

世事不如人料。就在这年，幼帝登基，藩王乱，起兵直攻京城。

柳县偏僻，离皇城甚远，又群山环绕，本来就匪患频发，现下更是匪贼猖狂，甚至直入城中掠夺。仗着这世道混乱，西江一带的匪贼渐渐做大，听闻邻县县令投靠了一个山头的马贼，换自个儿安定。

现如今天下大乱，朝廷自顾不暇，是不可能派兵剿匪的。

徐汉听着各方消息，额头青筋暴起，而公堂下还跪着几家申冤的人。

"大人！昨日那帮匪贼入城抢夺，现如今小人家里连柴米油盐都没了，值钱的物什也被拿走了。"

"是呀！大人，陈三家里只是被劫，我家那汉子却被伤了，下半身都起不来了！"女人接了刚才那陈三的话，哭得撕心裂肺。

徐汉亦是悲痛，自己这区区几百府兵，哪敌得过那些打着起义名号四处掠夺的匪贼。现下看来，最要紧的就是让城里的百姓都能吃饱。

可这谈何容易。

这时，陈三突然开口："大人，如今大量良田被毁，城中百姓无食，咱们只能靠江吃饭了！"

平日下江都是有讲究的，此番若是突然大肆捕杀鱼鳖，恐会招致大祸。徐汉又想起当年那一幕，那金睛蝮速度极快，一爪子下去，施咒抓鳖那人便血肉横飞，片刻间就没了生息。

"不不不，再想想，再想想，切莫触怒了河神！"

底下几人闻言，又是一阵失望。是呀，他们这县令的胆子哟，树叶落了都怕被砸破头呢，怎么能指望他？！

徐汉挥手让人退下，自己却陷入了一番挣扎。

柳县附近的刀玛山中有一苗寨，相传这寨子里的人识得一种禁术，在江边施咒能引来大量鱼鳖，趁机将其大量捕获，到时候别说填饱肚子了，将这些东西卖去其他地方还能大赚一笔。

徐汉当年从老道口中得知，施咒时踏的步子叫禹步，道中人管这叫步罡踏斗。边行禹步边念咒可招来大量鱼鳖，若运气好就遇不着金睛暖，确实能有不少收获。

犹豫了几日，徐汉招来众人，决定去寨子里请人施咒招鱼鳖，以缓解当下无粮的燃眉之急。

那日日头正盛，江边只闻水声，连风都静悄悄的。

这数日倒是没有匪贼闹事的消息，也不见几个山头有什么异动。

施咒那人不过四十来岁，汉话说得别扭。

日至水滨，禹步持咒。转眼就见江水沸腾，鱼鳖阵至。众人退得远远的，皆是目瞪口呆，惊呼阵阵。眼前之景同徐汉十年前所见一样，只是这声势更加浩大。

"抓鳖捕鱼！趁现在！"那人回头大喊。

众人撒网，还未来得及合力收网，就见江中跃出一物，将施咒的人扑倒在地，锋利巨大的爪子紧紧按住那人的肩膀，使其动弹不得。

"救人！"徐汉见状大喊。

余下众人抡起铁锹就攻过去，金睛蝾闻声后退，众人逼近，有人甩出一锄头，恰好击中了它的一只金眼，痛得怪物仰头长鸣，声音却是如利爪挠铁般尖锐，随即又突然跃起数尺之高，急往水里遁去。

准备收网的人忽然觉得手里的网被水里的东西大力撕扯，众人合力才堪堪稳住脚步。

过了半晌，一切渐渐归于平静。

收起的坚韧大网被扯开了一个豁口，不过影响不大，此行收获颇丰。

徐汉望着江面，想起当年老道所言："它想护住它的子孙。"

他深深叹了一口气，缓缓对江作揖，口中喃喃自语。

他自知胆小无能，唯一所求，是保这方百姓食饱安康。

西江渔人有个规矩——

涛起不渔，持咒者不渔，渔者忌贪，下江者需心诚。

说来也奇怪，贪婪者渔，现水怪杀之。

传言这条规矩是前朝柳县一县令对城内百姓所下，遵循此令者出入平安，鲜少遇见大风大浪或江中水怪。

当年乱世，数千马贼冒充起义军想要南下，途经柳县，见此地经过几番掠夺之后，城内百姓仍然食饱力足，心下生疑，便挟持县令命其放粮。

县令对马贼道："授人以鱼不如授之以渔。于是带众贼来到江边，说是传授其捕鳖秘术。"

行至江畔，只见那县令口中念念有词，脚底抹油似的带动身形胡乱起舞。一转眼，县令抱住领头的马贼汉子铆足了劲儿跃入江中。

听说那时江中浪起涛翻，水涨风涌，吞了贼人半数人马，余下人群龙无首，四处逃窜，柳城百姓渡过了被掠夺屠戮之险关。

在西江上赶水路的船家，无论商船客船，只要入了夜，船夫都会点灯高歌一曲。

听说这是向江中水怪说明，船只是借道而无别意；也有说这是为了求水生庇护。

水生是这江上的水鬼，他呀，虽为鬼怪却胆儿小。入夜坐在船头吊脚，偶有浪起水哗，能吓得翻入水中。

不过江边的百姓都说：这水鬼没害过人。

偶有船只遇险，福泽深厚的人还能得水生搭救。都说水生不愿转世，是为了守护被这条江水滋养的子民。

就像传闻中的西江水怪偏生要护那江中鱼鳖一样，都倔得很。

见过他的人皆言："水生眉尾一颗红痣，眉目清秀，书生模样。"

水生偶同猕猴般的独眼金目怪物一起出现。江上无贪婪作恶之人，水怪就无伤人之意。二者常结伴遁水。

那水生的模样，可不就是百年前的徐汉嘛。

当年众人满载而归之后，徐汉留在江边作揖时呢喃道——

吾为父母官，当忧百姓苦。今逢乱世，民不聊生。吾知汝护子孙心切，吾……

亦然啊！

文 / 冢韦

西江水怪

古代传说中不出名的妖怪，像猕猴，金睛玉爪，所以也可叫金睛蝘。居住在水里，是一水怪。它误认为鱼鳖是它的子孙，所以当有人吃它的子孙时，它便会出水复仇。与出名的淮水水神无支祁略有相似，也许是先人没分辨出。

无 归

"我们是来收尸的。"

向业见到来人收了手里的水烟袋，带着弟弟向凡朝张家寨的长老作了一揖，并道明来意。

向家兄弟态度恭敬，那长老却捋着胡子不言，垂眸若有所思。

倒是长老身后一个黑壮的年轻汉子没沉住气，问道："收尸？你们就俩人？你们可知道我们要收的是什么尸？你们向家莫不是瞧不起我们寨里人，我们可是给了银子的！"

"黑六！"长老虽对请外人来寨子里收尸这种事情摇摆不定，但人好歹是自个儿寨子花银子请来的，总归还是要客气点。

向业青袍美髯，是个儒雅的中年男子，年长幺弟十多岁。

向业闻言笑道："向家世代走南闯北，斩妖除魔，讲究的就是个'信'字，银钱乃身外物，不过是为了家中妻儿老小吃饱穿暖。长老放心，若那场瘟灾真是妖邪作祟，我兄弟二人定全力相助，绝无虚言。"

长老却摇头叹息："那哪儿能是瘟疫呀，那明明就是诅咒！是诅咒啊！"

长老说到一半，似乎想到了什么，抬眼瞟过二人又急急地住了口。

向家兄弟对视一眼，他们来了一天了，寨里上了年纪的人见了二人后大多也话里有话，却绝不多言半句。

张家寨的居民就是靠挖五金矿发家的。

挖矿这事儿本就有风险，这么些年来死于矿下的人不在少数。但是最近发生了怪事儿。有个下矿的青年吊着半口气儿回来了，说是看见了死去的人，自己还被缠上了，久久不得脱身，差点留在了矿洞下面。

起初大家都是不信的，他们开矿那么多年了，从不曾遇见这等怪事儿，都说是青年下矿太久，耗尽了体力，饿昏了头产生的幻觉。

"我那不是幻觉！我是真被那东西缠上了，它说它冷，还向我讨烟吃。"

黑六就是第一个看见那怪物的青年，因为这事儿，他没少被人笑话。大家都说他是鼠胆子。可谁能想到，事发后没多久，寨里还真出事儿了。一天半夜里，矿洞口传来了一阵恶臭味，闻到味道的人家都得瘟疫死了。

现在都没人敢下矿了，大家生怕真的遇到邪祟，那就再也出不了矿了。

"你给它烟吃了没？"向凡问黑六。

"没给。那天我额上的灯灭了，身上也没带火折子，哪来的烟啊。"

"所以他就缠上你了？"

"我看八成是。"不过，长老几人还说这是诅咒，几个老头神神道道的。他不晓得什么诅咒，却看着几个老头这几日都魂不守舍，于是便将这怪处说给向业二人听。

可寨里的老人撬不开嘴，年轻的又一无所知，一天下来，所有的猜测不过是纸上谈兵，所以二人决定亲自下矿。

黑六没有陪同，因着他大伯死于前几天那场瘟疫，家里有白事，他娘不让他下矿，怕不吉利。

说来也奇怪，闻见恶臭那晚，他大伯不知为何去了矿洞，所以回来病了两日就去了。

而这场瘟疫奇怪就奇怪在这儿，它不会通过人传播，只有闻见恶臭的人才会染上急症，不治而亡。

向凡在几个矿工的陪同下下了矿，向业则留在外边。

寨里的老人神情古怪，必有事相瞒，若真有秘密被发现，他担心两人都遭遇不测，不如留一人在外好有个接应。

矿洞里漆黑如夜，几人抬着火把，额上点灯。再加上地形复杂，他们走了许久也未见异样。

突然，有人出声道："向小公子，再往里走就危险了，里边儿的情况我们都还没摸明白呢。要我说，瘟疫啥的，就是他们自个儿吃错了东西。这不，每每这个季节，寨里总有几个人要误食毒蘑菇而死。"

向凡没答话，自顾走着。

因着一路没什么异样，有几个胆大的人就吹起牛来，其中一人道："若真有黑六嘴巴里说的那死去的矿工，说不定有它引路我们还能找到大宝贝呢！"

说曹操曹操到，眼前的窄道中还真站了一人。

此人面容枯槁，毫无血色，简直像根干枯了的木头。他的行动僵硬，明显就是一具死去多年的干尸。见了向凡一干人后，真如黑六所说，那人对他们说冷，并跟他们讨烟吃。

刚才几个吹牛的矿工见状吓破了胆，大呼"怪物"，却见向凡上前递给它烟吃。这干尸吃了烟，却朝着众人长跪乞求道："出去……回家，回家……"

这回，向凡却道："我们下矿为金银而来，哪有空手出去的道理，不如你引路，若能帮我们寻得大矿，我们就带你出去。"

干尸真带众人去了矿洞深处，果真大有所获。

但是这干尸一直喃喃着"出去，回家"，临走时，众人望向向凡，让向家这小公子拿主意，决定这干尸到底要不要带出去。

十八九岁的少年就算和兄长走南闯北好些年，也难免会有恻隐之心，尤其这干尸不曾害人，且看起来如此可怜，向凡一时心软，便道："我们先上去，然后用竹篮接你出来。"

向凡的想法无人反对，洞里的一部分人确实是真心想救干尸出洞，但也不乏有人想拘住这干尸，好靠它寻找大矿。

下矿的人虽心思各异，出洞后仍合力将干尸往上拉，拉到一半时，却被一人用匕首割断了绳子，干尸从半空落入洞中，坠死了。

众人齐齐抬头望向割断绳子的人，正是向业。

向业见干尸已死，方才松了一口气，厉声对向凡道："就差一点，你小子要害死我们了。"

向业留在外头查瘟病的源头，可寨里的人要么含糊其词，要么一无所知，他便想着从张家寨附近的陈村入手调查。

这才查出那晚有陈村出货晚归的乡民见一个五十多岁的男子从洞里带出了两具尸体，可转眼间，那两具尸体竟然连衣带骨化为了一摊水，恶臭难耐，那人远远望见，吓得连滚带爬飞奔回了陈村。

那人正是黑六的大伯。

后来，这送货的乡民也死了。陈村的人不晓得张家寨发生的事儿，都以为那人是被吓死的，村里都传开了，这也使得向业的调查更加顺利，一查便查出了漏洞。

"我当时心想着若陈村的流言属实，那矿洞里必有干麂子，说不定黑六当时遇见的就是干麂子。"向业拊掌缓缓道。

"是，那干尸看着有些年头了。兄长说我差点酿成大祸，可是和那干尸有关？"众人闻言，也好奇地围上来。

"人死在矿洞中后，遗体被金气所养，肉身不坏，乃为干麂子。其遇风则化为水，气味腥臭，闻者必染瘟疫而死。"

向业话落，似乎又想到了什么，于是转头对几个矿工道："烦请转告贵村长老，这东西不会主动攻击人。向某人记得古籍记载，若在人多时遇见干麂子，可将其缚之靠于土壁，用泥封固做土墩，其上放灯台则不复作祟。"

众人愣愣点头之时，向业点上水烟袋，长叹一声，便带着弟弟向凡离去了，也未曾回去告知长老。

张家寨在山腰上，陈村建在山脚；张家寨靠山吃山，陈村的人却顺着山脚流过的小河捕鱼，种田。

"大概五十多年前，陈村的人也上山采矿的。有一回，张陈二村发现了一处大矿，本想合力开采。哪想到陈村的矿工下去探洞时遭遇不测，三十多口人就这么没了。"

"矿塌了？"

向业大大地吸了一口水烟袋，看着前方小道弯弯曲曲通向山脚的陈村，想起在陈村打听到的消息，眼神晦暗。

"五十年前，张家寨领头的矿工正是如今那年逾古稀的长老和黑六的祖父。听闻当年他们弟兄几个靠这处矿才让张家寨的乡民的日子好过起来。当时陈村剩下的妇孺儿童和少数没上山的男人去张家寨讨说法，无果。"

向凡了然，愤愤道："兄长的意思是说当年陈村人的死和张家寨的人脱不了干系？亏方才我借干麂子之手替他们找到一处好矿！"

说完，少年又蔫了头，悄声道："可惜了，那干麂子一直让我们带他回家，他一直在说着要出去，要回家。"

向业摇头，不知道是不认同向凡的话，还是在否定自己的想法。

一切皆为猜测。他带着向凡走得匆忙亦是不想深究，不想深究寨子里的老一辈人为何含糊其词，不想深究长老为何不安，不想深究黑六大伯为何会搭上性命。

洞里那些乞求矿工带出去的干麂子注定无法归家。在某年某月里做出恶的选择的人，也注定了一生都没有良心的归处。

文 / 豕韦

干麂子

古代传说中生活在地下矿洞里的非人，但也不是僵尸一类的东西。原本是矿工，遇上事故被压在矿洞里，数十年或上百年被地下土的金气养着，看似长生，实则已死。遇到后面进来采矿的矿工会讨烟吃。后来的矿工会利用他们寻得金银矿石。如果把他们带出矿洞，一见风便会化成水，散发出腥臭气味，所闻者皆得瘟疫而死。

浮生觅归途

改朝换代，乱世纷扰，群雄并起，这其中亦不乏一些牛鬼蛇神，野心昭昭。

四川布衣费密，就生于这样的时代。只是，他不过是一介布衣少年，唯写得一手好诗，小有名气。

笔下一句"大江流汉水，孤艇接残春"得尚书王士祯大赞，于是他将费密引荐给大将军杨展，费密便成了杨展帐下幕僚。

匪寇四起，荒田无粮，随军奔走的几年，费密常见沿途饿死骨，心生悲悯，于是向杨展进言。

"将军，贼乱数年，民且无食，今非屯田，无以救蜀民，且兵不能自立。"

杨展闻言，抚掌点头，接纳了费密的建议，并及时下令屯田，所行州县效果颇佳。杨展是一介武夫，虽然不通文墨，却也算心怀百姓，经此一事，对费密更是青睐有加。

费密随杨展将军出征四川，路过成都，驻扎在按察使衙门里。

天色已晚，一行人用过晚饭后，晚霞的热烈已经散尽，徒留天空中微醺的酡红。

几日行军赶路下来，那些行伍之人非但不觉得疲累，还围了火，在院里喝酒划拳。但费密始终只是一介书生，就算跟随了杨展数年，体力仍旧不够。于是趁着这醉人的天色，进了院中一阁楼，在晚风中打起了盹儿。

"费先生，醒醒，天黑尽了，先生早些回房歇息吧。"

费密只觉眯了片刻便被人摇醒了。他半撑起身子，不解地看着眼前一身白色粗布衣的陌生的瘦弱男子。

这人瘦骨嶙峋，皮肤白得吓人，摇晃他的那只手的骨节之间仿佛只连着薄薄的皮，又见人中以上被又宽又厚的白布蒙着，裹得紧实。

费密起身，道了声谢，便匆匆走了。

不知为什么，他就是觉得背后拔凉，况且这按察使衙门里，何时多了这样打扮的眼瞎男子。他裹紧了衣服，喃喃道："阿弥陀佛，子不语怪力乱神，阿弥陀佛……"

前院的人酒过三巡，却依然兴致高涨。杨展的副将李将军见费密裹着衣服，迈着碎步疾走而来，笑道："费先生可是冷了？兄弟我这有好酒，来一口暖暖身子！"

李副将一把将费密拉扯过来，他的力气极大，费密挣脱不开，腹诽这李副将还真是喝多了，明明平日里他俩根本不对盘。

费密见推脱不过，便接过酒碗，小口抿了几下，顿觉胃里暖暖的，后背的凉意也没了。趁着李副将端碗灌酒之际，他悄悄挪了挪身子，同这位副将拉远了些距离。

要说军中功夫高强的勇士，李副将算一个，他深得杨展重用，可惜却是个贪官。当时杨展命自己同李副将于杨村屯田时，这李某人可是趁机揩了不少的油水，二人为此起了不小的争执。

不过，既然杨展睁一只眼闭一只眼，他一小小的幕僚也只好闭嘴。只要李副将不做得太出格，杨展依然会重用他。

一小将见李副将喝高了，便开口打趣。

"李副将，咱弟兄几个之中，就数你最是勇猛，你可知衙门里有一座楼，听说里边闹怪物，"小将说着，不忘朝众人挤眉弄眼，"副将可敢去里边儿住上一夜？"

李副将喝干酒摔碗，抹了一把满是酒水的大胡子，往地上啐了一口："你小子吓唬谁呢！别瞧不起人，老子可是在死人堆里走过的猛将，岂会怕那些邪祟？！"

众人闻言拍手起哄。李副将见此更是抬高了嗓门："尔等可瞧好了，那怪物见了老子，保管吓得屁滚尿流！"

费密在一旁听着，想起刚才那蒙眼的瘦弱公子，又是一阵寒意，于是便劝了李副将两句。

这天不怕地不怕的粗犷大汉一听可不得了，直言费密瞧不起他李某人，摔了碗就嚷嚷着今晚定要拖着费密在那楼里宿上一晚。

这回换费密急了，忙向杨展道："杨将军，你看这不开玩笑呢吗？！您倒是好好劝劝副将。"

"哈哈哈哈！"杨展拍拍费密的肩膀道，"先生，这世间哪来的妖魔鬼怪，今夜本将军有兴致，便同你二人一起宿于那楼中！"

子时已过，星隐月暗。

一长两短三鼓响，杨李二人早闷头会周公去了，费密却是睡不着。

他心有疑虑，一直掌着灯，手里按着剑，不敢入床帐。不一会儿，困意袭来，却突然听到楼梯吱呀作响，好像有人踏了上来。这声音惊得费密一个战栗，他紧了紧手里的剑，向楼梯口望去。

"天哟，可别吓人哩！"

话音刚落，就见一怪人蹑梯而上。他在灯下看得清楚，这怪人轮廓似人，有头有脸却无眉无眼，瘦得皮包骨，好似一段枯木。

那怪物瞧见费密，僵立不动，费密却是回过神来了，拔剑就砍过去。

就在此时，怪物动了，背过身就走，这时费密才看清楚他背后那只竖长的眼睛，足有一尺长，泛着金光。

费密吓软了脚，却担心睡熟的二人无法及时醒来，便鼓足勇气哆嗦着腿去了杨展将军的帐前。

那怪物背对着杨将军，从费密的角度看去，可清楚地见到金光闪耀。将军的两只鼻孔里喷出两股白气，同怪物的金光对峙着。费密生怕将军不测，顺手拎了手边一物，砸了过去。

哪料，东西没砸中，那金光却是越来越小，最后被白气击溃。怪物连退数步，退到楼梯口滚了下去，而杨展还在熟睡中。费密见此，瘫软在地。他这才发现自己额前的头发早被汗水浸湿了。

"幸好……"费密大口地缓着气儿，颤抖着手勉强收起剑，喃喃道，"幸好将军勇猛，果然能震退怪物！"

等自己恢复了些气力，思量着那怪物不会再来了，费密便起身想回帐去。不料，不大会儿工夫，那怪物喘着粗气，又爬了上来，听声音这是往李副将的床帐去。

这回费密放了心，李副将功夫不在杨将军之下，亦是勇猛过人，他定能抵抗住怪物。于是就放心闭了眼。哪知他才刚翻了身，就听到一声短促而凄厉的惨叫。

这叫声也惊醒了杨展，二人赶去时，怪物已经不见了，而李副将则七窍流血，早没了气儿。

扬州的雨，模糊了六月。

西湖旁，闹市窄巷，人来人往。这种季节，就算落雨，百姓的衣裳也薄。

等雨停了，一跛脚老人出门溜达，他上了一座小拱桥。此人满脸褶皱，却双目有神，静静地望着眼前氤氲的西湖水。

想他辗转一生，抱负未展，主仇未报，到头来还是一持笔挥墨的小小文人。

他长吁一口，无尽悲愁。

"先生两袖清风，精于学问，如今桃李天下，儿孙成器，有何叹息？"

费密颤巍巍转身，只见桥下一白衣公子，撑伞而立，脸上好像覆着什么，可惜他老眼昏花，看不真切。

"如今天下太平，老夫本不该再伤怀，只叹自己未能亲手为追随多年的将军报仇，惭愧。"

当年，李副将奇死于按察使衙门，同年，杨展被武大定斩于刀下，费密寻仇未果，几经辗转，差点也丧命于武大定刀下，紧接着，他在逃亡途中瘸了腿，最终只能放下抱负，叹曰："既不能报国，又不能庇亲及身，不如舍它而去！"

白衣公子缓缓上桥，走到费密身旁。明明无雨，伞却撑着。

"先生。"

费密这回看清了来人，大惊，这人他分明在四十年前就见过，就在李副将被杀那晚。

实在不是他记性好，而是那晚的际遇太过离奇，让人终生难忘啊！

"你就是那晚的金目之人？"

见白衣公子缓缓点头，费密又道："四十年来，我查过典籍无数，仍旧不知公子是何人，敢问公子为何要杀了李副将？"

"吾眼生背上，能直视人心善恶，先生是难得的心清灵静之人，故那日唤醒先生，放您离去，"白衣公子顿了片刻，又开口，"先生可知晓吾意？"

费密叹息："倘若如此，无论罪过大小，你可是要杀尽天下有罪之人？你又可知人心复杂，岂是人人都善恶分明的！"

"那晚被杨将军正气所压制时，吾……方才知晓。"

杨展此人，骁勇善战，能护得一方百姓安全，却也手染无数鲜血；能听良言而屯田造福百姓，却又放任李副将暗中揩取百姓的血汗钱。乱世之中，他的功过善恶根本无法评说，所幸与金目相斗时，正气突增，击溃金目。

费密无言。如今大局定，百姓安，他何必继续纠结于过去。

当年贼寇作乱，群雄四起，杨将军的结局只不过是两方胜败之果罢了。

西湖水面又泛起阵阵涟漪。

"下雨了，"白衣公子将伞递给费密，"先生回吧！"

善恶没有清楚分界，但人心总要知晓来处与归途。

白衣公子大概也是明白这一点了吧。费密怔愣片刻，身边人就没了踪影。

他便举着伞，步履蹒跚，缓缓归去。

文 / 豕韦

背目鬼

古代一个不起眼的妖怪，像人，但脸上无眉无眼，背后长着一眼，能目放金光。

在原文献《子不语》中记载，费密跟随杨展将军出征四川，路过成都时就遇见了背目鬼。三更时分，他看见背目鬼用背后的眼睛放出金光照射杨将军，杨将军一身正气，射出两道白气与金光抗衡。白气越来越大，金光越来越小，最后背目鬼只能放弃，转而去攻击费密的副将。副将被金光照射后，七窍流血而死。

她

说来可笑，起因不过是一根未系好的鞋带。

离约定的登山看日落的时间不过十分钟了，而她登山鞋的鞋带依旧没串好。

她皱眉看着纠缠成一团的、凌乱的、丑陋的鞋带。

不久前也发生过这样的事——

那时她正在帮男人穿他新买的潮鞋的鞋带，据说是有特定的穿鞋带的风格和方法。男人懒得自己弄，便叫她帮忙。

连根鞋带都弄不好，说你垃圾还不承认。

她记得那时，男人曾这样说道。

而现在，这轻蔑的声音再度在她脑海中响起。

她手上的动作停了下来，垂着头低声反驳道："你这样说很伤人。"

伤人？这么一声微弱的辩驳，却触到了男人敏感的神经。他疾步走到她面前，眉毛高挑，难以置信地重复道。

他们之间的间隔不过一米，她抬头和他对视，男人厉声之下，眼眶变得红红的，好像他才是受伤的那一个。

是她的错。他是在意她的，所以才会露出这样的表情。

她的脑海中有个声音不断地告诫着自己这是一个天大的谎言。她看着那个男人的表情，忽然觉得有些可笑。

是，她知道那是个该死的、见鬼的谎言，可她还是在男人的注视下，无法自制地生出了愧疚。

没有，对不起，是我的错。她的声音变得更轻了。

对不起，对不起有什么用？男人的质问却依旧在继续。

对不起。她不知道还能说些什么，只能徒劳地重复着这三个字，那声音却如附骨之疽一般跟随着她。

"还没好吗？我们马上就要出发了哟。"门外传来了一起登山的驴友的声音。

她看了眼手表，已过了约定时间。隔着门，她能听到他们相互打趣的欢笑声。

她那么渴望加入他们，却只匆匆回答道："我稍微有点不舒服，你们先走吧。"

所以说你就是个垃圾啊，有什么事情是你能做好的吗？回应间，耳边又传来了男人的不屑的讽刺声。

"那晚饭时见。"

门外的脚步声渐渐走远了。她蜷缩在门板后，捂住耳朵想要甩掉男人的声音，但那声音却无孔不入，无处不在。

手机信息提示音也在此时响了起来，显示屏上，仍然是男人的名字。

你在哪里？

理智濒临崩溃，她朝那声音央求道："让我一个人待一会儿，好不好？"

山间的风呼啸着钻入室内。窗帘被风卷起，发出巨大的响声。

如梦初醒般她从那个声音中短暂地挣脱了出来。她踉跄着跑到窗边，用尽力气将窗户的弧度推到最大。深秋的山风顿时汹涌着刮入房间。

她仰起头，感受着冷风从她的喉咙、鼻梁、眼睫上流过。她闭起眼，大口地呼吸，胸膛随着山风起伏着，像是溺水的人终于遇到了久违的空气。

过了很久，她缓缓睁开眼。夕阳将落未落，把连绵的云海染成了黄昏的金色。

她木然地看着眼前的山色出神，过了会儿，穿上登山鞋，走出了门。

鞋带依旧保持着未系好的状态，长长地拖在地上。

她无视周遭的目光，径自走出旅店，循着余晖，朝深山走去。不知不觉间走到了一片无人的崖边。

风在这里变得格外强烈，手机信号已是空格，这是男人的信息也抵达不了的地方。

耳边只有风声，纯粹得令人沉醉。

太好了，她想：我终于自由了。

然后她张开手，身体向前倾斜，拥抱了风。

再睁眼时，她有片刻的茫然。

她原以为自己已经死了，过了会儿才意识到一棵歪脖子树救了她。而她正以晾布条般的姿势，挂在一根粗壮的枝干上。

树下，一个半大的小姑娘正仰头望着她。

那姑娘大概十岁出头的模样，生得粉雕玉琢的，一双眸子大而灵动。她的目光刚和那个姑娘对上，姑娘就咯咯地笑了起来，像是看到了亲近的人一般，还踮着小脚想拉她的手。

她不知眼前的姑娘是人是妖，又或是山灵所化，却未对她生起任何惧意。

她被小姑娘炙热的目光注视着。她本想以一个更好看些的姿势下树，奈何全身发麻，好不容易刚撑起身，手却一软，随即以一个不怎么雅观的姿势滚了下来。背包也一并甩在地上，掉出的书散了一地。

得多亏小姑娘在树下贴心堆起的小草垛，她才不至于摔得太狠。

她趴在草垛上，捂了捂脸，试图忘记刚才的场景。小姑娘却很高兴，围着草垛拍手，像只撒欢儿的小动物一样。她蹦蹦跳跳了一会儿后，目光落在那些书上，然后捡起一本书，看向了她，像是在征询她的同意。

那是一本诗集，诗人走遍了海岸森林，收集了当地的神话和传说汇编成册，这也是她最喜欢的书。

小姑娘朝她眨着眼，干净的眸子让她想起林间的小动物。

"当然可以。"她轻轻地笑了，点点头道。

她一直很喜欢看书，小说、诗歌、异志，各种各样的都看，但男人却对她看的任何书都很鄙夷。男人认为这些书毫无意义，于是教育她要看一些更有价值的书，比如他所推荐的《穷查理宝典》，又或是《大空头》《量子力学》这类书。虽然她本身对此并无兴趣，但在男人的不断劝说下，她还是去看了其中一本。然而，在和男人讨论这本书时，她才发现男人知道的只有书名，根本不知道书的内容。

她到底是为什么，会喜欢上这个男人啊？

记得最开始的时候，她欣赏的是他的自信。那种无时无刻的自信，曾经像是耀眼的光一样吸引过她。但这种自信在之后的相处中渐渐变成了居高临下的傲慢。而傲慢之下，没有任何有价值的东西。

男人就像泡泡一样，裹着一层流光溢彩的外皮，但内里却是空的，一戳就破。

她慢慢发现，男人在内心深处和她一样，都是胆怯而自卑的。也正因如此，他才那么迫切地渴望控制她，成为她世界的主宰。

可惜她意识到时，已经晚了。男人用他的话编织了一张细细密密的网，而她深陷其中，束手无策，像只被困在蛛网的飞蝇。

不过这些，已经和她无关了。

山中的夜色缓缓降临，小姑娘缩在她身边，进入了梦乡。

小姑娘看书的习惯和她小时候简直一模一样。看到感兴趣的地方就兴高采烈地和旁人分享，遇到喜欢的书就离不了手，连睡觉也要抱着。

她看着小姑娘的睡颜，体会到了母亲曾看着儿时的自己时那种无奈又好笑的心情，又想到了学生时代和朋友在咖啡馆无拘无束地谈天论地的场景。

那些原本是她那么珍惜的人，那么怀念的时光，却在日复一日地和男人的纠缠和消磨中，被挤到了脑海的角落。

直到猝然忆起时，她才发现她是那么眷恋那些人、那些事。

山中的夜浓得化不开，目光所及处，皆是一片厚重的深色。

小姑娘在睡梦中翻了个身，压到了她的外衣，还咂巴了两下嘴。

她看着她的样子，不由得轻笑出声。

看样子，应该是在做一个好梦。

山中不觉岁月长，从寒露到小雪，不过一瞬。

她不知今夕何夕，正看着小雪出神的时候，突然听到耳边传来了小姑娘沮丧而委屈的声音。

她循着声音找过去，看到了蹲在地上小小一团的姑娘。

她看到了小姑娘手上捧着的东西后，不禁愣了一下——正是那双鞋带凌乱的登山鞋。

男人的话重新在她耳边响起，那些轻蔑的神态和语气，那日山崖边的余晖在她脑海闪过，最后又都消失不见。

也不知是气的还是急的，小姑娘的眼眶红红的。

男人的话语依旧缭绕在耳边。她看着小女孩泛着水光的眸子，慢慢生出了难以言喻的、奇妙的、释然的感觉。

就像无人会在意路边的一声犬吠——

她轻轻叹了一口气，这口气是为那时那么在意男人一言一行的自己而叹的。然后在小姑娘身前蹲下，摸了摸她的脸道："没关系，一次系不好也不要紧，我们慢慢来。"

说着，她从小姑娘的手中接过登山鞋，重新试着串起那未完成的鞋带。

她的动作依旧不算灵巧，有些地方还需要多次拆掉重穿，但男人的声音已从她脑海中消失了。

小姑娘围着她转圈圈，目光好奇地看着她的动作。

不知过了多久，她放下登山鞋，终于长长地舒了一口气。

雪中有微风吹过，鞋面上小巧的蝴蝶结迎风颤动，像是要振翅飞翔一般。

"姐姐好厉害。"

她看着被雪染白的山谷出了神，却能听到小姑娘说的话。

她已经很久没有听到过这样的评价了。她先是愣了一下，然后整个人像是被定格了一样停了下来，过了很久才抬起头，目光有些不敢置信地看着小姑娘。

小姑娘依旧笑着，那双弯弯的眼睛里满是开心和崇拜，刚好对上她的目光，于是小姑娘又重复了一遍刚才的话："姐姐好厉害，长大以后，我也希望变成和姐姐一样厉害的人！"说话的声音中还带着那个年纪特有的稚气。

雪落谷间，飞鸟的踪迹已经消失，天地一片寂静，只剩下她们的存在。

她看着笑得灿烂的小姑娘，眼眶倏然就红了。

这有什么厉害的？她下意识地想否定小姑娘的话，就像她已不再敢坦然接受任何的赞美一样。这句话在她的脑海中出现了好几遍，可现在在小姑娘殷切的目光下，却变得难以说出口。

最后，她只眨了眨眼，然后十分温柔地看着小姑娘，回答道："谢谢你。"

小姑娘笑开了花。她蹲下身，把那双由她亲手串好的鞋放在身前，然后摇了摇她的手道："姐姐，我们出去看看吧。"

她们一路走过降雪时无声的山谷。

不知走了多久，山林消失了，眼前豁然开朗。远远地就能看到炊烟飘荡在灰茫茫的天空中。

她带着欣喜的心情转头看向小姑娘，可是小姑娘却站在了身后不远处。她安静地站在那儿，仿佛要融入这白皑皑的雪地间。

"怎么了？"她回身想要牵小姑娘，却发现不管怎样，都不能再靠近一步。

小姑娘摇摇头，没回答她的问题，只看着她问道："姐姐，长大后我会是什么样的？"

小姑娘的身高只有她的一半，此时正穿着一身白衣在雪地里站着，像个软软的，可可爱爱的小雪人。但那双眸子却明亮而坚定，对未来充满了期盼。

她看着小姑娘的眼睛，原本要做的动作瞬间顿住了。

是啊，她想，那时她曾设想的未来，是什么样的呢？

她回想着那些已经变得模糊的过去的时光，然后隔着落雪看着小姑娘。

"你呀……"她笑得很柔和，仿佛在回忆般缓缓道，"你会成为一个很厉害、很自由、很开心的人。长大后，可能会有人因为种种原因来否定你，可能会有人来伤害你，但你要知道，有更多的人在意你，爱着你。你会永远充满希望，坚定地在自己喜欢的路上走下去的。"

她一字一句地说着，对小姑娘送上了未来的祝福。

这个答案似乎让小姑娘格外开心，她略加思索后又笑开了眼。

太阳不知何时冲破了浓云，阳光洒落在白雪上，小姑娘站在雪地间灿烂地笑着。

小姑娘张开手，似乎还想跑过来再抱一抱她。

下一秒，却消失在了耀眼的雪色中。

半空中有什么东西掉了下来，落在铺了雪的地面上。绿色的封面在白雪间格外醒目，那是一直被小姑娘揣在怀中的诗集。风吹过，书页被哗啦啦地吹开，一些页面上还留着她认真写下的笔记。

那笔触稚嫩却熟悉，和她小时候的一般无二。

她低下身，手抚过那些字迹，一边笑着，一边眼泪又落了下来。

雪依旧在落，她捡起书。那上面还残留着小姑娘的余温，温暖了她的心。

她把书搂在怀中，然后朝着山外的方向，不再回头地走去。

那里，有等待着她的人，和她要前往的未来。

文 / 谓我

傒囊

文中的小姑娘原型出自《搜神记》里的傒囊，古代传说中的一种精怪，模样像小孩，看见人就会伸出手来想拉人。可悲哀的是，如果人牵着它离开原来的地方后，它就会死去，甚是奇怪。

Luv Letter

熵增是什么？

是一种自发地由有序走向无序的过程，是所有生命和非生命体的终极定律。

用薛定谔的话来讲：人活着就是在对抗熵增定律，生命以负熵为生。

从这一点上来讲，人和星辰是一样的。

麦 田

时至今日，仍无人能解释这一切是如何发生的。

秩序瓦解，乱象频发。人群各自为政，相互残杀，电子设备不能再使用，高楼大厦轰然倾塌，宇宙中的射线被频频探测，暗示着恒星活动的加剧。

在都柏林圣三一大学的残垣废墟中，奠定人类走向的发现时隔百年再次在这里发布，这一次是关于熵增的加速。

林遣之在分岔口的蓝色大路标前停了下来，擦了擦额头上的汗。他短暂地犹豫了一下，最终选择了往左的那条路。

沿着无人的路向南行，他在空无一人的艳阳天中，看见了穿着葛衣的少年。

四周是金色的麦田，风下麦浪翻滚，少年摇着腿坐在一片篱笆上。

他远远看着少年，不知该不该打扰，少年却已察觉到这边的动静，朝他望来。

只见少年的脸色蓦然沉了下来，从喉咙里发出低低的声音，然后朝他扑来。将近三十米的间隔，在他的一跃间缩短成咫尺。

林遣之设想过这种情况的发生，少年的反应并没有让他太惊讶。但这属于顶级猎食者的压迫感，仍令他全身发麻。

他愣在原地，动弹不得。目光所见，只有那一双灿如艳阳的纯金色眸子。

这一切发生在电光石火之间，老虎修长矫健的身躯和他擦身而过——

少年的目标并不是他。

下一刻，林遣之听到身后传来一声破碎的惨叫。

他回过头，少年不见了，取而代之的是一只身长近两米的东北虎。黑黄夹杂的条纹在阳光下显得华美威严，不可直视。

老虎正咬着一个人的脖颈，那人四肢乱挥，做着无谓的挣扎，却再也发不出一点声音。他手中的匕首掉在地上，在阳光下闪着冷光。

林遣之大概猜到了是怎么一回事，那人想要偷袭，而少年救了他。

就这么一瞬，少年已经变了回来。他不甚在意地抹去了满嘴的血，然后又从偷袭者身上搜出小刀和能量棒，抬头和林遣之对视。

林遣之的目光从地上那已无生气的人身上移开，对少年道："谢谢你救了我，有什么需要帮忙的请告诉我，我一定尽力帮助。"

少年微微眯眼，似乎是在评估他这段话的可信度。过了一会儿后，他突然问道："你有书吗？"

话音刚落，林遣之便愣了一下，他已经很久没听人提过这个词了。

"书，你有吗？"见他没回答，少年又非常认真地问了一遍，语气中带着隐隐的执着。

林遣之看着少年，忽然明白了他的意思。

少年一直在人和虎两种形态中切换，身体不断消耗能量，这是很容易触发熵增的状态。而信息是负熵，他估计想通过读书之类的方法来对抗自身的熵增。这个方法有无用处尚未可知，不过这种大胆求证的精神很是值得鼓励。

"我没带书——"林遣之从包里掏掏找找，然后拿出一沓订好的文稿递给少年道，"论文你要看吗？"

那稿件厚厚的一沓，估计得有上百页，边边角角都泛黄翘起了，似乎被人反复翻阅过了。封面上面写着论文的标题，底下有研究人员的落款。

少年接过文稿，表情微妙地看着那一行"关于德西特空间量子理论和庞加莱复现定理的一些思考"的文字。

"对了，"林遣之说着，朝少年温文尔雅地伸出手，"忘了自我介绍了，我叫林遣之。"

这一会儿，少年已从那一行研究人员的名字中找到了他：林遣之（M大，博六）。

他皱了皱眉，对这位天文学博士的造作礼仪显得有些嫌弃，不过最后还是伸出手，和他轻轻握了握："相廪（lǐn）。"

风吹过，卷起麦浪阵阵。相廪没有立刻把论文还给林遣之，而是继续盯着那行对他来说和天书没有什么差别的题目，坐回了篱笆上。

这个场景对林遣之来说格外有趣。他随便找了块地方坐下，咬着那根刚搜来的草莓味能量棒，也不催他。

对于少年的疑问，林遣之就试着解释两句。

日渐西落，晨昏交至。

这是一种很奇妙的感觉，林遣之从未想到，这些他研究的、极理论领域的知识在如今还能有被提起的一天。

日夜的界限变得模糊，他看着少年专注的侧脸，鬼使神差地突然说道："我知道一个地方，应该还可以找到很多书——"

少年转头看他，金色的眼眸在夕光下闪烁着。

林遣之笑了，像是哄小朋友一样朝他伸出手："要跟我一起来吗？"

星　火

通信设备不能再使用，人类重新变回了一座座不相连的孤岛。

哈衣是孤儿院的小孩。熵增加速的那一年，她九岁。

她惊惧地看着生命随意地消逝，本也做好了迎接相同结局的准备，却在那日看到了许久不见来人的孤儿院门口出现了两道新的身影。

她躲在窗后看，很快认出了其中一人：那是回来兼职过的大哥哥，据说他以前也是在这里长大的，院里现在仍保留着他的房间。旁边稍矮一些的那个她不认识，却本能对他有些害怕。

那人的感官很敏锐，在哈衣的目光刚落到他身上时，就立马朝这方向看了过来——

九月三日，她想她会永远记得这天。

那日，林遣之和相廪登上了这座小孤岛。他们召集了孤儿院全部九个孩子，合力从林遣之房间的床底下拖出那一箱规模惊人的书，然后定下了这座小岛上的新规。

最初听到林遣之的安排时，哈衣哀号了一声，不敢相信在这种情况下，她竟还是摆脱不了上课的折磨。

林遣之微笑地看着这群四处逃窜，试图逃避义务教育的小崽子，然后等着相廪把他们一个个像拎小鸡一样轻轻松松地抓回来。

那些相处的记忆历久弥新，时至今日依旧鲜活。

她记得第一次看到相廪变成老虎时的场景。

那是在和一伙流浪者起冲突时。那伙人在四处游窜后看中了保留完整的孤儿院，就想占山为王，他们还劫持了一个小孩作为人质。

僵持之下，哈依发现相廪不见了，常披在他身上的紫色葛衣，知何时落在了林遣之手上。林遣之挡在惊惧的小孩前面，用背在身后的手朝他们摇了摇，那意思在说"别怕"。

即使有林遣之的提醒，哈衣在看到凭空出现的、身长近两米的东北虎时，仍是愣了大半天。

危机解决后，大概是见她惊骇的表情太过持久，相廪还特意走来，拍了拍她的脸道："下巴要掉了。"

这个世界的生活也不只有危机，偶尔还是有轻松的时候。

作为林遣之的室友，相廪有一个专属游戏。

林遣之有很多书，有一些没放在箱子里，而被塞到了各种隐秘的角落，林遣之自己都忘了这些书的存在，却被相廪东摸西搜翻了出来。

每找到一本，他都不嫌事大的一边跑到林遣之面前翻书，一边朝他啧啧地摇头。

一次，在相廪晃着一本封面写着"经典力学"的书时，林遣之难得反驳道："你没青春期吗？！"

说话间，哈衣注意到林遣之隐在黑发后的耳根微微泛红。

相廪挑了挑眉："我那时看得都是VR和视频。"说完，看着无言的林遣之笑得直不起腰。

只留下当时一脸迷茫的她，在林遣之和相廪间左看右看，不明其意。

当然，对于她来讲，最多的还是关于课堂和夜晚的回忆——

她记得在林遣之上课时，总是像教导主任一样坐在最后一排的相廪；也记得晚上哄完他们这些孩子入睡后，林遣之回到房间，从他屋里传出的低声交流。

他们谈论的话题很杂，有关于明天的上课内容，有关于晦涩的概念，还有各种杂七杂八的书的内容。而她总伴着夜风和他们低沉的交流声，沉沉进入梦乡。

这样的日子周而复始，不觉间已过了十年，又在某一日戛然而止。

那一天，她因为一些事正要去找林遣之，却和迎面走来的相廪撞了个满怀。

"啪嗒……"一声，他手上的书落在地上。

那本书已经很旧了，却还没散架。边缘处被人一丝不苟地穿线订好了，那是相廪的习惯。

就和十年如一日遵循着日程表一样。他们都在生活中有意识地培养一些习惯，这些习惯经过长年累月的积累，刀削斧凿般刻入了身体里，像是船锚一样，将他们牢牢地钉在了海岸对抗无序性。

"对不起！"她忙去捡书，没注意到相廪脸上短暂的茫然。

指尖触及封面的一刹那，她的心中突然升起了一股异样的感觉。却没来得及细想，就把书拾了起来。

以至于后来的日子她总会想，如果当时没拾起书，结局是否会有不同。

"啪……"的一声，不轻不重，书线崩断了。

一页，两页……

仿佛叶子从树枝上落下一样，书页从书中落下。

一阵风正好吹过，散落的书页被风卷起，纷纷扬扬，像是猝然绽放在空中的巨大的花。

后面发生的事，就像电影中的慢镜头一样，一切都变得缓慢而朦胧，以至于现在想起，都会让人质疑是不是真的发生过。

她看到相廪抬起头，仰望着被吹上天的书页，脸上是她从未见过的表情。

林遣之赶了过来，听到他的脚步声后，相廪朝他转过身去。

风很大，她没听清相廪说了什么，只看见在他身后，林遣之突然停住的脚步。

良 夜

从更早些起，相廪就感知到了那些发生在自己身上的变化：长年累月的习惯被轻易地忘却，读过的书、记过的笔记，再翻开时却不再能理解其中含义。

认知世界正在缓慢崩塌，就像顽石构成的堤坝，一点点被蚁巢侵蚀，而他却只能眼睁睁地看着一切发生，无能为力。

就如，他最终忘记了那个坚持了十年的习惯。

"如果那一天到来了，杀了我。" 他在离开麦田时就和林遣之说过这句话。

他记得当时林遣之不甚惊讶地看着他。风吹过金色的麦田，涌起柔软壮阔的麦浪。有一点暮色落在林遣之深色的眸底，令他的眼中也带上了温暖的金色。

林遣之看着他，不说同意也不拒绝。

而如今，透过纷纷扬扬落下的纸，他抬头看着跑来的林遣之——看着他漆黑的眸子，抿紧的唇，微卷的头发。

那是林遣之啊，相廪想。

他这样想着，甚至带上了一点笑意，看着他所眷恋的一切。

纸片落了一地，哈衣在一旁瞪大眼、不知所措。

林遣之有一双修长的手。要是没有成为科学家，那该是一双属于钢琴家的手。

而那双优美的手现在却因为紧攥着而骨节发白。

他深沉地看着林遣之，怎么样都看不够，仿佛要把他的每一寸都烙在记忆里。

而长日之后，良夜将至，他看到那双手最终又无力地松开。

林遣之抬起头，对他道："我们回麦田看看吧。"

麦田离孤儿院不远，徒步的话不到一天半的路程，林遣之却事无巨细地向哈衣交代了个遍，仿佛是在安排他们俩的身后之事。

他们一路上走走停停，不知不觉来到了林遣之曾经经过的分岔路口，往左向南，往右向北。那块曾指引过林遣之的蓝色的大路标已经不见了，只剩下一根生锈的铁杆孤零零地杵在那里。

作为一个高年级博士，林遣之算是不太走运的那一类。他花了六年时间的课题眼看终于有了希望的曙光，转眼学校已经成了废墟。

他本就和这世界没什么联系，唯一感兴趣的研究现在也成了空。他苦思冥想了一夜有关生命和活着的意义。最后以一种破罐子破摔的心态，背着一个破包，加入了这场狂欢。

他像只飘荡的幽灵，带着一副空空躯壳，不知来路，不知归处，游荡在这个混乱的世间。背包里只装了有限的水和食物，和他发表和还未发表的所有论文。他等待着一个契机，告诉他这场旅途，将在何时，以什么样的形式终结。然后，他听说了有关貘人的传说，于是他带着科研人员对新鲜事物天然的好奇心，在分岔路口踏上了往南的路。

而他们现在又重新走在往南去的路上。

"想什么呢？"

林遣之抬起头，见相廪正看着他，金眸明朗灿烂，一如初见。

林遣之笑了，摇了摇头。

他们循着林遣之走过的路继续朝前。走了很久，却仍然不见记忆里的麦田。

所见之处，只剩荒原，杂草乱生，回路已无处可寻。

云压得很低，风在原野上呼啸。

一片冷到人心底的荒芜。

热寂，相廪想。

在那些没有了电影和游戏等娱乐项目的无数长夜中，他们曾靠在窗边，喝着自制的劣质酒，讨论人将去往何方。

热寂，由热力学第二定律推得，它指出生命和宇宙终将在日趋的混乱和无序中走向衰竭和消亡。铁律一般让人无法辩驳，却又很难让人不生出绝望。

"也不完全只有绝望——"他记得那时林遣之半是认真地说道："我们还可以试着相信庞加莱。"

庞加莱返态定理，那是林遣之的论文的研究方向之一。

"假设宇宙是个封闭的空间，"他用更浅显的语言重新解释了这条定理："在超越想象的漫长时间之后，所有的一切都将重现，我们将在某一天重新坐在这里，谈论着和今天相同的话题，而我将告诉你，在度过了极其漫长的未来后的某一时、某一刻——"

林遣之继续说道："我们会再一次重遇。"

炉火照耀着他的脸庞，勾勒出缱绻而温暖的线条。相廪愣了一刹那。他很难具体地形容那一刻的感觉，但是心中被林遣之的话语搅起的剧烈波澜却无法平息。

他不自觉地想象着重遇的场景，甚至连呼吸都停滞了一瞬。却在迎上林遣之看着他的漆黑眼眸时，欲盖弥彰地嗤笑了一声，他评价道："你现在一点也不像个科学家。"

"嗯？" 林遣之微微偏头。

"像个神棍。"相廪道。

"神棍啊——"林遣之重复着他的话，忽而笑了，"神棍也挺好，艺术、宗教、哲学，这个世界总需要一些信仰。"

他们继续向前走，直到夜色降临，再也走不动路，便在荒原上席地而坐。

相廪眯了眯眼，看着眼前无际的长夜，突然问道："十的三十四次方？"

他问得没头没脑，但他知道林遣之明白他的意思。

"对。"

相廪听到他轻笑了一声。

过了一会儿，他听到林遣之低声回答道："根据克劳修斯的估算，庞加莱复现的时间约为10^34秒量级。"

那时，他在林遣之讲定理时嘲笑了他，后来自己却还去查了复现的具体时间。

十的三十四次方，那是多么漫长的时间。

但是至少，他们还会再见。

黑夜浓重，困意逐渐向他袭来。他靠着林遣之，低沉地笑了下："那么……神棍……我们到时再见。"

荒原上的风不知什么时候停了，四周在一瞬间变得极为安静，仿佛热寂降临一般的，令人不安的寂静。

他的眼皮越来越沉。

在完全失去意识之前，他感觉到林遣之的手轻覆上了他的眼睑。他语气柔和，像是在哄孤儿院中那些不敢在黑夜入睡的小朋友一般，只听他轻轻说道："好，到时见。"

他抱着相廪长久地坐在荒原上，直至天际重现第一丝曙光。他怀里的身体已经变得冰凉，相廪的面容沉静，如同入睡时那样安详。

他眯着眼，迎着旭日缓缓起身。

尾 声

10^34秒量级。这时间太长了，甚至超出了科学家对宇宙寿命的预测。林遣之曾一度认为这种级别的时间尺度，已无现实的讨论意义。

而现在只身穿过荒原，他却一遍又一遍在脑海里计算着复现所需的时间、年数，企盼着经过原子有限的排列组合后，荒原能够在某一时间点重新变成麦田的样子。

然后日光金灿，麦浪翻滚。

一元复始，万象更新。

貙　人

可以变成虎的少年。在古代是被称为貙人的一种异人，古人认为他们是禀君的后代，不属于妖怪。在多部文献中均有记载。他们在平时是人的样子，可以变成老虎，喜欢穿着紫葛衣，脚没有后跟。大多与人和平共处，甚至有益于人。